AF383587

© 2020, Hadrien Sins

Éditeur : BoD – Books on Demand

12-14 rond-point des Champs-Élysés, 75008 Paris

Impression : BoD – Books on Demand, Allemagne

ISBN : 9782322203673

Dépôt légal : mai 2020

Ô, YRDANN

VOLUME 1 :
SACRIFICES

Hadrien SINS | Projet Égrégore

Un grand merci à toutes les personnes, famille et amis, qui ont donné de l'élan de plus ou moins loin à ce roman.

Merci tout particulièrement à mes bêta lectrices et lecteurs Laurène, Dani, Maxime, Jean-Lulu, Colin, Jonathan,

et mention spéciale à l'enthousiasme de mon fan des premières heures Adrake.

Encore merci et bravo à Océane Bellissens qui a réalisé la magnifique toile de fond qui a servi pour la couverture de ce roman.

Merci à vous, qui lisez ces mots, car vous faites exister cet ouvrage.

PROLOGUE

Planète Yrdann, bien loin de la Terre

« N'avons-nous vraiment pas d'autre choix, Commandante ?

— Je crains que non, fit-elle d'un air grave.

— Comment a-t-on pu les laisser faire cela à notre monde natal ?…

— Nous avons échoué à le protéger. Ce que nous devons faire maintenant si nous voulons survivre, c'est l'abandonner aux Drenn.

— Partir…

— Nous allons quitter Yrdann, et emmener celles qui ont survécu. Oui, il faut partir.

— Mais les Drenn vont…

— Je sais. Yrdann sera violée, pillée, brisée. Il est temps pour notre peuple de voler sans sa mère, c'est ça ou l'extermination. Nous ne sommes pas de taille face à eux, nous sommes totalement acculées.

— Je le vois bien, Commandante… Je vais sonner la capitulation.

— Merci, ma sœur. Nous laissons les générations futures orphelines de la planète qui a donné naissance aux Yrdiekk. Puisse le Noyau d'harmonie nous guider vers un avenir plus lumineux. »

PARTIE I
LA CLEF DE LA RECONQUÊTE

CHAPITRE 1 : L'INCONNU

219 années Yrdann plus tard ;

Flotte Yrdiekk, quelque part dans le vide spatial,

Vaisseau de commandement.

« O'dae, tu devrais te brancher à l'Index, il y a un objet massif qui approche la Flotte.

— Merci, O'tya. J'y vais tout de suite, peux-tu préparer la manœuvre d'évitement ?

— Je crois qu'il vaut mieux l'intercepter, nous ne pouvons nous fier qu'à nos yeux pour le moment, mais on dirait un vaisseau.

— … Un vaisseau ?

— Une épave, plus exactement. Une gigantesque épave. »

Je m'élance dans les couloirs du vaisseau à l'aide de mes tentacules dorsaux. Ces couloirs lumineux et arrondis, que je traverse en flottant sans vraiment les voir, représentent l'essentiel de mon paysage depuis ma naissance. Je ne tarde pas à rejoindre la salle circulaire où trône l'Index : c'est l'ordinateur qui sert à la fois de système principal à la Flotte, et de base de données contenant tout le savoir de mon peuple. Cet ordinateur, il nous a été donné par la même civilisation qui a par la suite pris possession de notre monde d'origine, et voilà que nous recevons une visite qui semble vouloir bousculer la monotonie de notre errance.

Identification : _ Commandante O'dae

Lignée : _ Pure

Bienvenue dans l'Index, Commandante.

Entrée : YRDIEKK _

Les Yrdiekk sont un peuple hermaphrodite bipède, aux traits féminins si l'on doit se référer aux autres espèces rencontrées. D'une taille moyenne de 1 uml 30, elles sont divisées en trois lignées, dont deux ont été obtenues par croisement avec les espèces intelligentes d'autres planètes. Leur espérance moyenne de vie est de 62 ans.

Le lien mystique qui lie les Yrdiekk au Noyau de leur planète leur permet une communion exacerbée avec toute forme de vie la peuplant. Malgré l'Exil, le lien n'a jamais été rompu.

Spécificités :

La lignée Pure et la lignée -Kraeltienne ont la peau bleu pâle, tandis que la lignée -Mori a la peau gris foncé.

Les Yrdiekk possèdent trois tentacules à la place de l'un des deux avant-bras.

Elles possèdent également six longs tentacules dorsaux qui leur servent à se déplacer, en complément de leurs jambes.

Dix tentacules à l'arrière du crâne contiennent leur réseau neuronal.

S'y ajoutent de nombreux tentacules secondaires, presque invisibles à l'œil nu. Les Yrdiekk s'en servent pour capter, analyser et assimiler leur environnement, ainsi que pour l'influencer.

Les bagues élastiques qui coiffent leurs tentacules accompagnent leur habit pour préciser leur titre : la Commandante porte des bagues noires.

Les Yrdiekk partagent leur savoir dans l'Index depuis 65 avant l'Exil, ce qui leur permet de le transmettre à toutes leurs semblables qui y connectent leurs tentacules secondaires.

Flotte Yrdiekk : *Composée de 63 vaisseaux civils, 2 cargos, 8 vaisseaux militaires capitaux et un vaisseau-mère, elle voyage à travers l'espace depuis 219 ans en étant soumise à un contrat passé avec les Drenn-Vyx.*

Il y a actuellement 1708 guerrières et 12637 civiles au sein de la Flotte, soit environ 200 Yrdiekk par Vaisseau.

Le vaisseau-mère est une zone de rassemblement et de discussion pour le Conseil, dont la Représentante principale est actuellement : A'vini.

La Flotte est dirigée par la Commandante, dont le rôle est de donner les orientations militaires à court et à long terme afin d'assurer un progrès technique, en vue de la récupération future de la planète Yrdann. La Commandante assure également la navigation et la régulation de la Flotte au complet, dans un travail en commun avec le Conseil.

Commandante actuelle *: Il s'agit de vous, Commandante O'dae, 34 ans, septième leader de la Flotte depuis l'Exil, en titre depuis 6 ans.*

Commandante suppléante *: O'tya, votre sœur de portée.*

_ *Souhaitez-vous ouvrir le fichier "Lignées Yrdiekk" ?*

[NON]

Ce n'est pas du tout cela que je cherchais. Je sais déjà tout ça. D'une impulsion électrique de mes secondaires sur quelques commandes consécutives afin d'initialiser un scan de l'épave, je sollicite les fonctions d'analyse de l'Index ; les tentacules métalliques situés à l'arrière de mon vaisseau, l'un des huit militaires capitaux, s'ouvrent dans la direction de l'objet de ma curiosité. Pendant ce temps, un deuxième vaisseau militaire se place en position d'interception.

_ *Tentative de scan en cours…*

Opération impossible : l'objet est trop éloigné, Commandante.

De loin, il me semble que ce vaisseau ressemble à ceux des Kraeltiens, une espèce d'un système voisin rencontrée après l'Exil... Son architecture rectangulaire, son apparence robuste et sa taille impressionnante pourraient correspondre, mais leurs Reines n'étaient tout simplement pas intéressées par l'espace. Et puis, je crois qu'il est un peu différent.

Kraelt est une planète aride, recouverte de montagnes et volcans, creusée d'innombrables canyons, et située assez près de son soleil.

Activité volcanique forte.

Les Kraeltiens sont un peuple sexué, insectoïde à carapace épaisse et rougeâtre.

La Civilisation Kraelt est dirigée par deux Reines, la Grande pondeuse et la Dirigeante, et n'est divisée en aucune manière : les Kraeltiens œuvrent tous ensemble pour le bien commun sur toute la surface de leur planète.

Spécificités :

Ils se déplacent rapidement sur leurs quatre pattes, et mesurent en moyenne 1 uml 82 de haut. Leur corps, entièrement recouvert de carapace, est composé d'une partie insectoïde à quatre pattes et d'un torse de bipède. Leur espérance de vie moyenne est de 371 ans.

Les femelles kraeltiennes sont plus grandes que les mâles et pondent jusqu'à trois œufs par an, hormis la Grande pondeuse qui en pond environ huit par an.

La Civilisation Kraelt est en bataille perpétuelle avec ses prédateurs naturels, des monstres géants qui peuplent la planète. [données incomplètes]

La flotte kraeltienne est composée uniquement de gigantesques vaisseaux capables d'assurer toutes les fonctions nécessaires à la survie de son peuple. Ces vaisseaux appartiennent tous au même modèle de base, ne pouvant à l'origine pas quitter l'atmosphère de Kraelt.

Mise à jour : la deuxième Commandante Yrdiekk l'ro a transmis la technologie de voyage spatial au peuple kraeltien en 23, lors du croisement ayant donné naissance à la lignée Yrdiekk-Kraeltienne.

Il a été envisagé d'installer une partie du peuple Yrdiekk sur Kraelt, mais la proposition des Reines n'a pas fait consensus. La planète est jugée beaucoup trop dangereuse, et les conditions posées par les

D'accord, ce n'est pas ça. Maintenant que l'hypothèse kraeltienne est mise de côté, cette épave ne ressemble à rien que j'ai pu voir. Se pourrait-il que ce soit un piège des Drenn-Vyx ? Eux qui nous ont déjà volé notre monde, viendraient-ils achever leur besogne aussi longtemps après l'Exil ? Alors même que nous sommes presque leurs esclaves… Non, ça m'étonnerait. Ils sont rationnels, beaucoup trop rationnels pour tendre des pièges de ce genre.

Entrée : VYX _

L'espérance de vie moyenne d'un Drenn-Vyx est de 163 ans. Les estimations placent ce chiffre à environ 32 ans lorsque l'espèce était encore chassée par les Zsk.

Les Zsk-Vyx sont une espèce insectoïde volante et individualiste, mesurant en moyenne 1 uml 51. Ils sont devenus une armée pour le compte des Drenn, qui étaient leurs proies naturelles avant leur essor technologique spectaculaire.

Les Doz-Vyx sont une espèce aquatique ayant fondé une grande civilisation dans les profondeurs de Vyx. Aucun représentant de l'espèce n'était présent lors de l'invasion, ce pour quoi nous n'avons pas plus de détails à leur sujet.

_ Analyse en cours…

Résultat négatif :

aucune similitude technique avec l'objet en approche.

Je déteste les Drenn. Quand je pense que ce sont eux qui nous ont apporté la technologie de voyage spatial… pour nous voler notre monde soixante-sept ans après.

Je fouille désespérément, quand la voix de ma sœur O'tya fait irruption :

« *O'dae, mon vaisseau est en position d'interception. Ça donne quoi de ton côté ?*

— Rien de très concluant, je continue encore mes recherches mais je ne suis pas optimiste.

— *Peut-être qu'une bonne surprise nous attend ?*

— J'espère que tu as raison. Tu as vu la taille de ce monstre…

— *Oui. D'après l'Index, il est plus volumineux que le vaisseau de commandement suprême des Drenn. Mais il a l'air si rudimentaire… »*

Notre Index n'a pas été mis à jour concernant les Drenn depuis l'Exil. Toutes les données qui lui ont été apportées viennent de notre propre peuple, et de ce fait, aucun changement survenu au sein-même de la planète Yrdann n'a été porté à notre connaissance depuis plus de deux siècles. Nous ne savons même pas à quoi celle-ci ressemble à l'heure actuelle… mais je n'ai pas besoin de l'Index pour savoir à quel point elle était belle. Yrdann, je ne l'ai jamais vue de mes propres yeux. Je la connais telle qu'inscrite dans mes gènes : vaste, organique et verdoyante, peuplée d'une multitude d'espèces qui formaient un tout harmonieux. Son eau tiède, ses arbres violets, jaunes, certains immenses et poussant depuis les fonds marins. Nos aïeules avaient le choix entre partir et lutter. Elles ont préféré affronter ce peuple contre lequel elles n'avaient aucune chance, car il était hors de question d'abandonner Yrdann aux expérimentations de celui-ci. Les affrontements ont duré trois jours et trois nuits, et les machines de guerre des Drenn-Vyx ont eu raison de nos meilleures guerrières. Au cœur de cette défaite cuisante, la toute première Commandante a sonné la capitulation. Puis les Drenn ont laissé les survivantes quitter la planète. Alors qu'ils auraient pu toutes les exterminer, ils les ont laissées partir sous les conditions qu'ils avaient fixées avant même la bataille.

J'étais encore loin d'être née quand cette guerre rapide et meurtrière s'est déroulée, mais elle est mon seul repère. C'est notre point de départ. Une incompréhension et une rancœur qui se nourrissent et grandissent à travers les générations d'Yrdiekk, au sein d'une flotte qui n'a pas approché sa planète d'origine depuis bien trop longtemps : c'est notre an zéro.

La colère qui est la mienne est la raison pour laquelle j'ai été nommée Commandante à mon tour. La colère, peu d'entre nous sommes capables de l'éprouver. Je suis une déviante.

Scan en cours…

Race : inconnue.

Longueur : 717,4 uml.

Largeur maximale : 73,95 uml.

Hauteur maximale : 57,8 uml.

Failles structurelles détectées, chances de réussite de l'abordage : 99,94 %.

Trois rangées de vitrage sur la longueur des deux flancs du vaisseau.

Très mauvais état de la coque sur l'aile avant-gauche.

Signal émis : aucun.

« Pas d'autre vaisseau similaire dans les environs d'après mes capteurs. Peux-tu me confirmer ça, O'tya ?

— *Confirmé. Il n'y a que celui-là. L'épave est totalement immobilisée, tes Hautes guerrières E'foss et Kr'aon n'attendent plus que toi pour aborder.*

— J'attends la fin du scan. Garde le poste de commande et ton vaisseau en position pendant notre visite.

— *Bien reçu, j'attends !* »

Forme de vie détectée à l'intérieur.

Ah ?…

Un être vivant de type inconnu confirmé à l'intérieur. Recommandation : prudence.

_ Déconnexion de l'Index. Au revoir, Commandante.

« O'tya, l'épave semble habitée. Place les autres bâtiments militaires en position d'attaque, on ne sait jamais.

— *Ce sera fait. Cette chose a l'air d'avoir mal vécu son voyage, je ne m'attendais pas à trouver de la vie à bord...*

— Moi non plus. Mon vaisseau est prêt à aborder, tout est bon de ton côté ?

— *Oui. Soyez prudentes.* »

Je rejoins mes guerrières E'foss et Kr'aon sur la passerelle d'abordage, située à l'arrière du vaisseau de commandement. Nous sommes toutes les trois équipées d'une armure intégrale noire, ouverte dans le dos pour nos tentacules. Dans nos mains, une lance hybride de fabrication Yrdiekk, et à la hanche un fusil kraeltien. La première est longue, finement ouvragée, et se termine en un canon électrique surmonté d'une lame rétractable. Le second est lourd, peu précis, grossièrement carré, mais je peux compter dessus pour causer d'importants dégâts avec ses munitions à large diamètre. Dans le silence le plus total, nous passons entre les accès aux tentacules d'amarrage et approchons celui réservé à l'abordage ; celui-ci ouvert, nous utilisons nos dorsaux pour nous glisser vers les attaches situées dans un renfoncement, qui n'est autre que l'intérieur d'une ancre massive. Le dispositif d'abordage est un tentacule télescopique, auquel la propulsion et la forme pointue permettent de percer à travers les failles structurelles des vaisseaux, comme les hublots. Nous avons ciblé une zone de l'avant-gauche ayant déjà subi de très lourds dégâts : elle est encore plus ravagée que le reste du vaisseau, dont il semble d'ailleurs manquer plusieurs parties.

Nous nous cramponnons à nos attaches et à nos tripes jusqu'à l'impact, puis au signal de réussite ; la tête du tentacule, dans laquelle nous nous trouvons, se déploie à l'intérieur de cette sombre épave. Nous sommes maintenant dans un couloir qui semble longer tout le flanc du vaisseau, bordé par de longues baies vitrées trop sales pour qu'on puisse distinguer quoi que ce soit à travers. Il est assez incroyable qu'il soit parvenu jusqu'ici dans cet état, tout autant que le fait qu'un visiteur d'un monde inconnu ait pu faire le chemin jusqu'à nous dans un tel taudis. Je trouve ça terrifiant. Les parois, froides, droites et recouvertes d'une crasse accumulée depuis au moins un siècle, forment d'interminables couloirs

accidentés, ponctués de portails inactifs, ouvert sur de petites pièces
ravagées par le temps... ou par autre chose. Les vitres qui donnent sur
celles-ci sont pour la plupart au moins fêlées, sinon brisées. La poussière
et les débris flottent à perte de vue, formant un brouillard tel qu'on ne voit
pas à plus de dix unités de longueur. Je n'aime pas cet endroit.

« Il va falloir l'explorer dans ses moindres recoins quand nous aurons
trouvé notre visiteur, je crois que ce vaisseau a une histoire à nous
raconter.

— *Que sens-tu, O'dae ?*

— Le chaos. Ça sent le chaos ici.

— *Pire que celui que nos ancêtres ont subi lors de l'Exil ?*

— Je n'étais pas là pour le sentir, O'tya. »

L'Exil. Le sujet le plus répandu, et le plus grand fardeau porté par les
Commandantes. Par leur tour de force, les Drenn-Vyx ont réussi à nous
emprisonner dans l'immensité de l'espace... Nous errons, espérant
retrouver un jour une planète pouvant nous accueillir. D'un autre côté,
nous prions pour un jour retrouver Yrdann, notre vraie maison. Mais la
plus grande souffrance vient du fait que nous sommes enfermées entre ces
deux objectifs sans jamais pouvoir les atteindre, car notre seul moyen de
subvenir aux besoins de toute la Flotte est d'échanger des matières
premières collectées çà et là contre des vivres... provenant de notre propre
planète et apportés par les Drenn. Je suis la septième Commandante,
septième à être tiraillée par une partie de la Flotte qui voudrait simplement
retourner là-bas, quitte à devenir les esclaves des Drenn plutôt que de
continuer à souffrir de l'éloignement. Je suis plutôt de celles qui
voudraient trouver le moyen de les détruire, mais aucune de ces deux
perspectives n'est une solution envisageable. Nous n'avons pas le droit
d'approcher notre planète, ni la force de nous battre contre eux.

« Restons groupées.

— À vos ordres. »

Les entrailles silencieuses et lugubres du monstre, aux stries
régulières accompagnées d'objets rectangulaires – sûrement des lampes –,
sont longées par de fins tuyaux. E'foss et Kr'aon me suivent de près, leurs

lances hybrides apprêtées dans leurs tentacules, tandis que nous croisons des restes de tissus arrachés et rongés par le temps.

« Que dit le radar ? demandé-je.

— La créature se trouve assez loin de notre position, répond E'foss. Elle n'a pas l'air de bouger.

— Bien. Je verrouille mon vaisseau par précaution, nous allons chercher un moyen de réactiver cette épave pour y voir plus clair. Escouade de chasseurs, tenez-vous prêtes à détruire les propulseurs si par miracle ils se réactivent. Pas avant, économisez vos munitions.

— *Bien reçu Commandante.*

— La technologie de ce bâtiment a l'air si ancienne… »

Je ne sais pas ce qui s'est produit là-dedans, mais j'envisage le pire à présent que je ressens l'énergie négative qui émane de cet endroit. Il s'agit clairement d'un vaisseau-fantôme, alors pourquoi resterait-il un être vivant à bord ? Je n'aime pas ça, et pourtant l'arrivée d'une créature extérieure pourrait changer notre destin.

Dans les cellules parsemant le long couloir qui nous a accueillies bien froidement, je constate la présence d'une multitude d'autres lambeaux de tissus, peut-être autrefois des vêtements. Il y a aussi des appareils malheureusement hors de fonction. Certains doivent bien servir à communiquer, il me suffirait de faire marcher l'un d'eux pour comprendre un peu mieux… Mon regard se fixe sur ce qui ressemble fortement à un siège mobile sur roulettes, dont la présence me laisse perplexe : quelle créature pourrait rester assise sur ce genre de siège dans le vide spatial ? Même nous, nous n'en aurions pas l'utilité malgré nos tentacules. Ce vaisseau aurait-il quitté sa planète d'origine accidentellement ? Et surtout, par quel type d'accident ?

« Vous paraissez excitée, Commandante, dit Kr'aon. Pensez-vous que nous allons vivre un tournant de l'Histoire ?

— Et comment, mais j'ai un peu peur de ce qui pourrait nous arriver dans ce vaisseau.

— Moi aussi, répond-elle. Cela dit, nous pourrions avoir l'occasion d'affirmer votre place de Commandante dans le cœur de nos semblables, n'est-il pas ?

— Je n'agis que pour le bien de mon peuple. Pas pour mon grade. »

Kr'aon, yeux marron et stature imposante, est issue de la lignée qui s'est créée avec des Kraeltiens : elle porte les formes accentuées de leurs femelles, et une partie de la force physique qui a tant impressionné la deuxième Commandante en l'an 23. E'foss, comme moi, vient de la branche principale qui n'a jamais été mélangée ou bien dont les gènes originels ont repris le dessus sur les hybridations. Notre espèce s'étoffe au fil du temps en s'ouvrant aux autres, mais seule une Commandante et ses éventuelles sœurs de portée peuvent devenir graines de Renouveau pour engendrer une nouvelle lignée, par précaution. Il ne s'agit pas d'effectuer des croisements de masse sans s'assurer que le Renouveau a bien lieu. À cette règle s'ajoute notre code moral, le consensus, déterminant qu'une race au comportement sociétal destructif est un non-choix, à l'instar des Drenn-Vyx. S'il est facile de se reproduire entre nous et d'étendre l'évolution aux futures générations, le fait est que notre espèce n'a connu que deux révolutions majeures encore visibles aujourd'hui : la lignée Yrdiekk-Kraeltienne et la lignée Yrdiekk-Mori, cette dernière entretenant un grand mystère et une attitude communautariste depuis plus de 1500 ans. Les lignées plus anciennes se sont éteintes de manière naturelle il y a bien longtemps.

« Il fait vraiment très sombre », dis-je pour combler le silence laissé par mes derniers mots, à moitié mensongers.

La vérité est que ma réputation auprès du peuple Yrdiekk est la même que celle de mes cinq prédécesseures : nous n'avons rien changé à notre situation, ou alors pas grand chose. Nous avons formé des guerrières, de plus en plus de guerrières. La deuxième Commandante a réussi à fonder une alliance avec les Kraeltiens mais a jugé bon de repartir sans la développer, certaines ont imaginé des plans de reconquête… Au fond, rien n'a changé car les Drenn évoluent beaucoup plus vite que nous. C'est une impasse, et j'aimerais être celle qui trouvera une issue. La reconnaissance qui en découlerait est loin de me déranger.

Nos yeux n'étant pas vraiment adaptés à la vision nocturne, nous nous aidons de nos tentacules secondaires pour capter les obstacles environnants et avancer sans encombre. C'est de cette manière que je réalise soudain qu'une vibration très basse fait résonner toute cette épave.

« Vous sentez ça, vous deux ?

— Maintenant que vous le dites…

Tandis que je m'apprête à chercher la provenance de cette vibration, c'est une pulsation énergétique toute différente qui nous parvient : brute, puissante. Elle vient de notre visiteur, sans aucun doute possible. Je m'empresse de saisir le radar porté par E'foss, et constate que la cible se déplace à grande vitesse vers l'aile opposée du vaisseau.

— … C'était quoi, ça ? demande Kr'aon d'un air plus curieux qu'inquiet.

— Je ne sais pas, mais cette chose se déplace beaucoup plus vite que nous. Soyez sur vos gardes. »

J'essaie de rester focalisée sur les déplacements surprenants de la créature inconnue, mais suis perturbée par cette "autre" présence, envahissante et bientôt obsédante. Je n'ai jamais rien ressenti de tel, et le lien qu'entretiennent ces vibrations avec l'odeur de chaos est tangible. Il ne reste qu'à voir si elles ont un lien avec le seul être vivant à bord.

« Où en es-tu, O'dae ? Le Conseil demande des comptes…

— Fais-les patienter, on ne sait rien pour le moment. L'information est déjà remontée concernant l'être vivant ?

— *Oui. Faites de votre mieux. »*

Avec O'tya, nous étions trois sœurs de portée. Mais O'dan a été emportée par une maladie qui est apparue récemment ; cette horreur frappe certaines Yrdiekk depuis l'Exil, du fait des conditions de vie à zéro gravité notamment. L'espérance de vie moyenne a d'ailleurs perdu dix années, sur les soixante-douze auxquelles nos aïeules étaient habituées.

« Commandante, le radar s'affole.

— Et nous n'avons toujours pas atteint l'alimentation centrale…

— Il arrive ! »

Prenant appui sur les parois qu'elle croise, la silhouette massive de la créature fait irruption au bout du long couloir et se rue dans notre direction en défiant les lois de l'apesanteur. Nous formons aussitôt un triangle avec nos lances, et activons un champ de force qui repousse notre assaillant… et nous-mêmes, en arrière. L'onde de choc m'a secouée, mais je parviens à distinguer notre visiteur qui se laisse dériver en arrière en nous dévisageant de ses deux yeux violets, luisant dans l'obscurité au sommet de son corps noir, fumant et presque nu. Il a deux bras et deux jambes, comme nous, mais beaucoup plus musclés. Pas de membre supplémentaire. Un nez proéminent contrairement à nous, des lèvres épaisses, une légère fourrure noire, plus abondante et hirsute sur la tête… Il est aussi bien plus grand que la plus grande des Yrdiekk-Mori. Plus marquant que tous ces attributs déjà impressionnants, un sifflement aigu et insupportable accompagne sa sombre présence. Qu'est-ce que c'est ?

« Ne le laissez pas vous approcher de trop, un seul coup de cette puissance pourrait nous laisser dans un sale état.

— Il revient à la charge ! »

Il prend appui contre l'encadrement d'une porte, puis se jette sur nous sans nous laisser le temps de remettre en place le champ de force. Il manque de peu de m'empoigner, au lieu de quoi il saisit ma lance et me l'arrache des tentacules. E'foss et Kr'aon s'empressent d'entraver la créature qui se débat, se dégage et parvient à m'attraper fermement le bras avec sa main immense. Je crie, plus de surprise que de douleur, d'un son que je n'aurais jamais soupçonné. L'espace d'un instant, je lis dans ses yeux et à travers ses énergies, que ce mâle d'une espèce inconnue est habité par une volonté destructrice et... une terreur sans nom. C'est une décharge électrique en provenance de la lance de E'foss qui lui fait lâcher prise et entreprendre sa fuite. Tandis que l'horrible sifflement s'éloigne en même temps que la silhouette floue de notre assaillant, j'envisage de le prendre en chasse mais me confronte assez vite à son incroyable vitesse de déplacement.

« Aucune espèce connue ne possède de membres aussi puissants sans aide technologique ! s'écrie Kr'aon. Pas même les Kraeltiens !

— C'est terrifiant, fais-je en récupérant péniblement ma lance avec mon bras engourdi.

— Devrait-on essayer de l'attraper ? demande-t-elle, trépignante comme à son habitude.

— Je ne crois pas qu'il cherche vraiment à nous faire du mal, il faut tenter une approche un peu plus diplomate. Et puis... je crois que nous ne faisons pas le poids face à lui.

— Compris.

Le regard de la bête n'était pas seulement furieux : il était triste, c'était le regard d'un être privé de son avenir. Il m'a suffi d'un seul plongeon dans ses yeux pour imprégner mon esprit d'un profond sentiment d'injustice.

— Que s'est-il passé dans ce vaisseau ? » soupiré-je.

Seul le silence invasif me répond, à peine tourmenté par les vibrations qu'on aura vite fait d'oublier. Notre visiteur est déjà trop loin pour être entendu...

Nous reprenons notre visite sans dire un mot de plus, et ne tardons pas à trouver un passage vers la zone centrale du vaisseau. L'accès aux machines doit se faire par là, d'après les plans approximatifs extraits du scan. L'architecture de ce bâtiment permet de penser qu'il n'appartient pas à un peuple de créatures aussi peu civilisées que le laisse entendre notre première rencontre. Des inscriptions recouvertes de poussière suggèrent un chemin à ceux qui arrivent à les déchiffrer, ce qui n'est malheureusement pas notre cas pour le moment. Mais nous n'avons besoin que d'un appareil de langage en état de marche pour assimiler cette langue. Lorsque ce sera chose faite, nous pourrons peut-être échanger avec notre hôte dans de meilleures conditions.

Je voudrais que cette créature puisse changer l'Histoire. Nous entretenons une noire rancœur pleine de paradoxes depuis l'Exil, et aucune Commandante n'a réussi à l'apaiser. Je sais aussi que le seul moyen de le faire, c'est de récupérer notre planète ou, à défaut, d'obtenir notre vengeance sur les Drenn ; mais les non déviantes semblent parfois hermétiques à cette idée.

Éclairées par la seule lueur de nos lances, nous nous enfonçons dans les couloirs ventraux du vaisseau-fantôme. Nous passons désormais devant plusieurs portiques totalement verrouillés, alors que jusqu'ici il n'y avait que des portes ouvertes, abandonnées par leur source d'énergie. Nous commençons aussi à croiser la route de nombreux débris métalliques, difficiles à identifier dans cette obscurité.

« Il y a eu de l'action par ici, jette Kr'aon l'air de rien.

— Tu en doutais encore ? rétorqué-je sans méchanceté.

— On a le droit de rêver, fait-elle, guillerette.

J'aimerais être aussi positive que Kr'aon. Et avoir un corps aussi puissant que le sien, je dois l'admettre. Le seul avantage que la lignée pure des Yrdiekk a pu garder à travers l'évolution, est notre plus grande longueur des tentacules secondaires ; ce sont eux qui nous aident à nous repérer dans l'espace, et à interagir à distance avec ce qui nous entoure, y compris les êtres vivants. Ils sont très fins, presque invisibles, d'une précision chirurgicale, et capables de transmettre autant d'énergie que d'émotions.

— Pas de trace de créatures similaires à notre visiteur, murmure E'foss, il n'était tout de même pas seul à bord avec des machines ?…

— Depuis le temps que ce vaisseau n'est pas entretenu, dis-je, les morts à son bord ne doivent même plus avoir de squelette… Nous n'aurons que les appareils et la créature pour nous aider à comprendre. »

E'foss est fine, très gracieuse, et silencieuse. Elle ne parle que pour faire des remarques pertinentes. Son agilité au combat va de pair avec sa froideur si caractéristique. Ses yeux bleu givre veillent du haut de sa posture droite et fière.

D'après la carte, nous sommes enfin dans le couloir central du vaisseau. À en juger par l'apparence moins soignée, moins lisse de cette zone, elle doit mener jusqu'aux machineries et au couloir de maintenance. Il est assez remarquable qu'il ait été bâti selon une logique similaire à la nôtre – directement héritée des Drenn –, et cela nous simplifie beaucoup la tâche. Naviguant entre les restes de machines, nous ne tardons pas à atteindre le panneau de contrôle de l'alimentation. Au fond du couloir, situé dans une petite salle polygonale sans issue, un gros levier trône sous un nœud de câbles de toutes tailles disparaissant dans les murs.

« Ça doit être ça, dis-je en repoussant délicatement un débris. Êtes-vous prêtes ?

— Parées à toute éventualité ! jubile Kr'aon après un regard complice échangé avec l'indifférence de celui de E'foss.

— O'tya, est-ce que les chasseurs sont prêts ?

— *Oui. Tout est OK à l'extérieur.* »

Je saisis le levier, et l'abaisse laborieusement ; il a l'air bloqué dans cette position depuis longtemps. Rien ne se passe pendant un court instant, puis une multitude de lumières bleues s'activent, peinant à traverser l'épaisseur de poussière. L'une d'elles, plus grande, de forme rectangulaire et située très près de la commande que je viens d'activer, m'interpelle ; alors que je frotte sa surface pour en dégager la poussière, une voix synthétique résonne dans le vaisseau :

« *sistɛm gʁaviti aktive* »

À la vue de l'éclairage qui soudain oscille entre le bleu et le blanc, je réalise le caractère d'importance de cette phrase dont j'ignore encore le sens. Je me tourne vers mes deux guerrières, qui cherchent autant de réconfort dans mes yeux que moi dans les leurs.

« *sistɛm gʁaviti aktive* », répète la voix du vaisseau.

Je m'empresse alors d'infiltrer mes tentacules secondaires dans ce qui se révèle être un panneau de contrôle, et de me relier à E'foss et Kr'aon pour leur transmettre le flux d'informations que j'obtiens ainsi. En quelques instants, j'analyse le code linguistique enregistré dans cette machine, et ne tarde pas à en comprendre le sens et les règles d'usage. Cette capacité est le propre des Yrdiekk, probablement notre seul avantage face aux Drenn.

« *Système GRAVITY activé. Veuillez vous accrocher aux rambardes situées au sol jusqu'au déploiement.*

— Chef, je crois qu'il s'agit de ces objets ! dit Kr'aon en s'accrochant à ce qui me semblait être un simple tuyau.

— Je ne comprends pas ! » fais-je en l'imitant.

L'éclairage se fait de moins en moins bleu, et la voix de plus en plus pressante : « *Déploiement dans trente secondes.* »

Comprenant désormais l'unité de mesure temporelle de ce peuple, je prends conscience de la rapidité avec laquelle ce qui va nous arriver, arrivera. Je reste cependant incapable d'en deviner la substance, car notre pouvoir d'analyse reste limité à la linguistique : seule l'expérience peut nous apprendre ensuite à comprendre une société extérieure et les concepts qui lui sont inhérents.

« *Déploiement dans vingt secondes. Veuillez vous accrocher aux rambardes situées au sol.* »

J'échange un regard dubitatif avec E'foss, qui comme moi s'est contentée d'accrocher deux de ses dorsaux à la rambarde qui encercle la petite salle. Seule Kr'aon semble prendre la situation très au sérieux, et l'empoigne fermement avec sa main et les tentacules de son bras droit.

« Bah quoi ? demande-t-elle en se cramponnant encore plus.

— Rien rien ! » ris-je nerveusement quand le décompte s'impose.

« *Dix, neuf, huit, sept, six, cinq, quatre, trois, deux, un. Déploiement.* »

C'est alors que nous tombons au sol, soudain écrasées par une force dont le nom "Gravity" aurait dû nous indiquer la nature. J'ai à peine le temps d'amortir ma chute, et je me cogne l'épaule contre le sol crasseux en même temps qu'un vacarme métallique sans nom résonne depuis le couloir d'accès.

« Ah. Ça pour une surprise…

— *Vous allez bien ?* demande O'tya depuis son vaisseau.

— Moi ça va. E'foss, Kr'aon ?

— Oui chef.

— Oui.

— *Le vaisseau n'a pas bougé mais plusieurs lampes se sont activées,* reprend ma sœur. *Je vous recommande la prudence. Avez-vous pu assimiler leur langage ?*

— C'est fait, en partie. Je transmettrai les données à l'Index dès mon retour. »

Une gravité artificielle. Même les Drenn n'avaient pas développé pareille technologie aux dernières nouvelles, et quelque chose me dit que je ne suis pas au bout de mes surprises avec ce vaisseau. Mauvais pressentiment ou simple esprit de déduction, quelque chose de plus grand se profile. Dans l'immédiat, bien que j'apprécierais de reprendre l'exploration, me voilà contrainte par une force à laquelle je n'avais jamais été exposée. En effet, Yrdann dispose d'une gravité très faible et d'une telle densité atmosphérique que nos ancêtres se déplaçaient sans encombre par bonds, et en s'accrochant çà et là avec leurs tentacules ; c'est le mode de déplacement dont nous avons hérité. Nos corps n'ont jamais été adaptés à une gravité aussi forte que celle-ci.

« J'ai du mal à bouger, murmure E'foss.

— La même chose pour moi, dis-je en peinant à me relever. Kr'aon, ça va pour toi ?

— À peu près. Mon sang kraeltien m'y aide beaucoup, mais je crois que la planète d'origine de notre visiteur demande encore plus de force physique.

— C'est noté, nous allons devoir réapprendre à nous servir de nos jambes. Prenons notre temps, ou nous allons vite nous écrouler de fatigue. »

Je vérifie rapidement la position de la créature, constatant qu'elle s'est immobilisée assez loin de nous. J'entreprends alors d'aider mes guerrières à se débarrasser de la poussière qui les recouvre désormais en partie. Avec douceur et bienveillance, elles font de même avec moi. Par la suite, j'essaie d'annuler la gravité en insérant mes secondaires dans l'appareil que j'étais en train de frotter quand le système s'est activé ; je parviens à visualiser les circuits, les flux de messages, mais rien ne semble lié au système Gravity. Je suppose qu'il est dépendant du fonctionnement normal du vaisseau... Nous prenons alors difficilement le chemin de la sortie pour explorer le reste.

Les carcasses de machines jonchent désormais le sol, encombrant le passage. C'est en dégageant l'une d'elles que je réalise qu'elles sont, ou du moins étaient, armées. Un long frisson me parcourt le dos et se répand dans mes dorsaux : ce détail nous a complètement échappé quand nous sommes passées dans l'autre sens.

« Par le Noyau… Ce sont des robots de combat ?

— Misère, murmure E'foss, des unités autonomes comme celles que les Drenn ont utilisées pour lancer le premier assaut lors de l'invasion ?

— Nous n'en savons rien, dis-je avec un air faussement rassurant, pour l'instant je ne vois que des carcasses. »

Si des êtres aussi puissants que notre visiteur ont eu recours à des robots pour se battre, j'ose à peine imaginer les capacités dont ceux-ci étaient dotés avant d'être mis en pièces. J'insinue en vain mes secondaires dans leurs articulations en cherchant à comprendre. Peut-être que si j'en trouvais une en état de marche, je… Non. C'est mal. C'est risqué, stupide et immoral. Soudain assaillie par une multitude de questions, je cesse de marcher et affronte assez vite le regard inquiet de mes deux guerrières ; celui de E'foss, un peu plus dur que celui de Kr'aon, a une odeur de reproche.

« Vous ne me suivriez pas si je décidais de préparer une guerre contre les Drenn avec ce genre de…?

Silence stupéfait et crispation dubitative font souffler un vent froid dans ce couloir étroit. Je n'aurais peut-être pas dû exprimer cette idée à voix haute, mais j'étais déjà démasquée.

— Pas aux côtés de machines », répond enfin E'foss avec toute la fermeté dont elle est capable.

Depuis le premier contact avec les Drenn en -67, les machines terrifient les Yrdiekk. Surtout lorsqu'elles sont armées, et encore plus si elles sont autonomes. La nette supériorité des Drenn lors de l'assaut de notre planète était due à leur armée de machines et de Zsk-Vyx asservis. Au lieu de nous pousser à développer nos propres robots de combat, la violence de ces affrontements a créé un tabou manifeste dans notre mémoire génétique, qui commence tout juste à s'estomper plus de 200 ans après l'Exil : je fais partie de celles qui voudraient bien tenter l'expérience, et mon désir de vengeance sur les Drenn n'y est pas pour rien, mais la terreur fut telle que les données apprises par nos aïeules n'ont jamais été transmises à l'Index.

Il me vient parfois des moments où j'aimerais pouvoir remonter le temps et secouer les Yrdiekk d'antan, car 219 ans après cette défaite absolue, j'ose à peine imaginer la puissance que possèdent désormais ces machines alors que nous n'en avons encore fabriqué aucune.

<h1 style="text-align:center">CHAPITRE 5 : LE REJET</h1>

Nous progressons vers l'aile opposée du vaisseau, qui me semble en meilleur état que celle par laquelle nous sommes entrées. Ce n'est peut-être qu'une illusion, des dizaines de lucioles bleutées s'étant désormais illuminées dans les couloirs. Il en ressort une espèce de féerie qui contraste intensément avec tout ce que nous avons pu découvrir depuis notre entrée. Je me surprends à m'arrêter à plusieurs reprises pour frotter certaines lumières, et les petits nuages de poussière qui les libèrent scintillent un instant avant de tomber lentement, très lentement, au sol. Au-dessus de nos têtes, nous venons de passer un écriteau : "ZONE D'HABITAT – ÉTAGE -1. ZONE MILITAIRE – ÉTAGE 1 ACCÈS RESTREINT". Les messages sont accompagnés de grosses flèches noires indiquant les escaliers, ou un ascenseur qui ne m'inspire pas du tout confiance.

« Où se trouve la créature ? demandé-je.

— Toujours au même niveau que nous, répond E'foss. Aucun mouvement depuis l'activation de la gravité.

— Parfait, on va monter voir. Maintenant que nous savons qu'il s'agit d'un bâtiment militaire, je veux être sûre qu'il ne nous réserve pas de mauvaise surprise. »

Nous grimpons avec difficulté l'escalier, dont chaque marche est élégamment bordée d'une fine ligne de lumière. Je jette un œil à la carte et constate tardivement que les trois étages ainsi suggérés n'occupent visiblement pas toute la hauteur du vaisseau ; il y a de très vastes espaces qui pourraient être des hangars, en haut et en bas. Cela ne correspond à rien dont j'aie la connaissance. Arrivées en haut, nous sommes bloquées par un portail blindé qui semble avoir été partiellement enfoncé, sans succès.

« Il est verrouillé, dit Kr'aon l'air de rien.

— En effet. Mais maintenant que le courant est rétabli, nous…

Sans finir ma phrase, je frotte un petit cadran rectangulaire qui se trouve à droite du portail, contre le mur, afin de pouvoir lire ce qu'il affiche : "Appuyez pour appeler / Passez badge pour identification".

— Je ne comprends pas, fait Kr'aon, ils protégeaient les forces de sécurité contre les passagers ?… Sinon, pourquoi s'isoler de la s… »

Elle est interrompue par un soudain bruit de dépressurisation provenant de la porte. Dans le même instant, une autre porte blindée ferme le couloir derrière nous et une alarme retentit en même temps que l'éclairage se met à clignoter :

« INTRUSION DÉTECTÉE ZONE A ! À TOUTES LES UNITÉS, INTRUSION ZONE A ! »

Prises de panique, nous luttons pour nous abriter rapidement sur les côtés de la porte. La gravité risque de rendre le moindre affrontement invivable, et quelque chose me dit que nous allons y avoir droit dans très peu de temps. Il n'y a pas d'autre être vivant à bord, alors, si assaillants il y a, ce ne peut être que des machines.

« Couvrez-moi, et Kr'aon, appelle des renforts ! Je vais rouvrir cette porte, sinon nous allons y passer !

Une épaisse fumée blanche s'empare du couloir et obstrue notre vision. J'infiltre mes secondaires dans la structure du cadran pour tenter d'annuler le verrouillage de la première porte.

— Impossible de contacter le poste de commande ?! gémit Kr'aon.

— Quelque chose arrive ! s'écrie E'foss depuis l'autre côté de la porte. Des machines, ce sont des machines, enchérit-elle d'une voix vacillante.

— Lances en barrage ! lui dis-je en plaçant mon arme debout près de l'ouverture. Gardez votre calme, nous pouvons le faire. »

Elle positionne son arme comme la mienne, et active aussitôt le bouclier qui encombre presque tout le passage ; les deux lances s'ancrent fermement dans le sol, et dégagent un champ électrique bleuté qui les relie entre elles. Kr'aon se met en position d'attaque, à l'affût du moindre mouvement hostile. Pourvu que leur peur des robots ne nous mette pas plus en difficulté que ça… Pour ma part, toujours infiltrée dans le système, je crois que j'ai trouvé le cheminement pour annuler la procédure qui nous a enfermées : en mobilisant toute mon énergie neuronale, je remonte les dernières actions déclenchées et parviens à déceler un début de solution. Mon esprit s'embrume et l'équilibre commence à me manquer, à mesure que mes sens s'effacent au profit d'une meilleure assimilation.

Je suis sur le point de tomber quand une salve de tirs vient brusquement heurter le champ électrique et me ramener à la réalité. Mes guerrières se préparent à recevoir l'ennemi, mais elles luttent déjà contre leur panique. Kr'aon apprête sa lance et E'foss saisit son fusil kraeltien, toutes deux tremblantes. Je ressens leur peur, au point de ne plus savoir s'il s'agit de la leur ou de la mienne. La deuxième salve ne se fait pas plus attendre : les tirs imposent un vacarme assourdissant assorti d'éclairs lumineux, qui imprègnent la fumée blanche de toute leur lueur.

« Vous êtes cernés, fait la voix synthétique du vaisseau dès que le calme revient. *Jetez vos armes et rendez-vous immédiatement. »*

J'y suis enfin ! Alors qu'un robot de sécurité passe et se prend dans notre piège électrique, la porte se referme brutalement sur lui et le coince dans le champ d'énergie ; la porte en elle-même reste en position semi-ouverte, bloquée par le robot qui ne va plus fonctionner très longtemps. E'foss s'empresse d'ouvrir le feu, puis ne reste bientôt que le bruit de la porte, qui essaie tant bien que mal de se fermer. Elle force sur la carcasse fumante, jusqu'à mettre le robot hors service. Sa tête pend à ma gauche, plongeant son regard dans le vide. Encore un effort et je devrais pouvoir rouvrir la porte qui se trouve derrière nous…

« Il y en a d'autres qui arrivent ! »

Je redouble de concentration, je ferme les yeux pour visualiser les circuits et les flux d'informations, et parviens à enclencher l'ouverture. Avant de pouvoir me retirer, je reçois une grande décharge électrique qui m'éjecte soudain du système et me jette au sol. La douleur est vive et tout est recouvert d'un épais voile noir. Je prends appui en essayant de me remettre les idées en place, ce qui est loin d'être simple avec la brûlure qui occupe toutes mes pensées et le flou qui obstrue ma vision.

« Commandante ! s'écrie E'foss en se précipitant pour me relever.

— Je vais bien ! mens-je en me redressant avec peine. On dégage, vite !

Tout en affrontant la gravité, nous commençons à prendre la fuite quand je réalise que la porte menant à la "zone A" est déjà en train de se rouvrir. Le système qui gère la sécurité de ce vaisseau est clairement capable de s'adapter à nos actions, nous allons passer un sale quart d'heure si nous restons dans les environs. Je cours, je saisis mon fusil, et les tirs recommencent à heurter notre bouclier. Celui-ci ne va pas tarder à lâcher.

— Nous n'allons pas assez vite, hurle E'foss, il faut faire face si on veut avoir une chance de s'en sortir !

Sur ces mots, elle et moi nous écroulons sur nos faibles jambes et dévalons l'escalier en amortissant mutuellement nos chutes. Kr'aon descend à reculons en tirant des boules d'énergie avec sa lance, tirs qu'elle échange avec une première percée ennemie venue frapper son armure d'un éclair blanc. Elle s'agenouille immédiatement, mais continue à tirer.

— Descends, Kr'aon ! »

Grâce à sa meilleure force physique, elle parvient à bouger à peu près normalement, mais essuie un second tir qui cette fois pénètre son armure et lui arrache un cri de douleur. Elle continue toutefois sa route et parvient à nous rejoindre hors de leur portée, où nous les attendons avec un tir de barrage qui élimine deux d'entre eux. Mais ils sont au moins une dizaine de plus à arriver derrière, et il devient de plus en plus difficile de tirer sans se mettre en danger. Soudain, une petite capsule vole dans notre direction et dégage un nouveau nuage de fumée blanche, rendant impossible de localiser nos ennemis.

« Restez groupées ! » crie-je en déployant mes secondaires de sorte à former une sphère de captation tout autour de nous.

L'opération est douloureuse à cause de la brûlure occasionnée par l'électrisation du cadran. Des pas métalliques se rapprochent à grande vitesse, et une silhouette massive – légèrement moins que celle des robots affrontés jusque-là – nous renverse.

« E'foss, tente une manœuvre de manipulation ! »

Quelques tirs échouent à faire vaciller la machine assaillante, mais lorsque la fumée commence à se dissiper, je réalise que E'foss s'est accrochée dos-à-dos au robot en enroulant ses dorsaux autour de ce dernier ; je devine ses yeux fermés à travers sa visière, signe qu'elle est déjà concentrée sur la vision procurée par son désormais pantin. La voilà qui dirige la machine contre ses semblables, tout en s'en servant comme bouclier, voyant à travers ses yeux et tirant à travers ses bras. Cette tactique a été mise au point par la troisième Commandante. C'est ainsi accrochée à notre ennemi qu'elle commence à remonter l'escalier, tout en décimant le groupe de robots.

« Maintenant, Kr'aon !

Nous nous élançons à la suite de E'foss en tirant dans le tas, jusqu'à ce que son hôte reçoive un tir de trop qui le fait stopper net et fumant. Elle s'en détache alors en saisissant à nouveau son fusil pour faire face aux cinq androïdes restants, dont la précision redoutable nous oblige à revenir encore sur nos pas.

— Visez le milieu du torse, leur tête n'est qu'un leurre !

— Bien reçu, merci E'foss ! »

Je reçois plusieurs tirs, dont un à l'épaulière gauche et un qui érafle mon casque, mais nous arrivons finalement à bout de nos opposants. Et de notre souffle. Le radar de E'foss est hors service, et aucun moyen de contacter O'tya depuis que l'alarme s'est déclenchée.

Je m'appuie contre le mur et regarde vers l'ouverture finalement dégagée, pour être frappée d'une stupeur qui m'attire vers cette zone normalement interdite d'accès.

« Vous ne voulez pas d'abord rétablir le contact avec la Flotte ? Elles vont s'affoler si nous ne donnons pas signe de vie dans les minutes qui suivent…

— Je sais, E'foss. Mais regardez, vous deux…

— Ce sont… ?

— Des corps. Allons voir, faisons vite et retournons au vaisseau. Kr'aon, est-ce que ça ira ?

— Oui, ma blessure peut attendre.

Des corps, ou du moins des armures étalées au sol. Même morphologie que notre visiteur, en moins massifs.

— Allons voir », répété-je en récupérant ma lance au sol.

CHAPITRE 6 : LE DEUXIÈME CONTACT

[Je n'en peux plus. Cela fait plus d'une semaine que nous sommes enfermés là, et que la bête frappe à la porte et menace de la défoncer. Il n'y a plus rien à manger, c'est à peine s'il reste de l'eau. L'alimentation générale du vaisseau a été coupée, nous ne voyons rien et Jordan est en train de devenir complètement cinglé. Je crois que sa puce a grillé. Si je survis, il faut que je songe à demander une réaffectation.]

[Bordel, bordel, bordel ! Monde de merde ! Et toi, putain d'enfoiré de sac à merde, t'étais obligé de tout ravager dans ce foutu vaisseau ! Fait chier de crever comme ça putain ! F A I T   C H I E R !]

[À celui ou celle qui lira cette entrée : je suis né à Turin juste avant la guerre. Je crois encore sincèrement que le Royaume était la meilleure solution pour rassembler tous les Hommes, mais ma maison me manque. Je n'ai plus de famille, et voilà que les gens pour qui je me suis engagé se mettent à détester ce que je représente. Je vais sûrement mourir dans ce vaisseau, alors j'aimerais au moins que quelqu'un se souvienne de moi. Giovanni Rosa. J'ai juste 36 ans... Je suis désolé, c'est un peu décousu. J'étais fasciné par l'espace mais finalement la Terre m'allait plutôt bien malgré les monstres cornus et les démons qui ont mis le Royaume à feu et à sang. La bête a arrêté de frapper à la porte depuis quelques jours, mais nous sommes toujours enfermés. Adieu, merci d'avoir pris le temps de me lire.]

[Je ne peux pas croire ce que j'ai vu... et pourtant c'était pareil sur Terre juste avant le départ... Cette chose a littéralement tout dévoré. Cette masse noire a bouffé des soldats et des civils sous mes yeux juste avant de reprendre son apparence de... bête ? Sortez-moi de là, pitié...]

*

« C'étaient juste les dernières entrées de leurs journaux, dit Kr'aon dont la jovialité semble envolée depuis le combat.

— Assimilez tout, nous transmettrons à l'Index pour étudier le voyage de ce vaisseau une fois rentrées. Désolée que vous ayez été confrontées à ça... »

La lecture de ces entrées enregistrées dans leurs casques n'était pas des plus réjouissantes, et l'absence de restes dans ces armures de soldats a laissé un arrière-goût morose à notre découverte. Qu'attendre de plus d'une épave de plus de cent ans ?

Je frôle les murs pour capter les vibrations, et constate non seulement que la présence chaotique semble plus forte, mais aussi que la créature se déplace. La "bête"... Cette fois, je capte le rapprochement rapide de plusieurs corps métalliques et celui du mâle inconnu, et ce n'est pas du tout le moment pour ça : nous sommes exténuées, dans l'incapacité de nous battre à nouveau.

« Commandante ?! demande E'foss dans un claquement de voix.

— Cachez-vous ! »

Un terrible vacarme progresse dans les couloirs de l'épave, et se rapproche de plus en plus de notre position. Notre visiteur se mêle finalement à ses machines pour nous chasser, et à en croire les journaux des soldats, nous n'avons pas la moindre chance de nous en sortir. À peine abritées derrière une grande borne longeant des cellules remplies d'outillages électroniques, nous entendons débouler à grande vitesse au moins cinq robots légèrement plus légers que celui que E'foss a pu contrôler lors du combat précédent. Ces monstres mécaniques font irruption dans la salle et commencent immédiatement à fouiller derrière tout abri potentiel, sans jamais ralentir leur allure.

C'est sans conviction que nous tentons de les contourner tout en nous cachant, et à l'instant où nous nous apprêtons à nous ruer en dehors de la zone militaire, un grand coup de bouclier me projette contre le mur. Sonnée, j'ouvre le feu sur nos assaillants avec ma lance, et constate que Kr'aon est aux prises avec l'un d'eux : sa lance a déjà volé au loin. Je parviens à tirer dans la jambe de son adversaire, quand un deuxième coup d'une violence incroyable m'assomme et me fait glisser au sol sur plusieurs mètres, en me faisant perdre mon arme. Alors que je redouble d'efforts pour ne pas perdre aussi conscience, je vois le robot pointer son fusil sur moi.

« Plus un geste, je vous arrête. » fait-il d'une voix grave et grésillante, révélant que ce n'est pas un modèle prévu pour tuer. Pourtant il en semble bien capable.

Je me redresse doucement pour ne pas l'alarmer, attendant qu'il s'approche juste assez pour être à portée de mes secondaires. C'est alors que je les infiltre dans son arme pour la surcharger ; à défaut de la faire exploser comme souhaité, l'arme cesse de fonctionner et force le robot à s'approcher plus près. Je tente désormais de m'infiltrer dans son système. Entre la décharge reçue plus tôt et celle que je viens de m'infliger moi-même, j'ai peu de secondaires actuellement en état de faire leur travail sans me faire tomber de douleur et de fatigue. Je parviens cependant à prendre brièvement le contrôle du robot, juste assez longtemps pour le déphaser et m'emparer de son bouclier. C'est à grands coups de ce dernier dans la poitrine de mon ennemi que je parviens finalement à l'achever, juste avant de tourner de l'œil. Au moment où mon esprit s'échappe, j'entends l'horrible sifflement de la "bête" qui arrive.

Impossible de rester accrochée plus longtemps.

*

« Elle revient à elle.

— Mhh… »

Je reçois plusieurs tapes sur l'épaule, et on me secoue doucement. En ouvrant les yeux, je réalise que ma sœur O'tya se trouve ici, ainsi que quatre autres guerrières. Je regarde autour de moi et m'assure que E'foss et Kr'aon sont encore vivantes, ce qui se confirme avec un grand soulagement. Par le Noyau…

« Vous êtes venues, merci.

— Ce n'est pas nous qu'il faut remercier », répond humblement O'tya.

Elle dirige élégamment un de ses tentacules vers une silhouette encore floue, recroquevillée plus loin. Lorsque ma vue se rétablit enfin, je reconnais notre visiteur que je croyais prêt à nous éliminer. C'est lui, mais il a l'air très différent.

« Quand nous sommes arrivées, reprend ma sœur, il faisait le double de ce volume et encaissait une dizaine de décharges électriques pour protéger Kr'aon. Vous étiez toutes les trois à terre. Nous n'avons fait que terminer le travail, il ne restait qu'un robot.

— Il nous a… protégées.

36

— Oui. Vous lui devez la vie. Au fait, il y avait un brouillage qui nous empêchait de communiquer, je m'en suis occupée. J'imagine que tu voudras l'assimiler pour développer une technologie militaire avec ?

Je me relève avec peine, et ma sœur m'aide à faire un détour auprès de mes deux guerrières blessées, pour leur attraper tour à tour la main dans une caresse. Je les serre ainsi pendant quelques secondes, en signe de reconnaissance pour leur vaillance. Les coéquipières de O'tya sont en train de leur prodiguer des soins qui devraient leur permettre d'éviter le pire. Personnellement, je suis encore sonnée mais je n'ai rien de grave ; mes secondaires ont même commencé à se régénérer. Ces robots sont plus forts physiquement, mais heureusement pas aussi avancés que les Drenn ; nous n'y aurions pas survécu.

— Est-ce que cela faisait longtemps que j'étais inconsciente ?

— Non, répond E'foss qui est moins amochée que Kr'aon.

— Il ne faudra pas trop tarder à retourner à bord du vaisseau de commandement, dit O'tya. Nous devons vous soigner, ainsi que…

— Oui », dis-je en me penchant près de l'être au teint sombre qui se tient là, recroquevillé, le regard perdu dans le mien.

Je me rends compte que son corps était, lorsque nous avons croisé son chemin la première fois, recouvert d'une couche noire ténébreuse, plus sombre encore que sa peau. À son instar, le sifflement aigu a complètement disparu. Il a désormais le même gabarit que les armures trouvées plus tôt : il devrait appartenir à leur espèce.

« Nous allons l'emmener et le soigner également, dis-je en remarquant la plaie béante qu'il cherche à dissimuler sur son ventre.

— Cela va de soi, ma sœur.

— Tu as pu récupérer le…

— … Journal de bord ? me coupe-t-elle en brandissant une petite tablette rectangulaire. J'en ai profité pour apprendre leur langage, je le maîtrise peut-être déjà mieux que toi, tu ne m'en veux pas ? »

Je lui prends délicatement l'appareil des mains en souriant, et j'assimile en quelques instants le reste des codes qui me manquaient pour comprendre la langue *américaine*, celle qui était utilisée par le peuple *terrien*.

« Bonjour, ami, fais-je en m'adressant désormais à l'Humain qui n'a pas bougé d'un pouce depuis mon réveil.

— … Bonjour, dit-il en écarquillant ses yeux verts.

Sa voix, très grave, vibre jusqu'à moi et me déclenche un léger frisson. Découvrir une nouvelle forme de vie est quelque chose d'incroyable. Se faire sauver la vie par cette dernière est une expérience que peu d'Yrdiekk pourront raconter dans leur courte vie, d'autant que c'est la première fois que nous sommes confrontées à une quelconque violence depuis l'Exil. Je m'approche encore de l'homme, et attrape sa main avec la mienne. Il a cinq doigts, un de plus qu'une main d'Yrdiekk. Il nous ressemble un petit peu, même si je garde en mémoire l'apparence terrifiante et enveloppée d'ombre qu'il avait tout à l'heure… et l'horreur manifestée dans les journaux des soldats.

Ses yeux ne quittent pas les miens, qu'il doit deviner à travers la visière de mon casque. Je m'accroupis face à lui, et entreprends de lui administrer une légère caresse avec les tentacules de mon bras droit, en accord avec le protocole de rencontre. Je le vois qui grimace, mais continue quand même pour lui prouver qu'il peut me faire confiance. Je sais que notre apparence tentaculaire n'est pas des plus rassurantes selon les espèces que l'on a pu côtoyer, mais le léger duvet qui nous recouvre rend notre contact très doux. Nous sommes dotées de fortes capacités d'apaisement, et à part ces foutus Drenn-Vyx qui nous ont chassées pour des raisons "scientifiques" – j'espère pouvoir en écraser au moins un dans ma vie –, aucune espèce ayant croisé le chemin d'une Yrdiekk n'en est restée l'ennemie très longtemps.

— Avez-vous un nom, Terrien ?

— Je… crois… Je ne me rappelle rien, je sais juste que je devais détruire les robots de sécurité… Désolé.

—Ce n'est rien », dis-je avant d'adresser un signe à ma sœur pour commencer le repli vers mon vaisseau.

Quand nous serons rentrées, nous pourrons tout analyser et transmettre l'essentiel de nos découvertes à l'Index. Il ne nous faudra pas longtemps pour comprendre ce qu'il s'est passé à bord de ce vaisseau baptisé *Fortress*, et pour en apprendre plus sur le peuple qui l'a envoyé. Si des soldats ont pu mourir de faim pendant leur service à bord, je soupçonne notre invité de ne pas être le représentant conforme de son monde natal. Je compte passer un certain temps avec lui, pour l'observer.

« Tu as l'air pensive O'dae, dit ma sœur tandis que nous marchons vers le point d'abordage.

— Je le suis, O'tya. Nous allons tous retourner à mon vaisseau pour faire le point sur le voyage de cette épave, et... »

Je ne vais pas au bout de ma pensée, et je crois qu'elle sait ce qui m'a traversé l'esprit à l'instant. Le croisement, la procréation. La découverte d'une nouvelle espèce civilisée amène systématiquement notre peuple à questionner la règle morale, pour ensuite – si elle est conforme – proposer à cette nouvelle espèce un croisement visant à créer une nouvelle lignée. Si nous devons en venir là, O'tya et moi-même sommes les seules autorisées à devenir des graines de Renouveau. Je chasse cette réflexion qui me projette déjà trop loin derrière les journées d'analyse, de débats au sein du Conseil, l'hypothétique tentative et le nouveau fardeau qui pèserait alors sur mes épaules. La création d'une lignée est un phénomène qui ne s'est produit que deux fois depuis 2000 ans, dont une qui est entourée d'un épais mystère. Ce qui en fait un sujet très sensible que je ne suis pas si pressée de traiter en profondeur, surtout au vu de la violence dont est capable cet homme.

« Est-ce vous qui aviez coupé l'alimentation générale du vaisseau ? demandé-je pour me changer les idées.

— Je crois, répond le Terrien. Je devais... enfermer quelque chose ? Je ne sais plus, je suis désolé. Tout est mélangé dans ma tête.

— Enfermer quelque chose...

Est-ce en lien avec l'*autre* présence que j'ai détectée à bord du vaisseau ? Il est hors de question de rester à bord plus longtemps après tous les événements qui viennent de se produire et les blessures subies, mais nous devrons y retourner pour tirer les choses au clair.

— Est-ce que vous pouvez m'enfermer, vite ? » demande soudain le Terrien, créant un début de vent de panique.

En écho à sa demande, son aura noire et l'horrible sifflement commencent à revenir. Très progressivement. Les guerrières et O'tya s'empressent alors d'enserrer chacune l'un de ses membres avec leurs tentacules, le portant désormais vers la sortie sur un rythme pressé tant qu'il se laisse faire. Je sais qu'à mesure que la couche noire le recouvrira, il deviendra de plus en plus puissant physiquement et pourra potentiellement toutes nous tuer. Je prépare donc ma lance à lui lancer une décharge électrique s'il vient à se montrer menaçant. Pour le moment, garder notre calme semble être la meilleure solution... Nous nous déplaçons ainsi vers le point d'abordage, nous entraidant les unes les autres pour avancer malgré les corps blessés, et la gravité devenue cauchemardesque sur la durée.

Pour être honnête avec moi-même, je suis terrifiée.

CHAPITRE 7 : LE JOURNAL DE BORD

Journal de bord du NHK-FORTRESS
Commandant : Roi Celestial II
Entrée 1 ; jour 0

[Nous voilà partis. Cela fait exactement deux heures que le Fortress a quitté l'atmosphère de cette maudite planète, dont l'état critique était la raison-même de l'existence du programme d'évasion par l'espace. Nous avons tout essayé : vivre dans le ciel, étudier les océans, reconquérir la terre ferme. Tout était peuplé de monstres.

Des "failles" se sont ouvertes pour une raison inconnue, et tout s'est déréglé sur Terre. Des cornes se sont mises à pousser sur la plupart des êtres vivants, un clan mystique s'est mis à créer des super-soldats, que dis-je, des putains de démons, puis des monstres se sont mis à sortir des failles sous la forme d'une énorme masse spectrale. Ce sont ces derniers qui ont complètement dévoré les îles volantes qui nous avaient permis de sauver l'espèce humaine.

En bon Roi, j'ai donc pris la décision d'appliquer le programme Fortress : j'ai évacué la partie haute des civils, ainsi que tous les habitants de la Couronne et un grand nombre de soldats, je les ai fait entrer dans ce vaisseau et nous avons fui le massacre. La moitié des villes volantes, c'est-à-dire environ un cinquième de la population, a pu être regroupée et sauvée.

Destination : MARS

Temps de trajet prévu : 293 jours

Passagers : 4991

Equipage :

équipe de commande (10 personnes)

+ 200 militaires

+ 600 androides (500 Type 1 dont 300 anti-émeute + 100 Type 2)

+ 1 GECKO prototype "Sécurité des vaisseaux"

Missile de géo-ingénierie lancé vers la destination.]

[*Le* Fortress *mérite bien son nom !*

Les longues heures qui ont suivi la première entrée du journal ont été agitées par la découverte d'un impact de masse spectrale à l'arrière de la coque. Alors que ces monstres ont prouvé leur capacité à pénétrer dans nos machines et à les corrompre quelle que soit leur taille, celui-ci n'a pas réussi à entrer dans le Fortress.

Mieux encore, il semble que la matière se soit cristallisée à l'extérieur du vaisseau au lieu d'y entrer sous sa forme normale. J'ai décidé d'envoyer une équipe pour récupérer l'énorme cristal noir qui s'est donc formé. Les tests sont encore en cours, mais la nature corruptrice de la masse spectrale a l'air d'avoir été éteinte par l'éloignement de sa source. Mes chercheurs sont sur le coup, nous allons voir ce que nous pourrons en faire ; s'il n'en ressort rien, ça fera un joli souvenir à exposer sur Mars.

Temps de trajet restant : 290 jours]

[*La masse spectrale cristallisée n'a pas perdu toute son influence, ce qui n'est pas sans susciter mon intérêt. J'aimerais ne pas être À NOUVEAU forcé à avaler des histoires de sorcellerie, mais je suis prêt à étudier de près les réactions que pourrait avoir, disons, un soldat, s'il venait à avoir un contact prolongé avec le cristal.*

La majorité des membres de la Couronne veulent attendre d'arriver sur Mars pour lancer l'expérimentation, mais je crains que les effets observables s'estompent au cours du trajet. Il faut agir vite s'il y a quelque chose à tirer de tout ça.

Pas d'incident majeur à déplorer à bord pour le moment. 5000 civils, ça se marche un peu dessus, mais ça reste vivable. J'en remercie la puce de contrôle et la personne qui a insisté pour l'implanter dans le cou de ces braves gens. Ah, c'était moi, c'est vrai, il y a 6 ans.

Temps de trajet restant : 281 jours]

[Le sujet test s'est montré de plus en plus énergique en restant près du cristal. Nous avons donc prélevé un fragment pour qu'il le porte en pendentif, ce qui nous a permis d'étudier les changements sur plusieurs jours. À J+3, il soulevait déjà une masse supérieure de 26 %.

Cependant, il développe un comportement dépressif qui va en empirant, et ça contraste énormément avec l'énergie dont il fait preuve. J'ai ordonné une modification de sa puce de contrôle, pour voir si nous pouvons compenser ces effets secondaires.

Concernant le voyage, il y a eu une bousculade accidentelle suivie d'un gros mouvement de panique dans les quartiers civils à l'heure du repas. Il y a eu 6 morts, donc il a fallu recalibrer les puces de toutes les personnes impliquées pour limiter le traumatisme.

Temps de trajet restant : 270 jours

Passagers : 4985]

*

Je suis dans la salle d'isolement avec le Terrien, qui est attaché au mur par précaution. Sa transformation s'est calmée en sortant de l'épave et il ne s'est pas montré trop agressif, mais difficile de se détendre. Quant à moi, depuis notre retour il y a un peu moins d'un cycle journalier, j'ai enfin retrouvé l'usage à peu près normal de mon corps et l'ambiance claire et organique de l'intérieur de mon vaisseau. Tout y est blanc, formé de couloirs arrondis, pas trop longs, parsemés de formes imitant les arbres d'Yrdann qui nous aident à nous déplacer en apesanteur. Je me sens un peu mieux, et communiquer avec notre visiteur se révèle être une tâche plutôt aisée. Nous sommes occupés à lire le journal de bord, dont j'ai soudain du mal à comprendre un aspect qui paraît important.

« Qu'est-ce que c'est que cette histoire de puce de contrôle ? Est-ce que ça vous dit quelque chose ?

— Oui, répond le Terrien.

— Alors expliquez-moi, s'il vous plaît. Ce n'est pas la première fois qu'il en est fait mention…

43

Il tourne alors la tête pour me montrer sa nuque, révélant une toute petite cicatrice, une marque à peine discernable à l'instar de sa blessure au ventre, qui a complètement guéri pendant sa dernière – très brève – transformation.

— Le Royaume mettait de petites cartes électroniques sous la peau de ses sujets et de ses soldats. Ça permettait de garder les gens sous contrôle en les empêchant de... penser à certaines choses, par exemple.

— Quel genre de choses ?

— Tout ce qui pourrait remettre l'autorité en question », répond-il sans avoir l'air de s'impliquer émotionnellement dans cette explication.

Le peuple Yrdiekk a toujours vécu en paix avec lui-même. Avant la guerre contre les Drenn, les Commandantes n'étaient pas des déviantes et étaient appelées Sages. Elles guidaient simplement les autres en se fiant au lien avec le Noyau. Comme nous ressentions toutes le même lien, il n'y avait jamais lieu de contester l'autorité qui, en elle-même, n'allait jamais à l'encontre du peuple ni des autres espèces vivantes. Il m'est difficile au premier abord de comprendre comment un dirigeant d'une autre espèce pourrait en venir à *contrôler* ainsi son peuple. Même les Drenn qui en auraient les moyens n'en sont jamais arrivés là... Du moins je crois ?

Alors que je me perds un peu dans mes pensées, je suis coupée par un son très caractéristique : celui que fait le transmetteur placé dans mes tentacules cérébraux quand le Conseil veut me contacter. Un son bref et grave, à l'image des discussions que je peux avoir avec le Conseil.

« Commandante O'dae ?

— Représentante A'vini, je vous écoute.

— *Vous ne vous êtes toujours pas entretenue avec le Conseil depuis votre retour de l'épave, et aucune d'entre nous n'a encore pu voir la forme de vie. Tout le monde s'accorde sur l'importance d'officialiser la rencontre dans les plus brefs délais.*

— Je ne vous ai pas oubliées, mes sœurs. Mais le Terrien est instable et blessé, je ne veux pas prendre de risque. Je vous ferai venir ou je le porterai jusqu'à vous, quand je serai sûre qu'il n'y a pas de danger.

— *Merci, Commandante. Que le Noyau nous guide.*

— Que le Noyau nous guide », conclus-je.

Je me tourne vers le Terrien, qui n'est plus du tout blessé mais me regarde avec ses yeux ronds :

« Je ne comprends rien quand vous parlez en irdillèque.

— Yrdiekk. Il faut insister sur la sonorité de fin.

— Yr… diEEEKK. »

Je le regarde faire la grimace en exagérant sa prononciation, et éclate d'un rire aussi franc que nerveux. De toutes les races enregistrées dans l'Index, cet homme est le seul à avoir un visage presque aussi expressif que le nôtre ; pourtant, il m'inquiète sérieusement pour la puissance bestiale et obscure qui se cache derrière. Le cristal mentionné dans le journal de bord doit en être la source, mais ce Terrien est-il le soldat qui a subi les tests ? Il n'a pas eu l'air de réagir à la lecture de cette entrée, comme si l'influence du cristal était quelque chose de normal pour lui. Beaucoup plus normal que ma lèvre inférieure fendue en deux, qu'il n'a de cesse de dévisager maladroitement depuis que j'ai ôté mon casque.

« Alors, c'était quoi cet appel ? »

Je lui réponds par un silence gêné, interloquée par ce soudain manque de discrétion. Il se ravise aussitôt :

« Euh, pardon, ça ne me regarde peut-être pas. Je suis désolé !

— Hmm. Non, à vrai dire, ça vous regarde, Terrien. Le Conseil voudrait vous voir.

— Le Conseil ?

— C'est une assemblée des Représentantes de tous les vaisseaux de la Flotte… Nous avons dû créer le Conseil quand nous avons quitté notre planète. C'était pour maintenir une cohésion dans la volonté de notre peuple malgré la loi martiale. Je vous ai déjà parlé de l'Exil, vous vous souvenez ?

— Oui. Je comprends, moi aussi mon… "peuple" a été exilé de la Terre et ç'a provoqué tout un bazar… »

À sa façon de prononcer "peuple", je comprends que les Terriens étaient bien loin d'être aussi unis que nous pouvons l'être. Son sourire compatissant et son regard distant dégagent un certain malheur qui ne manque pas de me toucher. Depuis que nous avons quitté l'épave il y a presque un jour, et ce malgré son instabilité manifeste, il n'a plus laissé les ténèbres l'envahir. C'est pourtant un noir mat et fumant qui constitue le liquide qui coule à présent de ses yeux tristes. Comme il ne peut pas s'essuyer du fait qu'il est attaché, et comme il est visiblement gêné par le spectacle qu'il m'offre, je me glisse jusqu'à lui et éponge ses larmes avec ma main. La complexité du peuple terrien pourrait bien être liée à cette émotivité si variable. Là où son visage est légèrement moins expressif que le mien, il est l'expression d'émotions beaucoup plus intenses.

Soudain prise d'une sensation étrange, je caresse sa joue avec un secondaire pour assimiler cette substance ténébreuse. Je suis alors secouée par une révélation bouleversante : ces larmes vibrent sur la même fréquence que l'*autre* présence de l'épave. Ce n'est qu'une seule et même entité, ça ne fait aucun doute !

« Vous allez bien ?…

— Oui », fais-je simplement.

Sous le choc, je me suis laissée dériver à plusieurs mètres de mon invité, sur le visage duquel l'inquiétude a remplacé la peine. Je ne peux dissimuler le sourire amical qui se dessine sur ma face bleu pâle, ce qui apaise aussitôt le Terrien. Il me sourit à son tour, puis lève ses sourcils en regardant la tablette du journal de bord.

« Vous voulez reprendre ? demandé-je.

— Si vous êtes d'accord ? »

*

Entrée 5, jour 35

[Je ne suis pas d'accord. Il y a un ou plusieurs membres de la Couronne qui ont décidé que l'expérimentation devait s'arrêter. Un fragment de cristal a disparu, personne ne se dénonce.

J'ai placé les forces de sécurité en vigilance supérieure, et je compte bien mener à bien mon projet. Nous en sommes déjà à 3 sujets tests, pour lesquels les résultats sont très concluants. C'est très certainement l'avenir de la race humaine et un moyen d'améliorer nos conditions de vie sur

Mars grâce à un meilleur physique. Je ne peux décemment pas m'arrêter pour une poignée de hippies profitant de leur privilège d'exclusion de la puce.

J'étais sûr qu'emmener toute la Couronne était risqué. Mais sonner le départ du Fortress *au cœur-même de l'île où vivent tous les sujets privilégiés sans les convier, ç'aurait été le meilleur moyen de compromettre le décollage. Car ils m'auraient empêché de partir. Les mêmes qui m'empêchent maintenant d'avancer, ils m'auraient empêché de partir et auraient pu sacrifier tout ce monde-là pour que je ne parte pas sans eux. Pourtant, du temps du Nouveau Royaume, les privilèges incitaient mieux que ça à rester docile avec l'autorité.*

Ils ne savent pas à qui ils se frottent, la guerre est déclarée.

Temps de trajet restant : 258 jours

Passagers : 4979]

*

Alors il y a eu une insurrection à bord du *Fortress*. Tandis que je me tourne à nouveau vers le Terrien pour l'interroger du regard, je réalise qu'il n'est pas prêt à continuer maintenant. Son visage s'est figé sur une expression indéchiffrable, et il n'a même plus l'air de capter ma présence.

« Je vais vous laisser un moment, dis-je. Appelez si vous avez besoin de quelque chose, nous vous entendrons depuis l'extérieur. Compris ? »

47

CHAPITRE 8 : LA LIGNÉE YRDIEKK-MORI

« *Alors ?* demande O'tya depuis son vaisseau.

— Alors il a l'air de retrouver doucement la mémoire, mais nous ne savons toujours pas son nom. Je n'ai pas encore de certitude concernant le rôle qu'il a pu jouer dans ce voyage, je m'apprête à tout transmettre à l'Index si tu veux y jeter un œil.

— *Je vois, merci O'dae.* »

J'entre dans la salle de l'Index, petite et circulaire, au milieu de laquelle se trouve l'ordinateur qui est relié à distance aux autres vaisseaux. Il fait à peu près la moitié de ma taille, est formé d'une multitude de composants imbriqués les uns dans les autres, et il rejoint le plafond en un câble très épais. Par ce câble transitent toutes les informations qui voyagent jusqu'aux tentacules du vaisseau, lesquels les transmettent au reste de la Flotte. Chaque vaisseau est ainsi équipé, et permet à toutes les Yrdiekk de se tenir informées grâce à un accès simple et libre à leur Index.

Je me place dos à l'ordinateur, et positionne mes dorsaux dans les accroches prévues à cet effet pour ne pas dériver pendant l'échange. Puis j'insère mes secondaires dans les alvéoles de l'Index.

Identification : _ Commandante O'dae

Lignée : _ Yrdiekk

Bienvenue dans l'Index, Commandante.

Nouvelle entrée : TERRE _

Unités de mesure de longueur : 1 m = 0,85 uml... mise à jour appliquée. Le système métrique est désormais enregistré dans la mémoire [langage terrien].

_ Souhaitez-vous utiliser cette langue dans l'Index ?

[OUI]

Planète d'origine des Terriens, la Terre a été abandonnée sous l'impulsion de son Roi "Celestial II". Originellement verdoyante et recouverte à 70 % d'eau, elle a été envahie par des monstres et une entité nommée "masse spectrale", composée d'un amalgame de créatures sombres capables de prendre possession des machines. La masse spectrale serait issue de "failles" interdimensionnelles s'étant ouvertes sur la planète, et ayant provoqué un chaos insurmontable.

Données sur l'état actuel de la planète : aucune

Le peuple terrien a fui à bord du vaisseau Fortress

Longueur : 844 m

Largeur maximale : 87 m

Hauteur maximale : 68 m

État :

équipement interne partiellement fonctionnel

navigation : hors service

propulsion : hors service

Terriens connus actuellement en vie : 1

taille : 1 m 85

Sexe : mâle

Hmm. Je vais devoir créer une entrée pour le voyage du *Fortress*. J'insère un de mes secondaires dans la tablette du journal de bord, et transfère toutes les données à l'Index avant même de tout avoir consulté. J'espère pouvoir trouver le temps de le faire, et je compte lire le reste avec le Terrien pour qu'il m'aide à comprendre. C'est étrange, cette façon dont ce peuple a été exilé de sa planète, totalement différente de la nôtre et ayant visiblement débouché sur une situation calamiteuse. Nous nous en sortons plutôt bien en comparaison, même si le massacre de la grande majorité des Yrdiekk par les Drenn avant l'Exil reste, à notre échelle, la pire des défaites.

Au moment où j'achève de copier les données, mon transmetteur émet un son aigu, un peu long : c'est celui des Yrdiekk-Mori.

« Commandante O'dae ?

— Représentante Mo'ivu. Il est rare d'avoir de vos nouvelles.

— *La lignée -Mori au complet est entrée en résonance avec l'épave,* dit-elle gravement.

— Comment ?

— *Nos secondaires nous font mal, Commandante, et le seul moyen d'apaiser la douleur est de nous tasser dans la partie de notre vaisseau qui se situe au plus près de l'épave. Je dois aller à l'intérieur, quelque chose nous appelle.*

— Gardez votre calme, Mo'ivu. Venez à bord de mon vaisseau, nous allions bientôt effectuer une deuxième visite. Vous avez l'autorisation de rapprocher le vaisseau -Mori de l'épave pour apaiser vos sœurs.

— *Merci, Commandante. Je serai à bord de votre vaisseau dans un instant. »*

Yrdiekk-Mori. La lignée mystique, celle qui s'est toujours isolée du reste de notre peuple.

Entrée : YRDIEKK-MORI

La lignée Yrdiekk-Mori a été fondée il y a plus de 1500 ans [pas de date exacte] et est la première lignée secondaire prospère depuis la fondation du savoir commun – devenu Index en 65 avant l'Exil. Elle a toutefois failli s'éteindre lors de l'assaut des Drenn.

La lignée Yrdiekk-Mori entretient un grand secret autour de son origine. Alors que le peuple Yrdiekk n'a découvert le voyage spatial qu'en 67 avant l'Exil, et qu'aucune espèce de Yrdann ne correspond au patrimoine génétique de cette lignée, les -Mori affirment ne rien savoir de plus.

Navette en approche, demande autorisation d'accostage

_ Déconnexion de l'Index. Au revoir, Commandante.

J'enfile mon armure et me presse en direction du sas d'accostage. Je passe devant la cellule d'isolation où se trouve le Terrien. Il a l'air plus lucide que lorsque je l'ai laissé, mais il me regarde passer d'un air inquiet. Ses yeux soudain emplis de noir m'appellent et fument de ces ténèbres qui n'ont de cesse de me terrifier.

« Vous retournez là-bas, O'dae ! crie-t-il. Laissez-moi venir avec vous !

I'soe, la guerrière qui garde l'entrée de la cellule, m'interroge du regard, un peu crispée sur sa lance.

— Je ne peux pas, Terrien. Vous n'êtes pas assez stable pour qu'on vous emmène tout de suite. Me pardonnerez-vous ?

Je m'applique à user d'une voix douce et chantante, que j'ai remarquée lui plaire plus tôt. Nous allons chercher le cristal, il est hors de question de prendre le risque d'en approcher cet homme vu l'effet qu'il a sur lui. Il arrête de s'agiter, sans pour autant calmer la détresse imprimée sur son visage.

— Mais *il* m'appelle ! » crie-t-il alors que je poursuis ma route.

Cela ne fait plus aucun doute qu'à défaut d'être vivant, le cristal de masse spectrale s'exprime à sa manière. Si je suis à peine étonnée que la lignée -Mori tout entière y soit réceptive, je suis cependant inquiète de la manière dont elles ont employé le terme "appeler" comme le Terrien à l'instant. D'autant que nous avons toutes des capacités psychiques, ce n'est pas comme si les -Mori étaient les seules à pouvoir ressentir des choses qui dépassent la perception physique…

Le sas s'ouvre sur la Représentante Mo'ivu, élégante dans son armure légère et noire, son casque à la main. Ses yeux, luisant d'un rouge vif au sommet de son corps svelte et long, me fixent amicalement. Ses six dorsaux ornés de bagues blanches forment comme des ailes dans son dos, et ses secondaires… Ses secondaires sont agités de minuscules éclairs noirs qui les traversent, ce qui n'est pas normal.

« Commandante, merci d'avoir répondu favorablement à ma demande.

— C'est normal, Mo'ivu. Expliquez-moi ce qui se passe.

— Comme je vous l'ai dit, il y a quelque chose à l'intérieur de l'épave, qui est entré en résonance avec les Yrdiekk-Mori. La puissance mystique qui en émane est étrange…

— Je ne vous le fais pas dire. Mo'ivu, il y a un cristal d'origine inconnue à bord de ce vaisseau.

— Et un écho ici-même… murmure-t-elle. L'être vivant que vous avez trouvé à bord, est-ce que je peux le voir ?

— Vu que vous faites partie du Conseil, vous n'êtes pas sans savoir que je vous ai refusé cela récemment. Je compte sur votre discrétion, d'accord ?

— Oui, Commandante. Vous pouvez compter sur moi. »

Satisfaite de sa réponse, je l'invite à me suivre jusqu'à la cellule, où la terreur du Terrien nous accueille avec toujours la même intensité ; cependant ses yeux ont retrouvé leur forme et leur couleur normale.

« Pourquoi est-il attaché ? demande Mo'ivu.

— Si mes déductions sont justes, le cristal provoque chez lui des crises qui lui font perdre le contrôle de sa force et lui donnent des capacités qui dépassent l'entendement. Il est déjà parvenu à nous protéger sans nous blesser sous cette forme, mais il nous a explicitement demandé de l'attacher.

— Des crises… C'est étrange, ce qu'il a en lui, cette noirceur, elle m'est familière d'une façon que je ne saurais expliquer. N'avez-vous pas cette même sensation, Commandante ?

— Non. Je n'ai même pas pensé à votre lignée quand nous avons échangé nos premières énergies.

— Oh, c'est vexant.

— Vexant ?

— Je plaisantais. Nous devrions y aller, Commandante. »

Sur ces mots, elle enfile son casque et me regarde jusqu'à ce que je décide de bouger, confirmant l'idée quelque peu particulière que je me faisais des Yrdiekk-Mori. La dernière fois que je l'ai rencontrée, c'était lors de ma nomination au poste de Commandante, il y a six ans. Contrairement aux Commandantes, qui sont sélectionnées parmi les volontaires en fonction de leurs capacités au combat et de leur particularité psychologique déviante, la Représentante Yrdiekk-Mori est un titre qui se transmet à la première née suivant la mort de la Représentante. C'est en général la mère de l'élue qui la supplée en attendant qu'elle soit assez mûre pour assumer ses missions. La lignée -Mori est la seule partie de la Flotte à fonctionner comme cela. Tous les autres vaisseaux militaires capitaux sont dirigés par une Haute guerrière nommée par moi-même et ne pouvant pas faire partie du Conseil. Quant aux vaisseaux civils, leurs Représentantes sont tirées au sort en leur sein. Cela fait de cette lignée unique un sujet passionnant, et c'est avec intérêt que je joins sa Représentante aux équipes d'étude de l'épave.

Nous sommes donc deux équipes de six, cette fois, en comptant E'foss qui tenait à faire partie du groupe et dont la présence de Haute guerrière est assez rassurante. Elle dirigera la deuxième équipe. Après avoir prévenu ma sœur, nous passons le sas menant au tentacule d'abordage, toujours ancré dans l'épave. Nous nous laissons glisser jusqu'à la porte menant à la tête, ouverte dans le couloir qui m'a accueillie la première fois.

« Soyez prudentes, il n'y a normalement plus aucun robot en état de marche mais tenez-vous prêtes à toute éventualité.

— Bien compris, répondent Mo'ivu et mes guerrières à l'unisson.

Je ferme la première porte, ouvre la seconde, et nous voilà à nouveau sous l'influence de la gravité artificielle régnant à bord du *Fortress*. Je m'en serais bien passée.

— Bien. E'foss, je compte sur ton équipe pour explorer la zone civile située à l'étage inférieur. Mon équipe va suivre la Représentante -Mori pour retrouver le cristal. À la moindre menace, tout le monde se regroupe près du point d'abordage. Est-ce que j'ai été claire ?

— Très claire, confirme E'foss.

— Et j'oubliais : si l'une d'entre vous trouve le moyen de désactiver le système Gravity, qu'elle ne se prive pas. »

L'épave est toujours aussi lugubre, mais l'épaisseur plus conséquente de notre groupe la rend moins désagréable à parcourir. En suivant les vibrations du cristal, Mo'ivu nous a ramenées à la zone militaire. Nous y avons trouvé quelques tablettes électroniques, ignorées par O'tya quand elle est venue nous secourir, et quelques ordinateurs fonctionnant encore contre toute attente. Nous collectons le maximum de données pour être sûres de ne rien rater.

« Commandante, nous avons trouvé des tablettes qui pourraient avoir appartenu à des membres d'une sorte de dissidence. Ça avance de votre côté ?

— Oui E'foss, nous progressons actuellement dans la partie militaire, zone B, en dessous du pont de commande. Nous approchons du but.

— Une… dissidence ? demande Mo'ivu.

— Oui. Il y a eu des expériences avec le cristal, et une partie de l'équipage s'est rebellée contre ça.

— Et un seul survivant ? Ça vous paraît normal, Commandante ?

— Pas le moins du monde. Aussi surhumain soit-il, il n'a pas pu décimer à lui seul des milliers de personnes dont des centaines de soldats. Je n'ai pas encore assez avancé dans ma lecture du journal de bord pour clarifier cela.

— Oh, je vois. »

Nous traversons ce qui s'apparente à une armurerie, dans laquelle il ne reste que quelques caisses de capsules énergétiques pour fusils. Aucune arme n'est accrochée aux râteliers qui longent pourtant plus de vingt mètres de mur, ce qui est plutôt cohérent avec le fait qu'elles soient éparpillées dans tout le vaisseau. Les placards devant contenir les robots sont vides eux aussi, et cela m'apporte un certain soulagement. Pendant que nous assimilons la moindre trace de technologie sur notre chemin, Mo'ivu paraît de plus en plus happée par l'appel du cristal. D'un coup, et dans un cri aigu, ses secondaires se raidissent dans son dos et dégagent un éclair d'énergie noire qui provoque un vif mouvement de recul dans tout le groupe.

« Mo'ivu !

— Restez en arrière ! Aaaaaaaaahhhhhh !! »

Elle se contorsionne, se replie sur elle-même, s'enveloppe dans ses tentacules, et finalement retrouve son calme.

« Il s'est passé quelque chose de terrible, dit-elle en se redressant lentement.

— Était-ce une vision, Représentante ?

— Oui. Je ne sais pas si c'est ce qui s'est réellement passé ou bien des menaces émises par le cristal, mais j'ai vu des gens s'entre-tuer, un véritable massacre… Tout était si flou et si sombre… »

Elle achève de reprendre ses esprits, se tourne vers nous et fait face à nos airs perturbés. « On y va », dit-elle malgré le choc qu'elle vient de recevoir. J'admire sa volonté, avoir une vision doit être quelque chose de particulièrement effrayant.

« *Commandante*, dit E'foss, *il y a une odeur de mort en bas. Et nous sommes devant un escalier qui mène à une grande porte complètement verrouillée, sur laquelle figure une interdiction formelle d'entrer.*

— Merci E'foss. Ignorez-la pour le moment, vous pouvez vous occuper des bureaux situés au niveau zéro pendant que nous continuons la zone militaire. J'aimerais éviter d'avoir à effectuer une troisième visite, alors faites aussi le tour du pont de commande dès que c'est terminé.

— *Bien compris.* »

Alors ça sent la mort. Après tout, si près de 5000 personnes se sont volatilisées de ce vaisseau qui ne devait voyager que 293 jours, ce qui s'est produit ici était forcément mortuaire. Le chaos que j'ai ressenti en y mettant les pieds, et que je ressens toujours, n'est que la passerelle qui a mené le peuple Terrien de la (sur)vie à l'extinction.

« Le voilà, dit Mo'ivu.

Au fond d'un étroit couloir, lui-même situé au fond d'un dépôt de matériel, trône ce qui nous a attirées ici. L'énergie noire que le cristal dégage nous plonge dans une obscurité que les lampes, et maintenant nos lances, peinent à percer : nous ne voyons que lui. Il est composé de nombreux éclats aux longueurs variées, tous reliés en un seul point, et formant un ensemble à peine plus gros que la plus musculeuse des Yrdiekk-Kraeltiennes. Il semble, en accord avec ce que disait le Roi Celestial II dans son journal de bord, qu'il ait été piqué, creusé. Quelques minuscules éclats scintillent de toute leur noirceur autour du cristal, qui était probablement plus gros au début du voyage.

— Comment vous sentez-vous, Représentante ?

— Je ne sens rien d'anormal… si ce n'est une irrépressible fascination pour cette chose… Ce n'est pas naturel, n'est-ce pas ?

— Non, il n'existe rien dans la nature qui ressemble à ça. Guerrières, restez en arrière s'il vous plaît. Nous allons laisser Mo'ivu procéder.

— Merci Commandante », répond l'intéressée.

Je l'écoute s'éloigner du groupe, se rapprocher du cristal, hésiter, ralentir, reprendre sa marche. J'entends les frottements de son armure cesser et reprendre, jusqu'à complètement se taire à quelques centimètres de ce qui a peut-être tout détruit des restes de cette civilisation. La silhouette de Mo'ivu, longue et mince, se fixe devant le cristal et étend ses tentacules dans tout le passage.

« Cette aura… »

Elle laisse sa phrase en suspens, fidèle à l'obscur mystère qui plane sur la lignée -Mori. Je vois son corps tout entier onduler, se courber dans un sens puis dans l'autre, donnant bientôt l'illusion que c'est le cristal qui se déforme. Alors qu'elle danse sur la fréquence des vibrations, l'énergie qu'elle dégage se mêle au chaos et s'amplifie ; je la ressens d'ici, pourtant loin derrière. Soudain, Mo'ivu s'immobilise. Puis lentement, faiblement, elle se tourne vers nous et seuls ses yeux rouges percent jusqu'à moi. Sans prévenir, sans un mot, ces deux petites lueurs s'éteignent et sont suivies par un bruit de chute.

« Ne bougez pas », dis-je simplement aux guerrières. Je m'avance prudemment mais fermement jusqu'au corps inerte de Mo'ivu, et suis vite rassurée par les ondes de vie émises par ses secondaires. Je me penche sur elle, l'enveloppe avec mes tentacules du bras, et la soulève jusqu'à moi. Elle n'est pas seulement plus mince qu'une autre, mais également beaucoup plus légère. Comme on a pu me le raconter il y a quelques années, les -Mori semblent si différentes de nous... Tandis que je la positionne de sorte à la traîner hors de ce couloir, je suis happée par le rayonnement du cristal. Je le contemple un instant, puis me rends à l'évidence : ce qu'il a à nous dire m'est complètement inaccessible. Je n'ai pas la clairvoyance ni la patience des -Mori. Je vais donc devoir m'en remettre entièrement à elles pour percer à jour l'origine du pouvoir étrange de cet objet, et leur faire pleinement confiance pour qu'elles ne se laissent pas influencer par celui-ci.

« Tout va bien ? demandé-je à la Représentante qui revient déjà à elle.

— Oui, merci. J'ai été frappée par une vision qui n'était pas située dans cette épave, mais chez nous. Je crois que j'ai vu la surface de Yrdann.

— ... Que voulez-vous dire ?

— Vous allez avoir du mal à me croire, mais cette épave nous a probablement amené la clef pour reprendre notre planète aux Drenn-Vyx ! »

Éberluée, je scrute son regard sans savoir quoi répondre à cette annonce. J'ai immédiatement pensé au Terrien survivant, dont la force incroyable pourrait donner naissance à une lignée Yrdiekk plus puissante, capable de faire face aux machines des Drenn. Cela prendrait plusieurs générations avant d'en arriver à un nombre suffisant de guerrières Yrdiekk-Terriennes, mais tout commencerait avec nous, ici-même. Ce regard, celui de Mo'ivu, pendule entre mes yeux écarquillés et la lueur étrange du cristal. Devrions-nous sauter de joie ou nous inquiéter du grand bouleversement qui se dessine ? Nous sommes toutes les six plongées dans un silence stupéfait qui épouse les ténèbres de cette partie de l'épave. La Représentante contemple désormais un fragment du cristal qu'elle a dû récupérer au sol. Sans lever les yeux, elle murmure :

« Je voudrais étudier ce cristal.

Je crois que le cristal n'a plus rien à nous apporter concernant l'avenir de la Flotte, vu que c'est avec le Conseil que cela va se jouer désormais pour accorder ou non la procréation. Mais les -Mori ont l'air d'avoir un lien particulier avec cet objet. Alors, pourtant bien consciente des risques prouvés par l'histoire funeste de ce vaisseau, je décide de la laisser faire.

— Entendu, Mo'ivu. Cependant…

— Oui, je sais que c'est potentiellement dangereux. Les Terriens ont, semble-t-il, perdu la raison en voyageant avec. Alors je prendrai toutes les précautions nécessaires pour ne pas mettre en péril la Flotte. Avez-vous des ordres à me donner ?

— J'allais y venir. Si aucune démarche plus approfondie n'est nécessaire, vous ne focaliserez vos études que sur ce petit fragment, à bord du vaisseau Yrdiekk-Mori uniquement.

— Cela devrait être suffisant, au moins pour commencer.

— Vous me rendrez aussi compte de vos avancées à la fin de chaque cycle journalier, et ce, en face-à-face pour que je puisse constater votre intégrité mentale.

— Je me plierai à vos exigences, Commandante. »

J'aime mon peuple, si facile à vivre… Mais peut-être aurait-il su mieux faire face à l'invasion Drenn s'il avait été élevé dans les conflits. L'Harmonie tant adulée, celle qui nous a unies à toute la vie peuplant notre douce planète, n'est-elle pas quelque part la cause de notre faiblesse ? Lorsque les Drenn ont apporté leur technologie à nos ancêtres, ces dernières n'ont pas souhaité en faire quelque chose qui nous eût amenées à une situation d'échange constructif avec les Drenn. C'est cette peur de nuire, cet attachement à la nature, qui ont signé la perte de cette guerre. Le rôle des Commandantes est de *forcer* cette vocation guerrière pour ne pas nous laisser surprendre une deuxième fois, au sein d'un peuple aux racines profondément trop pacifistes pour pouvoir libérer un réel progrès.

« *Commandante*, dit E'foss, *nous sommes sur le pont de commande et nous avons enfin trouvé l'ordinateur de bord.*

— Est-il exploitable ?

— *Oui. Il contient des données sur de nombreuses technologies utilisées par les Terriens, et il est relié à tous les systèmes de l'épave. Je m'apprête à désactiver la gravité artificielle.* »

O'tya est agitée. Elle est consciente des enjeux, et pendant que les -Mori tentent de comprendre le cristal, de notre côté se pose la question de l'utilisation que nous pourrions en faire. Nous en discutons pendant que nous nous dirigeons vers le vaisseau-mère à bord d'une navette. Le Terrien est à l'arrière avec E'foss, et Kr'aon qui s'est prêtée au rôle de navigatrice pour le trajet. Accrochée au siège et reliée à l'appareil *via* ses dorsaux et secondaires, elle est presque absente car elle fait corps avec la navette. De son côté, comme il n'a pas montré de nouveau signe d'agressivité, le Terrien a été détaché : il n'est résolument pas notre ennemi.

« Le problème, c'est qu'il faut prendre une décision rapidement.

— Je sais bien, répond O'tya, les réserves sont faibles donc il va bientôt falloir effectuer un échange avec les Drenn…

— Nous avons déjà largement de quoi troquer à bord de nos deux vaisseaux cargos, je ne pense pas que cela vaille le coup de leur vendre le cristal, ni même l'épave.

— Mais imagine la quantité de vivres que nous pourrions obtenir, ne serait-ce pas l'occasion d'explorer plus loin, de découvrir de nouveaux systèmes planétaires, de nouveaux horizons… Une nouvelle maison. Nous sommes nombreuses à penser ainsi.

— Une nouvelle maison ? Quelles sont les chances, vraiment ? O'tya… Nous avons à portée de tentacule le potentiel de développer un armement, peut-être même une g…

— Une graine de Renouveau, soupire-t-elle. Tu y penses, alors ?…

Le sujet n'est pas moins sensible qu'il y a quelques jours, lorsque nous avons rencontré le Terrien pour la première fois. C'est simplement que, désormais, avec le ressenti que m'a communiqué la Représentante Mo'ivu, la perspective de fonder une nouvelle branche au sein du peuple Yrdiekk avec un être aussi puissant que cet homme… Cette perspective me semble porteuse, et logique. La lignée Yrdiekk-Kraeltienne est elle-même plus résistante que les deux premières, ce qui a encore été prouvé par le rétablissement déjà total de Kr'aon malgré le plus grand nombre de coups qu'elle a encaissés contre les robots. Et ce Terrien n'a pas l'air très réfractaire à l'idée que je me rapproche de lui, si je me fie aux énergies qui émanent de lui à mon contact.

— Ça n'a pas l'air de te plaire ?

— Ce n'est pas ça... Je dirais que je préférerais pouvoir essayer quelque chose moi-même. Rechercher une nouvelle planète, nous pouvons le faire, alors que si nous fondons une lignée avec ce Terrien, nous ne serons déjà plus de ce monde lorsqu'il y aura assez de Yrdiekk-Terriennes pour mener l'assaut.

— Pourquoi ne pas changer les règles... »

Je ne termine pas ma phrase, car je suis consciente que O'tya ne partage pas mon point de vue sur les règles que notre peuple respecte depuis toujours. Pour moi, elles nous limitent de manière dangereuse. Pour elle, non déviante, ces règles existent pour éviter que le cœur harmonieux de notre peuple ne se laisse dévier vers des comportements plus proches de ceux des Drenn. Des comportements destructeurs, un déni de nos principes fondamentaux. Je n'ai pas besoin de l'entendre de sa bouche pour savoir que tout ceci vient de lui traverser l'esprit.

« Je suis désolée, O'tya.

— Ce n'est pas grave, sourit-elle avec gentillesse. C'est ta façon d'appréhender les choses qui te vaut ta place de Commandante. Je te propose que nous attendions le dernier moment pour faire l'échange, afin de voir ce que trouvent les Yrdiekk-Mori. Si nous n'avons rien à tirer directement du cristal, nous l'échangeons.

— Quoi qu'il en soit, nous démantelons l'épave pour créer de nouveaux armements. Les Drenn ne doivent pas apprendre que le cristal vient d'un vaisseau alien, ou ils risquent de vouloir investiguer.

— Je suppose que tu as raison. »

Le sas d'amarrage se déploie entre la navette et le vaisseau-mère, tandis que nous rejoignons les deux Hautes guerrières et le Terrien à l'arrière. Il est anxieux, à en croire l'agitation nerveuse de ses doigts qu'il fait craquer avant de se tourner vers moi avec un sourire gêné.

« Ha ha ! fait-il. Vous tirez une de ces têtes, O'dae.

Je ne relève pas sa taquinerie, mais plutôt la peur étrange dont il fait preuve. En commençant à traverser le sas, je tente de le rassurer.

— Tout va bien se passer, Terrien. Ce n'est qu'une formalité, rien qui puisse engager votre survie.

— Eh, vous savez, mourir… Je ne sais pas depuis combien de temps je suis en vie mais je crois que ça fait bien longtemps que je devrais être mort.

— Merci pour l'ambiance », rit O'tya alors que la deuxième porte s'ouvre sur la Représentante A'vini.

Cette dernière nous attend patiemment sur la passerelle d'amarrage du vaisseau-mère. A'vini est la seule Représentante à vivre à bord du vaisseau-mère. Elle fait partie de la lignée pure, accorde une grande importance aux protocoles, mais a toujours respecté mes choix sans trop insister. Comme elle est la première interlocutrice de toute Yrdiekk voulant s'adresser au Conseil, elle me simplifie beaucoup la tâche quand les 63 Représentantes des vaisseaux civils veulent me parler. La tenue des Représentantes est une robe fendue dont l'une des manches est beaucoup plus ample et longue pour embrasser les tentacules du bras. Celle que porte A'vini est bleu foncé, et ornée de fins motifs argentés. Argentés, comme les bagues élastiques dont elle coiffe ses tentacules à l'instar des autres membres du Conseil.

La Représentante nous accueille avec grâce, saluant d'un arc de cercle notre groupe et adressant un léger sourire à notre visiteur. Depuis notre départ lors de la deuxième investigation de l'épave, et ce même si son comportement n'a pas beaucoup changé, le Terrien est un peu crispé. Je ne peux pas encore me résoudre à le laisser retourner à bord, mais j'ai peur d'y être obligée si je ne veux pas nous mettre dans une relation conflictuelle.

Nous laissons E'foss et Kr'aon près du sas, passons le long et large couloir central du vaisseau-mère, et arrivons directement dans la grande salle circulaire où se réunit le Conseil. Vaste et haute sous un dôme magnifiquement ouvragé, toute sa paroi est longée par des estrades mobiles. Elles sont munies d'attaches pour que l'on puisse s'y accrocher, et sont reliées directement à l'Index du vaisseau qui trône au milieu de la salle. Deux bras télescopiques maintiennent chacun une estrade au-dessus de l'Index ; je prends place sur l'une d'elles aux côtés de O'tya et du Terrien, tandis que la Représentante s'installe sur l'autre. Dans le silence qui règne malgré le nombre, le Terrien est ébahi par le spectacle de ces 65 regards de Représentantes tournés vers lui. Elles sont toutes là, toutes celles des vaisseaux civils, plus Mo'ivu et A'vini. J'insère deux secondaires dans une encoche de l'estrade, pendant que la Représentante des Représentantes s'élève et prend la parole :

« Représentantes de toute la Flotte, dit-elle, cette réunion a pour but d'officialiser notre rencontre avec le peuple Terrien, représenté par l'homme qui se tient ici. Comme le veut le protocole, tout ce qui sera dit et ressenti ira directement à l'Index pour formuler le consensus.

— Le consensus ? murmure-t-il dans ma direction avec une grimace.

— Nous nous mettons d'accord sur notre ressenti du peuple Terrien.

— Mais je ne représente rien ! proteste-t-il. Je ne me rappelle même pas mon nom, je vais sûrement dire plein de conn...

— Ce n'est pas important, c'est une étape nécessaire mais rien n'est gravé dans un arbre.

— Dans le marbre, Commandante, sourit-il en plissant ses yeux d'un air franchement amusé.

Je suis à moitié vexée, et à moitié satisfaite de le voir se détendre un peu. Il a l'air de comprendre la situation.

— C'est ce que je voulais dire. Allez, ne dérangez pas la séance, ce sera vite terminé. »

Le regard insistant mais attendri de la Représentante A'vini reste quelques secondes posé sur nous, avant de parcourir l'assemblée. Je n'aime pas vraiment les séances de consensus, mais elles sont nécessaires pour maintenir l'harmonie au sein du peuple et éviter que je ne fasse des choix clivants. Il n'y a guère que sur les stratégies militaires que le Conseil est particulièrement conciliant. Tout ce que pourra leur dire le Terrien sera recoupé avec les données extraites de tous les journaux de bord collectés dans l'épave, afin de formuler le rapport entre nos deux peuples.

« Terrien, vous avez traversé l'espace depuis votre système solaire et votre planète la Terre, à bord du vaisseau nommé *Fortress*. Est-ce juste ?

— Oui, répond-il, manifestement intimidé.

— Vous rappelez-vous votre vie sur Terre ?

— Non.

— Votre nom ?

— Non plus.

Il baisse la tête en répondant, toujours crispé et accroché à la rambarde de notre estrade. Je pose ma main sur son épaule en signe de soutien, prenant soin de ne pas le faire avec un tentacule cette fois.

— Les données de l'ordinateur de bord du *Fortress* indiquent un voyage de 299 ans. Étiez-vous déjà à bord lorsqu'il a quitté la Terre ?

— Je crois que oui, hésite-t-il.

— Est-ce normal pour un être humain de vivre aussi longtemps ?

— Non. Désolé.

Il a vraiment l'air attristé de devoir répondre cela. Ses yeux verts semblent perdus au loin, peinant à retrouver leur passé. J'aurais préféré qu'il puisse atteindre cet objectif avant de rencontrer le Conseil, cette rencontre me paraît bien prématurée… Visons au moins l'apaisement des questions que peuvent légitimement se poser toutes les membres de la Flotte et qui, à terme, auraient pu fonder une remise en question de mes choix. J'ai cédé à leur appel simplement pour ne pas avoir l'air de cacher quelque chose d'important à mes semblables.

— Pensez-vous pouvoir nous dire pourquoi votre peuple s'est éteint à bord de ce vaisseau, Terrien ?

— Hmm, je ne sais pas si je peux le dire… murmure-t-il à mon attention.

— Parlez librement, lui dis-je avec une petite appréhension.

— Nous nous sommes entre-tués à cause d'un misérable caillou, dit-il alors. J'ai perdu conscience pendant très longtemps, mais depuis que vous m'avez trouvé, j'ai ce souvenir qui me trotte encore et encore dans la tête, d'un homme, un ami je crois. Il m'avait dit, nous nous sommes entre-tués à cause d'un misérable caillou. Juste avant de mourir à son tour. »

Un silence morbide parcourt l'assemblée, quelque peu surprise et chagrinée par un tel récit. Ma main, qui n'avait pas quitté l'épaule de notre visiteur, glisse alors dans son dos auquel elle adresse une légère tape. Des larmes noires ont recommencé à couler de ses yeux, et une odeur de profond regret s'installe.

— Je suis désolée, Terrien, dit A'vini. Souhaitez-vous mettre fin à cette séance ? J'aimerais si possible vous adresser deux dernières questions.

— Je vous en prie, répond-il avec un sourire plus ou moins rassurant.

— Pourquoi avez vous protégé nos semblables quand elles ont été attaquées par des machines dans l'épave ?

— J'avais pour mission de détruire ces robots, je le ressens encore. J'ai vu qu'elles avaient besoin d'aide, et malgré mon état second, j'ai réussi à focaliser mes attaques sur leurs assaillants. Je crois qu'en rallumant la lumière, elles m'ont sorti de ma furie incontrôlable.

— Nous vous en remercions sincèrement. Vous avez sauvé trois vies ce jour-là. La dernière question que j'aimerais vous poser, est celle de l'impression que vous avez du peuple Yrdiekk.

Il porte sa main à ses lèvres, scrutant les Représentantes avec un air songeur strié par ses larmes. Son regard fait le tour de la grande salle, lentement, pour enfin se poser sur moi.

— Je vous trouve captivantes. Vous comprenez et apprenez les choses si vite que ça pourrait en être effrayant, mais vous êtes douces et réconfortantes après tant d'années de solitude. Merci de m'avoir recueilli. »

Tant d'années de solitude… À en deviner ce qui s'est produit dans le *Fortress*, un être humain normal aurait dû perdre complètement la raison après tout cela. Son amnésie y est peut-être pour quelque chose, mais il me semble presque trop calme pour quelqu'un qui a vécu un massacre suivi de deux siècles de solitude. Cette façon qu'il a de plonger son regard dans le vide par moments… J'essaie de vite chasser ces pensées pour éviter qu'elles influencent trop le consensus, qui doit déjà être imprégné de la méfiance d'une bonne partie de l'assemblée. Les mots que le Terrien vient de prononcer ont pu apaiser ces ondes négatives, puissent-ils suffire à fonder une relation saine entre lui et nous.

Identification : _ Commandante O'dae

Lignée : _ Pure

Bienvenue dans l'Index, Commandante.

Section : CONSENSUS → GRAINE DE RENOUVEAU

Doz-Vyx ; rencontre non effectuée

Drenn-Vyx ; taux d'acceptation 0 %, stable

Kraeltiens ; taux d'acceptation 86 %, stable

○ *Lignée -Kraeltienne prospère, fondée en 23 après l'Exil*

Terriens ; taux d'acceptation 42 %, instable

Actualisation en cours … _

Terriens ; taux d'acceptation 47 %, instable

Actualisation en cours … _

Terriens ; taux d'acceptation 41 %, instable

_ Déconnexion de l'Index. Au revoir, Commandante.

Cela fait deux jours que la rencontre est passée, et le consensus n'annonce rien de bon : s'il marque une certaine hésitation, il est bien loin des 70 % d'acceptation moyenne nécessaires pour créer une nouvelle lignée. J'essaie de mettre de côté cette idée, et décide de poursuivre la découverte des événements ayant fracturé le voyage du *Fortress*. Qui sait, peut-être qu'une révélation pourrait changer la donne… J'ai donc utilisé la fonction de synthèse de l'Index, afin de remettre en ordre et de classer les différents récits rédigés pendant le trajet. À partir de cette action, l'Index a pu mettre en forme une version résumée et épurée, que j'ai exportée dans une tablette de lecture afin de l'amener à notre pensionnaire.

« Est-ce que vous êtes prêt, Terrien ?

— Oui, j'en ai assez de rester dans le flou.

— N'avez-vous pas peur de ne plus être vous-même après cela ?

— Je ne suis déjà pas moi-même… Et puis je crois que tout est foutu pour l'espère humaine, mais si je peux vous aider, je le ferai.

— Vous avez bon cœur, dis-je dans un soupir.

— Je fais de mon mieux. Avant de commencer, j'aimerais…

Il regarde autour de lui, toujours le même paysage que lui offre la cellule d'isolation depuis notre rencontre. J'ai pu lui faire visiter mon vaisseau, même s'il n'y a pas grand-chose à voir dans nos bâtiments d'à peine 70 mètres de long, et c'est toujours dans cette même pièce qu'il reste enfermé et guetté. Je n'aimerais pas être à sa place, d'autant que nous avons dû l'attacher à nouveau pour éviter un incident lors de la lecture. La moindre des précautions.

— Qu'aimeriez-vous ? demandé-je.

— Sachez juste que, quoi qu'il advienne de ma raison quand nous allons lire tout ça, je suis heureux de vous avoir connue.

Analyser des données pendant deux jours m'aura permis d'apprendre à jauger sa sincérité, mais aussi une claire volonté de me plaire à travers ses paroles. Sans jamais avoir abordé le sujet de la procréation avec lui, il semble que nos tentacules n'effacent pas les attraits féminins que nous partageons avec les femelles terriennes. Je suis en droit de supposer qu'il nous trouve belles selon ses standards, au moins aussi belles que je peux le trouver objectivement beau. Et il éprouve du désir, sans aucun doute.

— Essayez-vous de me charmer, Terrien ?

— Non non, fait-il avec un grand sourire, je disais ça comme ça.

— Vous êtes la découverte la plus importante de ce dernier siècle », dis-je pour lui rendre sa gentillesse.

À en voir sa moue déçue, le compliment n'a pas l'air assez personnel pour l'atteindre.

*

Phase 1 : le départ

Le Roi Celestial II embarque une partie des sujets du Royaume humain à bord du Fortress, *fuyant le chaos qui s'est répandu sur Terre. À son bord, un peu moins de 5000 passagers dont 463 membres de la Couronne, privilégiés dont les compétences ont permis le développement du Royaume et du vaisseau en question. Ils ne sont pas contrôlés par une puce électronique, à l'inverse des autres passagers. À ceux-ci s'ajoutent 200 soldats et 600 robots de combat, plus un "GECKO" (?). Le trajet doit alors durer environ 293 jours.*

L'arrivée du Fortress *sur la planète Mars doit suivre l'explosion d'un missile de géo-ingénierie sur la surface de cette même planète, permettant à l'espèce humaine de s'y installer dans de meilleures conditions climatiques. Toute la partie supérieure du* Fortress *doit se déployer en une petite ville fermée dès que le bâtiment sera posé sur le sol martien, et devenir le cœur du nouveau Monde. La partie inférieure du vaisseau, interdite d'accès, contient de nombreux appareils militaires dont l'inventaire n'a pas été fait à cause de la précipitation du départ.*

Phase 2 : le cristal

Peu de temps après le départ, l'équipage découvre qu'un fragment de la masse spectrale ayant envahi la Terre a heurté le Fortress. *Le fragment, cristallisé dans l'espace, est récupéré par une équipe technique, à la suite de quoi plusieurs expériences sont effectuées dessus.*

Ainsi, 5 soldats se voient octroyer chacun un éclat du cristal, qui développe leurs capacités physiques au détriment de leur intégrité mentale. La technologie liée à la puce électronique permet aux chercheurs de réduire ces effets secondaires sans atténuer l'amélioration spectaculaire de la force de ces soldats au cours du temps.

Phase 3 : la formation de la dissidence

La majorité des membres de la Couronne étant auparavant opposés à cette expérimentation avant l'arrivée sur Mars, un climat de désapprobation s'installe chez certaines personnes ne portant pas de puce.

Alors que Celestial II voit le cristal comme une opportunité d'améliorer le genre humain, la dissidence y voit un acte dangereux et immoral qui doit être arrêté. Elle fait par ailleurs le lien avec la puce, qui est selon ses revendications, "la porte d'entrée vers toutes les déviances scientifiques dans la modification de l'Humanité". Celestial II est également vivement critiqué par la dissidence car il a pris le pouvoir par la force en assassinant son prédécesseur.

Le fondateur de la dissidence, Sebastian Forte, commence par voler un éclat du cristal par précaution, ce qui attise la méfiance du Roi. Ce dernier forme alors une garde rapprochée, constituée des 5 super-soldats obtenus grâce au cristal, et retire ce dernier des laboratoires du niveau zéro pour le confiner dans la zone militaire. Il enclenche également un plan de surveillance renforcée dans tout le Fortress, qui repose sur une répression par les robots de tout acte suspect.

Phase 4 : de la dissidence à la rébellion

*

« Vous voulez qu'on s'arrête là ? demandé-je soudain au Terrien dont le visage a pris une expression étrange.

— N… non je… Non, ça ira.

— Le nom de Sebastian Forte vous dit-il quelque chose ?

— Oui. Les tablettes de tous les passagers s'ouvraient sur son visage quand l'avis de recherche a été lancé. Il s'est isolé des quartiers de la Couronne dès qu'il a commencé à commettre des actions anti Royaume, c'est sa disparition qui l'a désigné coupable.

— Ce n'est pas vous ? Attendez, l'Index a pu joindre des fichiers plus complets et des photographies des personnes impliquées…

— Ce… Inutile, ce n'est pas moi. Ce gars était petit et blanc, au crâne rasé et aux yeux bleus. Autant vous dire que je ne corresponds pas tout-à-fait au profil. »

J'affiche tout de même la photographie associée au premier homme à bord ayant utilisé ses privilèges pour s'opposer à l'autorité. Je constate en effet qu'il était très loin de ressembler à mon interlocuteur. Ce dernier me scrute avec un air de "je vous l'avais dit" pendant que je le compare à ce fameux Sebastian. Les êtres humains avaient des différences physiques individuelles beaucoup plus marquées que nous autres… À peine différenciées par les motifs formés par les rainures de notre peau et la couleur de nos yeux, c'est surtout notre énergie individuelle qui nous rend reconnaissables. Notre "odeur".

« Reprenons la lecture, s'il vous plaît. »

Phase 4 : de la dissidence à la rébellion

Malgré les mesures de répression déployées, Forte parvient à s'attirer la sympathie d'une grande partie de la Couronne, qui met alors en place un vote visant à contraindre Celestial II à cesser l'expérimentation. Il refuse, et ce, malgré l'obtention par la dissidence de la majorité des votes. Alors que l'opposition de la Couronne semble s'atténuer, le noyau dur mené par Sebastian Forte commence à provoquer des dysfonctionnements de puce chez les autres passagers pour les rallier à la cause. Le responsable de ces piratages est Romain Sanches, qui signe une montée en force des actions de la dissidence. Quelques affrontements entre rebelles et forces de sécurité font leurs premières victimes.

Le recrutement très rapide de nouveaux membres permet à la rébellion de garder un net avantage sur l'armée, ce qui place le Roi dans une impasse. Les rebelles utilisent désormais une machine qui leur permet de supprimer les effets de la puce de contrôle, révélant la réalité de la situation à tous les sujets. Alors que les affrontements s'intensifient et tournent au massacre, Celestial II s'octroie lui-même un éclat du cristal et commence à s'en prendre directement à ses opposants. L'une des associées de Sebastian Forte, Cindy Marchand, est capturée et exécutée devant les caméras.

À ce stade, le Fortress *en est à la moitié de son chemin vers Mars. L'équipage de commande n'a plus que 7 membres, il n'y a plus que 114 soldats et 487 robots de combat et le "GECKO" (?). Quant aux passagers, ils ne sont plus que 4091.*

Il s'agit du dernier comptage effectué pendant le voyage, puis les événements se sont précipités.

*

« Il va falloir s'accrocher, on dirait…

— Plus aucun comptage après ça », répète mon pensionnaire.

*

Phase 5 : "Black Beard"

Face à l'implication violente de Celestial II, et à l'insu de Sebastian Forte, le pirate informatique Romain Sanches parvient à retourner un groupe de robots contre la garde rapprochée du Roi. Il parvient à tuer deux des super-soldats, mais il est identifié en raison d'une faille dans sa procédure. Il devient l'homme à abattre, passant devant Forte qui n'a toujours pas été arrêté. La majorité des rebelles décident de suivre Sanches, tandis que Forte refuse d'aller plus loin dans l'utilisation des robots militaires en raison d'un risque de massacre. Sanches invoque alors le fait que le conflit est déjà trop engagé pour faire marche arrière, et lance un piratage de masse qui retourne tous les robots contre les soldats.

De nombreuses personnes, y compris des enfants, sont impliqués dans les combats et perdent la vie. Peu nombreux sont ceux qui échappent encore à l'influence du cristal, qui s'est étendue à tout le vaisseau. Alors que les affrontements font rage et s'intensifient, rien n'est fait pour tenter d'arrêter le chaos.

Phase 6 : les derniers mots

Sebastian Forte est tué dans son sommeil et son éclat de cristal disparaît. Dans les jours qui suivent, une tuerie fait perdre la vie à plusieurs centaines de personnes, soldats compris. La sécurité parvient à reprendre le contrôle de ses robots, qui s'en prennent alors à toute personne identifiée par les caméras de surveillance lors des affrontements. Romain Sanches en est la première victime.

Un humain mutant dont on ignore la provenance [aucune entrée de journal de bord ne fait part de son identité] commet des massacres de soldats et de machines dans tout le vaisseau, forçant ces derniers à faire l'usage du "GECKO" (?) qui ravage alors tout sur son passage sans faire de distinction entre combattants et civils. Les dernières forces de sécurité du Fortress s'enferment dans la zone militaire avec Celestial II, ce dernier étant mourant à la suite d'un combat contre "la bête".

L'alimentation générale du vaisseau est coupée alors qu'il reste très peu de survivants. Les machines arrivées sur leurs réserves d'énergie se mettent en veille.

Celestial II meurt des suites de ses blessures, tandis que les soldats et membres d'équipage enfermés dans la zone militaire se partagent le peu de nourriture qu'ils sont parvenus à sauver. Menacés par les coups de "la bête" sur la porte, aucun d'entre eux ne se décide à ouvrir avant de mourir de faim.

*

« Après ça il n'y avait plus d'entrée de journal, tous bords confon… »

Je me coupe net, à la vue du Terrien qui est en train de doubler de volume. Il ne dit rien mais le sifflement occupe tout l'espace sonore de la salle, et tandis qu'il tire sur ses liens, l'éclairage de mon vaisseau se met à clignoter. Les yeux de "la bête" s'emplissent d'un noir fumant, avant de virer au violet brillant qui m'a tant marquée la première fois.

« Reprenez-vous, Terrien ! »

C'est à peine s'il calcule ma présence. Il tire, se contorsionne, hurle à s'en arracher les cordes vocales, mais ce sont ses liens qu'il déchire dans un fracas assourdissant. Les lumières s'éteignent trois secondes, et lorsqu'elles se rallument j'aperçois à peine sa silhouette massive s'échappant en direction du sas d'abordage, par lequel mon vaisseau est toujours accroché à l'épave. J'active ma commande d'appel à l'équipage, en priant pour qu'il ne se passe rien de grave :

« Guerrières, le Terrien est en fuite vers l'épave ! Laissez-le passer ! Ne vous mettez surtout pas sur son chemin ! »

J'enfile mon casque, et saisis ma lance ainsi que l'un des boucliers énergétiques ramenés de notre affrontement avec les robots. Je me rue à la poursuite de mon invité très spécial, en appréciant le fait qu'il n'y ait pas encore d'équipe à l'intérieur de l'épave pour procéder à son démantèlement. J'arrive dans le couloir menant au sas, et évite de justesse la porte de celui-ci qui vient d'être arrachée avec une brutalité incroyable. La silhouette fumante disparaît dans le tentacule d'abordage et arrache la deuxième porte. Il aura fallu cet incident pour que je réalise la fragilité indécente des vaisseaux de la Flotte.

« Qu'une équipe de renforts se prépare et attende les ordres, soyez toutes prêtes à repousser un assaut dans la zone d'abordage ! »

Comme il est toujours beaucoup plus rapide que moi, je peine à le suivre dans l'épave et suis bientôt contrainte à tenter de le repérer au son et aux vibrations. Je m'enfonce, seule, dans les entrailles du vaisseau fantôme, jusqu'à me perdre et à ne plus savoir où aller. Je fais plusieurs tours sur moi-même avant de réaliser que la bête se trouve au niveau inférieur.

Allez, on garde son sang froid. Je reprends ma course en me fiant à la signalétique, pour me diriger vers l'un des deux passages menant à la zone civile. À mesure que je m'en approche, je décèle des bruits métalliques ressemblant à de grands coups. Il ne me faut pas longtemps pour comprendre qu'il est en train de forcer le passage interdit qui a été trouvé par E'foss lors de notre dernière visite : le passage vers la soute. Le Terrien a dit avoir coupé le courant pour enfermer "quelque chose", et après la lecture de la synthèse j'ai ma petite idée concernant ce que ça pourrait être. Le GECKO, je ne vois pas d'autre perspective. La machine qui a massacré les rangs de l'opposition juste avant la coupure. Et surtout, la machine qui n'est pas apparue sur le radar pendant nos investigations précédentes.

Un énorme bruit retentit au moment où j'arrive enfin à atteindre le Terrien, qui vient d'enfoncer la porte de la soute à la force de ses bras. Une onde de choc traverse tout le couloir et me repousse sur plus d'un mètre, pendant qu'il s'engouffre dans cette espèce de hangar gigantesque. Aussitôt, le vacarme de plusieurs armes à feu se fait entendre. Je me précipite prudemment jusqu'à l'ouverture créée par la bête, et découvre avec stupeur son adversaire : un robot de plus de deux mètres de haut, dont les quatre pattes sont actuellement aimantées au blindage d'un vaisseau maintenu en hauteur. Ses trois fusils mitrailleurs tirent sans discontinuer sur le Terrien, qui se jette de parois en parois à un rythme effréné.

L'accès à la soute débouche sur une grande passerelle, qui la traverse de part en part et encadre une dizaine de vaisseaux massifs suspendus. En dessous, devaient être entreposés un grand nombre de chasseurs et de drones, ainsi qu'un robot humanoïde d'au moins six mètres de haut. Ceux-ci flottent à mi-hauteur de façon totalement désordonnée. Ils ne semblent pas avoir apprécié leur chute de plusieurs mètres, occasionnée quand nous avons réactivé accidentellement le système Gravity lors de la première visite.

Je reviens au combat opposant le fameux GECKO au dernier Terrien en vie, et suis vite obsédée par une seule idée, me mettre à l'abri. Les tirs résonnent dans tout le hangar, manquent toujours de peu leur cible, et viennent brûler l'épaisse couche de poussière qui recouvre chaque surface. J'étends mes tentacules du bras pour me hisser en dehors de cet enfer, quand je me rends compte que le Terrien n'arrive pas à approcher le robot qui fait preuve d'une agressivité à peine imaginable. Remettre mes idées en ordre me permet de supposer que, s'il a enfermé ce robot ici au lieu de le détruire, c'est que sa propre vie était menacée. Alors si je ne l'aide pas, il ne va pas s'en sortir. Je vais devoir essayer d'améliorer la situation, en espérant que le Terrien ne me reconnaisse toujours pas comme une ennemie.

Je profite du fait qu'ils soient tous deux à une bonne distance, pour commencer à me rapprocher le plus discrètement possible en passant d'un vaisseau à l'autre. La vitesse des deux adversaires leur fait changer de position de manière imprévisible, mais je parviens à me placer à une dizaine de mètres d'eux. Je pivote autour d'un chasseur pour rester à l'abri des tirs et… des autres chasseurs que le Terrien n'hésite pas à projeter contre son ennemi. L'un d'eux l'impacte avec assez de force pour lui faire perdre prise, et voilà que le GECKO cesse d'attaquer et semble se concentrer sur la recherche d'un autre point d'attache. Je rassemble mes forces, mon courage et toute la précision dont je peux faire preuve, interpelle le Terrien, et lui jette ma lance et mon bouclier en espérant qu'il puisse leur donner une utilité. Et qu'il ne prenne pas cela pour une agression. Juste avant que le GECKO s'accroche à un vaisseau, l'Humain se jette en avant et attrape au vol les deux équipements. Il traverse le vide tout en déployant le bouclier, dévie les tirs qui reprennent de plus belle, et dans son élan, plante la tête de ma lance dans l'articulation d'une des trois mitrailleuses. La bête se détache du robot et prépare un coup de bouclier, pendant que j'active à distance la commande de la lance pour qu'elle libère une grande décharge d'électricité.

La machine de mort reprend l'attaque juste avant de recevoir le coup de bouclier qui démonte enfin l'arme ; il en reste une sur le dessus, et une accrochée sous son ventre. Alors qu'elle essuie au moins deux tirs, la bête s'accroche juste à temps au GECKO pour se cacher derrière ce dernier, pile dans l'angle mort des deux mitrailleuses. Le robot entre alors dans une manœuvre de rotation, tout en se cognant lui-même à la surface du vaisseau lui servant de support, ce qui finit par forcer le Terrien à lâcher prise. Il s'accroche à un vaisseau qui devait autrefois servir à transporter de petites équipes, et s'empresse d'en faire le tour pour se mettre à l'abri des tirs. Ce combat ne va-t-il donc jamais se terminer ?

Je déclenche une nouvelle décharge de ma lance, toujours plantée dans l'ennemi, ce qui interrompt ses attaques pendant quelques secondes. Ce délai est suffisant pour permettre à la bête de forcer un passage à l'intérieur du vaisseau qui lui servait d'abri, sans pour autant échapper au ciblage du robot. Celui-ci, une fois débarrassé de la surcharge d'électricité que je m'apprête à réitérer dès que ma lance sera rechargée, ouvre le feu sur l'engin en question et tout particulièrement sur la vitre de son cockpit. Contrainte par la lente recharge de ma lance, me voilà totalement prise au dépourvu. J'assiste au mitraillage bruyant et explosif de tout l'avant de ce vaisseau, dont la vitre du cockpit se disloque et expose bientôt l'abri précaire du Terrien. C'est alors que, sous mes yeux ébahis, l'intérieur du cockpit s'illumine et les réacteurs du vaisseau démarrent dans un sifflement menaçant. Je ne peux me résoudre à croire que les Terriens n'aient pas établi de procédures de sécurité pour empêcher toute personne non habilitée de prendre les commandes d'un engin, surtout militaire. Et pourtant, dans un éclair lumineux, les réacteurs poussent brutalement l'appareil contre le GECKO et l'entraînent droit sur un autre vaisseau, ce qui l'écrase contre celui-ci tout en traversant le hangar à toute vitesse, heurtant encore d'autres engins sur le passage. Au quatrième impact, le corps du robot éclate en plusieurs morceaux et cesse de donner le moindre signe de vie. Quant au vaisseau contrôlé par le Terrien, il termine sa route dans la paroi du hangar après avoir ravagé la passerelle sur plus de la moitié de celui-ci.

S'ensuit le silence caractéristique de cette épave, qui m'a manqué le temps de l'affrontement. Si le vaisseau avait pu prendre plus de vitesse, il aurait probablement explosé contre la paroi et provoqué une brèche dans la coque du *Fortress*. Sa carcasse fumante, encastrée dans le mur, ne laisse que peu d'espoirs de survie pour son pilote. Horrifiée, je me surprends à retenir mon souffle en flottant à travers le hangar, pour rejoindre l'engin dont les réacteurs ont totalement arrêté de siffler. En approchant, je décèle l'autre sifflement, celui de la bête. Il se fait de plus en plus faible, cependant, de plus en plus mort.

Je m'accroche enfin au vaisseau, et m'étonne de la façon dont seul son nez a été totalement broyé contre le mur. Je me faufile dans l'ouverture forcée quelques instants plus tôt, cette dernière ayant tout de même été assez déformée par l'impact. Je me heurte alors à une vision d'horreur : le corps du Terrien, plié entre les morceaux enfoncés de l'habitacle, semble s'éparpiller en une multitude de branches noires et fumantes, d'une texture organique, souple et irréelle. Les branches, un peu plus épaisses que des tentacules d'Yrdiekk, se divisent en plusieurs autres et s'infiltrent dans tout l'appareillage du vaisseau. Si ces branches semblent vivre, le corps toujours recouvert de cette couche sombre est quant à lui, totalement immobile. Il est… ?

Avec toute mon appréhension et ma prudence, je me positionne juste assez près de lui pour pouvoir le toucher avec un secondaire. Je suis comme électrifiée par l'énergie très désagréable émanant de lui, mais je reconnais des pulsations de vie.

« Je ne suis pas mort, hein, murmure-t-il avec dédain sans bouger d'un pouce.

— Non, et… je préfère.

— Regardez ça… Je suis un putain de monstre. »

Un monstre, c'est le mot. Dispersé ainsi, comme fusionné avec l'appareillage de ce vaisseau, je peine à le reconnaître. Sa survie après un tel impact tient du miracle, ou de l'horreur. Au choix. Une branche se déchire et libère une partie de sa main, qui se meut légèrement.

« Pouvez-vous sortir de ce vaisseau, O'dae ? Je préférerais que vous ne me voyiez pas dans cet état. »

Je me retire en silence et me place dos au vaisseau, faisant ainsi face à l'immensité de ce hangar complètement ravagé. La violence de cet affrontement me laisse encore sous le choc, auquel s'ajoute la vision incompréhensible qui vient de s'offrir à moi. J'attends sans dire mot, le vide sonore seulement comblé par les bruits de déchirement provenant de l'intérieur de l'engin. Il n'y a plus aucun sifflement, ni même le moindre grésillement robotique. Je crois qu'il est revenu de force dans l'épave pour détruire la dernière menace à bord.

« C'est moi qui ai tué tout le monde, entends-je finalement.

— …

— Je peux comprendre si je vous fais peur, à vrai dire je me dégoûte…

— Est-ce que vous vous rappelez ce qui s'est passé ? fais-je doucement.

— Un peu trop bien, oui. Tout est redevenu tellement clair, c'est ironique quand on voit l'obscurité dans laquelle j'ai plongé ce voyage…

— Racontez-moi ? »

Je l'entends s'agiter un petit peu, mais il ne semble pas encore décidé à tout me dire. Je prends mon mal en patience et active à nouveau la commande d'appel :

« Guerrières, la situation est revenue à la normale. Je serai bientôt de retour à bord avec le Terrien, vous pouvez retourner à vos occupations. »

Cet endroit n'est plus dangereux, et malgré toute la fureur dont notre visiteur peut faire preuve, je veux croire qu'il ne me fera aucun mal. Ce pouvoir… il le maîtrise ?

« O'dae ?

— Oui, Terrien ?

— Pouvez-vous me jurer que vous n'allez pas m'abandonner à la solitude quand je vous aurai tout raconté ?

— Il est certaines histoires que je ne suis pas obligée de transmettre à l'Index. Mais vous, pouvez-vous me jurer qu'aucune de mes semblables n'aura à subir le moindre coup de votre part ?

— Ha ha.

— Pourquoi riez-vous ?

Il sort timidement de la carcasse du vaisseau, et se révèle à nouveau sous sa forme normale. Plus aucune branche, plus aucune surface ténébreuse, ni la moindre fumée. Ses yeux ont perdu leur lumière terrifiante pour revenir à un vert clair.

— Lorsque la masse spectrale a franchi les failles et envahi le Royaume, elle ne s'en est prise qu'aux Hommes et à leur œuvre. Villes habitées, machines, robots. Elle a tout détruit, tout dévoré, tout assimilé.

— Où voulez-vous en venir ?

— J'ai… Enfin, la bête. La bête est un morceau de la masse spectrale. Je crois qu'elle ne vous reconnaît pas comme des êtres humains. À moins que vous n'essayiez de me faire du mal, nous devrions enfin réussir à être bons amis maintenant qu'il n'y a plus aucun Humain en vie, ni aucune machine en état de marche… J'espère, en tout cas. »

Je le trouve étonnamment explicatif, et à la fois si sombre. Ce qui m'a semblé ressembler à un rire n'en était pas un. Tout ce que je ressens actuellement, c'est l'immense désespoir que ce Terrien porte en lui, et l'horreur qu'il a vécue.

« Ce que vous avez vu dans cette navette, c'est la forme qu'avait la masse spectrale quand elle a attaqué sur Terre. S'il n'avait pas cristallisé en s'éloignant de sa source, le fragment qui a heurté le *Fortress* aurait agi comme je l'ai fait à l'instant et aurait tout dévoré en s'infiltrant à l'intérieur. Beaucoup de vaisseaux ont été perdus comme ça pendant la bataille, juste avant la fuite.

— Mais justement, il a cristallisé…

Il hoche la tête avec une moue triste, se tourne et me montre sa nuque. À l'emplacement de la petite cicatrice de sa puce de contrôle, je retrouve une plaie fraîchement creusée et encore sanguinolente.

— C'est… c'est moi qui ai tué Sebastian Forte.

— Pourquoi avez-vous fait cela ? demandé-je en essayant de ne pas me laisser impressionner.

— Ce que votre synthèse a mal retranscrit, c'est que le cristal a fait perdre la raison aux gens, même à ceux qui n'étaient pas directement en contact avec lui. Il a étendu son influence dans tout le vaisseau et le chaos s'est répandu comme le feu sur une traînée de poudre. J'ai été pris dans la panique, et le moindre écho à mes pensées instables les amplifiait, encore et encore… Encore… »

Il soupire, tremblant légèrement en regardant ses doigts ensanglantés, puis détourne son regard en prenant soin d'éviter le mien.

« J'ai attaqué Sebastian dans son sommeil alors que je montais la garde à ce moment-là. C'est juste avant de mourir qu'il m'a dit cette phrase qui n'est jamais sortie de ma tête, vous vous rappelez ?

— Que vous vous êtes entre-tués pour un misérable caillou ?

— Oui. C'est la dernière phrase sensée que j'ai entendue avant de m'arracher la chair pour y incruster l'éclat de cristal de Sebastian, chose que même cet enfoiré de Celestial II n'avait jamais osé tenter. Et que je n'aurais visiblement pas dû faire…

— Mais il n'y a plus rien dans votre nuque ?

— Non, plus rien. Mon corps a complètement assimilé le cristal et s'est imprégné de sa volonté destructrice. En utilisant mon corps comme un canal pour sa puissance, la masse spectrale a achevé son œuvre d'anéantissement de la civilisation humaine.

— C'était déjà bien entamé avant qu'elle ne vous utilise, si je puis dire…

Il esquisse un léger sourire, sûrement pour me remercier d'essayer d'amoindrir sa part de culpabilité.

— Au début, quand je me suis rué en dehors de la planque de Sebastian, personne ne m'avait vu. J'avais déjà perdu le contrôle, mais je ne me suis pas instinctivement attaqué aux gens qui étaient encore de mon côté. Par contre, j'ai massacré des soldats et c'est moi qui les ai poussés à sortir cette horreur.

En disant cela, il cherche des yeux les morceaux éclatés du GECKO, cette machine qui a décimé les rangs de la dissidence.

— Comment l'avez-vous enfermée ici ?

— J'étais sa cible prioritaire. Je l'ai attirée devant, j'ai ouvert la porte en utilisant le badge d'un soldat mort, puis j'ai utilisé ce pouvoir répugnant que vous avez vu tout à l'heure, pour infiltrer le système du *Fortress*. Là, j'ai forcé la fermeture de la porte, puis j'ai fait sauter l'électricité.

— …

— À l'instinct, si vous vous demandez comment. C'est comme si j'avais toujours su faire ça. Enfin, juste pour quelques instants… Enfin, si seulement c'était *vraiment* moi… »

Je ne sais pas quoi répondre, alors j'insiste du regard pour qu'il continue son récit. Il a l'air de trouver son habileté difficile à expliquer, mais comme nos secondaires sont capables d'accomplir ce genre de manœuvre à plus petite échelle, je crois comprendre comment ses "bras" fonctionnent. Ce qui est normal pour une Yrdiekk semble totalement incroyable pour un Terrien.

« Quand tout le vaisseau a été plongé dans le noir, la volonté de la masse spectrale a complètement pris le dessus sur moi, juste le temps de massacrer le reste des passagers du *Fortress*. Pourtant, je me rappelle chaque regard suppliant que j'ai affronté. J'étais pris dans une rage inexplicable, qui ne s'est arrêtée qu'au bout de plusieurs heures à frapper la porte de la zone militaire…

— Des soldats à l'intérieur étaient encore vivants d'après les journaux de bord, et vous y êtes retourné plusieurs jours de suite.

— Oui. Vu ce dont la bête est capable, elle aurait pourtant pu arracher cette porte même si elle est plus épaisse que les autres. Pourtant, elle s'est contentée de frapper avec ses poings, sans utiliser sa capacité étrange, et ce jusqu'à perdre conscience.

— Perdre conscience ? J'ai peur de ne pas comprendre.

— Je frappais, je frappais… et j'ai oublié pourquoi. Je suis resté 299 ans sous ma forme bestiale avec un trou de mémoire énorme. Un fantôme, une coquille vide à bord d'un vaisseau peuplé de cadavres. Il n'y a même plus de cadavres à bord… »

Cette fois, son regard se plante dans le mien et le perce avec mille larmes de regrets.

« Je ne mérite pas d'être en vie, O'dae.

— Ne dites pas ç…

— Qu'auraient pensé les Représentantes si ce récit était entré en jeu pendant votre consensus ? »

Notre visiteur serait passé sous le seuil des 15 % d'acceptation, du fait de la peur de se faire massacrer de la même manière que les derniers Terriens. Il ne serait en aucun cas considéré comme un allié potentiel, mais comme une menace à contenir à tout prix. Bien sûr, les déviantes possédant l'esprit de reconquête stratégique comme moi verraient toujours en lui un espoir immense ; mais c'est l'opinion collective qui pose les limites de la créativité des Commandantes.

« Vous voyez, répond-il à mon silence.

— Vous m'avez sauvé la vie, rétorqué-je. Vous avez aussi sauvé celles de E'foss et Kr'aon. Plus encore, vous avez sauvé toutes les Yrdiekk qui auraient été confrontées au GECKO si nous avions lancé le démantèlement plus tôt.

— Si MON peuple avait eu à me juger, j'aurais été condamné à mort pour ce que j'ai commis !

— Terrien ! » m'écrie-je en m'accrochant à lui pour rapprocher nos deux visages.

Son front se colle à la visière de mon casque, et ses yeux se fixent dans les miens sans chercher à les fuir. Ils sont encore emplis de larmes, et n'offrent pas du tout une image de massacreur.

« Nous allons prendre sur nous, dis-je alors, et MON peuple n'aura pas à vous juger.

— Commandante… C'est contraire à vos principes, de mentir à vos semblables.

— Elles sauront la vérité. Le cristal a développé une emprise telle sur les Humains, qu'ils se sont entre-tués à bord de l'épave.

— Et comment on explique ma survie ?

— En désespoir de cause, reprends-je sans décoller nos deux têtes, vous avez absorbé un morceau de cristal, mais les forces militaires et l'influence de la masse spectrale ont eu raison des autres passagers avant l'accomplissement de votre mission.

Nous restons ainsi pendant de longs instants, sans rien dire de plus. Je recule très légèrement sans le quitter des yeux, il a l'air secoué par ma volonté de ne pas exposer la cruelle réalité à la Flotte. Il adresse une caresse au tentacule qui m'a servi à me hisser jusqu'à lui, crocheté délicatement autour de sa nuque. Ses gestes doux sont déjà de parfaites imitations de nos habitudes, mais je décèle aussi une part d'autre chose dans sa façon d'interagir avec moi, au-delà même de ses instincts. Il se défait lentement de mon tentacule, puis l'essuie du sang que j'ai récupéré de sa nuque encore ouverte.

— Vous êtes incroyable, O'dae », souffle-t-il en finissant sa phrase dans un sanglot.

Il m'étreint alors dans ses bras trois fois plus volumineux que les miens, plaquant son torse contre mon… armure. Je ne peux décemment pas lui témoigner la moindre chaleur dans cet accoutrement, alors ce sont à nouveau mes tentacules qui viennent enlacer son corps traversé par de nombreuses cicatrices. Je suis à la fois gênée par cette situation, et satisfaite de l'aisance avec laquelle il s'est débarrassé de ses réticences face à nos tentacules, ceux-ci pouvant vite devenir oppressants pour une espèce étrangère. Un mélange d'empathie et de volonté conquérante me pousse à vouloir du bien à cet homme. Bien sûr, j'ai peur que mon mensonge par omission finisse un jour par se retourner contre moi, ou pire encore, contre nous toutes. Bien sûr que j'ai peur. Mais je crois qu'il a beaucoup à nous apporter.

« Au fait. Je m'appelle Edvard Ron.

— Enchantée, Edvard. Rentrons. »

CHAPITRE 14 : LA CLEF DE LA RECONQUÊTE

Trois journées Yrdann ont passé. Depuis la destruction du GECKO, le taux d'acceptation d'Edvard oscille autour des 52 %. Mon omission de certains détails a permis de mettre en avant l'énorme service qu'il a rendu à la Flotte en éliminant la dernière menace à bord de l'épave. Le démantèlement a pu commencer, et Edvard vit désormais en quasi-liberté à bord de mon vaisseau. J'espère qu'il pourra établir un lien de confiance avec toute la Flotte, mais je ne peux me résoudre à le laisser dans un autre bâtiment. J'invite donc les Représentantes à venir constater par elles-mêmes que nous pouvons traiter avec lui comme avec nos semblables.

« On dirait que son intégration est plutôt réussie, sourit la Représentante Mo'ivu en l'observant de loin.

— En effet, je n'en suis pas vraiment surprise.

— C'est pourtant étrange quand on pense à la puissance du cristal et à ce qu'il a provoqué dans le vaisseau terrien. »

Mo'ivu est ici pour honorer ma demande d'avoir une vue sur son évolution dans l'étude du cristal. À l'inverse de ce à quoi on aurait pu s'attendre, ce dernier n'exerce aucune influence négative sur les -Mori malgré les énergies qu'il leur communique.

« On dirait que cet objet ne peut influencer que les Terriens, explique-t-elle.

— Vous n'avez plus de douleurs ? demandé-je.

— Aucune, Commandante. Toutes les Yrdiekk-Mori ont commencé à se sentir mieux dès que j'ai apporté cet éclat de cristal à bord de notre vaisseau. Comme je vous l'ai dit l'autre fois, il semble que nous ayons ici la clef pour reprendre notre planète. Plus l'étude avance, plus j'en suis certaine…

Alors que je perçois chez elle une volonté de formuler une requête, je me rappelle ma discussion avec ma sœur O'tya à propos du cristal.

— Mo'ivu, il est envisagé de vendre le cristal aux Drenn lors de l'échange qui doit s'effectuer dans trois jours. Nous pourrions obtenir une importante réserve de ressources avec une telle découverte. Qu'en pensez-vous ?

— Si je puis vous parler franchement, je pense que ce serait un immense gâchis de leur montrer un objet aussi lourd de révélations. Je doute qu'ils soient assez ouverts d'esprit pour en tirer les messages qu'il nous communique, mais il y a tout intérêt à le garder précieusement au sein de la Flotte.

— Mais ne pourrait-il pas être un moyen de semer le chaos parmi eux ?

— Je ne crois pas qu'il puisse les influencer, Commandante. Il communique des intuitions, des bribes d'avenir et d'explications décousues, mais rien qui puisse ressembler à ce qui a rongé le peuple terrien de l'intérieur.

— Mmm. Vous avez parlé de révélations à l'instant, vous voulez dire que vous avez obtenu autre chose que ce que je sais déjà ?

— Oui, et à ce propos…

Je la vois hésiter à formuler la suite de sa phrase, et réalise qu'elle ne raisonne pas comme le commun des Yrdiekk. Son approche stratégique pourrait la rendre plus proche d'une déviante pouvant prétendre au titre de Commandante… mais ce n'est pas une déviante. Ce qui l'anime, c'est sa sensibilité si particulière, qui est bien spécifique à la lignée -Mori. Elle et ses semblables ont un lien beaucoup plus étroit et mystique avec le Noyau, ce qui les pousse à suivre ce que leur souffle leur "destinée" avec un certain entêtement.

— Vous ne comptez pas procréer avec mon Humain ? dis-je par inadvertance.

— Que… Excusez-moi ?

— Non, oubliez ça, ris-je nerveusement.

— Ah, il semble que nous n'ayons pas le même sens de l'humour, O'dae. Non, les visions que j'ai eues me guident vers la planète Yrdann. Je dois me rendre là-bas.

— … C'est une autre plaisanterie ?

— Non. Je pense légitime de croire que le Terrien représente une évolution qui nous permettra à long terme de reprendre notre monde originel… et j'admire les efforts que vous faites pour qu'il soit accepté par la Flotte…

— Vous êtes très lucide, Mo'ivu. C'est presque dérangeant.

— Désolée, nous faisons souvent cet effet aux non -Mori. Ce que je veux dire, c'est que le cristal m'a envoyé la vision d'une immense surface noire, puis Yrdann, puis une silhouette grande et mince porteuse de notre solution… C'est difficile à expliciter, mais je ressens cela d'une manière que mon cœur ne peut pas contester… !

— Je veux bien essayer de vous croire, dis-je, mais il est catégoriquement impossible d'approcher notre planète…

Impossible, je ne le sais pas vraiment, mais dans tous les cas, interdit. Cela fait partie du contrat qui nous lie aux Drenn-Vyx, et qui me ronge par l'injustice qui en découle : ils nous épargnent, et en échange nous devons collecter des ressources dans les systèmes solaires voisins. Le seul point de contact se situe dans la bordure extérieure, où seuls nos vaisseaux cargos complètement désarmés sont autorisés à se rendre. Les équipements avancés des Drenn leur permettent, après l'échange, de s'assurer qu'aucune passagère clandestine ne se cache dans leur propre vaisseau ; et un imposant blocus, composé de bases et de flottes militaires répartis tout autour du système, nous interdit la moindre approche audacieuse.

— Si ce n'est pas le chemin d'Yrdann qui nous est indiqué, c'est qu'il s'agit de celui d'une planète voisine !

— Comment comptez-vous entrer dans le système ?

— Quelque chose nous y attend et doit nous ouvrir le passage.

— … »

Incrédule, je toise Mo'ivu avec une froideur que je ne parviens pas à contenir. Je me considère comme dotée d'une certaine ouverture d'esprit, mais…

« Vous envisagez vraiment de remettre l'avenir de la Flotte à une force invisible vous appelant depuis un système qui nous est interdit d'accès ? Et verrouillé par les Drenn qui en possèdent jusqu'au moindre astéroïde ?

— Oui. »

L'air dur et soudain empli d'une volonté inébranlable, Mo'ivu me rend mon regard sans fléchir.

« Il y a quelque chose de puissant qui émane du cristal, reprend-elle, et qui m'incite à aller vers cette zone du système de la même façon que le Noyau nous attire vers Yrdann. Ce n'est pas juste une force invisible, Commandante, j'ai confiance en cet appel. Il n'y a pas de Drenn dans la zone en question, pas le moindre ennemi pour nous faire barrage.

Bien que mon titre ne m'octroie pas une condition méritant des égards particuliers, il est très rare pour qui que ce soit d'adopter une position de défiance face à sa Commandante. La seule forme d'opposition à laquelle j'ai été confrontée jusque-là est celle du Conseil, basée sur le ressenti commun ; c'est la première fois qu'un tel face-à-face s'impose à moi.

— C'est un peu difficile pour moi, Mo'ivu.

— Je le sais. Mais si vous ne pouvez me laisser accomplir mon destin, je n'aurai d'autre choix que celui de devenir votre opposante. C'est contre mes principes, et je vous apprécie pour le peu d'échanges que nous avons pu avoir… mais je ne peux pas vous donner d'explication rationnelle.

En cas de formation d'un groupe d'opposition, une séance de consensus est ouverte pour décider du maintien ou non de la Commandante. Mais je doute que les arguments de Mo'ivu soient bien reçus par le Conseil, donc je m'en fais peu à ce sujet. Quoi que, cette force qui la lie au Noyau pourrait bien être une version exacerbée de la non déviance, auquel cas les Représentantes seraient susceptibles de s'engouffrer dans cette perception des choses. La poursuite, à l'aveugle, d'un destin ?

— Sans au moins un plan solide, rétorqué-je, je ne peux pas vous donner mon accord. Et, Représentante, il ne peut pas y avoir de plan solide sur un aussi court terme. Pas contre les Drenn.

Elle prend une mine renfrognée, et elle sait très certainement que j'ai raison. Je capte sa déception, son hésitation, sa volonté et sa force de caractère si distinctives. Mais je ne perçois pas cet appel qui veut l'emmener à l'intérieur du système originel. Cet appel au suicide…

— Commandante, je peux vous le faire entrevoir. Je peux vous faire ressentir ce que je ressens ! »

Tandis qu'elle étend ses secondaires pour m'atteindre, je lui réponds par un mouvement de recul et de rejet que je veux ferme et décisif : il est hors de question de me laisser convaincre d'envoyer un vaisseau se faire pulvériser par les canons Drenn. La vision de Mo'ivu se heurte à un mur de vide, et je ne reçois aucune bribe, d'aucune image. L'obscurité fondamentale.

« Alors il en est ainsi… fait-elle tristement.

— C'est pour notre bien à toutes. Les Drenn ne feraient qu'une bouchée de nous si un conflit éclatait, j'espère que vous vous en rendez compte.

— Ce que vous refusez d'admettre, c'est qu'une opportunité de retrouver Yrdann se trouve tout près. Les -Mori se trompent rarement, Commandante. J'espère que vous changerez d'avis avant qu'il ne soit trop tard. Une fenêtre s'est ouverte, elle peut se refermer d'un moment à l'autre. »

Sur ces mots secs et abrupts, elle se retourne et prend la direction du sas d'amarrage. Je la regarde s'éloigner sans ajouter un mot. Je n'ai tiré aucune satisfaction de l'issue de cet échange, et il reste en moi un sentiment dérangeant ; un sentiment qui mêle culpabilité et peur primaire. Je n'avais jamais vécu cela, et pourtant ça n'a rien à voir avec le cristal. Les Yrdiekk-Mori ont toujours été à part… Devrais-je leur faire plus confiance, en dépit de la surpuissance des Drenn ? Ils pourraient conquérir l'univers tout entier s'ils le souhaitaient !…

« Vous vous disputiez à propos de quoi ? demande la voix de Kr'aon derrière moi.

— C'est étrange… La Représentante des -Mori veut à tout prix se rendre dans le système originel. Elle croit pouvoir trouver la solution à notre malheur là-bas, alors que tout ce qui l'attend, c'est…

— La flotte Drenn-Vyx et ses canons géants, soupire ma Haute guerrière.

— Exactement. Je n'arrive pas à comprendre son entêtement, et pourtant…

— Pourtant ?

— Je viens de réaliser qu'il y a une incohérence dans la stratégie du clan Spatial des Drenn. »

Kr'aon, avec son sourire habituel, me regarde silencieusement tout en insistant du regard. Sa simple vue me remonte un peu le moral, et remet en route mon processus de réflexion à grande échelle. Au-delà du froid ressenti lors de ma conversation avec Mo'ivu, il semble que j'aie fermé mes sens sans le vouloir. Mais à présent, j'y vois un peu plus clair :

« Ils contrôlent tout le système, mais aucun de leurs vaisseaux n'en est jamais sorti depuis l'Exil, n'est-ce pas ?

— À part les croiseurs qui ont accompagné la Flotte un peu plus loin que la frontière du système le jour du départ, aucun d'après les données de l'Index.

— C'est ça, fais-je. La Flotte n'a croisé aucun Drenn en dehors de notre système solaire, alors qu'ils en ont largement les capacités. Ils se contentent de récupérer ce que nous trouvons, mais ils ne s'approchent jamais. Et toutes les planètes que nous avons pu visiter dans les systèmes voisins étaient intactes…

— C'est vrai, mais alors pourquoi ?

Kr'aon s'agite, tout excitée par la réflexion que je mène juste devant elle et qui n'a, semble-t-il, jamais été formulée par nos aïeules. Nous ne savons pas pourquoi. L'épave terrienne est le premier contact extra-système qu'établit notre peuple depuis la rencontre avec les Kraeltiens. C'est comme si tout ce qui se passait en dehors du système originel n'intéressait pas les Drenn.

— C'est comme si… »

Je ne termine pas ma phrase et place ma main sur l'épaule de la guerrière en lui adressant un regard plein d'excuses.

« Il faut que je vérifie quelque chose. »

Elle m'accorde son pardon via un sourire quelque peu amusé, et me laisse partir en direction de l'Index sans demander son reste. Est-il possible que les Drenn craignent l'espace lointain pour une raison ou une autre ?

Identification : _ Commandante O'dae

Lignée : _ Pure

Bienvenue dans l'Index, Commandante.

Entrée : DRENN-VYX_

Toute décision politique chez les Drenn est prise à l'unanimité entre les différents clans, au sein desquels la décision est votée en amont.

Liste des plus grands clans spécialistes composant le peuple Drenn, parmi la centaine existante :

- *Océanique*

- *Spatial*

- *Agricole*

- *Militaire, ce dernier étant le gardien de la sécurité des autres.*

- *Industriel, ce dernier étant le producteur de la plupart des pièces et composants utilisés par les autres clans dans leurs constructions.*

Malgré leur appellation, les clans Drenn travaillent bien en coordination les uns avec les autres, et ne s'inscrivent pas dans une démarche concurrentielle.

Caractéristiques communes à tous les dirigeants Drenn rencontrés :

- *Obsession pour la recherche, l'innovation et la compréhension.*

- *Aucune mesure morale : tout est dicté par les motivations citées au point précédent.*

- *Transparence partielle sur leurs intentions. Les raisons de l'invasion restent globalement incomprises.*

Relation cordiale, merci du fond du cœur, vraiment. En plus de m'être infligé une lecture pénible, je n'ai pas trouvé d'indice intéressant pouvant justifier cette absence de Drenn en dehors du système d'origine.

« Il doit y avoir quelque chose qui m'échappe... fais-je à voix haute, perdue dans ma réflexion.

— O'dae ? »

Je me retourne, béate, sur Edvard Ron qui entre doucement dans la salle de l'Index. Il m'adresse un sourire timide, et attend mon accord pour s'approcher plus. Je lui accorde sans une once d'hésitation, amusée qu'il adopte une attitude aussi réservée.

« Vous aviez l'air de vous disputer avec la Représentante -Mori tout à l'heure, je me demandais si je pouvais vous aider.

— Votre altruisme vous perdra, Edvard. Je vous remercie de l'attention que vous portez à mon peuple.

— Ça ne fait pas très longtemps que je suis parmi vous, mais vous êtes tout ce qu'il me reste. Si je peux vous être d'une quelconque utilité, vous savez que vous pouvez compter sur moi.

Toute sa bonne volonté ne peut cacher la douleur qui s'est installée en lui depuis qu'il a retrouvé la mémoire. Son regard est moins intense, et ses lèvres peinent à dessiner les émotions vives et contradictoires qu'il manifestait lors de nos premiers échanges.

— Vous ouvrez mon esprit en discutant avec moi, dis-je. Ce sera toujours un plaisir, alors n'hésitez pas à venir me parler quand bon vous semble.

— Merci, O'dae. »

Je lui souris et caresse son bras avec douceur, ce à quoi il répond par un minuscule sourire.

« Alors, à quoi étiez-vous en train de réfléchir ?

— Aux Drenn, et au fait qu'ils ne soient toujours pas sortis explorer les systèmes extérieurs par eux-mêmes malgré leur technologie largement assez avancée.

— Ah. C'est bizarre en effet. Ils doivent bien avoir une bonne raison, vous me les avez décrits comme des êtres plutôt…

— Petits et arrogants.

— Je parlais de leur attitude très pragmatique. Et vous m'avez dit qu'ils fonctionnaient tous ensemble ?

— Oui, en quelque sorte…

Il porte ses doigts à son menton et fronce les sourcils, sans me quitter des yeux pour autant. Il pousse un léger grognement, soupire, hoche la tête de gauche à droite. Si j'ai pu le trouver moins expressif que nous autres en règle générale, les mimiques qu'il adopte lorsqu'il réfléchit sont à l'inverse, bien plus démonstratives que les nôtres.

— C'est embêtant, dit-il. Sur Terre, c'était l'opposé. Il y avait tellement de pays, de secteurs, d'entreprises différentes avant le Cataclysme, que nous avons visité l'espace avant même d'avoir compris nos océans dans leur intégralité.

— Ils ont l'air de tout finir à cent pour cent avant de passer à autre chose…

J'écarquille les yeux, soudain frappée d'une éventualité plutôt sensée : le clan Spatial serait-il dans l'incapacité d'explorer l'intégralité du système, et ce malgré son verrouillage presque parfait ?

— Vous pensez qu'il pourrait y avoir quelque chose dans votre système, que les Drenn n'arrivent pas à trouver ? demande Edvard.

— C'est exactement à ça que je pensais. »

Si cela se vérifiait, il y aurait une certaine concordance avec l'intention *a priori* suicidaire de Mo'ivu. La masse spectrale, son influence similaire au Noyau, cet appel puissant qui l'attire dans le système... Le peuple Yrdiekk a toujours été influencé par ce genre d'énergie, alors tout ceci pourrait bien être lié. Serait-il envisageable qu'une solution plus radicale qu'une nouvelle lignée soit à portée de tentacule ? Me serais-je monté la tête avec cette idée de procréation, au détriment d'une écoute attentive du ressenti des -Mori ?

« Ça m'ennuie, fais-je dans un soupir.

— Ha, ha. Vous avez l'air ennuyée, oui. Désolé, je ne vois pas d'autre possibilité. À moins que l'espace ne les intéresse pas du tout ?

— Pourquoi seraient-ils venus jusqu'à Yrdann, alors ? Non, ça n'aurait aucun sens. La meilleure explication possible, c'est qu'ils envisagent de partir mais concentrent leurs moyens au sein du système. Et ce, par précaution vis-à-vis d'un élément qu'ils n'arrivent pas à contrôler. Qui sait, notre exil pourrait lui aussi avoir été motivé par une volonté de nous éloigner de cet élément ?

— Est-ce que je vous ai aidée ?

— Oui, merci Edvard. »

Il me sourit avec un peu plus d'entrain, et je suis ravie de voir que ma réponse lui apporte ne serait-ce qu'un soupçon de joie. Je suis persuadée que la descendance d'un croisement Yrdiekk-Terrien serait magnifique, et dotée d'une force qui pourrait changer le destin… mais je me trompe peut-être de voie en restant focalisée sur cette idée. Est-ce que je devrais laisser tomber ? Son étreinte après avoir vaincu le GECKO m'a laissé un goût de frustration, chose à laquelle je ne suis pas habituée ; j'aurais aimé en avoir plus de sa part. Mais sans le consensus, j'ai peur de ce qui peut arriver. Et j'ai beau essayer, je doute que son acceptation passe le cap nécessaire à la procréation. Autrement dit, la volonté folle de Mo'ivu est plus réalisable que la mienne dans les circonstances actuelles. S'ajoute à cela le fait que l'opposition de cette dernière, si je refuse de la laisser essayer, risque de me faire perdre de la légitimité auprès de mes semblables. Une Commandante qui n'accomplit rien de grand est une perte de temps pour la Flotte. Alors, je n'ai pas vraiment le choix : soit j'accepte, soit je triche en créant une lignée interdite. Ce genre d'affront risque de mal passer…

« J'aurais bien aimé essayer, dit Edvard d'un air pensif.

— Qu-quoi ?

— L'Index, répond-il en montrant l'ordinateur. Ce que vous pouvez faire avec l'Index, je trouve ça incroyable.

Soulagée ou déçue, je suis surprise par sa remarque. L'étude des équipements présents dans l'épave, y compris les appareils militaires que nous avons pu récupérer dans la soute, laissent supposer que les Humains disposaient d'une technologie similaire.

— En quoi est-ce incroyable ? demandé-je.

— C'est bien par là que passe votre consensus ? Je veux dire, l'Humanité avait quelque chose qui ressemblait, dans le sens où nous pouvions partager des milliards d'informations et de données sur n'importe quel sujet… Mais nous ne nous en sommes jamais servi pour mettre tout le monde au même niveau. Et vous… vous pouvez l'utiliser pour vous mettre en harmonie…

— Nous utilisons des artifices pour copier ce qu'apportait le Noyau Yrdann à nos aïeules. L'harmonie était presque totale, là-bas. Depuis l'Exil, c'est différent vu que l'équilibre s'était bâti avec la faune et la flore qui nous entouraient. Il y a de plus en plus de déviantes, maintenant.

— C'est bizarre, votre histoire de Noyau. On dirait que votre mode de pensée, la façon dont s'est construite votre civilisation, tout serait lié au Noyau.

— C'est le cas, dis-je. Nous ne savons juste plus vraiment si c'est lui qui nous a faites ainsi, ou si c'est l'inverse. Et ça, l'Index ne peut pas nous le dire car il a été créé beaucoup trop récemment.

— Si l'Humanité avait créé un Noyau à partir de son mode de fonctionnement, ç'aurait donné…

Bien accrochée au fil de ses pensées, je le vois trébucher sur une hésitation qui pourrait bien être une hypothèse douloureuse.

— … la masse spectrale ? demandé-je.

— Oui. »

Après avoir jeté cette froide spéculation, après ce "oui" sombre et étouffé, il se reprend en forçant un sourire qu'il m'adresse énergiquement :

« Enfin, ce n'est qu'une théorie, ce genre de chose ne se vérifie pas, ha ha ! »

Je reste pensive, percutée par la plausibilité de cette théorie. Si elle se vérifiait, beaucoup de choses pourraient être remises en question. Je prends congé d'Edvard, et décide de revoir ma décision concernant Mo'ivu : il y a de fortes chances qu'elle soit attirée vers le seul endroit que les Drenn n'arrivent pas à verrouiller. Pire encore, que feront-ils de nous une fois qu'ils auront décidé de sortir ? Nous n'aurons plus la moindre utilité à leurs yeux…

« O'tya ?

— *Oui ?* fait la voix de ma sœur, toujours aussi réactive.

— Nous allons repousser d'un jour l'échange avec les Drenn. Les réserves tiendront-elles ?

— *Elles seront suffisantes, ne t'en inquiète pas. Est-ce que je peux te demander pourquoi ?*

— Cela risque de ne pas beaucoup te plaire. »

CHAPITRE 16 : LE PLAN

J – 2 avant l'échange, à bord du vaisseau cargo.

Signal d'imminence de l'échange envoyé à destination des Drenn.

« Vous ne pouvez vraiment pas attendre le prochain échange, Mo'ivu ?

— Commandante…

Avec mes recherches, et grâce à Edvard, j'ai pu annoncer à la Représentante Yrdiekk-Mori que j'avais reconsidéré ma décision. Elle est passée devant le Conseil et a étonnamment fait consensus. Cela a permis de réduire drastiquement la tension qui s'était créée entre nous, mais je reste anxieuse concernant cette opération d'un tout nouveau genre. Dans deux jours, comme à l'accoutumée, nous utiliserons le relieur longue portée fourni par les Drenn, afin de rejoindre le lieu de l'échange ; Mo'ivu profitera de ce très court laps de temps pour se propulser à travers le blocus à bord d'une navette, et ainsi entrer dans le système.

— J'ai vraiment l'impression que tout m'échappe si je vous laisse y aller comme ça…

— Je sais. Mais cet appel qui traverse l'espace, il n'attendra pas le prochain échange.

— Je ne peux vraiment me fier qu'à votre ressenti ?

— Le ressenti de toute ma lignée, Commandante.

Si elles se sont plusieurs fois illustrées pour leur clairvoyance et la précision de leurs interprétations, les -Mori n'ont jamais réussi à se débarrasser de leur image de "lignée à part". Peut-être en serait-il autrement si leur origine n'était pas un secret pour tout le monde… Pour ma part, je ne sais pas trop quoi penser, surtout dans la situation actuelle. Elles sont peu nombreuses, ont à peine une poignée de déviantes dans leur vaisseau… Leur survie lors de l'invasion Drenn tient du miracle. Devrais-je envisager d'influencer le Conseil pour que les -Mori prennent une part plus importante dans les Commandements à venir ? Cela pourrait être une piste d'héritage à laisser derrière moi sur le chemin de la reconquête.

— C'est embêtant. Nous avons trouvé des technologies terriennes qui auraient pu permettre de développer un appareil furtif plus performant que les nôtres, mais nous n'avons pas le temps.

— Je suis sûre que les modifications apportées à la navette que je vais utiliser seront suffisantes, O'dae. »

Nous avons sélectionné l'une de nos navettes les plus rapides, avons supprimé son signal pour que rien ne corresponde aux codes Yrdiekk, et sommes en train de dégarnir ses tentacules de navigation pour qu'elle ne soit en aucun cas reconnue pour ce qu'elle est : un vaisseau spatial. Elle est désormais à peine plus grosse qu'une capsule de sauvetage, à peine visible. Si l'objet est détecté par les Drenn, nous espérons éviter ainsi qu'ils identifient une menace. Mais en retour, il nous sera impossible de communiquer avec la navette, ou bien nous risquerions une interception violente. Nous comptons sur l'immensité de l'espace pour que Mo'ivu passe relativement inaperçue.

« Vu la taille de la navette, reprend-elle, je suppose que vous avez décidé que je voyagerais seule ?

— Non, vous partirez à trois. J'espère que vos élans suicidaires seront réfrénés par vos guerrières quand vous essayerez de passer. Avez-vous fait le nécessaire pour qu'une nouvelle Représentante prenne votre place pendant votre absence ? Est-ce que les autres -Mori ont bien compris que vous risquez de ne jamais revenir de ce voyage ?

— Tout a été préparé dans les minutes qui ont suivi votre changement d'avis, Commandante. Comme nous ne pourrons pas suivre le rite de passassion, c'est Mo'dari qui a été tirée au sort à la manière des vaisseaux civils.

— Je vois. Quant à vous, vous serez considérée comme morte, c'est cela ?

— On peut le dire, oui. »

Le cargo, vaisseau le plus volumineux de la Flotte mais pas le plus grand, est aujourd'hui rempli de minerais et autres ressources que l'on a pu collecter dans différentes parcelles de l'espace. Le plus gros de la zone de stockage est occupé par de grandes cuves remplies de gaz, très prisés par les Drenn. Cette zone, située à l'arrière du vaisseau, se termine sur une immense porte par laquelle les Drenn peuvent faire entrer leurs machines pour procéder au déchargement. Nous avons dû optimiser la place, afin de garder les éléments prélevés dans le *Fortress* à bord de notre deuxième cargo ; cela risque de vite devenir handicapant, alors tous les matériaux terriens seront vite réutilisés pour créer de nouveaux vaisseaux et structures.

« Je comprends votre inquiétude, reprend Mo'ivu. Nous allons tout mettre en œuvre pour trouver la source de cette énergie, et pour vous apporter des réponses qui mèneront le peuple Yrdiekk à la victoire.

— Je compte sur vous.

— Vous ne le regretterez pas. Avez-vous déjà envisagé le moyen par lequel je partirai ? »

Je l'invite à me suivre en dehors de la zone de stockage, et nous rejoignons le pont principal du vaisseau cargo. Nous nous engouffrons ensuite dans un couloir, menant à la capsule de pilotage.

« Elle est… sabotée ? devine la Représentante.

— Nous allons simuler un incident en arrivant sur le relieur Drenn, afin d'attirer l'attention sur le cargo. C'est moi qui serai aux commandes. En tirant sur ces câbles, je vais provoquer une surcharge dans les propulseurs et un dysfonctionnement des systèmes de guidage. Le but est de rendre plus authentique l'explosion qui suivra au niveau d'un tentacule de navigation, au moment où les vaisseaux Drenn nous auront en visuel. L'explosion projettera plusieurs débris, dont votre navette.

— L'illusion sera parfaite, cela devrait éviter que les Drenn prennent cela pour une attaque et ils feront en sorte de sauver la cargaison, et vous avec.

— Je l'espère. Je dois cela à la Commandante précédente qui, à défaut d'avoir beaucoup agi, a répertorié un grand nombre de stratégies dans son entrée de l'Index. Elle en a même imaginé une qui viserait à emboîter tous nos vaisseaux en une seule structure, et la projeter d'un bloc à travers le barrage Drenn.

— Elle avait beaucoup d'imagination.

— J'étais sûre que vous l'aimeriez.

Mo'ivu me regarde d'un air amusé, et même si nos échanges sont restés froids depuis notre désaccord, je perçois une once de reconnaissance et d'amitié dans sa façon de me considérer. Il m'a fallu beaucoup de travail afin d'arriver à faire confiance à une force surnaturelle pour nous guider vers la victoire, mais j'ai fini par y croire pour une raison simple : ses réacteurs hors service, l'épave du *Fortress* n'avait aucun moyen de traverser autant de distance et d'arriver jusqu'à nous. Je veux bien croire que le cristal a agi comme un aimant vers cette force invisible qui appelle les -Mori. D'une part parce que l'idée me plaît, au fond. D'autre part, parce que c'est notre première lueur d'espoir aussi tangible depuis la rencontre avec les Kraeltiens.

— Il y a autre choses que vous souhaitiez me montrer, Commandante ?

J'active un appareil de la capsule de pilotage, et projette contre le mur un schéma du relieur longue portée : un anneau rétractable, assez grand pour faire passer un croiseur Drenn. Il est muni d'une antenne immense, qui pointe automatiquement vers l'autre partie du relieur, un anneau similaire se trouvant à une distance respectable de la bordure du système d'origine. Ce dernier est entièrement contrôlé par les Drenn, qui avant de nous donner le nôtre, ont réussi à se débrouiller pour que nous ne parvenions pas à assimiler cette technologie. Nous sommes nombreuses à avoir essayé, mais tout ce que nous pouvons comprendre de cet anneau semble démuni d'une partie essentielle à son assimilation concrète.

— Est-ce que vous connaissez déjà le principe de fonctionnement du relieur ?

— C'est un accélérateur surpuissant, muni d'un ordinateur relié à une base Drenn permettant de calculer la trajectoire idéale pour éviter tout obstacle…

— C'est cela. Lorsque la base Drenn donne son accord, il y a une très courte phase pendant laquelle tout ce qui passe dans l'un des anneaux est propulsé vers l'autre, dans un sens prédéfini. En dehors de ces minuscules secondes, l'anneau d'entrée se désactive.

— D'où l'intérêt que la navette soit accrochée au cargo.

— Oui. Le seul moyen est de tout faire passer en même temps, d'autant que le cargo ne doit pas arriver trop vite pour que sa décélération en sortie soit suffisante.

— Mais alors… Après l'explosion, nous devrons nous laisser dériver pour ne pas révéler la supercherie ?

— Exactement. Nous sommes encore en train d'optimiser le calcul, mais le sabotage devrait vous projeter droit derrière le blocus, avec une grande quantité de débris dont certains plus gros que la navette. Vous devrez attendre le bon moment pour activer vos réacteurs. Vous en sentez-vous capable ? »

Elle fait "oui" avec sa tête et toute la détermination du monde. Nous n'avons plus qu'à faire les calculs, altérer la couleur de la navette pour la rendre encore moins visible, et attendre le dernier moment.

« Alors, que le Noyau vous guide.

— Qu'il nous guide toutes. »

« O'dae, j'aimerais venir avec vous pour l'échange.

Sa main accrochée à la mienne, Edvard m'inflige un regard des plus persuasifs : à la fois dur et terrifié. Je baisse les yeux vers nos mains crochetées, et suis surprise par l'étreinte qu'il exerce sur la mienne.

— Vous ne pouvez pas. Nous avons tout mis en œuvre pour que les Drenn ne puissent pas suspecter votre existence, c'est pourquoi vous n'avez pas pu mettre les pieds à bord du cargo.

— Mais votre plan…

— Vous êtes inquiet, n'est-ce pas ?

S'ensuit un silence assez perturbant, accompagné par une grimace désolée.

— Je n'ai pas raison de m'inquiéter ?

— Si. Au-delà du plan qui implique plusieurs manœuvres dangereuses, nous craignons depuis toujours que les Drenn décident soudain de ne pas laisser repartir le cargo. La procédure nécessite de s'y rendre complètement désarmées, avec un équipage réduit.

— Vous voyez », dit-il en serrant un peu plus ma main.

C'est la première fois qu'il me retient de cette manière. Au fil des jours, il se montre de plus en plus démonstratif, et particulièrement attentionné envers moi.

« Je vous ai dit que vous étiez mes seuls repères, alors que j'étais seul au monde. Même si tout le peuple Yrdiekk a su m'accueillir avec bienveillance, c'est…

— … ?

— C'est surtout à vous que je tiens, Commandante. Si vous ne reveniez pas, je serais à nouveau perdu.

Ses doigts se mettent à caresser les miens nerveusement, quand nos mains se soulèvent soudain ; nos bras se plient et brisent l'écart entre nos deux corps. Les lèvres d'Edvard viennent se coller contre les miennes tandis que son autre main se pose dans mon cou, juste derrière ma mâchoire. Mon esprit interloqué est assailli par une tornade d'émotions contradictoires, les siennes. Qu'est-il en train de se passer, exactement ? Devant mon manque de réaction, il se détache soudain de ma bouche entrouverte et prend une expression interrogative.

— Qu'étiez-vous en train de faire, Edvard ?

— Ce… c'était un baiser. Les Humains le faisaient pour se prouver leur amour, avant.

— De l'amour… ?

— Je suis désolé, je vous ai choquée, je pensais que… merde.

Je le regarde béatement, pas certaine d'avoir été si choquée par cet acte dont je ne comprends simplement pas la signification. Est-ce cela, cette part d'autre chose que je décèle en lui depuis quelques jours ? Qui dépasse l'affection naturelle des Yrdiekk pour leurs semblables ? Et encore, s'il n'y avait que ça… Edvard est constamment assailli par des énergies qu'il dissimule du mieux qu'il peut, mais qui ne passent pas toujours inaperçues. Des énergies qui ne sont pas souvent positives.

— Edvard, tout va bien. Ce n'est rien, je vous assure.

— Désolé quand même… Vous ne connaissez pas ce sentiment ?

— Nous ne nous attachons pas souvent… Nous sommes liées les unes aux autres, un peu plus lorsque nous sommes sœurs. Mais la naissance d'une enfant ne fonde pas de foyer. Chaque Yrdiekk fait sa vie de son côté, se liant à l'une ou l'autre au gré des énergies qui circulent, mais la plupart du temps il n'y a ni manque, ni douleur.

— Je vois…

Je ne le quitte pas de mes yeux ronds, car je sais que tout ce qu'il peut ressentir se trouve à la frontière entre l'attirance entre deux êtres et le lien puissant qu'il existe entre les Yrdiekk et le Noyau. Les Humains pouvaient-ils tisser des liens aussi forts entre eux ? La seule douleur émotionnelle que je puisse ressentir est dans la mort de mes semblables quand elles me sont proches… Je caresse doucement sa joue avec un secondaire, et en lui souriant sincèrement, je m'imprègne de son regard qui reprend un peu de lumière.

— J'aimerais beaucoup parler avec vous de toutes ces choses-là, Edvard. Accordez-moi du temps quand je reviendrai de l'échange, d'accord ?

— D'accord », dit-il en laissant glisser ma main.

Sa mine triste, elle, reste accrochée à mes yeux. Étrangement, je continue à subir ce regard, même après avoir fini de me retourner vers le sas d'amarrage. Je flotte jusqu'à la porte, la passe, traverse les tentacules entremêlés de mon vaisseau et du cargo, pour enfin accéder à ce dernier. Silence cérémonieux et habituel, aussi habituel que mon équipe qui est déjà à bord : je suis accueillie de manière formelle par E'foss et Kr'aon, dans leur armure noire. C'est mon cinquième échange, tout va bien se passer.

J'entre dans la capsule de pilotage pré-sabotée et enlace le siège, tandis que la structure du dispositif se détache des murs de la pièce pour se rapprocher de moi. Chacun de mes secondaires s'infiltre dans l'ordinateur de contrôle, et c'est alors comme si j'étais le vaisseau cargo lui-même. Je me sens lourde et robuste, je vois loin et je ressens le froid de l'espace. L'anneau du relieur est droit devant.

« Cargo en position. En attente de l'autorisation pour le saut.

— *Sois prudente, O'dae.*

— Comme toujours, O'tya. »

_ Calcul de trajectoire en cours…

Repositionnement de l'anneau…

Calcul terminé. En attente de l'autorisation.

Une intense lumière émane de l'anneau et enveloppe le cargo, signe que l'analyse a commencé du côté des Drenn. Mo'ivu se tient prête, sa navette attachée au tentacule de navigation qui va exploser ; lorsque ce sera fait, elle sera seule avec son équipe. Plus aucun lien, plus aucun moyen de contacter la Flotte. Je ne serai peut-être même plus en vie pour voir les fruits de leur mission, si elle réussit.

Autorisation accordée.

_ Propulseurs activés.

Il n'y a rien dans le tunnel entre les deux bases du relieur. Juste une lumière blanche, intense voire aveuglante. Après quelques minutes de vide, alors que la sortie se rapproche, je m'extirpe des commandes de contrôle et active le sabotage du cargo. La violente surcharge du propulseur principal est accompagnée par une série de petites explosions dans ma capsule, ce qui m'arrache à l'ordinateur en brûlant partiellement ma peau et mon armure. Quelques morceaux du blindage du vaisseau s'arrachent et sont projetés en avant, avec la navette. Comme l'a si bien dit Mo'ivu, l'illusion sera parfaite. J'active aussitôt le signal d'urgence, qui illustre efficacement ma sortie du tunnel côté Drenn, à une vitesse légèrement supérieure à la normale et dans l'impossibilité de manœuvrer le vaisseau.

La réaction des réceptionnaires Drenn-Vyx ne se fait pas attendre : un énorme rayon s'échappe du croiseur qui flanque le cargo Drenn, et ne tarde pas à complètement désactiver les systèmes de mon vaisseau, jusqu'à l'immobiliser. À partir de maintenant, je dois compter sur Mo'ivu pour que tout ceci ne soit pas juste un immense gâchis. Je ne sais pas quand je pourrai revenir, d'autant que ce sabotage va nécessiter quelques réparations avant d'envisager le voyage retour.

« Commandante de la flotte Yrdiekk. Ici l'Amiral Drenn Skoness du clan Militaire. Répondez.

Je prends une grande inspiration et stimule mes cérébraux pour réactiver le langage Drenn. Depuis l'arrivée d'Edvard, presque tout mon équipage parle le terrien. Je l'avais presque oublié…

— Ici O'dae, Commandante de la flotte Yrdiekk. Je vous reçois, merci d'avoir stoppé mon vaisseau, nous avons échappé au pire.

— *La cargaison, est-ce qu'elle est intacte ?*

— Pas de dommages à déplorer dans le conteneur, Amiral. Il y a eu un court-circuit entre la navigation et la propulsion. »

Pourvu que le mensonge fonctionne. En tout cas, ils n'ont pas l'air d'avoir remarqué la navette de Mo'ivu.

« Vous allez bien, Commandante ? demande Kr'aon en passant sa tête dans l'ouverture de la capsule qui reprend difficilement sa forme normale.

— Juste un peu sonnée, dis-je en me frottant le cou. Vous n'avez rien, vous deux ?

— Rien du tout. E'foss se dirige déjà vers le conteneur, nous savons que les Drenn ne sont pas très patients.

— Rejoignons-la. Nous commencerons les réparations dès que possible. »

Plusieurs Drenn en exosquelette propulsé parcourent les maigres allées de la zone de stockage, et comptabilisent nos prélèvements et curiosités de l'espace relativement lointain. Ce corps par extension qu'utilisent les Drenn est plus grand que la plus grande des Yrdiekk-Mori, mais pas aussi grand qu'Edvard ; encore moins grand que les robots qui se trouvaient à bord du *Fortress*, bien qu'ils y ressemblent un peu. L'exosquelette, qu'ils appellent Grand-Drenn, sert à la fois de véhicule, d'arme et de protection pour ces maigres insectes, ces êtres minuscules qui mesurent à peine la moitié de ma jambe…

La porte de la zone de stockage est ouverte sur la gueule béante du cargo Drenn, un vaisseau mesurant facilement un tiers du *Fortress*, c'est-à-dire le triple de notre cargo à nous. Dans le vaisseau de nos oppresseurs se trouve un robot tout en longueur ; celui-ci va bientôt s'étendre au milieu de mon conteneur pour déployer ses multiples bras et récupérer tout ce qui y est entreposé, avant de remplacer les cuves pleines par des cuves vides et des caisses de nourriture. De monstrueuses mitrailleuses ornent les parois du vaisseau Drenn et pointent dans notre direction, au cas où nous serions prises d'une soudaine envie de visiter.

Tout est d'un blanc éclatant chez eux, et l'architecture de leurs appareils est particulièrement arrondie. Il faut reconnaître que tout ce qui est créé par les Drenn est plutôt esthétique, même s'ils visent d'abord l'utilité stricte. Simple et fonctionnel. Beau par simple voie de conséquence.

« Les voilà », murmure E'foss en voyant les immenses caisses de vivres arriver à l'autre bout du hangar Drenn.

Voir venir ces caisses, c'est toujours comme voir arriver un morceau de notre planète. Il s'en dégage une certaine énergie qui ressemble à celle de ce qui fut notre Maison. Pourtant, au fil des échanges, la qualité des vivres se dégrade de plus en plus ; cela ne présage rien de bon pour l'état des arbres de Yrdann, et nous ne savons pas encore ce que comptent faire les Drenn quand ils n'auront plus rien pour nous entretenir. Ils ne le savent peut-être pas eux-mêmes. Les Grands-Drenn sortent de la zone de stockage, et laissent la voie libre pour le robot échangeur. Mes guerrières et moi restons en retrait pendant la manœuvre qui se déroule sans accroc : la précision redoutable des machines Drenn va de pair avec leur puissance terrifiante. Si nous venions à les affronter directement, nous aurions encore moins de chance de survie qu'il y a 219 ans, certitude qui s'amplifie échange après échange.

« Commandante, demande E'foss, pouvons-nous vraiment compter sur les Drenn pour nous laisser réparer notre vaisseau et repartir ?

— Tant qu'ils ont une raison de maintenir les échanges, ils n'en ont aucune de nous garder ici. Aussi obscures soient ces raisons.

— J'espère que c'est vrai. »

Le robot échangeur apporte les caisses de provisions et des cuves vides, qui se fixent sur les structures prévues à cet effet. L'échange effectué, le cargo chargé, nous n'avons plus qu'à attendre que la situation évolue. Saboter le vaisseau était le meilleur moyen de détourner l'attention des Drenn, y aller moins fort aurait eu un moindre effet et la navette des -Mori aurait pu être repérée. Même s'il ressort toujours des échanges une sensation de dégoût, celui-ci marque un changement dans l'Histoire. Du moins, je l'espère.

« *Commandante O'dae de la flotte Yrdiekk ?* rugit une voix distordue dans le cargo Drenn.

— Que puis-je faire pour vous ? demandé-je à contrecœur en portant ma voix de sorte à me faire entendre.

— *Ici l'Amiral Drenn Skoness. Vous et vos suivantes êtes invitées à bord de mon croiseur. Veuillez suivre le Capitaine Donenn jusqu'à moi.* »

Mes suivantes ? Nous traiter comme de simples outils, ne pas nous reconnaître en tant que combattantes… toujours se cacher derrière leurs armures trop grandes pour eux, froides et terrifiantes. Les Drenn sont la seule chose au monde que je sois capable de haïr, et je sais que l'expression de cette détestation fait partie des critères faisant de moi une déviante parmi mon peuple. L'idée que mes guerrières elles-mêmes puissent ne pas ressentir pareille haine provoque en moi un sentiment de désespoir profond. Elles sont tristes, elles ont peur. C'est tout.

L'intérieur des vaisseaux Drenn est très vaste, car ils ont été construits après leurs exosquelettes qui sont de véritables extensions de leur corps : tout est donc conçu comme si les Grands-Drenn étaient la taille de référence pour leurs structures. Nous suivons le Capitaine Donenn, qui se déplace au moyen de petits propulseurs répartis sur toute son armure, jusqu'à une zone d'amarrage où se situe sa navette. Dans le pire des silences, nous prenons place à bord de l'engin et sommes immédiatement suivies par des soldats. En à peine une minute, nous traversons le bouclier cinétique du croiseur de l'Amiral, et nous voilà à bord de ce monstre d'environ un demi-*Fortress*, si plat qu'à une certaine distance et sous un certain angle il devient difficile de le voir. Bien qu'il soit terrifiant, il n'est en rien comparable au vaisseau de commandement suprême du clan Militaire. Ce dernier est plus long et plus large que le *Fortress*, qui ne le surpasse que par son volume impressionnant. Son Commandant, le Chef de Clan Ermei, n'est pourtant guère plus concret qu'une ombre : je n'y ai jamais eu affaire personnellement.

La zone d'amarrage du croiseur Amiral donne sur de multiples alvéoles, qui sont en réalité les entrées d'interminables couloirs aux utilités et destinations bien distinctes. Nous avançons dans l'un d'entre eux, toujours suivies de près par des soldats, et arrivons devant le portail de sécurité menant au pont de commande, qui ne tarde pas à s'ouvrir. Le pont de commande est une immense salle sphérique où travaillent une multitude de Drenn. La place de l'Amiral, ou du moins du Grand-Drenn de l'Amiral, se situe tout au fond de la salle, de sorte à voir tout le monde.

« Cet accident, fait Skoness d'un air interrogateur, c'était curieux n'est-ce pas ?

— J'ai été surprise également, Amiral. Mais l'âge de nos vaisseaux cargo les expose à ce genre de problème… Merci encore de nous avoir tirées de là.

La lumière jaune qui anime les " yeux " du Grand-Drenn de l'Amiral me scrute silencieusement. Regarder ces machines me donne parfois l'impression de sauter dans le vide. Leur corps mécanique, blanc et massif, présente de longs membres articulés sur le tronc du robot, dans lequel est incrustée une sphère mobile : la cabine de pilotage, dont nous ne pouvons pas voir l'intérieur.

— Je suppose que vous avez raison, dit-il, vos vaisseaux sont obsolètes. Voir que vous avez à peine été capables d'améliorer les systèmes qui vous ont été donnés par les anciens, alors que cela fait bientôt trois siècles que l'on vous a dotées de cette technologie… c'est décevant.

— Mes aïeules ne vous ont rien demandé, il ne fallait pas vous sentir obligés.

— Vous avez du répondant, Commandante, mais veillez à ne pas trop influencer l'unanimité… Il suffirait d'un petit incident pour que le Chef de Clan Ermei renonce au contrat qui assure la survie de votre peuple, et il est l'un des derniers dirigeants Drenn à vouloir le maintenir.

— Il est bien trop bon, fais-je en roulant des yeux.

— Et attentif, répond-il. Je vous ai fait venir à moi car il n'y a pas que votre accident qui est curieux. Très chère, nos télescopes, bien que votre… flotte se trouve bien loin d'ici, ont permis de voir que cette dernière n'a pas bougé depuis maintenant plusieurs jours.

— En effet, nous procédions justement à quelques réparations sur plusieurs de nos v…

— Ce que vous faites là-bas ne nous regarde pas, à vrai dire cela nous est complètement égal. Par contre, ce qui nous regarde, ce sont la quantité de matière que vous nous apportez et la fréquence de nos échanges… Vous n'êtes pas sans savoir que ces ressources sont notre seule raison de vous apporter des vivres.

— Les quantités n'ont pas baissé, nous faisons toujours de notre mieux.

— Elles n'ont pas augmenté non plus. Or, le clan Industriel et le clan Océanique demandent une intensification de vos prélèvements. Bientôt, vous coûterez plus de ressources en procédant à ces échanges que ce que vous nous apportez en termes de valeur ajoutée. La valeur scientifique de vos rares trouvailles ne peut plus vraiment compenser ce manque.

— Nous allons essayer de nous améliorer.

— Ce serait dommage de devoir rompre ce contrat, Grand Ermei apprécie l'immense service que vous lui rendez. »

Insectes nuisibles. Voilà ce que vous êtes. J'imagine le sort qui sera réservé aux Kraeltiens lorsque les Drenn découvriront leur planète. Je crains de plus en plus pour notre avenir pas si lointain, et je me sens prête à prier les forces auxquelles Mo'ivu se consacre.

« Nous comptons sur vous, Commandante », conclut Skoness.

INTERLUDE I-II

LE MYTHE DE LA DÉESSE HARMONIE

Notre peuple vivait des temps paisibles, depuis trop longtemps pour en connaître l'âge. La Nature, le Ciel, les Océans, Y'rdann. Nous étions unies et harmonieuses.

La douceur pour seul horizon, la sagesse pour seule arme.

Il n'y avait pas besoin d'arme. Tout était accordé et continuait à s'accorder, dans un cycle infini et beau. Le Monde évoluait vers toujours plus d'harmonie, toujours plus de lumière.

Mais un jour, un immense monstre noir fait d'acier vint briser l'horizon, et assombrir le ciel. Y'rdann fut menacée, car quelques instants eurent suffi au monstre pour anéantir tout ce qui s'était construit au fil des millénaires. Il était grand, il était vif, il n'avait pas vraiment de forme définie. Son simple passage dans le ciel avait semé la nuit sur toute notre grande famille.

C'est alors que, avant la moindre blessure, sans verser aucun sang, la Déesse fit son apparition. Elle ouvrit l'Océan, puis ses bras immenses, et embrassa le monstre avec toute la compassion dont elle était capable.

D'un simple geste, elle avait supprimé la guerre.

PARTIE II

YRDIEKK-MORI

CHAPITRE 1 : JE VOUS RESSENS

_ *Identification : Mo'ivu*

Lignée : Yrdiekk-Mori

Bienvenue dans cette sauvegarde de l'Index. Les données seront synchronisées à portée du vaisseau-mère.

~~~~~~~~~~~~~~~~~~~~~~~~~~~~

Entrée : *YRDIEKK-MORI ; LE CHEMIN DU CRISTAL*

Une équipe issue de la lignée -Mori se dirige vers une zone inconnue du système d'origine, sur une orbite proche de celle de la planète Yrdann.

L'équipe est composée de :

Mo'ivu, Représentante destituée de la lignée

Mo'na, Haute guerrière

Mo'seni, Ancienne

La navette est dirigée par Mo'ivu, qui se fie à l'attraction manifestée par un fragment de cristal de masse spectrale prélevé dans l'épave humaine Fortress.

Le blocus Drenn a été passé avec succès, et à J+1 aucune menace ne s'est encore présentée.

~~~~~~~~~~~~~~~~~~~~~~~~~~~~

_ *Déconnexion de l'Index. Au revoir.*

Naviguer à l'instinct, si loin de la Flotte, cela me donne une immense sensation de lâcher prise. Je suis installée, assise, penchée, mes dorsaux enroulés autour du tube de maintien situé au-dessus de moi, et mes secondaires infiltrés dans les systèmes de la navette. Je nous laisse dériver dans le vide, avec pour seules indications la vibration basse du fragment de cristal et nos ressentis. Une certitude : l'appel se fait de plus en plus clair, de plus en plus distinct. Nous sommes dans la bonne direction.

« Mo'ivu, fait l'Ancienne, est-ce que vous voyez quelque chose ?

— Non Mo'seni, pas encore. Mais nous nous rapprochons.

— Merci. »

Mes sens confondus avec les capteurs de la navette, je suis devenue le point de repère de Mo'seni ; de ses yeux bleus, elle voit en moi une lueur d'espoir, l'espoir de revoir un jour Yrdann. Pourtant, plus le moment approche et plus je suis certaine que ce n'est pas Yrdann qui nous appelle. L'énergie du cristal, bien qu'elle soit de même nature que celle de notre Noyau, n'en a pas les mêmes effets sur nous. Ensuite, nous avons toujours perçu l'appel du Noyau, et son cri n'a pas changé depuis l'arrivée de l'épave auprès de la Flotte. Nous nous apprêtons à découvrir quelque chose de différent, qui pourrait remettre en question l'ordre établi par les Drenn. Une tension qui a toujours existé au fond de nous, mais a attendu des centaines d'années pour montrer son visage.

Mo'na médite à l'arrière de la navette, dans un espace très réduit. Elle a toujours été présente, née juste après moi, toujours prête à servir la lignée -Mori. C'est pourquoi je la considère comme ma conseillère la plus fiable. Mo'seni, bien plus âgée que nous, doit apporter une vision plus reculée aux décisions que nous prendrons pendant le voyage. La Commandante souhaitait que j'emmène deux guerrières, mais elle oublie que les -Mori sont d'une constitution plus faible que la moyenne, et qu'être trois à porter une arme ne changerait pas grand chose si nous devions nous engager dans un combat. Notre force réside dans nos capacités à comprendre le monde qui nous entoure, et à nous fier aux forces qui le régissent pour éviter d'avoir à combattre. Bien que nous soyons toutes guerrières avant d'être trop âgées, nous sommes éloignées du sens qui est d'ordinaire donné à ce mot. C'est une Yrdiekk-Mori qui a su inciter la première Commandante à abandonner la guerre, sans quoi les générations suivantes n'auraient jamais vu le jour.

Je sens comme une main qui tire doucement la navette vers ce point à la fois vague et précis. Je me laisse porter, je lui accorde une confiance immense. Dans le creux de cette main rassurante, je m'abandonne à la promesse d'un destin plus doux. Pourtant, les visions s'arrêtent au tournant représenté par la découverte qui nous attend ; il nous est impossible de voir ce qu'il y a *après*. J'ai même l'impression que nous sommes plus proches de ce qu'il y a *avant*. Une partie de ma mémoire ancestrale s'est réactivée au fil des sensations de déjà-vu qui s'enchaînent depuis l'arrivée de l'épave auprès de la Flotte. Ai-je le droit d'avoir l'impression de retourner à la Maison, sans qu'il s'agisse de Yrdann ?

Avec l'élan procuré par le relieur, la navette a déjà dépassé les trois planètes les plus éloignées de notre soleil. J'ai pu apercevoir quelques croiseurs Drenn, au loin, mais le camouflage improvisé et la petite taille de notre embarcation semblent assez efficaces pour ne pas attirer leur attention. Les tentacules de navigation, dégarnis, m'ont demandé un temps de prise en main pour pallier leur soudain manque de maniabilité, alors j'apprécie cet espace vaste où tout semble minuscule et anticipable.

« Mo'ivu.

— Tu as fini ta méditation, Mo'na ?

— Oui. Les énergies convergent et nous guident, nous suivons la bonne voie.

— Est-ce que tu ressens le Noyau ?

— Je crois… J'ai entrevu Yrdann… Elle souffre, mais l'harmonie n'a pas été complètement brisée par les Drenn.

On ne remplace pas le Noyau d'une planète en expulsant le peuple dont elle est la mère. Le Noyau collecte et amplifie, il instaure un cycle qui influence toute énergie… Il est tout, et à la fois nous ne savons pas ce qu'il est. Le cœur de la civilisation, sans être le milieu de la planète comme son nom pourrait le supposer. Il nous manque, c'est notre seule certitude.

— J'aurais souhaité que le cristal nous invite à nous rendre sur Yrdann, souffle la vieille Mo'seni après un silence.

— Et découvrir que les Drenn s'en seraient séparés… Pouvoir revenir s'installer… Nous avons toutes fait ce rêve, fais-je.

— Je sais bien. Je sais bien qu'il n'est qu'une utopie inatteignable, mais j'ai besoin de m'y accrocher. »

CHAPITRE 2 : JE VOUS ENTENDS

J+4 après le franchissement du blocus.

Nous sommes de plus en plus proches de l'orbite décrite par Yrdann. Pourtant, au lieu d'être de plus en plus attirée par notre planète, ce sont les murmures de millions de voix qui occupent à présent la totalité de mon esprit. Ils traversent l'espace, passent dans l'éclat de cristal et résonnent dans nos cérébraux dans un chaos glacial. Et ce depuis bientôt l'équivalent d'une journée, qui n'a pas été suffisant pour nous permettre de discerner un quelconque discours : ce sont des murmures qui n'ont rien à voir les uns avec les autres, se répondent ou s'ignorent, rebondissent et se mettent à hurler, mais aucun mot ne parvient à se dégager de ce grouillement oppressant.

Mo'na et Mo'seni se sont enlacées pour procéder à une méditation catalytique, visant à faire le vide et ainsi déceler d'éventuelles pistes à travers cet ouragan de voix. Pendant qu'elles s'y évertuent, je continue à naviguer à l'aveugle, ce qui est devenu difficile… À l'approche d'Yrdann, je ne parviens plus à rester focalisée sur l'énergie du cristal qui s'est fondue dans la masse vocale. Soudain, je repère une énorme flotte de vaisseaux Drenn, parmi lesquels se trouvent au moins cinq croiseurs ; ils se situent en plein sur notre trajectoire, ce qui ne signifie rien de bon. Les Drenn seraient-ils vraiment en train de fouiller une certaine zone du système, à la recherche du dernier élément qu'ils n'arrivent pas à maîtriser ?

Je coupe tous les appareils, premièrement pour ne pas me rapprocher imprudemment ni nous faire repérer par leurs radars, mais aussi pour tenter de comprendre ce qu'ils font à cet endroit précis qui coïncide étrangement avec les perturbations mentales que nous subissons. Yrdann se trouve sur une orbite un peu plus éloignée, et actuellement de l'autre côté de notre soleil. Il ne reste pas grand chose des chances que notre planète soit directement liée à l'énergie du cristal, mais la probabilité que les Drenn soient impliqués est désormais assez palpable pour être menaçante.

Je me détache partiellement de l'appareil de commande pour me joindre à mes deux compagnes, dont la méditation a atteint une vibration apaisante. J'étends mes secondaires pour les lier aux leurs, et suis vite frappée par le silence qu'elles ont su retrouver. Au lieu du chaos sonore qui s'était installé dans l'habitacle, les voix sont fondues en une seule ligne étroite, entourée uniquement de vide et de paix. Il me reste à tirer chaque ficelle, lentement, avec attention, et à les tisser entre elles pour décoder ce message qui ne peut être perçu que par un esprit éveillé et apprêté : c'est mon cas. C'est la raison pour laquelle le titre de Représentante se transmet selon un rite qui n'a jamais été bafoué depuis la création de la lignée. Les dons et la mission de la Représentante se réincarnent de vies en vies au sein de la lignée -Mori, avec l'intime conviction que cet ordre établi ne doit pas être perturbé ; la seule raison pour laquelle une autre Représentante a été élue à mon départ, c'est qu'il ne fallait pas perturber l'ordre de la Flotte. Il leur faudra trouver la *vraie* Représentante quand je mourrai.

------------------ - ------------------------------ ------------- ----------- ------
------------------------------ -------------------- - - -- ----------------- ------
------------------------ -*Rei fo se'ra Y... r... dieykk* ---------------------------
------------------------ -- ----------

Ooooooooooooooooooo... Muuuuuuuuuuuu... Se'ra...

Y'rdieykk.

------------------------------------*Ooooooooooooo...*

------------------------- -------------*Muuuuuuuuuuuuuuuuuu...*

Se'ra.

Cela veut dire "je suis heureux de vous revoir". C'est le langage Mori, enfoui dans nos mémoires ancestrales, et qui n'a jamais été retranscrit par quelque moyen que ce soit. Les voix se sont mises à former un chœur puissant, qui chante pour nous souhaiter la bienvenue. Entre les lignes, je lis malgré tous ces signes de bienvenue une certaine crainte de ce que pourrait annoncer notre retour : une guerre.

Y'rdieykk.

C'est la façon dont nous prononcions le nom de notre peuple il y a plus d'un millénaire. Cela ne peut signifier qu'une chose, c'est que nous nous apprêtons à rencontrer le peuple avec lequel a été fondée la lignée Yrdiekk-Mori. Le peuple oublié, le croisement dont nous ignorons l'origine et la raison. Je n'arrive pas encore à tout décoder, mais ma mémoire se réactive et provoque en moi un immense frisson glacial et continu. Les déjà-vus, les prémonitions et nos héritages du passé se confondent et tourbillonnent dans mon esprit. Pourtant, il n'y a encore que ces voix qui peinent à franchir la barrière de la compréhension.

« Le chant des Mori nous invite à nous éloigner de la flotte Drenn, dit Mo'na.

— En es-tu sûre ? fais-je, dubitative.

— Oui.

— Je te fais confiance », conclus-je avant de reprendre les commandes.

Aussitôt éloignée de mes compagnes, je perds le fil des voix qui ne ressemblent à nouveau plus qu'à un brouhaha angoissant. Je me focalise alors sur la navigation, et active la propulsion inverse pendant quelques secondes. Je mets ainsi fin à notre dérive qui était plus ou moins calibrée sur la vitesse de la flotte ennemie. En quelques minutes, leurs vaisseaux s'éloignent jusqu'à devenir de minuscules points blancs, à peine discernables, pour enfin disparaître de mon champ de vision. Je perçois alors une petite caresse de Mo'na, qui m'incite à quitter de nouveau la navigation.

« Regarde, Mo'ivu ! »

Le fragment du cristal de masse spectrale, pendu à mon cou par une ficelle bleue, semble me tirer dans une certaine direction, légèrement sur ma gauche. Il s'est mis à briller du même éclat que lors de mon premier contact avec le cristal. Une lueur noire, qui obstrue tout ce qui se trouve autour de lui.

CHAPITRE 3 : JE VOUS VOIS

Mon instinct prend le dessus, et je détache le fragment de cristal pour le laisser bouger librement au sein de l'habitacle. Il se déplace alors, lentement, jusqu'à toucher la paroi légèrement arrondie de la navette. Un son cristallin résonne et s'amplifie, rebondit puis s'étouffe, et une lueur violette s'empare de tout l'intérieur du vaisseau. Le phénomène se répète ainsi, sans jamais s'arrêter, comme une pulsation cardiaque.

« Soi fen fu. Dis be'sen be'sen. »

"Ferme les yeux, et enfin tu verras". Il y a à peine quelques jours, je n'aurais pas pu imaginer être capable de raviver la mémoire d'une langue perdue depuis des siècles. La voix résonne avec clarté, en écho à chaque petit impact du cristal sur la paroi. Elle est basse, vibrante, perçante. Et multiple, comme si plusieurs voix étaient réunies en une seule ; des voix graves et des voix aiguës.

Je ferme les yeux, me laissant envahir par les sons qui s'enchaînent et prennent possession notre espace restreint. Les ondes se confondent et commencent à dessiner de magnifiques courbes, qui se croisent et se dissipent. De petits cercles traversent l'espace de part en part, et le chant reprend : *Ooooooooo… Muuuuuuuu…* Je place mes secondaires sur mon crâne, et j'amplifie le phénomène pour mieux le comprendre. C'est alors qu'une grande sphère blanche se détache de tous les autres motifs, et se fige juste devant moi. Je tourne la tête de gauche à droite, mais elle reste figée au même endroit comme si mes yeux étaient ouverts. Je les rouvre, et suis frappée par un spectacle incroyable.

« Par le Noyau… »

Une immense planète se trouve sous nos yeux. Sa surface, noire, semble refléter l'immensité de l'espace, et seule son atmosphère forme une fine couche d'un blanc pur qui la rend à peu près visible. Au moindre clignement, au moindre écart, tout disparaît, et il faut rester concentrée – et surtout ouverte – pour parvenir à la voir. Nous attendiez-vous dans l'ombre, Mori ? Avez-vous réussi à cacher une planète entière aux yeux perçants des Drenn ? Et surtout… qui êtes-vous ? La planète apparaît de manière instable, mais exerce désormais son attraction sur la navette. Les

Drenn étaient juste à côté, mais incapables de la déceler, comme nous l'étions il y a quelques instants seulement. Incapables même de subir sa gravité ! À mesure que nous nous rapprochons, sa surface devient de plus en plus nette mais reste toujours aussi noire. Je n'ai jamais rien vu de tel, sauf dans les visions que le cristal a pu provoquer.

Je reprends place aux commandes de la navette, tandis que mes compagnes se sanglent aux parois pour préparer la descente.

_ *Trajectoire optimale ;*

Descente en cours…

Analyse de l'atmosphère :

• *Respirable*

• *Épaisse couche nuageuse statique*

Analyse de la surface captée :

• *roche 57 %*

• *terre 36 %*

• *métaux 7 %*

• *aucune forme de vie détectée*

… Il était étonnant de trouver un être vivant à bord de l'épave du *Fortress*, mais il est encore plus étrange de n'en trouver aucun sur une planète qui nous appelle avec tant de force. Alors, que se passe-t-il ici ? Plus l'image se rapproche, et plus je me sens… triste ? Pourquoi n'y a-t-il personne ? Nous avons traversé les couches d'atmosphère, les épais nuages, les propulseurs de décélération s'assortissent d'une ouverture totale des tentacules de navigation, voilà que l'action de l'air vient freiner notre arrivée. Il n'y a rien à voir, à la surface qui n'est pas si noire, mais plutôt grise, un peu marron, et étrangement lisse. Il n'y a rien à voir. Pas de plaines, pas de falaises. Aucun lac, ni rivière, juste ce qui peut s'apparenter à une petite chaîne de montagnes au loin. Tout le reste est tristement plat. Plat et mort. Rien ne bouge. Il n'y a rien à voir.

Alors que la navette fait son chemin vers ce sol désert et stérile, elle me prête ses yeux qui sont soudain attirés par un mouvement, plus sombre encore que la surface, à quelques kilomètres devant nous. Un mouvement rapide, qui suit notre trajectoire avec une précision admirable. Une petite forme noire, de la taille d'un Homme ou d'un Grand-Drenn. Mais ce n'est ni l'un, ni l'autre. De petits nuages de poussière grise se soulèvent dans son sillage, et ce, jusqu'à notre atterrissage tout en douceur.

Je me détache de l'appareillage et observe silencieusement mes compagnes tandis qu'elles se libèrent de leurs sangles.

« Il y a quelqu'un… ou quelque chose, qui nous attend dehors.

— Faut-il sortir armées ? s'inquiète Mo'seni.

— Non, je ne crois pas. »

Nous sommes toutes les trois sur la défensive, complètement abasourdies par cette découverte à la fois morne et spectaculaire. Pourquoi sommes-nous ici ?

CHAPITRE 4 : JE SUIS VENUE JUSQU'À VOUS

Le portail de la navette, situé à l'arrière, s'ouvre sur ces étendues silencieuses. La gravité est facile à vivre, et l'air est étonnamment agréable à respirer. Seule la vue est particulièrement triste. Nous commençons à marcher, cherchant des yeux l'ombre qui nous suivait. La voilà, elle n'est pas très loin.

La terre, sèche, est recouverte d'une couche très fine pouvant s'apparenter à du sable. J'en fais glisser au creux de ma main : ce n'est pas vraiment doux, mais pas trop désagréable au toucher. Je prends un appui, m'élance et parviens à faire un bond comme ceux que nos aïeules effectuaient sur Yrdann. Je me sens légère, ici. Légère, mais vide. Il n'y a pas de vent. Pas le moindre bruit, si ce n'est celui de nos pas qui s'éloignent doucement de la navette. La silhouette n'a pas bougé depuis que nous sommes descendues, et un deuxième bond, plus petit que le précédent, me mène face à elle.

Emmitouflé dans une grande cape noire qui traîne au sol, notre hôte est haut et large. Son visage est caché par un masque de métal, par dessus lequel est plaqué un tissus noir rectangulaire, qui pend jusqu'au bas de son cou. Dans l'ombre de sa capuche volumineuse, un œil vert et vertical scintille au milieu de son front, à travers une ouverture dans son masque. Ses autres yeux, s'il en a, sont cachés. Son corps tout entier est dissimulé dans un amoncellement de tissus gris et noirs, d'où pendent quelques chaînes et cordelettes au bout desquelles sont accrochés de petits objets que j'imagine liés à sa culture. Dans son dos, semble voler une énorme pièce de métal, en arc de cercle, plate, gravée de motifs linéaires et incrustée de pierres translucides et colorées.

Une main longue, squelettique et métallique sort de la cape, et s'ouvre à mi-chemin entre cette espèce de fantôme et moi. Sans réfléchir, avant de trop m'attarder sur cette main, j'y dépose le fragment de cristal. Ce personnage mystérieux le lève devant son œil brillant, et leurs deux lumières se mélangent dans un silence religieux durant de longs instants. Une Sage a-t-elle vraiment procréé avec une de ces créatures il y a 1500 ans ?...

« Mo'ivu, chuchote Mo'na, il n'y a aucun rapport d'énergies entre le cristal et… »

Elle a raison : l'énergie du cristal me paraît bien muette, tout à coup. D'ailleurs, il semble avoir fini de jouer son rôle pour le moment, vu que le Mori me le rend sans y prêter plus d'attention. Il souffle un dialecte à travers sa multitude de voix synchrones, et j'échoue à en comprendre le sens. Devant mon air béat, il pointe du doigt mes tentacules avant d'enfoncer ses mains dans la terre. Il reste ainsi en nous regardant toutes les trois, jusqu'à ce que je place mes secondaires contre le sol. Je suis alors envahie par un flux d'énergies, et il ne me faut pas longtemps pour réaliser qu'elles contiennent le langage de notre hôte. Ce sol… J'ai une sensation étrange en le touchant : ce n'est pas normal d'assimiler un langage de cette manière. Je sens qu'une immense puissance mystique a permis de mettre en place un dispositif qui nous est expressément réservé. Une puissance telle, qu'elle aurait pu agir sur le cristal sans y être forcément liée ?

« Est-ce mieux ainsi, chères Y'rdieykk ?

— Oui, dis-je en essayant d'avoir l'air neutre.

Je m'empresse de transmettre à mes compagnes ce langage aux sonorités rugueuses, et bientôt, c'est comme si nous l'avions toutes les trois toujours parlé.

— Voilà qui nous rassure. Il est normal que vous ne vous souveniez pas de nous, mais il nous aurait semblé étrange que vous ayez perdu le don qui vous est si particulier. »

Un nouveau silence s'installe au milieu de cette immense toile sombre et immobile. Le Mori nous scrute l'une après l'autre, ce que nous lui rendons avec une curiosité à peine dissimulée. Si nos mémoires ancestrales ont pu raviver quelques souvenirs de ce langage, cette apparence décharnée habillée de loques nous est totalement étrangère. Ce n'est d'ailleurs pas ce que j'ai aperçu dans mes visions, alors que la surface de cette planète y correspond bel et bien. J'appréhende, malgré toute la confiance que j'accorde à cette poussée de destinée. Je peine à ne pas craindre en partie ce que représente le Mori qui se tient devant nous. L'analyse de la surface était formelle : aucune forme de vie. Alors est-ce bien un fantôme qui nous adresse la parole ?

« Nous avons peur de ce qui peut vous amener ici, mais évitons de nous craindre mutuellement, voulez-vous bien ?

— Oui, je suis désolée. Vous… lisez dans mes pensées ?

— Nous ne pouvons prétendre à un tel pouvoir. Mais nous comprenons et ressentons beaucoup de choses qui vont parfois au-delà de ce que l'on peut voir. »

Nous avons aussi ce genre de capacité, mais ce n'est pas aussi fort, à part peut-être entre sœurs de portée ou chez certains individus à l'esprit assez ouvert… Non, même pour ces rares cas, il n'y a rien d'aussi puissant que ce que dégage cette entité. Le fantôme laisse passer un nouveau silence avant de reprendre la parole :

« Nous voudrions savoir pourquoi vous êtes venues nous chercher, Y'rdieykk. Quelle guerre vous amène ?

— Vous savez qu'il s'agit d'une guerre ? demande Mo'seni.

— Le pacte… murmure Mo'na. Le pacte ne devait nous réunir que par la guerre, c'est cela ?

— Votre mémoire se réactive, répond le fantôme, et elle voit juste. Alors, qu'en est-il ?

— Notre planète nous a été volée par les Drenn, dis-je. Les vaisseaux qui patrouillent autour de la vôtre.

— Drenn ?… »

Il regarde le ciel, comme s'il voyait à travers cette épaisse couche de nuages inertes, et nous laisse dans ce torrent d'interrogations pendant un long moment. Le pacte vient de ressurgir, faisant résonner une partie de nos âmes, mais rien n'est complet. De quoi s'agissait-il ?

« Et vous n'arrivez pas à la reprendre ?

— Cela fait plus de deux cents ans que nous errons en dehors de ce système solaire. C'est grâce à vous que nous sommes parvenues à entrer…

— Nous n'avons rien fait. Nous vous avons senties, nous vous avons entendues, nous vous avons vues. Nous vous avons ouvert la voie pour vous poser ici. Mais le chemin, c'est vous seules qui l'avez trouvé.

« — Vous ne nous avez pas appelées ?

— Non. Mais nous vous attendions. Depuis combien de temps, cependant, nous l'ignorons.

Il est évasif. J'ai la sensation d'avoir une énigme à résoudre avant de pouvoir tirer quoi que ce soit de ma venue ici. La Flotte n'en est plus à quelques jours près, mais nous n'avons pas pu emporter quantité de provisions à bord de la navette. Nous n'avons pas beaucoup de temps, une vingtaine de jours tout au plus en se rationnant.

— À quoi sert cette pièce dans votre dos ? demande Mo'na.

— C'est... notre fardeau. Nous avons besoin de la clef pour nous en libérer.

— La clef ?

— Nos destins son liés. Vous nous apportez la clef, nous vous apportons notre aide.

— Nous devons vous libérer ?

— Nous pouvons vous montrer la voie, mais pas le moyen.

J'échange un regard inquiet avec mes deux compagnes, avant de faire face au Mori avec détermination :

— Montrez-nous. »

Le ciel se met soudain à tourner tout autour de nous, dans un tourbillon aussi noir que lumineux, jusqu'à ce qu'il ne reste plus la moindre lumière. Tout se confond, tout disparaît, et l'instant d'après...

... Yrdann ?

CHAPITRE 5 : J'AI VU LA GUERRE MORI

L'air pur et frais de Yrdann. L'humidité, les rivières à perte de vue, et les lacs qui les ponctuent. D'immenses arbres prennent racine dans les profondeurs et poussent, aussi loin que le regard peut se porter, parfois tressés par deux, ou trois, même dans l'Océan. La verdure et les magnifiques touches colorées apportées par les fleurs font de cette planète un monde paradisiaque, dont la vue n'a d'égale que l'harmonie qui berce toute sa faune et sa flore. Cette vue, à elle seule, a le pouvoir d'apaiser mon cœur que les événements ont affolé.

« Incroyable… murmure Mo'seni. C'est notre Maison ?… »

Nous savons qu'il ne s'agit que d'une illusion, mais tout a l'air si vrai que nous aurions vite fait de la prendre pour une réalité. Des groupes de Yrdiekk bondissent entre les arbres, m'indiquant par leurs habits ancestraux que nous voyons notre planète telle qu'elle était il y a environ 2000 ans. Certaines d'entre elles ont la peau jaune pâle d'une ancienne lignée, éteinte bien avant la guerre des Drenn. Des bêtes de toutes tailles vibrent de cette même énergie, de cette même vie, se contentant d'exister. C'est la nature dans son plus bel état, à la fois sauvage et pacifique.

Le Mori se tient derrière nous, la lumière de son œil enveloppant légèrement tous nos corps et nous rappelant que nous ne sommes pas vraiment sur Yrdann. À sa posture, je comprends qu'il ne fera que nous accompagner dans cette vision, et qu'il ne nous apportera pas d'explications sur ce que l'on voit. Notre belle planète très longtemps avant l'Exil, à la fois différente et si proche de ce que nous connaissons des récits les plus récents, nous est offerte sans raison apparente. Les plus tristes d'entre nous auraient peut-être choisi de payer le prix de leur vie pour avoir cette même vision, même l'espace d'un instant, juste pour vivre *ça*. Et je les aurais comprises, car j'ai ressenti tout cela. Toute la peine, toute la mélancolie, la sombre mélodie de l'attente et du désespoir.

Notre émerveillement ne tarde pas à s'effacer en quelques minuscules secondes, pour laisser place à une terreur sans nom : tous les animaux et toutes nos semblables s'affolent et commencent à fuir dans une même direction, loin derrière nous. Dans un vacarme assourdissant, plus d'une centaine croisent nos regards soudain catastrophés. Nous décidons d'avancer à contre-courant pour trouver la raison de cette course effrénée, et sommes traversées par une multitude d'autres créatures, encore et encore. Leur nombre semble infini. C'est un hurlement unanime qui voyage à grande vitesse, d'arbre en arbre, fuyant quelque chose qui n'a pas été enregistré dans le savoir commun. Cette terreur si grande, si oppressante, même celle ressentie face aux Drenn semble infime en comparaison. Et les arbres aussi paraissent s'arquer dans cette direction, et même la moindre brindille d'herbe. J'avance, difficilement, poussée par le besoin de comprendre, freinée par la peur qui, dans l'illusion est bien réelle. Secondaires engourdis, frisson glacial, vue trouble.

« Je ne comprends pas, s'écrie Mo'seni, cette fuite n'éveille pas ma mémoire ancestrale ! Je… Non !!

— La mienne non plus, dis-je, c'est quelque chose de complètement nouveau et…

— Horrible », conclut Mo'na.

C'est exactement ça. Cette expérience est tout simplement horrible. Tout est torturé et poussé à l'extrême, tiré d'un cauchemar plutôt que d'un souvenir. L'expression sur le visage des Yrdiekk que nous croisons est au-delà de la panique, et je ne saurais la décrire avec plus de précision ; c'est comme s'il ne restait plus qu'une fuite sans destination. Un monstre inconcevable, plus grand et plus puissant que tout ce à quoi nous avons pu être confrontées, ravage la planète. C'est ce que m'évoquent ces yeux. Nous affrontons ce torrent de regards pendant d'interminables minutes, dont la noirceur pourrait venir à bout d'un mental plus frêle. Mo'seni en souffre à hurler, elle qui était frappée de bonheur en voyant Yrdann peu de temps avant. Nous entremêlons nos tentacules pour rester liées dans cette épreuve, et marchons jusqu'à trouver l'origine de cette panique générale.

Le monde est plongé dans l'ombre d'un gigantesque vaisseau qui stationne dans le ciel de Yrdann. Partout dans cette zone privée de lumière, les êtres qui tentent de s'échapper semblent contraints par une forte gravité. Secteur par secteur, des tourbillons noirs flottent au-dessus de la forêt et… l'aspirent. La terre, les bêtes et les Yrdiekk sont étirées et attirées dans ces singularités surpuissantes, avant d'être broyées au milieu d'éclairs plus sombres encore que les ténèbres. Tout est absolument ravagé, dévasté, supprimé.

« Non !! » hurlé-je malgré moi à la vue de ce paradis condamné. Cette vision est trop réelle pour être surmontable. Pourquoi doit-on affronter ça ? Pourquoi subir cette épreuve alors que notre seul souhait est de revoir un jour notre Maison pour y vivre ? Nous voulons communier à nouveau avec notre monde, pas le voir se faire détruire sous nos yeux ! Nous ne voulons pas voir nos sœurs mourir devant notre impuissance !

« Ce n'est pas possible ! pleure Mo'seni. Arrêtez !! »

Pour seule réponse, le vaisseau gigantesque se rapproche de la surface qui se dérobe soudain sous nos pieds, nous laissant planer telles des âmes errantes face à ce massacre à grande échelle. Les roches, l'eau, tout se désolidarise et se disperse pour se jeter dans les tourbillons de malheur qui s'imposent jusqu'à l'horizon. Seul élément stable, le vaisseau est comme une grande barre métallique, entourée de structures en anneaux partiels autour desquels gravitent d'énormes canons. Mais ces canons ne tirent même pas. Seule une ouverture dans le ventre du monstre crache ces tourbillons infâmes, et dans le ventre de ces derniers se fait engloutir tout notre monde et ses habitants. Qu'il s'agisse d'un souvenir ou d'une vision, ce qu'est en train de faire le Mori m'arrache le cœur et me brûle les yeux. Alors que tout semblait déjà si dénué d'intérêt à la surface de la planète noire, je me sens de plus en plus vide. Toutes mes connaissances, tous mes liens, toutes mes sensations se voient remplacés par des douleurs physiques. Le froid, la brûlure, la brûlure du froid, l'angoisse qui vient serrer mon crâne comme un étau. Visage paralysé, souffle coupé.

Les hurlements devenus inaudibles ont laissé leur place au cri continu du monstre. Le ciel blanc et lumineux a échangé sa place avec un horizon noir teinté de désespoir. Le vaisseau est de plus en plus proche, de plus en plus menaçant, tandis que sous nos pieds, il y a de plus en plus de vide. Sur la planète tout entière se dessinent de grandes coupures dont le sang a déjà été extrait, dans l'incapacité la plus absolue d'y faire quoi que ce soit.

Et tout à coup, tout s'arrête. Le vaisseau quitte la planète aussi vite qu'il est arrivé, ne laissant plus que silence et désolation. Quelques êtres subsistent, çà et là, au milieu d'un champ de ruines naturelles. Mais tout ce qui faisait la beauté de ce monde est parti en un éclair. Nous nous écroulons au bord d'une des cicatrices laissées par cette bataille à sens unique, nos tentacules se dénouent et se laissent traîner au sol. Reprendre mon souffle est une tâche difficile, car je suis aussi éprouvée que si j'avais couru avec toutes ces créatures massacrées sous mes yeux. Le Mori est toujours là, à côté de nous, et ne dit rien. Stoïque, il donne l'impression d'attendre quelque chose, alors que rien de pire ne peut plus arriver. Survivre à une telle infamie, c'est être condamné à voir le reste du monde s'écrouler peu à peu.

Mo'na serre le poing, se relève péniblement, puis lève les yeux vers ce ciel factice : « Mais cela n'a jamais eu lieu ! » hurle-t-elle. Je me ressaisis aussitôt, bousculée par son intervention. Elle a raison, cette guerre n'a jamais eu lieu. Yrdann n'a jamais été dans cet état, tout est faux dans ce qui vient de se dérouler ici. Si quelque chose d'aussi traumatisant était arrivé, si par miracle le monde Yrdiekk s'était reconstruit après *ça*, cet événement serait resté ancré très clairement dans nos mémoires. Plus tard, il en aurait été fait part dans l'Index, ne serait-ce qu'en partie ! La seule trace relativement similaire, c'est…

« … le Mythe de la déesse Harmonie, murmuré-je.

— Mo'ivu ? demande Mo'seni. Vous parlez de…

— Le Mythe parle d'un monstre de fer qui n'a pas su dévorer Yrdann, parce que la déesse Harmonie avait alors… supprimé la guerre ?

Il a été communément admis que le Mythe symbolisait, romançait notre faculté à nous entendre avec le monde qui nous entoure afin d'éviter toute guerre. Il restait à peine quelques indices, qui situaient la naissance de la lignée -Mori approximativement dans la même période que l'écriture de cette légende. Ce n'est pas si ancien, et pourtant enveloppé dans un épais mystère. Ma lignée… À présent je suis intimement persuadée que les deux sont intimement liées. Oui. Nous sommes liées au Mythe, cela résonne en moi comme une vérité désormais.

— Ce que nous venons de voir… c'est ce qui se serait déroulé si la Déesse n'était pas intervenue ? »

Des larmes noires se mettent à couler de l'œil du Mori, tandis qu'une énergie indéchiffrable se dégage de son "fardeau". La surface de Yrdann change l'espace d'une seconde, montrant à nouveau son paysage paradisiaque, avant de reprendre sa forme ravagée. Puis, sur les ruines, apparaît une immense et pâle créature, qui ouvre et étend ses tentacules vers le ciel, vers le vide. Le paysage se redessine, la créature disparaît, tandis que le monstre de métal réapparaît. À tour de rôle, chaque élément prend et perd sa place, et il faut tout relier pour rétablir la scène telle qu'elle s'est peut-être passée il y a plusieurs centaines d'années. La créature nous ressemble, mais elle est beaucoup plus grande, et ses tentacules forment comme une jupe qui remplace totalement ses jambes. Les visions superposées reprennent leur sens, et seule l'apparition de la créature maintient Yrdann dans son état normal. Aussitôt disparue, il ne reste que la mort.

Et des deux images, c'est celle de la déesse Harmonie qui colle le mieux à la mémoire ancestrale.

Elle s'élève jusqu'au sombre vaisseau, et l'enlace de tout son être sans manifester la moindre violence, comme on s'enlacerait pour nous apaiser les unes les autres. Toutes les créatures ont le regard rivé sur cette scène douce et majestueuse, toutes les énergies n'en font plus qu'une. Une lumière de plus en plus vive, de plus en plus aveuglante, s'empare du ciel tandis que la Déesse disparaît en un million de lucioles blanches. Les lucioles viennent imprégner chaque vie de la volonté de paix de la Déesse, lentement, aussi lentement que le vaisseau se tourne avant de retourner là d'où il venait.

Dans le vide qu'il a laissé, une minuscule silhouette gris sombre tombe du ciel : la première Yrdiekk-Mori. Nous nous élançons pour assister à son arrivée, passons de branche en branche, d'arbre en arbre, jusqu'à la cueillir. N'était-elle donc pas le fruit d'un croisement ?

Elle attend là, debout sur ses deux longues jambes, ses yeux verts perdus dans le ciel redevenu si calme. Elle a atterri, légère comme une feuille. Incarnation de la volonté des Mori et de la déesse Harmonie. Alors, tel est notre secret. La lignée -Mori vient directement du Noyau… elle vient de la Déesse. La fine, très fine main de la première -Mori est posée sur sa poitrine, sur laquelle est gravé un dessin qui ne manque pas de nous frapper : il s'agit d'une représentation d'un objet en arc de cercle, qui occupe toute sa poitrine et passe autour de son cou. C'est le "fardeau" du Mori.

Elle se met à pleurer, et le fantôme qui nous accompagne n'en finit pas de faire de même. Plus exactement, nous pleurons tous, non pas de tristesse mais de soulagement. Nous venons de retrouver une partie de nous. Notre ancêtre, notre mère, notre cœur. Presque éthérique, assurément fière et prête à assimiler la magie de ce monde.

Le ciel, qui a retrouvé son calme, se met à tourbillonner, lentement, puis de plus en plus vite. Nous ne tardons pas à nous trouver à nouveau sur la planète noire, avec pour seule compagnie le Mori.

« Alors la clef pour vous libérer… c'est nous ? »

« Est-ce la déesse Harmonie qui vous a infligé une punition pour avoir attaqué Yrdann ?

— Non… Elle n'aurait jamais fait cela.

— Alors expliquez-nous, Mori.

Le fantôme s'assoit et nous invite à faire de même. Le retour au calme a été aussi violent que les événements auxquels nous avons été confrontées, alors s'asseoir marque à présent un changement de rythme. Ou un changement tout court.

— La déesse à laquelle vous faites allusion était l'incarnation des énergies qui peuplaient votre planète. Sa puissance résidait dans votre capacité à aimer ce monde, et c'était la seule chose capable d'arrêter ce qui était sur le point de se produire.

— Pourquoi aviez-vous attaqué ?…

— Nous-mêmes étions inscrits dans un cycle d'harmonie sur notre propre planète. Un cycle rapide qui s'était installé à l'apogée de notre nouvelle civilisation, après le déclin des précédentes… Au-delà de notre avancée technologique, nous avions atteint une force spirituelle telle, que nous avions accès à des capacités insoupçonnées. Un jour, l'Oracle s'est affolé et a désigné votre monde comme la fin du nôtre. L'Éclipse arrivait. Une créature géante et tentaculaire enlaçait notre planète, puis c'était le néant.

— La Déesse ?

— Nous avons été pris d'une terreur indescriptible en réalisant que ce qui venait après la créature nous était impossible à discerner. Nous avons construit le vaisseau le plus puissant qu'on puisse imaginer, mettant en œuvre les technologies les plus poussées, héritées des civilisations précédentes. Nous avons pris notre envol, et utilisé la force de l'Oracle pour vous trouver… et vous anéantir. »

Nous sommes donc nées d'une union avec un peuple venu pour nous détruire… Auraient-ils mal interprété l'Oracle ?

« Mais quand nous sommes arrivés sur Y'rdann, reprend le fantôme, nous avons découvert une espèce incroyablement évoluée biologiquement, et une civilisation ancienne, si pacifique qu'elle ne s'était jamais effondrée. Quand votre déesse a ouvert l'Océan pour venir enlacer le vaisseau, tout a basculé. Nous avons touché la Conscience. Nous avons vu la silhouette dangereuse que nous étions devenus au sein de l'Univers. En quelques secondes qui nous ont paru des mois, nous avons renoncé à cette guerre et conclu un pacte avec elle. »

En un simple geste, elle avait supprimé la guerre… Tout était vrai. La Déesse était réelle, et ma lignée est… divine ? Cela paraît présomptueux, mais l'idée ne sonne pas comme un mensonge.

« Cette punition… nous nous la sommes infligée nous-mêmes. Nous avons décidé de stopper le cours du temps pour mettre fin à notre expansion devenue dangereuse. Notre harmonie impliquait une croissance menaçante. C'est dans la guerre que nous étions les plus unis, et les plus aptes à tout détruire.

— Vous avez tout arrêté pour protéger les autres mondes ?

— Oui. Nous avions atteint un point à partir duquel nous allions seulement pouvoir semer la destruction. La Déesse s'est sacrifiée pour ouvrir nos yeux sur cette cruelle réalité. Nous avons enfermé notre monde, et confié la clef de sa libération à votre peuple, sous la forme que vous connaissez.

— La lignée Yrdiekk-Mori.

— Oui. Voici le Pacte : cette capacité à tout détruire ne doit être libérée que si un peuple profondément pacifiste nous demande notre aide. Vous. La mémoire du Pacte a été incarnée dans la première de votre lignée, avec le dernier souffle de vie de la Déesse et la volonté ultime des représentants Mori qui étaient à bord du vaisseau.

En attaquant Yrdann pour fuir le destin qu'ils avaient vu, ils l'ont eux-mêmes provoqué. Il parle du sacrifice de notre déesse, mais il a entraîné le sacrifice de leur propre civilisation. Il reste encore un point que j'aimerais éclaircir…

— Pourriez-vous nous expliquer le lien qu'il existe avec le cristal qui nous a amenées ici ? demandé-je.

— Impossible pour le moment. Pour une raison que nous ignorons, il vous a servi de boussole... Mais nous pouvons vous dire la mission qui vous attend désormais. Nous vous avons raconté l'histoire telle qu'elle semblait vous intéresser, mais nous n'avons pas détaillé ce qu'il s'est produit sur cette planète à la suite de cette décision très grave.

— Votre peuple n'était pas d'accord, jette Mo'na.

— En effet. La civilisation qui a été stoppée ici venait d'entrer dans une ère de chaos, provoquée par les violentes divergences engendrées par notre choix. Cette énergie générée par tout un peuple vient se mélanger à celle de sa planète, cela forme…

— … Un Noyau ? demande Mo'seni.

— Pas exactement, mais le Noyau est la forme ultime de ce mélange d'énergies. Nous, Mori, l'appelons la Sphère. Mais votre Noyau existe depuis si longtemps que vous ignoriez peut-être qu'il avait pu, autrefois, ne pas en être un.

Le Noyau est un cycle si puissant qu'il devient presque impossible de faire marche arrière… C'est un savoir qui résonne comme une vérité aussi instinctive qu'absolue. La déesse Harmonie a canalisé ses dernières énergies pour créer la première Yrdiekk-Mori, et les Mori ont vu en elle la clef pour sauver leur monde. Les énergies de l'univers voyagent et tissent des liens invisibles entre les êtres. Je n'en ai jamais eu de preuve plus tangible que celle-ci. Alors que je m'apprête à concrétiser la raison de ces retrouvailles, je sens soudain que Mo'na y est réfractaire. Je laisse retomber mon bras qui venait de commencer à se lever, et tourne la tête vers mon amie.

— Si nous vous délivrons, dit-elle, nous libérons le chaos qui est enfermé avec vous.

— Oui. Nous devrons rétablir l'harmonie avant de pouvoir vous aider. Ainsi est formulé le Pacte. Notre Sphère a pris une allure macabre, si elle cristallise ainsi nous courons à la perte de notre monde… et des autres.

— Y a-t-il encore une harmonie possible ? demandé-je. Vous êtes seul ici…

— Il faut parfois voir au-delà des yeux et de ce qui se trouve sous vos pieds, très chères Y'rdieykk. »

De la même manière que la planète apparaissait puis disparaissait lorsque nous la cherchions depuis l'espace, la surface sur laquelle nous nous tenons paraît s'effacer l'espace d'un minuscule instant. Ai-je bien vu ? Il m'a semblé que tout un monde se trouvait sous nos pieds, mais c'est juste impossible… Encore une vision provoquée par le fantôme, mais que veut-elle dire cette fois ? Mon cœur recommence à se serrer.

« Lorsque nous serons délivrés, reprend-il, nous allons nous remettre sur le chemin de la destruction. Qu'il s'agisse d'une guerre civile ou d'un massacre des mondes extérieurs... vous aurez un rôle à jouer pour rétablir l'harmonie à tout prix. Au-delà de l'harmonie, nous avons désespérément besoin de la Paix.

— Mais la raison de cette guerre n'était-elle pas l'arrêt de votre civilisation ? demandé-je. Une fois délivrée, ne devrait-elle pas retrouver la paix dont vous parlez ?

Il hoche la tête en signe de désapprobation, se relève en soulevant une poignée de poussière, qu'il relâche en un fin filet qui retourne doucement au sol.

— Seulement la guerre civile… Et quand bien même, savez-vous de quoi se compose cette énergie de chaos ? demande-t-il.

— … Si je dois me fier à l'histoire de l'épave humaine qui est venue jusqu'à notre flotte, dis-je, elle est le résultat des luttes qui divisent un peuple.

— Ne vous arrêtez pas aux faits et aux déductions qui en découlent. Que *ressentez*-vous dans cette énergie ?

— De la peur ? fais-je.

— Du désespoir, de la colère, ajoute Mo'na.

— Il y avait des sentiments positifs, aussi, tempère Mo'seni.

— Positifs, mais tachés de violences et d'injustices.

— Mort, vie ?…

Nous nous arrêtons là, puis allons chercher le regard du fantôme qui nous toise depuis sa hauteur.

— C'est tout cela réuni, répond-il. Une énergie aussi contradictoire ne peut pas être harmonisée simplement en corrigeant une action. Car une partie de ce peuple a été figée dans une volonté d'autodestruction de notre civilisation, il lui faut un moteur sain, pour retrouver un lien solide. Un ensemble qui garantira que nous n'allions pas tout détruire une fois notre propre paix retrouvée. »

Il semble plutôt facile de basculer dans le chaos… Une peur panique de ne plus pouvoir faire quoi que ce soit du jour au lendemain a soudain plongé ce monde dans cet état instable, et c'est cet état qui a été "enfermé".

« Ne craignez pas pour le peuple Y'rdieykk. Votre harmonie est très ancienne, et elle était assez puissante pour créer un esprit capable de supprimer la guerre. Avoir dispersé cet esprit à travers vos semblables n'a pas pu remettre en question ce que vous êtes.

— Pourtant nous n'avons pas su repousser les Drenn pacifiquement il y a 219 ans… souffle Mo'na. Notre Noyau ne peut plus rien.

— La Déesse existe en chacune de nous, dit Mo'seni, mais les Drenn n'étaient pas assez ouverts pour la voir. Affaiblie et dispersée, elle était trop insignifiante pour faire face à cette guerre.

— Drenn… murmure le fantôme.

Je me relève à mon tour, effrayée à l'idée de devoir prendre part à une guerre avant de pouvoir apporter de l'aide à la flotte Yrdiekk. Je me tourne vers mes compagnes. Elles partagent cette crainte, Mo'na peut-être un peu moins, mais nous savons toutes les trois que nous n'avons pas vraiment d'autre choix.

— Vous avez dit que la guerre civile était sur le point d'éclater ? demandé-je.

— Oui. Nous avons atteint l'état de stase avant le premier écoulement de sang. Quelques jours, peut-être moins, auraient suffi à basculer.

— Comment l'empêcher, Mori ?

— La décision a été prise par le Roi Mori, dit le fantôme, mais tout le Conseil des Porteurs est impliqué. Nous vous aiderons à renverser la situation et à vous établir à la tête du Royaume.

— Vous voulez dire que nous devons assassiner le Roi Mori ? demande Mo'na.

Il devient flagrant que cette situation ne peut être résolue que par un autre sacrifice, qui risque d'être une étape très difficile pour nous. Nous n'avons pas vocation à tuer… Cela ne nous ressemble pas. Sacrifier une vie, sacrifier notre morale, c'est trop pour moi. La décision du Roi a été soutenue par un camp, vivement rejetée par d'autres qui n'ont pas encore eu le temps de s'organiser. C'est ici que se placent le chaos et notre situation peu enviable. C'est ici que nous intervenons, et que nous gagnons le respect de la population en détruisant l'incarnation de ce chaos : le Roi lui-même. J'en ai mal au ventre.

— C'est exact. Le Roi doit mourir. Telle est la solution mise en suspens il y a tant d'années. »

Sa multi-voix tremblote et s'étouffe, témoignant d'une certaine tristesse, mêlée à… de la reconnaissance ?

« Nous allons devoir vous laisser, chères Y'rdieykk. La suite vous appartient. Honorez la déesse Harmonie, supprimez cette guerre. Dépêch… »

L'instant qui suit, la lumière verte de son œil s'évanouit, bientôt suivie par tout son corps. La pièce qui flottait dans son dos vient frapper le sol et soulever un nuage de poussière qui s'ajoute à celui soulevé par le fantôme juste avant. S'ensuit un silence cérémoniel, en écho à ce qui pourrait ressembler à la mort d'un allié précieux. Mais ce n'est pas ça : le masque tombe et révèle une face métallique, articulée sur un corps qui l'est tout autant. J'en suis presque paralysée.

— Une machine ? s'inquiète Mo'seni avec un vif mouvement de recul.

— Mais cette créature était consciente, n'est-ce pas ?

— Très clairement, me répond Mo'na. En tout cas, ça explique l'analyse indiquant qu'il n'y avait aucune forme de vie à la surface… et le flou de certaines réponses qu'il nous a données. »

Je saisis prudemment la pièce circulaire, moins lourde qu'elle n'y paraît, et me tourne vers mes deux compagnes aux traits épuisés par tous ces événements. Mo'na et son instinct vivace ont l'air d'avoir mieux supporté tout cela que moi-même. Ses yeux blancs, son visage lisse et son habitude de ne pas orner de bagues ses tentacules la rendent reconnaissable entre mille. Elle me sourit, ce qui est assez rare venant d'elle, et se lève à son tour avant d'aider Mo'seni à faire de même. Cette dernière est, à l'inverse, complètement terrorisée. Tremblotante, affaiblie, marquée par le contraste de notre vision de Yrdann et des révélations qui ont suivi. Je lui caresse doucement le bras pour la rassurer, mais j'ai du mal à faire abstraction de mes propres inquiétudes.

« Allons tuer le Roi », dit Mo'na.

Notre navette file à vive allure en direction des deux montagnes que nous apercevions à l'horizon. Nous avons embarqué avec nous le robot et son fardeau, et sommes prêtes à de nouveau nous soumettre à notre instinct et aux énergies de ce monde pour nous indiquer la marche à suivre. La solution nous a été offerte comme un fruit mûr par un arbre, et je m'efforce de rester prévoyante si jamais les événements venaient à nous rattraper. En effet, nous ne sommes que trois, et le moindre incident pourrait tout précipiter et mettre fin à notre mission. Mo'na et Mo'seni se prêtent à une nouvelle séance de méditation, qui sera vite interrompue par notre arrivée à l'endroit prévu, ce point situé entre les deux montagnes dont nous nous rapprochons. Nous ne savons toujours pas ce qui nous y attend, et la surface de la planète est toujours aussi déserte. Pas de Roi à l'horizon, pas plus de guerre civile non plus. Pourtant, je me sens de plus en plus proche d'un énorme changement dans le cours de vie de notre peuple.

Nous y sommes. Je pose délicatement la navette, et en ouvre à nouveau l'arrière sur cette étendue vide de sens, vide de tout. Nous saisissons à la hâte nos lances, le robot et le fardeau, soudain poussées par l'impression de devoir se dépêcher. Puis nous sortons sans dire mot. À la sortie, nous remarquons une sorte d'autel cylindrique, dans lequel est gravée la forme du fardeau, à quelques mètres de nous. Toute la zone est parsemée de poteaux noirs métalliques, et l'autel est bordé par une très légère fissure qui s'étend jusque dans la montagne située à notre droite. Nous sommes exactement au milieu de la minuscule distance séparant les deux montagnes, qui confirment être le seul relief visible à la surface de cette planète ; elles ne présentent pas une altitude aussi démesurée que celle des Monts de Yrdann, que j'ai à peine pu apercevoir pendant la vision. Elles n'ont même pas l'air implantées de manière naturelle dans ce sol beaucoup trop lisse. Mo'na dépose le robot, puis nous la suivons d'un pas décidé vers l'autel.

Arrivée à portée, je suis brusquement coupée dans mon élan par une force invisible, et suis dans l'incapacité d'emmener le fardeau plus loin. Une puissante énergie le maintient à distance alors que mes deux compagnes, elles, arrivent à avancer sans encombre. Elles ne tardent pas à le remarquer, et Mo'na revient sur ses pas.

« Laisse-moi essayer, dit-elle en tendant son bras tentaculaire.

Ce faisant, elle se place à même distance que moi, et ainsi je peux lui donner le fardeau. Mais elle se voit aussitôt repoussée à son tour, et manque de perdre l'équilibre.

— Ça ne marchera pas comme cela, souffle Mo'seni en nous regardant tour à tour.

— Non, répond Mo'na en observant le fardeau. Mais si le robot s'est désactivé pour nous laisser affronter cette épreuve seules, c'est qu'il doit y avoir une raison.

— J'espère que c'est bien le cas », fait l'Ancienne avec un air désolé.

Je me tourne justement vers le robot laissé au sol, et songe à ses derniers mots : "Honorez la déesse Harmonie, supprimez cette guerre." Ils résonnent alors en moi, et je me sens comme aspirée par l'automate inerte. Ma vue se trouble, mes sens se confondent, je pars. Comme un début de vision, mais sans perte de contrôle. Je me détache du plan physique, j'ouvre mon esprit et me laisse influencer par les forces extérieures. Je m'éloigne machinalement de l'autel pour m'approcher de la carcasse inanimée de notre hôte, sans prêter plus d'attention aux échanges verbaux de mon amie avec notre aînée. Je me penche sur ce corps métallique, et le dévêt de son enchevêtrement de tissus. Dans le cliquetis des chaînettes et des petits médaillons et sculptures qui y sont accrochés, j'enfile le tout en terminant par la cape déchirée et sa grande capuche. Je réalise avec stupeur que sous cette dernière, l'habit est ouvert dans le dos à l'instar des nôtres : il est fait pour laisser passer nos dorsaux !

« Représentante ? demande Mo'seni.

— Pour supprimer cette guerre, je dois annuler le conflit. Cet habit est fait pour être porté par une Yrdiekk, il symbolise l'union de nos deux peuples.

— Tu penses que porter cette tenue te permettra de passer avec le fardeau ? demande Mo'na en me rendant ce dernier.

— Nous allons le voir tout de suite », souris-je en l'attrapant.

En suspendant leur civilisation, les Mori ont mis en place tout un système permettant aux membres de ma lignée de les libérer un jour. Tout est tracé, tout est préparé pour faciliter cette opération, et ce jusqu'à leur volonté qui a été intégrée à la machine hôtesse. S'ils sont endormis d'une façon ou d'une autre, ils ne pouvaient pas le piloter à distance, alors ce robot était en quelque sorte un fantôme malgré tout ! Je me rends compte que toute la lignée -Mori et son instinct sont nés pour cet ultime moment. Un destin dont la seule condition d'activation était la venue de l'une d'entre nous sur cette planète.

Comme pressenti, je parviens désormais à pénétrer la zone d'influence de l'autel, qui se met à dégager une lumière vert clair, la même que celle de l'œil du robot. Plusieurs vagues d'énergies sont émises, et poussent la terre et la poussière au loin dans une brume marron-noir très dense. Ma lance serrée dans les tentacules, le fardeau à la main, je marche jusqu'à l'autel dont je distingue maintenant tous les détails : il s'agit en fait d'une énorme pièce mécanique, composée de plusieurs parties plus ou moins grandes et dépendant les unes des autres. Je croise le regard encourageant de mes compagnes, avant de lever le fardeau pour ensuite l'emboîter dans son encoche. Il ne se passe rien.

« Et après ? » hésité-je en me tournant vers Mo'na qui vient d'arriver à l'autel. Ses yeux surpris me répondent qu'elle n'en sait pas plus que moi, mais qu'elle me fait confiance.

Je m'en remets encore à mon instinct, et déploie mes tentacules afin d'enlacer l'autel, comme j'enlacerais l'Index ou les commandes d'un vaisseau. J'insère mes secondaires dans les fines rainures qui parcourent l'objet, je me focalise sur les énergies qui s'en dégagent, et au fil des flux, je comprends.

L'autel est un sceau, et le fardeau la pièce qui permet d'en faire une serrure. J'en suis la clé. Chaque petit objet pendu à cet habit noir appartient à l'une des neuf Nations Mori. Chaque petite pierre incrustée dans le fardeau correspond à une matière représentative de la surface de cette planète. Il y a d'ailleurs de l'eau à l'intérieur de cet objet, un fin tube rempli d'eau. Tout a été écrit par les Porteurs et le Roi des neuf Nations, afin qu'un jour une Yrdiekk-Mori puisse faire ce rituel et libérer la civilisation endormie. Il est temps, Mori. Je vous délivre.

Alors la serrure tourne, s'enfonce dans le sol, lequel s'ouvre en deux sur toute la surface de la planète. Les sols se replient et se regroupent contre les deux montagnes dans un grand vacarme métallique, et nos pieds ne tiennent plus que sur une grande nacelle placée à très haute altitude. La surface entière vient de disparaître dans les monts qui étaient cachés juste en dessous.

Tout un monde s'ouvre à présent sous nos pieds, révélant de gigantesques villes aux bâtiment rouge brique, frôlant le ciel aux côtés de quelques vaisseaux allongés, et aux rues traversées par de grands tuyaux transparents faisant office d'axes de circulation. Les deux montagnes sont beaucoup plus grandes qu'elles n'y paraissaient, et l'endroit où nous nous trouvons se situe parfaitement au-dessus d'un bâtiment encore plus grand que tous les autres. La nacelle se met à descendre, suivie par toute une plateforme métallique qui était dissimulée sous la fausse surface. Notre navette et le fantôme descendent ainsi au même rythme que nous. La vue n'est pas tout-à-fait aux antipodes de ce qu'avait à nous offrir Yrdann ; tout est industrialisé, construit de la main des Mori et de leurs machines, mais chaque bâtiment, aussi impressionnant soit-il, est jonché de végétation verdoyante où vivent de nombreux oiseaux. Des rivières artificielles parcourent les grandes rues de la ville, depuis leurs sources naturelles situées dans les montagnes. Ces dernières se révèlent être d'ailleurs plus nombreuses, et réparties sur une très grande chaîne qui s'étend à perte de vue. Ce monde est beau à sa manière, l'harmonie semble manufacturée mais bien réelle si l'on se fie au premier regard. Le chaos se situe juste en dessous, dans le cœur des habitants.

La plateforme achève sa descente en silence, et nous posons bientôt pied sur le toit du bâtiment situé sous l'autel. Un immense et magnifique bâtiment, à l'architecture tantôt hexagonale, tantôt ronde, à l'instar de la ville qui s'étale à ses pieds. D'ici, je peux ressentir les énergies négatives et contradictoires qui émanent de la population. D'ici, je perçois le basculement que ma simple existence représente.

« Faisons vite », dis-je en me dirigeant vers la première entrée visible : une porte qui donne sur le toit et semble presque nous inviter. Tout paraît étrangement calme, mais le temps a bien repris son cours à l'ouverture de la surface artificielle. Un grouillement de silhouettes et de véhicules s'est emparé des rues que nous surplombons, et le son continu de l'activité

Mori nous parvient. Je peine à imaginer une magie assez puissante pour mettre en pause toute une planète, et je crains soudain que sa mystérieuse invisibilité ait été également supprimée lors de la "délivrance". Il faut absolument que je rencontre les mystiques qui ont réussi à faire ça, pour savoir à quoi nous devons nous attendre dans les jours qui arrivent.

Nous arrivons devant la porte, mais celle-ci ne bouge pas. Tandis que je m'écarte pour regarder autour de nous s'il y a une autre voie, elle s'ouvre soudain sur un être long et fin, habillé de noir. Nous sursautons à l'unisson tout en tentant, Mo'na et moi, de nous mettre en position de combat, mais réalisons vite que s'il avait voulu nous faire du mal, il l'aurait déjà fait. Piètre guerrière, je serais sûrement déjà morte. Devant nous se tient un garde Mori, portant un bouclier énergétique long et ovale, dans lequel est rangée une épée. Le garde, effrayant, est grand et maigre. Presque tout son corps semble avoir été remplacé par des parties mécaniques. Sa peau grise n'est révélée que par le haut de son torse et sa tête, qui toutefois comporte des yeux artificiels brillant d'une belle lumière jaune. Son crâne, assez haut et carré, est entouré d'un appareil magnétique en forme de couronne, qui suit les mouvements des prothèses placées sur ses oreilles. Ses nasaux, naturels, sont creusés dans un très léger volume, beaucoup plus faible que le nez d'un Humain mais assez visible par rapport à la platitude d'un visage Yrdiekk. Quant à sa bouche, elle donne l'impression d'avoir juste été dessinée là, sans aucune courbe ni creux, mais sur une largeur remarquable. Ce mélange entre la vie et la robotique provoque en moi un sentiment de malaise, plus fort encore que celui suscité par le fantôme. Si je n'apprécie pas particulièrement les machines, je sais reconnaître leurs qualités... et cela ne les rend malheureusement pas moins terrifiantes.

« Je vous attendais, fait-il de sa voix rauque. Dépêchons, je vous prie. »

Malgré un temps d'adaptation nécessaire, il ne se fait pas prier : nous nous élançons à sa suite, à travers les larges et hauts couloirs finement ouvragés de ce que je devine être le bâtiment principal du Royaume Mori. Les murs, à l'inverse des différentes machineries que nous avons pu observer, sont peints dans des couleurs très claires et agréables ; je compte neuf couleurs, ce qui correspondrait aux neuf Nations. De fines lignes de lumière occupent toute la longueur, pour un rendu très apaisant. On arriverait presque à me faire oublier la vision incroyablement triste que m'offrait la fausse surface il y a quelques minutes. Nous arrivons au bout du couloir, dont la seule issue est une sorte de trappe circulaire située au sol. Le garde tend sa main robotique vers celle-ci, et ses volets se replient en laissant une ouverture assez grande pour nous quatre. Nous nous y engouffrons, et tombons doucement à l'étage inférieur.

Nous sommes dans une salle circulaire, très vaste, dont le centre est occupé par une énorme machine allant du sol au plafond. Cet endroit n'est pas sans me rappeler la salle du Conseil au sein de la Flotte… La machine, circulaire également, est entourée d'objets en demi-cercle qui gravitent autour d'elle, d'une façon similaire à la "couronne" du garde. Tout comme le fardeau. Tout ceci relève d'un niveau de technologie très élevé par rapport à tout ce que l'on a pu rencontrer auparavant, à l'antipode du monde Yrdiekk d'autrefois.

« Où est le Roi ? demande Mo'na sur le qui-vive.

— Il est… juste là », répond le garde en indiquant la machine trônant au centre de la pièce.

Notre stupéfaction est interrompue par l'entrée gracieuse de neuf Mori habillés aux couleurs de leurs Nations respectives, et portant chacun l'un des symboles qui pendent à l'habit que je porte actuellement. Leur attitude, très loin d'être hostile, nous invite même à nous rapprocher d'eux tandis qu'ils forment un demi-cercle autour de nous. Je compte trois femmes, trois hommes et trois créatures dont les corps sont si modifiés, *machinifiés*, que je ne saurais en définir le genre. Je constate une hiérarchisation assez perturbante des couleurs : les vêtements aux couleurs froides sont portés par les Mori les moins robotisés, tandis que les couleurs chaudes sont portées par leurs opposés. Au point d'équilibre se trouve un homme vêtu de noir, certainement le représentant de la Nation en laquelle nous nous trouvons, et dont le visage lui-même est composé d'une partie gauche naturelle et d'une partie droite mécanique. Un grand appareil en forme d'arc flotte dans le dos de chacun d'eux, et c'est peut-être leur seul grand point commun. Encore une similitude avec le fardeau.

« Chères Y'rdieykk, dit l'habit noir, vous voilà revenues.

— Combien de temps cela fait-il ? demande la Mori habillée d'un blanc pur. Je n'ai même pas la sensation d'avoir dormi une seconde…

— 1629 ans », répond celui vêtu de jaune pâle.

À l'inverse de la blanche, le "jaune" est encore plus robotisé que le garde qui nous a ouvert : tout le bas de son corps est monté sur quatre pattes massives, et le tout est surmonté d'une armure dont on ne peut douter de la robustesse. S'il n'était pas aussi pacifique que ses collègues, j'aurais pu le qualifier de "vision d'horreur". Il s'avance légèrement et se penche pour nous toiser des pieds à la tête, de ses yeux jaunes inexpressifs. Sa voix, profondément grave, est bien le seul attribut manifestement masculin restant chez lui.

« Le chaos arrive, dit-il.

— Oui, répond l'habit noir. Nous allons procéder à la réinitialisation de la gouvernance avec l'aide de nos amies Y'rdieykk. Nous aurons le temps de faire les présentations quand la paix sera rétablie.

— Que devons-nous faire ? demandé-je.

— Vous allez remplacer l'harmonie artificielle grâce à votre capacité si particulière, répond-il.

— Vous l'avez toujours, n'est-ce pas ? demande la bleu nuit d'un air inquiet.

— Elle est enfouie en chacune d'elles, murmure le bleu ciel. Le monstre de Paix... »

Sphère, Déesse Harmonie, monstre de Paix, Noyau... Quelle que soit la nature de ce qui unit les Mori, les représentants ici présents dégagent eux aussi une sorte d'harmonie, bien que... instable ? C'est leur décision commune qui a mis leur monde en pause, et va aujourd'hui nous permettre d'explorer une nouvelle piste pour récupérer Yrdann.

Je me tourne vers le "Roi", et tente de mettre de côté mes incompréhensions pour laisser encore mon instinct me guider dans cette mission de la plus haute importance. Pourquoi ont-ils confié la gouvernance de leur planète à une machine ? Je ne dois pas y penser. Pourquoi nous font-ils autant confiance ? Je ne dois pas y penser. Vide. Je fais le vide. J'étends mes secondaires et m'avance vers le Roi. Mais alors que je me trouve à quatre ou cinq mètres de lui, voilà que des plaques de métal se déploient et l'enferment dans une espèce de cocon. Hermétique, totalement inaccessible, il se protège de *nous*.

« Comment… ?! s'écrie la bleu nuit.

— Ce n'est pas ce qui était prévu, souffle la voix caverneuse du orange.

— Gardons notre calme, dit l'habit noir en s'avançant vers le Roi. Écoutez. »

« … Drenn… La guerre vient d'en haut. »

« Drenn ? demandent-ils tous à l'unisson.

— C'est une espèce qui a conquis tout ce système solaire, expliqué-je. Vous êtes la dernière planète qu'ils n'ont pas réussi à atteindre ici…

— *C'est une menace*, fait la voix du Roi.

Sur ses mots, un hologramme affiche des images des différentes flottes Drenn qui sont venues explorer depuis près de 300 ans. Cela a commencé à peu près en même temps que l'arrivée des Drenn sur Yrdann.

— Ceci ne me dit rien de bon, souffle le bleu ciel.

— Que se passe-t-il ? s'agite Mo'na.

— *Le programme de passation de gouvernance est suspendu. La menace Drenn doit être discutée par le Conseil des neuf.*

— Attendez, m'écrie-je, cette planète n'est-elle pas invisible à leurs yeux ?

— Elle l'est, affirme l'habit jaune pâle. Il y a un dispositif majeur, à la fois holographique et mystique, qui camoufle Faal.

— Roi, nous ne comprenons pas, fait l'habit noir.

— *Nous venons de synchroniser cette conscience avec la sauvegarde de la marionnette de surface. La dissimulation de notre planète Faal a été perdue entre la désactivation de la marionnette et la reprise du Temps. Nous n'avions pas connaissance des Drenn quand la stase a été décidée, la dissimulation était supposée protéger les Y'rdieykk contre nous. Mais nous avons été découverts par le même peuple qui s'est accaparé leur monde.* »

Un silence agité s'empare du groupe, qui découvre en quelques secondes ce qui s'est passé en plusieurs centaines d'années.

« Cela fait environ 300 ans que les vaisseaux Drenn explorent la zone. Ils doivent avoir compris que les perturbations que nous provoquons pour éloigner tout appareil ne sont pas normales. Ils ont profité de la perte momentanée de la dissimulation. Estimation : une vingtaine d'années

devrait leur suffire à verrouiller Faal en dépit de nos efforts.

Les chuchotements deviennent vite des paroles jetées haut et fort, pour déboucher sur un brouhaha angoissant. Tout ce qui a été programmé autrefois se voit à présent bouleversé par la réalité qui a dépassé l'anticipation. Ils parlent de guerre, une guerre à laquelle ils ne s'attendaient pas.

— Qu'en est-il de l'harmonie ? demande Mo'na. Doit-on toujours la rétablir ?

— Vous deviez apporter une harmonie pacifiste, fait l'habit noir en s'approchant doucement de nous. Cela devait permettre à notre cycle de reprendre cours sans mettre en péril les mondes voisins… mais désormais ce sont eux qui nous menacent. Le chaos intérieur devra quoi qu'il en soit être apaisé si nous voulons faire face aux Drenn.

— Quel est votre avis sur la question ? demandé-je.

— Je me veux neutre. La couleur noire représente le point d'équilibre. Nous portons la parole des autres Nations, et l'accordons pour nous assurer que le Roi l'interprète correctement. Ses décisions restent les meilleures pour tous. S'il ne veut pas remettre la priorité sur l'harmonie, c'est que les Drenn sont plus dangereux que nous.

Sa face coupée en deux semble symboliser l'équilibre voulu par le système qui régit ce peuple. Il va jusqu'à nier sa propre opinion pour que tous puissent s'exprimer librement…

— *Les calculs déterminent que la menace extérieure peut apaiser le chaos intérieur,* dit le Roi. *Mais le même chaos dans son état actuel risque de rendre la riposte difficile car le peuple n'est pas enclin à se tourner de manière unie contre l'ennemi. Il ne vaut mieux pas annoncer l'existence des Drenn tout de suite.*

— La population est déjà divisée dans la plupart des Nations, dit le garde en consultant un écran holographique intégré à son bras. Des gens réclament des explications et une consultation publique avant toute décision future. Certains groupes plus radicaux demandent la destitution immédiate de leur représentant au Conseil des neuf.

— N'aviez-vous pas prévu ces réactions ? demandé-je à l'habit noir.

— Nous avions prévu de tout remettre entre vos mains… souffle la Mori en habit blanc avec sa voix douce et sifflante. Ce monde ne peut plus avancer sainement, nous sommes à un point où chaque décision peut tout détruire. Lorsque nous vous avons rencontrées, nous avons vu en vous l'espoir d'ouvrir une autre voie, mais nous ne pouvions pas vous forcer à venir sur Faal alors que nous étions venus pour détruire Yrdann… La Déesse incarnée, affaiblie, a considéré que ce n'était de toute façon pas possible.

— La première Yrdiekk-Mori ?

— Oui. Comprenez que le peuple Mori n'était pas prêt à nous voir revenir avec cette solution délayée. Certains Porteurs eux-mêmes ont très mal vécu cela. »

Je l'écoute sans vraiment la regarder, je me perds au milieu des regards parfois compatissants, parfois accusateurs qui se trouvent dans cette salle. Notre rôle a, semble-t-il, été déterminé par une machine qui n'a pas pu accorder les neuf Nations. Je crois que je comprends un peu mieux la situation, et je comprends surtout que nous allons avoir beaucoup de mal à l'améliorer.

« Vous êtes épuisées, reprend la Porteuse blanche en me souriant avec gentillesse.

— Vous voyez juste, dis-je à contrecœur.

— Je vais vous mener à un lieu de repos. »

À part son "arc" électronique, elle ne porte aucun appareil. Par extension, elle représente la forme de vie la plus proche de ce que nous avons l'habitude de côtoyer entre Yrdiekk : un simple être vivant. De fines lignes noires sont tracées sur sa peau gris clair, jusque sur son visage aux petits yeux rose, et disparaissent sous son large habit blanc. Contrairement aux rainures de notre peau, ces lignes que j'ai pu observer sur plusieurs d'entre eux sont une sorte de maquillage appartenant à leur culture. Le symbole qu'elle porte est une petite pierre translucide, taillée en cristal de glace, identique à l'une de celles qui pendent à l'habit du fantôme.

Nous la suivons jusqu'à une petite pièce très peu éloignée, où sont disposés plusieurs couchages visiblement très moelleux. Nous nous installons sur les premiers, ravies de l'accueil qui nous est réservé.

« Je ne me suis pas présentée. Vous pouvez m'appeler Nëige, je suis la Porteuse de la Nation de Neige.

— C'est un plaisir. Je suis Mo'ivu, et voici Mo'na et Mo'seni. Merci pour votre bienveillance.

"Nëige" se prononce en prolongeant très subtilement la sonorité du milieu, et je crois deviner que les noms des Porteurs sont attitrés à leur rôle et non à leur personne.

— Mon peuple a su rester proche de la nature, dit-elle toujours avec le sourire, et grandir en son sein permet de développer une empathie telle que j'ai senti sans encombre votre grand état de fatigue. Il vaut mieux vous reposer avant de rencontrer les autres Porteurs.

— Leurs noms sont-ils aussi simples à retenir que le vôtre ? se hasarde Mo'na.

— Oui, sourit Nëige. Il y a Ciël, Oceän, Nüit, Möri, Écörce, Läve, Säng et Feü.

— J'aime ces sonorités, constate mon amie.

— Merci, Mo'na.

— Que va-t-il se passer ensuite ? soupire Mo'seni.

Un air absent se dessine sur son visage tandis qu'elle se tourne vers l'entrée de la pièce. Puis elle revient à nous sans cacher la crainte qui l'anime :

— Je ne sais pas, dit-elle. Connaissez-vous bien les Drenn ? Risquent-ils de nous attaquer directement ?

— S'ils n'ont pas changé leur façon de faire, dis-je, ils tenteront d'abord d'établir une relation commerciale avec vous.

— S'ils n'ont pas changé, répète-t-elle, songeuse.

Les énergies très perceptibles qui se dégagent d'elle laissent transparaître son inquiétude purement altruiste pour son monde, plus particulièrement pour sa Nation.

— Quel est votre avis sur cette situation ? demande Mo'na. Nous avons fait tout ce chemin pour accomplir une tâche, dans l'espoir d'obtenir de l'aide de votre part et…

— … vous vous sentez perdues parce que votre mission vient d'être annulée par le Roi.

— Oui.

Elle sourit légèrement en regardant Mo'na, puis Mo'seni et moi, toujours avec cette bienveillance remarquable.

— C'était difficile à accepter pour la Nation de Neige, au début. Remettre les orientations de la politique mondiale à une machine semblait être un bon moyen de renier tout ce que nous sommes…

— C'est l'impression que j'ai, glisse Mo'na.

— L'opposition de ma Nation et de celle du Ciel a lentement influencé le cours des choses, ce qui a poussé à la création du Conseil. Sans le faire exprès, nous avons atteint un cycle d'harmonie en mêlant la magie des peuples les plus naturels à la technologie de leurs opposés, et le Roi a ensuite pris des décisions qui ont permis à cette civilisation de prospérer.

— Jusqu'à un certain point de saturation, dis-je en me rappelant les paroles de l'habit noir.

— C'est le point de vue dominant. Mais Ciël et moi ne sommes pas vraiment de cet avis, car nos peuples ne ressentent pas le besoin de grandir, ils étaient satisfaits de leur situation avant la vision qui nous a poussés à vous attaquer. Il y avait des tensions chez les autres, par contre. C'est ce qui a orienté la décision.

Je tombe de fatigue, mais j'aimerais pouvoir participer plus longtemps à cette discussion… Il devient malheureusement difficile de garder les yeux ouverts.

— Que voulez-vous faire concernant les Drenn ? demande Mo'na qui tient encore.

— Vu ce qu'ils vous ont fait, je suis de l'avis de les repousser le plus vite possible, de sorte qu'ils ne s'approchent pas de Faal. Mais lancer une attaque sur leurs vaisseaux me semble très risqué, alors… Vraiment, je ne sais pas.

— Je vois.

— Tous les avis seront synthétisés, interprétés par le Roi, et vérifiés par le Conseil. Je tâcherai de faire le bon choix pour que la balance ne penche pas vers un chaos irrémédiable.

— Merci pour vos explications, dis-je en souriant, je suppose que nous sommes un peu moins perdues maintenant.

— N'hésitez pas. Je vais être très occupée mais c'est avec plaisir que je vous accorderai le temps nécessaire, afin que tout se passe bien pour vous. J'ai encore bon espoir que vous sauviez ce monde. Reposez-vous, maintenant. »

Je m'allonge sur mon couchage, en songeant que c'est la première fois de ma vie que je suis amenée à dormir dans cette position, sans flotter dans l'espace. C'est étrangement plaisant, plus plaisant que déconcertant. Cependant, nos ancêtres ne dormaient pas allongées, ni sur des couchages ni par terre ; elles s'accrochaient à des branches d'arbres avec leurs dorsaux et restaient suspendues le temps d'un somme. Que ce soit dans nos vaisseaux ou ici, il est compliqué de faire abstraction de ces repères si bien ancrés dans nos gènes.

« Mo'ivu, est-ce que tu dors ? chuchote Mo'na.

— Non. Qu'y a-t-il ?

Cela fait déjà un moment que Nëige a quitté la pièce, mais impossible de m'endormir malgré la fatigue. Les yeux mi-clos, je sens mon amie me rejoindre sur mon matelas, se faufiler entre mes dorsaux pour se blottir contre moi, et pousser un grand soupir.

— Je ne me sens pas bien, dit-elle.

— Tu as l'impression de n'avoir servi que de prétexte pour qu'ils puissent relancer leur monde, toi aussi ?

— C'est comme si dans l'état actuel des choses, notre présence ici ne changeait plus rien.

C'est cela. Le vertige. Nous ne savons pas pour combien de temps nous sommes ici, sans aucun moyen de contacter la Flotte. Nous ne savons même pas si nous y reviendrons un jour. Tout paraissait si clair, pourtant. Le cristal indiquait un chemin à suivre, et maintenant que nous sommes engagées sur ce chemin… j'ai peur. J'ai peur, tout le temps.

Aurais-je soudain du mal à assumer mon rôle de Représentante de la lignée -Mori ? Je dois faire un effort pour rassurer mes compagnes, mais j'espère être un jour capable de me rassurer moi-même.

— Je suppose qu'ils nous solliciteront s'ils ont besoin de nous. Ils étaient prêts à nous donner les clés du Royaume avant de découvrir les Drenn, il serait étonnant qu'ils nous laissent sur le côté.

— Oui, fait-elle doucement en se collant un peu plus. Je peux rester ? »

Pour toute réponse, j'attrape délicatement sa main pour la faire passer sous mon bras et la garder ainsi dans le creux de la mienne. Sous ses airs sérieux et parfois pessimistes, Mo'na cache une sensibilité dont peu d'Yrdiekk peuvent témoigner avec autant de sincérité. L'attachement est chose très rare au sein de notre peuple, et elle est la seule à laquelle je me sente autant liée. Je place sa fine et douce main sur ma joue, appréciant la chaleur et le réconfort qu'elle m'apporte. Je suis soulagée de la savoir à mes côtés dans ce moment difficile.

« Merci », dit-elle en se serrant un peu plus contre moi.

Merci à toi, Mo'na.

Je me réveille sur le dos, Mo'na couchée sur moi et enrobée par l'habit noir que je n'ai pas pris la peine de quitter. Je la repousse doucement et étire mes tentacules pour les dégourdir, car dormir sur leur implantation sans avoir ôté mon armure ne leur a pas fait le plus grand bien. Le sommeil, au contraire, a été très réparateur. Mo'na se relève juste après moi, et nous constatons que Mo'seni est déjà sortie de la pièce. Nous échangeons un petit sourire et sortons à notre tour pour regagner la salle du trône.

Tout le monde est encore là, mais la frénésie déclenchée par la découverte des Drenn est un peu retombée. Chaque Porteur a l'air très préoccupé par son appareil en forme d'arc, que je devine leur servir à gérer toutes les activités inhérentes à la place qu'ils occupent. Ces appareils projettent des hologrammes interactifs de tailles variées, et je ne serais pas étonnée qu'ils puissent également servir d'armes. Comme certains porteurs sont désormais contestés par leur peuple, j'imagine la complexité de la situation dans laquelle ils se trouvent. Nous avançons en silence vers Mo'seni, qui est en pleine conversation avec l'habit rouge.

« Représentante Mo'ivu, fait ce dernier, approchez, je vous prie ! Avez-vous bien dormi ?

— Oui, merci de vous en préoccuper. À qui avons-nous l'honneur ?

— Säng. Porteur de la Tech-Nation du Sang. J'étais justement en train de flatter Mo'seni pour la grande beauté de votre espèce. Vous êtes absolument ravissantes.

— Et moi, rit Mo'seni, j'étais en train de lui expliquer qu'il n'obtiendrait rien par la flatterie.

Nous avons pour habitude de côtoyer des Yrdiekk qui, de loin, se ressemblent toutes. Nous nous reconnaissons par sens du détail, et surtout par l'aura propre à chacune. À l'inverse, les différences physiques qui marquent les Porteurs m'invitent presque à les comparer, et à deviner leur philosophie de vie. Säng, dont le corps est presque entièrement fait de prothèses mécaniques, n'a de naturels que sa tête, le bas de son torse et ses mains, tous dénudés. Cette mise en avant des attributs physiques propres à la séduction et aux contacts entre individus suggère un certain attachement aux plaisirs charnels. Mais je peux me tromper.

— Vous n'avez pas l'air trop concerné par la situation pourtant critique à laquelle se heurte votre monde, dis-je.

— Je vois la guerre comme un défi, une opportunité de développer de nouvelles choses intéressantes… Mais ça ne me plaît pas plus que ça. La Nation du Sang, c'est un nom qui peut vous paraître violent, mais ce que nous aimons avant tout, c'est le confort et le plaisir !

Je ne me suis pas trompée.

— Votre peuple est-il d'accord avec tout ceci ? demande Mo'na.

— Un peu d'agitation, quelques protestations. Mais majorité écrasante en faveur de ma personne, il faut dire que je porte cette Nation depuis plus de 120 ans et que je n'ai pas volé la confiance que m'accorde la population. Nous vous sommes globalement très favorables.

— Impressionnant, n'est-ce pas ? fait Mo'seni à qui la sieste a manifestement bien réussi.

— J'aimerais que ce soit assez impressionnant pour me permettre de… découvrir quels plaisirs nous pourrions rencontrer ensemble », tente Säng sur un ton langoureux.

Je le regarde, sceptique, pas du tout intéressée par la proposition. Pas moins intéressée que Mo'na, d'ailleurs, qui affiche un regard vide voire livide.

« Si vous ne voulez pas, dit-il en se détournant un peu, ça ne m'intéresse pas. Mais si vous changez d'avis, venez me trouver ! Vous pourriez trouver cela enrichissant.

— Merci d'être aussi compréhensif, Säng.

— Je vous en prie, Mo'ivu », fait-il avec un immense sourire et en s'inclinant exagérément.

À l'instant où je lui adresse une caresse (un peu crispée mais amicale) d'un dorsal sur son épaule, un éclat de voix détourne notre attention ; un regroupement s'est créé autour de l'habit bleu nuit et semble issu de désaccords entre plusieurs Porteurs. L'ambiance est manifestement tendue.

« Nüit, vous ne pouvez pas renoncer à votre place.

— Mon peuple réclame ma destitution ! Des groupes commencent même à se réunir et ont déjà investi l'ambassade, si je ne fais rien il y aura des violences !

— Ne cédez pas à la panique, Nüit, dit calmement le Porteur noir. Vous savez sur quoi repose l'harmonie. Si vous laissez votre place à un Porteur opposé au pouvoir en place, c'est l'ouverture d'une brèche dans un vase prêt à exploser.

— Où est passé votre neutralité, Möri ? s'impatiente Nüit, totalement dépassée par les événements. Et le principe selon lequel notre peuple passe avant même notre nom ?!

— Je suis le garant de l'équilibre et de l'harmonie. Le chaos intérieur ne *peut* pas être résolu en brisant l'accord qui permet aux neuf de s'entendre.

— Möri a raison, enchérit le cyborg à l'habit orange. Faire entrer une opposition au Conseil des neuf aurait beau adoucir le climat de votre Nation, c'est l'harmonie globale qui serait enterrée !

— Läve, réplique Nüit, votre Nation est dans le même état que la mienne ! Vous n'avez même pas l'air concerné par les revendications de votre peuple…

— Je le dirige depuis assez longtemps pour savoir de quoi il a besoin, rétorque-t-il.

— *Aucun d'entre vous ne doit abandonner sa place,* tranche la voix du Roi. *L'équilibre est précaire, si un seul se retire, tout s'écroule. »*

Je ne pensais pas que la situation de ce monde serait assez critique pour reposer à ce point sur l'entente des neuf Nations. J'en déduis que chacune d'entre elles est si puissante que son contre-pouvoir mènerait de manière quasi obligatoire au chaos. Ce qu'il leur faudrait, c'est la capacité de synthétiser l'intégralité des pensées de la population afin de trouver le juste milieu, et de faire entrer le monde dans une harmonie totale permettant une évolution saine et douce. Ce qu'il leur faudrait, c'est le fonctionnement de l'esprit d'une Yrdiekk en guise de "Roi" : autrement dit, l'Index. Le destin a voulu que nous ayons mis au point l'Index grâce aux technologies apportées par les Drenn, bien longtemps après la visite des Mori.

« Vous êtes impressionnées par la situation, fait l'habit jaune en s'approchant sur ses quatre pattes.

— Assez, oui, dis-je en réfrénant un mouvement de recul face au plus impressionnant de tous.

— Chaque Nation dispose soit d'une armée très puissante, soit de caractéristiques dont le monde dans sa globalité ne peut plus se passer.

— C'est ce que je me disais à l'instant. »

Je l'observe en même temps qu'il m'observe, encore avec cet air inexpressif. Son corps synthétique le hisse plus haut que tous les autres, lui fait occuper plus d'espace, et lui permet des mouvements assez improbables. Il m'est difficile de garder un air naturel face à une telle créature, malgré toute la sympathie qui se dégage de ses énergies.

« … Pouvez-vous me parler de votre Nation ? demandé-je en espérant briser la glace.

— Si vous avez le temps, suggère Mo'seni.

— Je peux vous l'accorder. La Nation du Feu est la plus avancée technologiquement, avec celle de Lave. Elle s'est développée par l'émergence il y a plusieurs centaines d'années d'une culture de l'innovation. Nous créons chaque jour de nouvelles machines répondant à tel ou tel besoin, qui sont utilisées au sein de toutes les autres Nations. Le Feu, c'est à la fois la flamme qui anime l'évolution de notre monde, et le souvenir des premières forges de Faal.

En disant cela, il déploie son arc entre nous et lui fait projeter des images holographiques représentant les impressionnantes machines développées par sa Nation. Des corps de substitution aux véhicules en tous genres, il peut sembler incroyable d'innover encore plus. Son propre corps doit être un terrain d'expérimentation à ses yeux.

— Est-ce vous qui avez créé le vaisseau qui a servi à attaquer Yrdann ?

— Le Catalyste a été construit au sein de la Nation Mori, ici-même. Il a été pensé et réalisé dans un effort commun de toutes les Nations, d'où sa puissance, mais il nécessite une cohésion parfaite entre les Porteurs pour en tirer le meilleur. Mes capteurs indiquent de l'incompréhension, ce sont les différentes Nations qui vous posent problème ?

— Oui, dis-je timidement.

Il fait un léger signe de tête, nous transmettant ainsi son approbation en compensation du fait que son visage ne peut montrer aucun sentiment.

— Les divergences entre les nombreuses Nations qui peuplaient Faal ont provoqué d'innombrables conflits, parfois à très grande échelle. Beaucoup de Nations ont disparu, écrasées par d'autres. Beaucoup ont fusionné. Quand la Nation Mori a créé le Roi, celui-ci a décidé qu'il fallait répartir drastiquement les philosophies et modes de vies sur les Nations restantes, et à tout prix les faire coopérer entre elles. Une guerre de plus, et c'était la fin de cette civilisation.

— Jusque-là, j'arrive à comprendre.

— Huit Nations ont décidé de rejoindre Möri pour rétablir la paix. Neige, Ciel, Océan, Nuit, Écorce, Sang, Lave, et Feu. Ce sont des noms qui leur ont été donnés lors de l'unification, en fonction de leur localisation ou de leurs caractéristiques.

— Qu'est-il advenu de celles qui ont refusé ce système ? demande Mo'na.

— Elles ont été détruites ou avalées par les autres, répond Feü.

Oh. Le prix de l'harmonie, je suppose… "Quelle horreur", vibrent nos secondaires à l'unisson. Les Nations de Neige et du Ciel ont donc rejoint le système à contrecœur pour éviter d'être détruites, et sont parvenues à faire créer le Conseil par la suite.

— Et… depuis, tout allait bien jusqu'à la vision qui vous a poussés à attaquer ?

— Il a fallu passer par une autre étape : il fallait laisser la possibilité aux habitants de choisir leur vie en fonction de leurs préférences. »

Disant cela, il projette l'image d'un grand dôme blanc, tout en nous le montrant au loin par la fenêtre. Il est isolé, dans une vaste zone où aucune structure ni habitation n'est visible, et doit avoir un diamètre d'une dizaine de kilomètres à en juger par la place qu'il prend. Là, planté au milieu de ce monde.

« Voici le Cocon. Le jour de leurs trois ans de vie, les enfants Mori de toutes les Nations quittent leurs parents et vont passer leur jeunesse dans le Cocon, où ils bénéficient d'une éducation citoyenne et d'une formation générale et complète. À dix-neuf ans, ils accèdent à distance à des robots avatars répartis dans les neuf Nations, et expérimentent ainsi plusieurs modes de vie en contact avec de vrais autochtones. Ils ont alors deux ans pour faire un choix qui correspond à leurs aspirations. »

Il termine sa phrase en repliant son arc, qu'il laisse se repositionner dans son dos.

« J'aimerais étudier votre navette et vos technologies, dit-il.

— Comptez-vous les utiliser pour la guerre ? s'inquiète Mo'na.

— Nous n'avons que le Catalyste et une armada de cent-cinquante chasseurs pour aller dans l'espace. Est-ce suffisant pour affronter les Drenn ?

— Non, répond-elle fermement.

— Alors je ne compte pas faire la guerre. Cependant, ce n'est pas le cas de tous les Porteurs. Si nous devons nous battre, il faut nous préparer, et toute piste est bonne à explorer.

— Je vous l'accorde, dis-je. Je ne sais plus où donner de la tête…

— C'est simple, fait-il. Il faut trouver une solution sur le long terme pour rétablir une harmonie entre les Nations. En parallèle, il faut préparer la guerre tout en influençant le Conseil pour retarder au maximum ce moment.

— Pouvons-nous faire cela ? demande Mo'seni.

— Vous connaissez beaucoup mieux l'ennemi que nous. Ils vous écouteront. »

CHAPITRE 10 : JE SENS LA TERRE TREMBLER

Cela fait trois jours que le temps a repris son cours sur Faal, et que la situation évolue lentement. Nous avons confié au Conseil des neuf tout ce que nous savons sur les Drenn, de leurs boucliers d'énergie basés sur la vitesse des projectiles, au nombre disproportionné de bâtiments militaires dont disposait déjà leur flotte il y a plus de 200 ans. Cela a jeté un froid sur les Porteurs. Ils se considèrent, à juste titre, comme une civilisation très avancée qui aurait supprimé la nôtre il y a longtemps si l'harmonie ne s'était pas manifestée d'une façon aussi puissante. La pause de 1629 ans a, semble-t-il, permis aux Drenn de les dépasser largement en termes de puissance.

« Plus exactement, ce que nos chères Yrdiekk expliquent, c'est que nous disposons de technologies permettant de contrer la plupart des armements Drenn, mais que notre armée en elle-même est loin d'être assez grande et assez bien équipée.

— Möri, dis-je, je tiens à insister sur le fait que les Drenn n'ont aucun intérêt à attaquer en premier lieu. Je vous recommande de voir ce que vous pouvez tirer d'une relation commerciale avec…

— *Il est hors de question de commercer avec les Drenn,* s'interpose la voix du Roi. *Nous entendons vos arguments et nous comprenons votre peur de la guerre, mais nous parlons d'un peuple qui s'est permis de s'approprier tout notre système solaire. Le calcul ne donne qu'une infime minorité d'issues favorables pour une telle situation.*

— Le Roi a tranché, dit Écörce avec un air satisfait.

— La guerre arrivera quoi que nous fassions, enchérit Läve, nous devons nous tenir prêts.

— *Que les Nations qui sont prêtes à travailler en harmonie commencent à renforcer l'armée, sous couvert de précaution. Je vous le répète, ne révélez pas l'existence des Drenn à vos peuples pour le moment, ni même la présence des Yrdiekk entre nos murs. Nous prétendrons que l'Oracle a brisé le silence, et que nous sommes en train d'essayer de comprendre. »*

Nëige, Feü, Säng et Möri se mettent à part, dans une autre partie de la salle, et commencent à travailler sur la mise en place du développement militaire. J'en déduis que tous les autres ont d'importants problèmes à régler au sein de leur Nation avant d'envisager le conflit, aussi inévitable soit-il. En me retournant, je m'approche un peu du Roi par maladresse, ce à quoi il répond aussitôt en s'enfermant dans son cocon de métal : l'idée de nous laisser prendre la main sur l'harmonie artificielle du monde Mori semble avoir été définitivement écartée... Pourtant, il pourrait être judicieux d'harmoniser maintenant toutes les Nations pour favoriser la coopération.

« Roi, demandé-je, pourquoi avez-vous mis de côté notre intervention sur votre monde ?

— *Parce que vous êtes faibles. Vous laisser harmoniser notre monde serait une chose magnifique et salvatrice en temps de paix, mais avec la menace Drenn il s'agit d'un suicide.*

— Faibles ? demande Mo'na d'un air outré.

— *Vous nous avez montré l'état de votre flotte. Elle n'est toujours pas assez puissante pour vaincre les Drenn tels qu'ils étaient il y a 219 ans. Votre Noyau d'harmonie repose sur la paix, et par essence la paix entrave les capacités guerrières. Nous ne voulons pas prendre ce risque.* »

Cette réponse, crue et réaliste, me laisse muette. Il a raison. Notre harmonie est belle, notre harmonie est la solution pour un monde prospère. Mais elle nous rend faibles. La seule raison pour laquelle nous avons pu repousser l'assaut des Mori il y a 1600 ans, c'est qu'eux-mêmes étaient assez ouverts pour entendre notre volonté pacifique. Cela n'a pas marché et ne marchera jamais contre les Drenn, qui ont déjà pris de l'avance sur ce monde. Les regards compatissants de Säng et de Nëige se posent l'un après l'autre sur mon mutisme et moi, avant de retourner à leurs affaires. La stratégie de Feü semblait si simple...

« Qu'as-tu fait ?! s'écrie Oceän.

Un groupe s'est formé autour d'Écörce et Läve, composé de tous les Porteurs qui ne prennent pas encore part aux préparatifs guerriers. Je constate jour après jour que les Mori ont beaucoup de mal à s'accorder entre eux, et j'ai l'impression que ce n'était pas comme ça avant leur attaque sur Yrdann.

— J'ai fait ce que j'avais à faire, répond Écörce. Le Roi a dit que l'ennemi commun pourrait rétablir l'harmonie.

— Il a aussi ordonné de ne pas encore révéler l'existence des Drenn ! répond Nüit qui m'a l'air toujours aussi paniquée. Que va-t-on faire maintenant ? Votre peuple n'était même p…

— Vous devriez faire de même, Nüit, appuie Läve sur un ton calme.

— Désobéir ? Semer le chaos ?

— C'est DÉJÀ, le chaos, répond sèchement Écörce. Réconcilier nos peuples ne peut passer que par le remaniement complet du Conseil, ou par la désignation d'une menace importante !

— Les consignes étaient claires, souffle Ciël sans animosité, et les calculs incomplets…

— Regardez et constatez ! Cela fonctionne, les manifestations à l'encontre du Conseil se sont presque évaporées à la suite de mon annonce !

— Mais pour combien de temps ? s'inquiète Nüit.

— *Il faut se dépêcher d'annoncer la nouvelle à toutes les Nations,* intervient le Roi. *Si nous laissons les Écorces la propager d'elles-mêmes, le Conseil perdra encore plus de crédit aux yeux de la population.*

— J'imagine que vous avez agi dans la panique, lance Säng. Passez vous détendre auprès des miens avant votre prochaine décision importante, ça vous fera du bien.

— Je ne panique pas, lui jette Écörce avec dédain.

— Et vous ne vous excuserez pas non plus, visiblement, lâche l'autre sans sourciller.

J'ambitionne de dégager des ondes positives pour apaiser le climat de plus en plus tendu, quand Läve s'approche brutalement de Säng avec un air menaçant :

— Qui devrait s'excuser ? Celle qui essaie d'arranger les choses, ou celles qui ont apporté cette guerre ?

— Je n'ai pas besoin d'un chevalier protecteur, Läve. Mais merci, répond l'intéressée.

— Sans cette pause de plus d'un millénaire, reprend l'habit orange, nous aurions sûrement détruit les Drenn il y a des centaines d'années. Sans les Yrdiekk, le monde Mori n'aurait pas à ce soucier de ces insectes !

— S'il vous plaît, dit Nëige en apportant le calme dont j'avais rêvé à l'instant. Chaque fois que les désaccords nous divisent, nous reculons le jour où nous serons tous prêts. Nous devons rester unis, ou nous n'aurons pas le temps de préparer la guerre. Vous le savez, n'est-ce pas ?

— *Nëige a raison*, intervient le Roi. *Maintenant, mettez fin à cette discussion et prévenez vos peuples pour les Drenn.*

Le silence, bien que salvateur, me laisse un goût amer partagé par Mo'na et Mo'seni. Nous venons d'encaisser le reproche de notre faiblesse et l'accusation d'être la cause de cette situation critique pour le monde Mori. Pire encore, ces deux points sont justifiés et irréfutables. Tandis que chaque Porteur informe sa Nation concernant les Drenn, Écörce nous regarde d'un air indéchiffrable : en effet, ses deux yeux sont recouverts d'un viseur dont la lumière verte dissimule complètement son expression.

— J'ai quelque chose sur le visage ? demande-t-elle froidement.

— Pardonnez-moi, fais-je en perdant le peu de moyens qu'il me restait.

— Évitez d'énerver Läve. Moi, ça ira.

Je me sens de moins en moins à ma place... Nous mettons le doigt sur une amertume qui risque de mettre à mal nos espoirs de soigner l'harmonie de cette planète. Läve et Écörce, Nations alliées de longue date, sont représentées par des Porteurs qui n'ont pas l'air de beaucoup nous apprécier.

— Pourquoi devrions-nous craindre Läve ? demande Mo'na qui n'a pas l'air aussi intimidée que moi.

— Sa Nation, dans sa grande majorité, était formellement opposée à la décision de tout arrêter. Comme nous tous, il n'a pas souhaité poursuivre la destruction de votre monde, mais il considère que ce qui arrive est votre faute. Il fait partie de ceux dont le peuple est le plus violemment agité et contestataire actuellement.

— Notre faute… murmure Mo'seni.

— Mais nous n'avons rien fait ! explose Mo'na. Tout ceci s'est produit il y a plus de mille ans, et ce sont les Mori qui ont pris cette décision !

— Mille ans pour vous. Nous concernant, c'était il y a à peine quelques jours. Maintenant laissez-moi, j'ai à faire. »

Mo'na est fébrile, je ne l'avais jamais vue dans cet état. À vrai dire, je n'avais jamais vu aucune Yrdiekk dans cet état, ni moi-même lorsque j'ai eu à affronter le jugement de la Commandante vis-à-vis de l'appel du cristal. Elle est en colère, elle souffre d'un sentiment d'injustice. Ce sentiment, il est provoqué par le rejet d'un tiers quand notre peuple a toujours fait en sorte d'être en paix avec le monde qui l'entoure.

« Mo'na, fais-je doucement en caressant son bras.

— Je sais… Désolée. L'idée que les Drenn ne soient pas les seuls à nous détester m'est désagréable. J'ai l'impression que l'Univers entier est contre nous.

— Je comprends ce que tu ressens. Si les choses continuent ainsi, il ne reste qu'à espérer que les Mori soient assez puissants quand la guerre éclatera. Un faux pas, et c'est la dévastation de ce monde par les Drenn.

— Vous avez joué votre rôle en nous libérant », dit Läve en s'approchant.

Sa voix rocailleuse, grave et monocorde, témoigne de son amertume. Läve, à l'instar de Feü, possède un corps presque entièrement synthétique, mais celui-ci n'est pas modifié à un point aussi extrême. Le bas de ses jambes est formé dans un matériaux souple qui doit permettre d'atteindre une grande vitesse de déplacement. Ses bras présentent deux coudes, mais ses mains ont l'air naturelles ; les seuls éléments naturels. Tout son corps est très svelte, presque autant qu'un corps normal de Mori, et l'habit orange n'est qu'une jupe qui lui arrive aux genoux. Il porte, incrusté dans son torse, le symbole de sa Nation : un fragment de pierre noire volcanique, taillé en pointe.

« Vous ne devriez pas vous mêler de la suite, reprend-il, vous avez déjà assez compliqué les choses.

— Votre civilisation est vouée à s'effondrer, Drenn ou pas, si votre harmonie vous pousse à consumer votre monde.

— Hmm… Mo'na, c'est bien ça ? Je vais vous expliquer une chose : rien de tout cela ne serait arrivé si les Yrdiekk n'avaient pas existé. Notre monde courait à sa perte bien avant notre rencontre, mais une civilisation qui s'effondre laisse sa place à une autre, et surtout, elle lui laisse un héritage. Cela s'est produit, encore et encore, sur ce même sol ! Par votre faute, si les Drenn nous détruisent, il n'y aura peut-être plus jamais de Mori sur Faal.

— Si vous vous accordez avec tous les peuples et tous leurs Porteurs, répond mon amie, si vous retrouvez l'harmonie nécessaire pour combattre un tel ennemi, vous n'avez pas à craindre la défaite. Mais dans l'état actuel de votre monde, vous en êtes incapables.

— Vous osez sous-estimer l'armée Mori, du haut de votre puissance aussi insignifiante que dérisoire ? Vous n'êtes plus rien sans votre Noyau ! »

À ces mots, l'énergie dégagée de Mo'na change de nature et me laisse entrevoir une volonté plus sombre que celle de Läve ; juste l'espace d'un instant, le temps nécessaire pour infiltrer ses secondaires dans les circuits du corps de son opposant, elle m'inflige une terreur glaciale. Tous les regards de la salle se tournent vers Läve qui s'écroule sur lui-même dans un fracas métallique, le regard levé vers l'œil vindicatif de Mo'na.

« Que… ?

— Que faites-vous !? s'écrie Écörce tandis que les armes des gardes se braquent sur nous.

— *Arrêtez cela !* tonne la voix du Roi pendant que Mo'na libère Läve qui se relève alors avec difficulté.

Un silence pesant s'est emparé de cet endroit, et je suis complètement secouée par ce que vient de faire mon amie : ce n'était pas le comportement normal d'une Yrdiekk. Il m'aura fallu toutes ces années pour me rendre compte que Mo'na est une déviante, capable d'éprouver les sentiments nécessaires à la guerre. Elle est comme O'dae, mais plus rude et peut-être moins réfléchie que cette dernière. La déviance… maintenant que je sais d'où nous venons, j'arrive à comprendre pourquoi elle est si rare parmi les Yrdiekk-Mori. Et si violente.

— J'aurais pu vous tuer, dit-elle finalement. Je ne suis pas assez stupide pour le faire, et je crois sincèrement que si nous travaillons ensemble nous pourrons vaincre les Drenn. Mais gardez une chose en tête : ce pouvoir que vous n'avez pas vu venir. Cette capacité qui aurait pu décider d'arrêter votre cœur en un instant n'a pas empêché nos aïeules de se faire écraser en trois jours. Et ce, par les mêmes ennemis que vous vous apprêtez à menacer avec le sang de votre peuple en guise de munitions.

— …

— Votre harmonie, ajoute-t-elle dans son élan. Il faut la soigner à la source si nous voulons avoir une chance. »

À la source… Le Cocon ! Je réalise maintenant l'importance de ce que nous a expliqué Feü quand nous l'avons rencontré, avait-il une idée derrière la tête ? L'endroit où grandissent tous les Mori serait le lieu idéal pour les faire entrer dans une harmonie globale ; il faudrait garder la guerre en ligne de mire, introduire la menace Drenn dans leur éducation, et utiliser l'harmonie comme un catalyseur pour leur unification. Je ne sais pas si c'est possible sans les rendre pacifistes… Que faire ?

« *Enfermez-les,* conclut le Roi. *La présence des Yrdiekk menace la sécurité du Conseil.* »

CHAPITRE 11 : J'ATTENDS

« Je suis tellement désolée ! s'effondre Mo'na. Je ne pensais pas que...

Plusieurs gardes nous ont accompagnées jusqu'à un étage inférieur de la Citadelle, dans les premières cellules d'une prison particulièrement bien verrouillée. Ici, pas d'ambiance lumineuse et colorée. Il règne une rude obscurité, à peine compensée par quelques lampes nous donnant un teint blafard et par une minuscule fenêtre qui donne sur l'immensité de la ville. Tout au bout de l'allée. Mo'na se trouve dans la cellule en face de la mienne, et Mo'seni dans celle qui se trouve à ma droite. L'annonce de notre arrestation est arrivée si soudainement que je n'ai pas encore retrouvé mes mots. Mo'na s'est laissée glisser jusqu'au pied de la vitre renforcée donnant sur l'allée centrale, et n'a de cesse de répéter qu'elle s'en veut. Me concernant, je ne crois pas lui en vouloir. Du moins, je suis encore trop choquée pour savoir ce que je ressens réellement.

— Qu'allons nous faire, maintenant ? tremble la voix de Mo'seni.

Nous ne savions pas à quoi nous attendre quand nous avons quitté la Flotte pour répondre à l'appel du cristal. Maintenant, tout semble perdu et nous n'avons aucun moyen de contacter O'dae. Comme elle l'a si bien dit, je suis considérée comme morte depuis mon départ. Une nouvelle Représentante a pris ma place, c'est comme si toutes les trois nous n'existions plus. J'étais pourtant sûre, en partant, que le destin du peuple Yrdiekk allait être bousculé par ma découverte. Me serais-je trompée ? Nous n'avons pas eu un mot, pas une explication depuis qu'ils nous ont enfermées. Nous ne savons pas pour combien de temps nous sommes dans ces cellules, ni même si nous sommes supposées en sortir un jour. Et puis...

— Mo'ivu, pardonne-moi...

— Mo'na, sèche tes larmes. Tu as été impressionnante.

J'essaie de la rassurer. Ce que je lui dis est vrai, quoi qu'il en soit. Elle a été incroyable, digne de la guerrière qu'elle est.

— Tu ne m'en veux pas ?...

— Nous aurions pu nous attendre à ce genre de réaction de leur part, vu que le Roi calcule ses décisions en fonction de faits concrets… et que les faits concrets révélaient un danger de mort pour certains membres du Conseil. Mais je ne t'en veux pas vraiment, tu as exprimé la colère qui dort en chaque Yrdiekk, mais que peu d'entre nous sont capables de laisser sortir.

— Mais nous n'en serions pas là si je n'y avais pas cédé… »

Je ne sais pas quoi lui répondre, car elle a cruellement raison. Je refuse de la laisser endosser seule la responsabilité de ce qui vient d'arriver, mais je me sens amère malgré toute l'admiration qu'elle a suscitée en moi. Il me faut juste un peu de temps pour m'y faire, cependant. Je suis sûre que ça ira.

Nos cellules sont relativement spacieuses, et aménagées avec un couchage sobre. Je m'y installe, et perds mon regard dans la direction de Mo'na. Seule l'allée centrale est visible depuis l'intérieur, tous les murs des cellules étant faits d'un métal gris et froid. Une pauvre lampe au plafond, reliée à un interrupteur, ainsi qu'une table d'appoint et un recoin isolé destiné aux besoins, c'est tout ce qui constitue leur seul aménagement ; rien de surprenant pour un endroit censé confiner les menaces. Il n'y a aucun prisonnier ici à part nous. J'en déduis que ce monde fonctionnait bien, avant que les Mori ne décident d'attaquer notre planète en raison d'une prémonition collective. Tout est désespérément silencieux et froid. J'essaie de sourire pour ne pas donner l'impression que tout est perdu, certainement pour me rassurer moi-même. Je tombe de fatigue, j'espère pouvoir me remettre les idées en place quand je rouvrirai les yeux.

*

Je suis réveillée par le cliquetis des pas d'un garde qui nous apporte notre repas. La nourriture Mori n'est pas mauvaise, loin de là, mais je peine à la digérer correctement. C'est tout de même un grand soulagement d'avoir du comestible sur cette planète, vu que les réserves emportées à bord de la navette n'auraient pas fait l'affaire très longtemps. Le garde insère les portions dans une trappe située dans l'épaisseur du mur séparant les cellules, et c'est sur ma droite que s'ouvre une petite case dans laquelle m'attend mon plat. Je jette un œil à Mo'na, qui a reçu sa portion avant

169

moi, et je constate à son expression que la même idée que moi vient de lui traverser l'esprit : nous pourrions peut-être nous enfuir en insérant nos secondaires dans ces trappes. Ce qui nous arriverait ensuite est beaucoup moins certain, et je doute que mon amie ait envie de provoquer une autre catastrophe. En tout cas, je l'espère…

Je mâche au rythme des pas du garde qui regagne l'entrée de la zone, quand je réalise que je suis en train de recevoir un message :

« Gardez un air naturel, vous êtes filmées. Amies, vous n'êtes pas seules. Viendra le moment où je vous ferai sortir d'ici. En attendant, gardez votre calme et rien de grave ne vous arrivera. Aucun Porteur ne vous déteste personnellement, vos actes de ce matin en ont même impressionné plus d'un. Faites-moi confiance. Et surtout, vous n'avez jamais reçu ce message. »

Des nanomachines étaient cachées dans mon plat et ont émis ce message à la voix grésillante, que j'ai reçu directement à travers mes cérébraux. Un ou plusieurs Porteurs sont déjà en train d'essayer d'arranger les choses, alors un léger sourire que je veux discret – et c'est très difficile – se dessine sur mon visage. Je me tourne vers Mo'na dont les yeux sont rivés sur Mo'seni, et affichent une satisfaction m'indiquant qu'elles ont elles aussi reçu le message. Je m'empresse de terminer mon repas pour laisser aux caméras l'illusion que c'est le plaisir gustatif qui a provoqué cette réaction, et je manque de m'étouffer avec une baie mal mâchée. Je viens probablement d'avaler de minuscules robots par la même occasion, mais je crois que ça en valait la peine.

Le soleil se couche sur la ville Mori, donnant une magnifique teinte orangée à l'immense étendue de bâtiments lisses. Je les distingue assez mal vu la largeur de la fenêtre, mais je peine à imaginer qu'ils abritent les prémices d'une guerre civile. Et quand je pense que tout ceci est complètement invisible depuis l'espace… Jusqu'où ira la patience des Drenn, maintenant qu'ils ont enfin pu apercevoir Faal ? Les heures passent, entrecoupées de regards patients, frôlant la détresse pour la feindre au mieux. Elles passent et nous ne pouvons rien faire par nous-mêmes. Je ferme les yeux et m'allonge sur le ventre, puis sur le côté. Je finis par me retourner encore car le sommeil ne vient pas, mais que faire à part dormir ? Je ne parviens même pas à méditer dans cet environnement. Je rouvre les yeux, Mo'na semble faire des acrobaties sur son couchage pour s'occuper.

« Que fais-tu ? lui demandé-je.

— Des acrobaties, pour m'occuper.

— Oh. »

J'ai du mal à la quitter des yeux maintenant que je connais sa nature de déviante. Elle n'est pourtant pas la première que je rencontre, mais le fait qu'elle occupe une place importante dans ma vie donne un certain impact à cette découverte. Alors qu'au fond, ça ne change rien. Mo'na est Mo'na. Ma Haute guerrière, celle qui a toujours été présente en tant qu'amie et en tant que soutien pour mon rôle de Représentante de la lignée. La tête en bas, elle me regarde avec des yeux ronds et je réalise que je la gêne sûrement en l'admirant ainsi. Je lui adresse un sourire désolé et me mets à regarder le plafond. Je ne sais pas où sont cachés les appareils dédiés à notre surveillance, mais je suis incapable de les déceler.

Le soleil se lève. Discret derrière une épaisse couche de nuages menaçants, il perce l'horizon de quelques rayons lumineux et offre un spectacle qui serait plus agréable si la fenêtre n'était pas aussi petite. Je n'ai pas dormi de la nuit, et maintenant que je suis épuisée, le garde arrive avec nos repas. Le même garde qu'hier, la même démarche, la même procédure, et le même repas. Nous le regardons repartir sans un mot, le cliquetis de ses pieds métalliques pour seul accompagnement. Je ne sais pas si je préfère ça ou l'agitation des Porteurs.

« Tu ne manges pas, Mo'seni ? demande Mo'na qui, elle, peut la voir depuis sa cellule.

— Je ne me sens pas très bien. J'ai des maux de ventre depuis que nous avons commencé à manger de la nourriture Mori.

— Est-ce que ça ira ?

— Oui Mo'ivu, ne vous en faites pas. Je commence à me faire un peu vieille pour digérer ces nouvelles saveurs, plaisante-t-elle.

Mo'seni a 54 ans. Notre espérance moyenne de vie se situant actuellement à 62, il est légitime de la considérer comme une Ancienne, et son corps fane doucement.

— Si vous êtes malade, dis-je, il faut le dire au garde. Je suis sûre qu'ils ont les moyens de vous soigner et qu'ils le feront.

— Je le pense aussi, mais je vous assure que je vais bien. »

Mo'na détourne son regard avec un air attristé, et commence à manger, m'invitant à faire de même en désignant son plat avec un tout petit mouvement de tentacule.

« Un groupe extrémiste s'est attiré les faveurs de l'opinion publique chez les Laves, et la situation ne s'est pas arrangée pour la Nation de la Nuit. La précipitation des événements pourrait provoquer des heurts près de la Citadelle, et ces heurts seront vos portes de sortie. Je dois encore préparer certaines choses avant d'envisager votre fuite, alors attendez mon signal. Patience. »

Alors j'attends. Les siestes, les repas et le soleil dansent entre les heures qui se déroulent et se ressemblent toutes. Faire confiance au Porteur qui est derrière ces messages est la seule sagesse dont je sois capable actuellement, et cette sagesse a un goût résolument amer.

Quel que soit notre pouvoir d'influence sur ce monde, rien ne sera réglé du jour au lendemain. S'il est probable que les Mori soient assez puissants pour faire face aux Drenn dans quelques années, ils ont pourtant l'air de douter de leur capacité à mener à bien cette guerre sans mettre leur monde en grand danger. Et ce danger, il ne vient pas que de l'envahisseur.

Nous avons encore un rôle à jouer, n'en déplaise à Läve.

Une explosion vient de me réveiller. Elle était assez lointaine, mais je vois une lueur jaune et une épaisse fumée qui s'élève, dans la Capitale Mori. J'entends Mo'seni engloutir son repas de la veille, et j'en déduis qu'elle a compris : le moment arrive, il faut se préparer. Elle prend connaissance de ce qui vient. Je vois les pupilles excitées de Mo'na qui la regardent avec satisfaction, luisant dans l'obscurité. Moi, je ne me sens pas rassurée. Nous restons éveillées tout le reste de la nuit, observant les lumières de la ville qui s'affolent, se croisent, fuient au loin. D'autres explosions, plus petites, résonnent. Le calme revient peu à peu, mais laisse présager une suite encore plus mouvementée. Le soleil se lève derrière une barrière de nuages noirs, et une pluie diluvienne commence à s'abattre sur la ville qui se réveille difficilement. Étrangement, cela me fait du bien de voir la pluie tomber.

La porte s'ouvre, le garde entre. Toujours dans le même silence, toujours ponctué de ce cliquetis métallique, il porte nos repas du matin dont l'odeur ne peut pas encore nous parvenir, bloquée derrière les murs de verre. Il donne d'abord sa portion à Mo'na. Lorsque la trappe se referme, il se tourne vers la cellule de Mo'seni. Alors qu'il s'en approche et que ma tension augmente de façon palpable, j'observe avec attention mon amie dans la cellule d'en face. Lentement, elle porte un morceau à sa bouche, le mâche, puis un autre, et tandis que le garde ouvre la trappe de ma cellule, je vois les yeux de Mo'na s'illuminer avec une rare violence. D'un signe vif de ses dorsaux, elle me fait signe d'attaquer le garde : c'est le signal !

Mes secondaires s'infiltrent dans la trappe avant même qu'elle ne s'ouvre dans l'intérieur du mur de ma cellule. Concentrée, vive. Brute. Je puise en moi toute l'agressivité qu'il m'est possible de donner, et pousse mes secondaires jusqu'au bras du garde.

« Contrôle-le ! » crie Mo'na.

Je ferme les yeux, et en réalisant que notre garde n'est qu'une machine autonome reliée au réseau de sécurité de la Citadelle, je parviens jusqu'à son système interne. Quelques secondes me suffisent à le comprendre et à l'apprendre, et quelques unes de plus me permettent de le contraindre à se brancher au panneau de contrôle situé entre ma cellule et celle de Mo'seni. Les secondes passent, les barrières s'ouvrent, les caméras s'éteignent. Mes compagnes sortent prudemment, se placent à proximité du garde, et joignent leurs secondaires aux miens pour en décupler les capacités d'assimilation. L'espace d'un instant, nous voyons tout le système, toute la construction de la Citadelle, et l'emplacement des autres automates de sécurité.

Sans perdre ma concentration, je m'empresse de manger à mon tour un bout de ma portion :

« Prenez le contrôle du garde, et pénétrez la sécurité du bâtiment. Dès que vous aurez touché le garde, une alarme silencieuse va sonner et les mesures de neutralisation vont s'activer. Respirez le moins possible. Un gaz soporifique inodore va s'échapper des conduits de la prison. Déboîtez la tête du garde et servez-vous en pour vous guider dans la Citadelle, et quittez les lieux au plus vite en fuyant vers le bas. Votre Navette est sur la plateforme 3 située au niveau 17. La prison est au niveau 28. Évitez le conflit au maximum, et sachez qu'aucun agent synthétique ne fait partie du plan. Ils sont programmés pour éviter de tuer, mais faites en sorte d'attaquer les premières si c'est inévitable. Lorsque vous arriverez à votre navette, jetez la tête du garde dans le vide et laissez-vous guider. La sécurité de la ville est concentrée sur les mouvements urbains et la frontière Nuit, vous aurez fait le plus gros une fois que vous aurez quitté la Citadelle. Bonne chance. »

Niveau 25. Le dénivelé du couloir longeant la tour principale nous fait perdre progressivement de la hauteur, quand arrivent nos premiers assaillants. Deux gardes, qui cette fois ne sont pas des machines à part entière, s'interposent et nous ordonnent de nous arrêter en se mettant en joue. Mo'na applique les conseils de notre complice, et utilise sans attendre le pistolet du robot de la prison pour les mettre hors jeu : le premier n'a pas le temps de réagir et se voit cloué au sol par un tir à la jambe, et c'est mon assaut au corps-à-corps qui renverse le deuxième en déviant son tir.

« Il faut se dépêcher ! crie-je, nous n'aurons peut-être pas autant de chance avec les prochains ! »

Niveau 23. De sauts en sauts, nous parvenons à éviter la deuxième rencontre en nous nichant dans un renfoncement du plafond. Grâce à la tête du garde, nous arrivons à anticiper la sécurité. Mais avoir l'esprit partout et devoir courir ainsi sans s'arrêter devient très vite épuisant, et je sens déjà mes jambes qui commencent à flancher.

Niveau 21. Nous progressons à une allure de moins en moins vive, et une escouade complète de gardes s'apprête à nous prendre à revers. Je me retourne, pour constater à l'oreille que nous sommes suivies de près par au moins un autre assaillant. Nous sommes désormais toutes les trois armées, mais rien n'est moins certain que notre capacité à affronter autant d'ennemis à la fois… Et les Mori ne sont pas nos ennemis ; les affronter en évitant de les tuer alors que je suis déjà piètre guerrière s'avère compliqué. La tour est immense et s'étend sur une largeur d'au moins 400 mètres, de quoi perdre mes repères en plus de mon souffle. C'est en passant devant une fenêtre que je réalise que nous voyons la navette de là où nous sommes. Mo'na tire alors dans la vitre, qui ne tarde pas à éclater sous nos salves à toutes les trois. Je me hisse dans l'ouverture ainsi créée, et m'accroche à la paroi sous la pluie battante. Je suis imitée par Mo'seni et Mo'na lui emboîte le pas, quand cette dernière étouffe un cri de douleur.

« Mo'na !!

— Ça va aller ! Vite ! »

La vue est encore vertigineuse depuis cette hauteur, et le fracas de la pluie n'arrange en rien mon état de panique. Mo'seni manque de perdre l'équilibre, ce qui malgré la gravité plutôt douce de cette planète, la précipiterait vers une mort certaine vu la hauteur. Nous commençons toutes les trois à subir une intense fatigue, due à notre clair manque d'entraînement. Des tirs perdus passent par la fenêtre brisée, tandis que nous avançons d'un pas déterminé vers la plateforme en longeant la façade. Nous y sommes presque ! Nous nous laissons délicatement tomber d'un étage, pour nous rattraper sur un grand balcon.

Niveau 20. Je peine à reprendre mon souffle, quand par la fenêtre je vois déjà le mouvement de l'escouade que je pensais ainsi contourner. Si notre présence ne devait pas rester secrète, si l'annonce de notre fuite ne risquait pas de catalyser le chaos qui monte, les Mori pourraient mettre en œuvre de plus gros moyens pour nous arrêter. Mais ce n'est pas le cas, alors nous prenons notre élan et, dans un bond coordonné, nous quittons le balcon et entamons une descente angoissante vers la passerelle menant à la plateforme. Nous tombons presque à la même vitesse que la pluie, et ce pendant de longues secondes. L'air, glacial, me mord la peau et m'irrite les yeux. Ma main et mes tentacules de bras respectivement accrochés à Mo'seni et Mo'na, je me laisse ainsi chuter sur quelques mètres, jusqu'à la réception sur le sol métallique de la passerelle.

« On ne s'arrête pas ! » fais-je dans un dernier élan d'énergie.

L'entrée de la navette s'ouvre à notre approche. Je n'entends plus que les battements de mon cœur, dont le rythme n'avait jamais été aussi soutenu. Je lance la tête du garde par-delà la passerelle, nous nous jetons à l'intérieur du vaisseau, et je m'empresse de me mettre aux commandes. Mes secondaires tremblants et brûlants peinent à réintégrer le pilotage, mais nous décollons juste au moment où les gardes font irruption sur la plateforme.

« Bienvenue à bord, chères Yrdiekk.

— Le fantôme !? m'écrie-je alors que ma vue est bloquée sur les capteurs de la navette.

— Oui, c'est bien lui, répond une Mo'seni chevrotante. Le même robot qui nous a accueillies à la fausse surface… mais n'était-ce pas une sauvegarde du Roi ?

— Nous allons vous guider, reprend l'intéressé. Voyez-vous le Cocon ?

— Je le vois, dis-je en essayant de reprendre mon calme.

— Dirigez-vous vers lui à pleine vitesse, et assimilez les coordonnées géographiques que voici. »

Sa main froide se pose sur mon avant-bras, et après un tressaillement, je vais la chercher avec deux secondaires tout en restant focalisée sur le pilotage. Les coordonnées qu'il me confie mènent à un point précis, situé légèrement à gauche du Cocon par rapport à notre position. Loin devant, mais nous y serons bien assez vite. Je manœuvre, non sans mal vu que cette navette n'est pas faite pour le pilotage en conditions atmosphériques, et nous place sur la bonne trajectoire à pleine vitesse.

« Rejoignez ce point et suivez nos instructions. Nous avons également pris la liberté d'installer un dispositif de camouflage sur votre navette, vous devriez l'activer. »

Je trouve en effet une fonction qui n'était pas encore présente la dernière fois que j'ai été à bord de la navette. Je l'active aussitôt, et nous voilà fendant les airs dans la discrétion la plus absolue. Je comprends mieux pourquoi *il* voulait que nous patientions un peu dans nos cellules. Il attendait le bon moment, et surtout il fallait préparer notre évasion dans les moindres détails. Je suis étonnée que le robot "sauvegarde" du Roi ait été réutilisé par notre – pas si – mystérieux complice pour nous accompagner dans cette fuite.

« Nous arrivons. À la fin de notre instruction, comptez cinq secondes et suivez les étapes : rasez le sol à un mètre pendant trois secondes, amorcez une remontée sur un angle de 71 degrés, désactivez le camouflage, et sautez de la navette. Cinq, quatre, trois, deux, un - »

La folie que représente cette opération ne manque pas de me glacer le sang, mais je m'exécute avec précision. La pression de la navette sur l'air environnant projette désormais de multiples objets et une énorme masse de poussière dans notre sillage. La zone autour du Cocon semble être uniquement composée de structures utilitaires ; aucune habitation, aucun habitant sur notre chemin. J'amorce la remontée, je désactive le camouflage, et nous nous plaquons contre le sas de sortie. La navette pousse une légère accélération quand la porte s'ouvre, et nous tombons souffle coupé au milieu d'un énorme nuage de poussière soulevé par les propulseurs. Notre chute nous mène dans une trappe à peine plus large que notre groupe, laquelle se referme dès notre passage. Juste au moment où le dernier filet de lumière disparaît, j'entends la navette exploser.

Nous sommes dans une zone souterraine qui m'a l'air abandonnée depuis des temps immémoriaux. De petites lampes d'appoint éclairent le conduit dans lequel nous avons atterri, étroit et lugubre, parsemé de câbles entremêlés. Nous avons atterri sur d'épais matelas qui ont été tassés ici, *a priori* exprès pour nous réceptionner.

« Qu'est-ce qu'on fait dans un endroit pareil ?... demande Mo'seni en toussant.

Je me relève, encore sonnée par ce qui vient de se passer, et vois Mo'na qui s'avance prudemment dans le conduit, puis semble chercher mon approbation.

— Nous devrions aller voir, dis-je. Notre complice a tout calculé pour nous faire arriver ici, voyons ce qu'il y a au bout de ce couloir.

— D'accord, Représentante.

Mo'seni se relève à son tour, difficilement. Elle n'a pas l'air très en forme... Je l'aide en la laissant s'appuyer sur mon épaule, elle m'en remercie d'une caresse. Je la sens fatiguée et profondément triste.

— Mo'na, comment va ta blessure ?

— Je me régénère doucement, j'ai eu la chance d'être touchée à un dorsal et ce n'était qu'une brûlure de surface.

— Tu n'as plus mal ? »

Elle ne me répond pas et continue d'avancer. L'endroit est sombre mais nous ne flairons aucun danger. Nous passons devant plusieurs petites trappes complètement verrouillées, et le chemin est parsemé de quelques outils électroniques hors d'état. Après de très longues minutes à traverser ces interminables embranchements aux largeurs variables et à l'encombrement toujours aussi perturbant, nous arrivons finalement dans une grande salle circulaire où semblent converger d'autres conduits similaires. Plusieurs écrans et ordinateurs sont disposés autour d'une table ronde au milieu de la salle, et sur la table se trouve un objet qui nous est particulièrement familier : il s'agit de notre sauvegarde de l'Index, qui était embarquée à bord de la navette. Et juste à côté, plus discrets, trois plats préparés spécialement pour nous. Je crois que nous allons pouvoir nous reposer un peu.

La présence d'écrans alors que cette civilisation est habituée aux dispositifs holographiques m'indique que cette installation n'a pas servi depuis très longtemps, ce qui explique par ailleurs son état. En dégustant mon plat, dont le raffinement contraste avec ceux de la prison, j'observe la zone qui est partiellement reliée à un réseau énergétique. Dans la grande majorité, les appareils branchés ici ne sont pas alimentés. Je préfère ne rien toucher tant que nous ne saurons pas ce que nous faisons ici, et où nous sommes.

« Je n'en peux plus, souffle finalement Mo'na en s'étalant par terre.

— J'arrive un peu trop tard, fait une voix qui s'approche avec un cliquetis métallique. Je peux entrer ?

— Feü ! m'écrie-je. Je me doutais que c'était vous.

Le Porteur de la Nation du Feu entre en silence par le conduit opposé à celui de notre arrivée, et pose au sol trois grosses boîtes qu'il portait sur la plateforme reliant ses quatre jambes.

— Je n'étais pas seul. Nëige et Säng m'ont aidé dans cette démarche. Nous avons utilisé et reprogrammé l'automate avatar du Roi pour vous amener ici, en bénéficiant de sa carte précise du monde Mori et de la bombe à désintégration qui était contenue dans son ventre.

— Une… bombe ?

— Si une autre espèce que vous était venue, le Roi eût à provoquer une violente explosion pour bloquer complètement le programme de délivrance en détruisant le fardeau. La fin de tout…

— N'est-ce pas un peu extrême ? demande Mo'seni, abasourdie par cette explication.

— Vous n'avez pas l'air de réaliser à quel point cette civilisation est dangereuse. Mais je comprends, vu que les Drenn sont un peu plus démonstratifs… Quoi qu'il en soit, je reste persuadé que le cours du Temps aurait fini par se remettre en route, d'une façon ou d'une autre. Je suis soulagé que nous ayons été délivrés par votre venue et pas par un bombardement Drenn. »

Disant cela, il ouvre les boîtes et en sort trois matelas qui prennent forme instantanément. Du fond, il tire trois fusils, « au cas où », et trois sacs de vêtements. Il finit par enlever une quatrième boîte, beaucoup plus volumineuse, de son dos. Il active une commande, et cette boîte se déploie en ce qui me semble être un générateur d'énergie.

« Je vais brancher les appareils de convenance sur ce générateur pour que vous ne soyez pas repérées. N'utilisez rien qui soit branché sur le réseau de ce bâtiment.

— Compris, dis-je, mais… pourquoi ?

— Cette installation se situe sous le Cocon. Elle a servi à le conceptualiser, à le mettre au point, puis il a été construit dessus et elle n'a plus jamais servi. Si un appareil est mis sous tension ici, les panneaux de contrôle du Cocon indiqueront une fuite d'énergie anormale, et cela finira par être vu par un opérateur.

— Que faisons-nous là ? demande Mo'na sur la défensive.

Elle s'est relevée, et maintenant elle est pleine de poussière.

— Vous n'êtes pas obligées d'accepter la tâche que je m'apprête à vous confier. Si vous préférez quitter Faal, ce que nous comprendrions vu les récents événements… nous trouverons un moyen de vous faire partir.

— Et nous faire exploser par la flotte Drenn qui s'est ameutée dans l'espace proche ? demande Mo'na sur un ton ironique.

— Pas forcément, s'ils ne vous détectent pas…

— Dites-nous ce que nous pouvons faire pour vous.

Il s'agite et tourne en rond, manifestant des émotions que son visage robotique ne peut absolument pas retranscrire. Je perçois l'inquiétude que cela provoque chez mes compagnes, ce qui amplifie aussitôt la mienne.

— Nous avons pensé que vous pourriez influencer les énergies qui circulent dans le Cocon, pour harmoniser indirectement toutes les Nations par l'intermédiaire des jeunes Mori.

— Vous n'avez pas peur de les rendre… pacifistes ? demandé-je.

— Non, dit-il en regardant fixement Mo'na. Mais cela va dépendre de vous, ajoute-t-il en la montrant d'un geste de la main.

— De moi ? demande-t-elle.

— Vous ne fonctionnez pas comme toutes les Yrdiekk. Vous avez une sorte de volonté guerrière, et c'est cette volonté qui devrait pouvoir éviter de perdre l'engagement militaire indispensable pour rattraper les Drenn. »

La déviance. Feü a dû s'en rendre compte quand Mo'na s'est attaquée à Läve. Cela m'a tout l'air d'un pari risqué, mais le raisonnement tient debout. Nos capacités d'assimilation et de transfert d'énergies devraient être à la hauteur de cette demande.

« Vous n'êtes pas obligées, insiste-t-il. Cette stratégie implique que vous viviez dans cette installation, à l'insu de la population. À l'insu des Porteurs, qui croient désormais que vous êtes mortes dans l'explosion de votre navette.

— Vous semblez vraiment désolé de nous demander cela, dis-je.

— Ce n'est pas une vie, dit-il. Éviter de donner des tâches aussi tristes à des êtres vivants, c'est la raison pour laquelle ma Nation a toujours voulu créer des machines capables de s'en occuper. Mais cette mission, il n'y a que vous qui puissiez vous en charger.

— Vous oubliez que nous sommes nées et avons grandi dans un vaisseau spatial, répond Mo'na. Vivre dans un espace clos ne me posera pas de problème. Je ne sais pas ce qu'en pensent mes deux compagnes, mais je suis prête à essayer.

D'abord un peu étonnée de sa réponse, je réalise assez vite qu'elle a parfaitement raison. Et d'ici, nous pouvons tenter de faire évoluer la situation de Faal, donc la nôtre. Rétablir un semblant d'harmonie entre ces Nations augmentera les chances de vaincre les Drenn quand la guerre sera déclarée, ce qui paraît inévitable. La reprise de Yrdann sera alors plus accessible.

— Je suis d'accord avec toi.

— Et Mo'seni ? demande mon amie.

Nous nous tournons vers l'Ancienne, qui en quelques jours semble avoir pris plusieurs années tant ses traits sont marqués par la fatigue et le désespoir.

— Oui, sourit-elle, moi aussi. »

Sous le regard sceptique de Mo'na, elle accentue son sourire avant d'ajouter :

« Il faudra rendre cet endroit plus agréable. »

Feü nous observe une par une, sans ajouter un mot. Puis il se retourne et commence à brancher au générateur une grande case blanche incrustée dans le mur : une chambre froide, dans laquelle il place plusieurs boîtes remplies de vivres. Il câble plusieurs appareils au moyen de ses prothèses particulièrement bien outillées, en terminant par notre Index. La salle est déjà plus lumineuse et vivante. Il ouvre alors un placard, où se trouve le matériel destiné au nettoyage de l'installation, et en retire un droïde d'entretien. Ce dernier, un disque volant à quelques centimètres du sol, se met tout de suite au travail en s'attaquant à la poussière.

« Infiltrer vos secondaires dans les câblages d'alimentation du Cocon devrait vous permettre d'exercer votre influence, dit-il au bout de plusieurs minutes.

— Si nous le faisons en douceur, dis-je, nous ne serons pas détectées par le système. Par contre, cela va prendre du temps avant de pouvoir observer des résultats…

— La guerre risque d'éclater avant, souffle Mo'na.

— Le Conseil est pris au dépourvu, répond le Porteur. La guerre civile a pris du terrain, alors les Drenn ont été mis de côté pour une durée indéterminée.

— Est-ce le Roi qui en a décidé ainsi ? demande mon amie.

— Oui.

— Le calcul, murmure Mo'seni. Votre Roi change souvent d'avis…

— Il prend en compte de nombreux facteurs, explique Feü, et l'influence du Conseil n'en représente qu'une partie. Les autres sont le climat, l'état de la croissance, la position de la flotte Drenn qui s'étoffe dans notre ciel, les prédictions de l'Oracle… Il calcule ses décisions en visant l'objectif du moindre mal.

Nous pourrions contester cette utilisation d'un roi-machine, mais je crois que nous faisons la même chose avec le consensus lors de nos séances avec la Commandante. Ah, O'dae… J'ignore à quoi ressemblera la Flotte à la fin de votre mission, mais je suis de moins en moins sûre de vous revoir un jour.

— Pouvez-vous nous parler de l'Oracle ? demande Mo'seni.

— Non. Je n'ai plus le temps, je dois retourner à la salle du trône sinon l'on remarquera mon absence. Nëige pourra vous en parler, elle vous rendra visite demain. »

Il se dirige vers son conduit, puis se retourne avant de conclure :

« Vous êtes objectivement le seul espoir de faire prospérer ce monde quand il n'y aura plus de guerre à mener. Nous avons foi en vous. »

L'installation qui est vouée à devenir notre lieu de vie est plutôt grande. Nous pouvons bouger amplement, sous un plafond haut d'un peu plus de deux mètres, et malgré la fermeture sur l'extérieur l'air est largement respirable. Nous avons fait une bonne nuit, dans l'ensemble, réglée par l'horloge naturelle de nos organismes à défaut de voir le soleil se lever. C'est le même soleil que nous pourrions voir depuis Yrdann… Elle est si proche, et à la fois si inaccessible.

Mo'na et Mo'seni sont en train de travailler sur un ordinateur, à la recherche d'informations concrètes sur le Cocon. Ce dernier fait vraisemblablement partie d'un système dont le but premier est de synthétiser l'harmonie entre les différents peuples de Faal. Ce système est composé du Cocon, de l'Oracle, et du Roi. Le premier fait grandir toute la population dans le même environnement et lui donne une éducation uniforme, tout en permettant à chacun de choisir la vie qui lui convient le mieux. Le second, créé par les Nations mystiques de Neige et du Ciel, capte l'impossible : la volonté qui émane des énergies de la planète, qu'elles viennent des forces naturelles, surnaturelles ou bien de la population. L'Oracle crée des images à la frontière entre le rêve et le futur ; il ne donne pas de date mais manifeste les grandes intentions du monde dans sa globalité. Le dernier, le Roi, synthétise et analyse les données concrètes pour définir l'ordre d'importance des choses, en fonction de l'état du monde, en choisissant l'issue qui provoquera le moins de mal possible aux populations.

« Excusez-moi ?

C'est la voix de Nëige qui provient d'un conduit. Nous nous détournons de l'écran et la regardons arriver, gracieuse dans son habit blanc.

— Bonjour, Nëige.

— Je vous ai apporté une spécialité de… »

Elle s'arrête en croisant le regard de Mo'seni, qu'elle semble décrypter en quelques instants.

« … Vous n'allez pas fort, Mo'seni.

— Tout le monde ici n'a de cesse de me répéter que je suis malade, soupire l'Ancienne. Je suis âgée et fatiguée, ce n'est rien de plus.

Nëige n'insiste pas et ouvre son sac, pour en sortir un mets fraîchement préparé ; une grande tarte, aux fruits qui ne poussent que dans les contrées froides de son pays. Elle la pose sur notre table et tâche de retrouver son sourire en se retournant vers nous. J'aurais aimé que Mo'seni s'ouvre à elle, mais notre aînée préfère taire ses maux que je décèle avec peine : elle se sent faible, elle n'a plus goût à rien depuis qu'elle a pu voir la surface de Yrdann dans la vision projetée par le robot du Roi, et elle est en difficulté à chaque fois qu'elle avale de la nourriture Mori.

— Je comprends, Mo'seni. Je suis désolée de vous avoir brusquée.

— Ce n'est rien. Dites, votre homologue de la Nation du Feu nous avait prévenues de votre visite, mais il ne nous a pas dit ce que vous comptiez faire parmi nous.

— Je suis ici pour sacrer cet endroit. Le rituel vous conférera protection contre les dangers de l'extérieur, et vous donnera de la force pour accomplir votre lourde tâche. Avez-vous déjà commencé à…?

— Nous allions nous y mettre dans quelques instants, dis-je sans cacher mon hésitation.

— Je vois.

Elle a une mine triste, malgré son comportement toujours aussi remarquablement chaleureux.

— Est-ce que ça va ? fais-je en penchant la tête sur le côté.

— Des tensions se sont créées au sein de mon peuple après l'annonce concernant les Drenn. Je pensais échapper à cela, soupire-t-elle. J'ai donc quitté le conseil de guerre pour me concentrer sur mes concitoyens.

— Nous allons faire de notre mieux pour rétablir une entente globale, répond Mo'na.

— Merci. Si vous permettez, j'aimerais faire le rituel maintenant. Je vous invite à vous mettre dans un coin pour manger, ce sera fait assez vite. »

Me mettre dans un coin dans une salle circulaire aura été la plus belle réussite de ma journée. Nëige s'assoit en tailleur, bien droite, sur la table centrale, et ferme les yeux. Sans rien demander, elle a imposé un silence impressionnant, si bien que j'en oublie volontairement de manger ma part pour l'observer à la tâche. Elle est totalement immobile, c'est à peine si on la voit respirer, et son visage reflète une stabilité d'esprit dont seuls les plus grands mystiques peuvent faire preuve. Elle met de côté ses tourments, les agitations du monde, la moindre perturbation, et voilà que la luminosité de la pièce tout entière baisse à vue d'œil. Elle lève ses mains de ses genoux, lentement, puis les frappe l'une dans l'autre. Le claquement, clair et puissant, dégage une légère onde d'énergie et toutes les lumières reprennent leur intensité. Elle se relève doucement, puis rouvre ses yeux luisant d'un rose foncé.

« Ma tarte n'a vraiment pas l'air de vous plaire, rit-elle.

Pour toute réponse, nous nous mettons à manger ce cadeau qu'elle nous fait, et le silence qui revient n'a d'égale que la force gustative délicieusement sucrée de cette tarte. Même Mo'seni, qui s'est prêtée au jeu par politesse, est tombée sous le charme.

— C'est très bon, dit cette dernière en la posant de côté, sourire aux lèvres.

— J'en suis ravie, répond la Porteuse. J'aperçois des images de l'Oracle sur votre écran, est-ce que vous cherchiez des informations ?

— Oui, répond Mo'na. Nous nous questionnons sur la vision qui vous a poussés à nous attaquer il y a 1600 ans.

— Vous connaissant maintenant, je pense que nous avions mal interprété l'Oracle. Nous avons eu peur de quelque chose qui ne serait pas arrivé si nous n'avions pas attaqué…

— C'est contradictoire, non ? reprend mon amie. J'ai beau y réfléchir, il n'y a aucun sens à cette vision si c'est vous qui l'avez provoquée…

— Vous avez raison. Je pense à présent que l'Oracle ne nous avertissait pas d'un danger, mais nous montrait la voie. Peut-être n'étiez-vous pas censées intervenir avant aujourd'hui ? Peut-être est-ce pour cela que nous avons dû attendre plus de mille ans… »

Elle est empreinte d'une conscience sage et d'une bonté naturelle. Il paraît évident que si cela n'avait dépendu que de Nëige, nous n'aurions jamais été attaquées par les Mori.

« … Oui, nous nous sommes trompés.

— Que dit l'Oracle maintenant ? demande Mo'seni.

— Il est devenu indéchiffrable à cause du chaos. Il montre tout et son contraire, la vie et la mort, la paix et la guerre… On voit les Nations prendre feu. À vrai dire, depuis notre arrivée sur Yrdann, il n'y a plus de symbiose entre tous les Porteurs.

— …

— Cette rencontre a semé la discorde, et notre vaisseau le Catalyste s'est mis à dysfonctionner. C'est ce que vous raconteraient Feü ou Säng, qui n'ont pas *vu* la Déesse ouvrir l'Océan… Enfin, cela s'est également produit, sans aucun doute possible.

— Tout a l'air de reposer sur cette symbiose dont vous parlez.

— Oui, tout ou presque. Je dois vous laisser. J'espère que votre mission ne vous causera pas plus d'ennuis que ce qu'elle vous a déjà…

— Attendez », dit Mo'na.

Nëige se tourne vers mon amie en écarquillant les yeux, et lui fait signe de poursuivre.

« Tout ce système, avec le Cocon, l'Oracle et le Roi… j'ai l'impression que vous essayiez de synthétiser un Noyau ?

— On pourrait dire, en effet, mais cela ne fonctionne pas comme ça.

— Alors comment ?

Mo'seni et moi contemplons les deux interlocutrices. Nous sommes quelque peu étonnées du questionnement de Mo'na. Elle ne nous en avait pas parlé, et puis personne ne se pose trop de question sur le Noyau. Nous savons qu'il est une concrétisation de notre harmonie telle que nous la vivions sur Yrdann, cela nous suffit. Enfin, je le croyais.

— Le Noyau est un phénomène qui relève de l'inexplicable. C'est nous qui vous avons amené ce savoir lorsque nous… lorsque la Déesse s'est concentrée en la première Yrdiekk-Mori.

— Inexplicable, c'est-à-dire ?

— Nous n'avons connaissance que de deux types de Noyaux. Ceux de chaos, et ceux d'harmonie. L'une des civilisations qui nous ont précédés sur Faal s'est écroulée à la formation d'un Noyau de chaos, et le seul Noyau d'harmonie que nous ayons connu était le vôtre, sur Yrdann. Nous ne savons pas comment, mais lorsque cela se manifeste, c'est dans une démonstration de puissance qui expose le peuple qui y est lié à une forme de… magie, si j'ose dire.

— Est-ce que vous voulez dire que la Déesse et le Noyau sont la même chose ? demandé-je.

— Non. Ce que je vais vous dire n'est que pure spéculation, mais il semble que votre harmonie était assez ancienne et forte pour former ce que l'on appelle un Noyau. La déesse Harmonie serait plutôt une manifestation extrême de ce Noyau, quelque chose qui ne se contrôle pas le moins du monde.

— Qu'essaies-tu de comprendre, Mo'na ? demande Mo'seni. Le fantôme nous en a parlé lorsqu'il a évoqué la Sphère.

— J'aimerais retrouver ce pouvoir capable de supprimer la guerre. Mais cela semble impossible, n'est-ce pas ?

— …

— Je ne sais pas, répond Nëige. Les écrits indiquent que la Déesse s'est dissipée en chacune d'entre vous. Mais Mo'na, au vu de votre éloignement de l'harmonie…

— … on pourrait se demander si notre Noyau existe bien encore », conclut mon amie.

La Porteuse prend un air désolé. Moi, frappée par cet échange, je dois avoir une mine défaite. Nous la regardons partir en silence, et j'ai peur. Je peine à reprendre mes esprits, et reste plantée là pendant de longs instants. Ils comptent sur nous pour sauver un monde qui, si on le laisse faire, va s'écrouler. Pourtant, eux-mêmes ont désormais du mal à croire en ce qui fait notre pouvoir. Tous ne l'ont même pas vu se manifester de la même manière. En si peu de temps, j'ai appris que le Noyau n'en avait pas toujours été un, puis qu'il n'en est peut-être plus du tout. Je vais devoir m'accrocher à mes propres croyances si je ne veux pas me laisser abattre. Je le sens encore en moi, pourtant. Je ne peux pas me tromper, si ?

Je me retourne enfin, pour constater que Mo'seni est, elle aussi, pétrifiée. Je caresse son bras pour essayer de la rassurer, mais c'est sans effet. Je vais attendre qu'elle encaisse le coup. Mo'na, elle, est en train de monter sur la table centrale. Stoïque, elle s'y assoit en imitant Nëige quelques instants plus tôt, mais courbe son dos pour ensuite étendre ses tentacules vers le plafond.

« Il est temps de s'y mettre », dit-elle avant d'insérer ses secondaires dans les câblages.

CHAPITRE 15 : JE SÈME L'HARMONIE

Le Cocon. Une immense ville pour jeunes Mori, à la fois isolée du reste du monde, et intimement liée à chaque Nation peuplant cette planète. C'est ici que le Mori forge son esprit, sa personnalité, sa clairvoyance ; c'est le cœur de cette civilisation, et par conséquent le lieu idéal pour créer une nouvelle harmonie. Nous devons à présent donner un souffle de paix à ce monde, tout en y laissant juste assez de colère pour que ses habitants puissent la diriger contre les Drenn. J'essaye de faire abstraction des doutes qui se sont glissés dans ma foi envers le Noyau. Je me focalise, et continue à croire que cette mission qui m'a été confiée, j'en suis à la hauteur. Et surtout je prie, j'espère que nous ne sommes pas en train de précipiter la civilisation Mori dans sa chute.

De sa troisième à sa huitième année de vie, le petit Mori apprend à bien se comporter. À l'égard des autres, à l'égard des adultes, à l'égard de la société dans laquelle il va devoir évoluer. Il apprend qui il est dans la masse, et commence à composer en fonction des groupes dont il est amené à faire partie. Je lui insuffle l'envie d'apprendre l'autre, celui qui ne lui ressemble pas. Je disperse des énergies harmonieuses, qui viennent frôler les outils dont il se sert, l'herbe dans laquelle il s'assoit, l'air qu'il respire. Je lui apprends à aimer ce qui l'entoure, sans qu'il ne se rende compte que cela vient de moi. Le petit Mori grandit, et s'il reste bien éloigné de la guerre pour le moment, c'est aussi grâce au système éducatif mis en place bien avant notre intervention. Combien de mondes ont dû s'écrouler avant d'en arriver à celui-ci ? À présent immergée, je crois comprendre : ce n'est pas de l'harmonie mais un puissant équilibre qui maintenait ces sept Nations dans un cycle vertueux.

De sa neuvième à sa treizième année de vie, il apprend l'Histoire du monde Mori : celle de sa civilisation actuelle. Il commence à explorer, par les écrits et par les enseignements, les neuf Nations parmi lesquelles il devra, bien plus tard, choisir. Par ce biais, il découvre aussi la vaste étendue de métiers et d'arts qui composeront sa vie d'adulte, et dépendront en partie de la Nation qu'il aura choisie. C'est dans cette période qu'apparaissent les premiers désaccords entre les jeunes : attachés à leur origine malgré leur placement si rapide au sein du Cocon, ils ne manquent pas de se comparer les uns aux autres et de former de petits clans. Mais ce ne sont pas des tensions solides, car les affinités qu'ils créent avec les différents domaines explorés ne tardent pas à leur faire prendre du recul. J'apaise ces prémices de chaos en tissant des liens d'énergie entre les jeunes Mori, surtout ceux qui s'entendent le moins bien. Inconsciemment, ils souffrent de la douleur des autres, et développent une discrète empathie qui, je l'espère, adoucira les mœurs au fil des ans. J'ose à peine imaginer le nombre d'années qu'il me faudra pour y parvenir...

Je pense "je", mais il s'agit de nous trois. Nous travaillons en symbiose, réfléchissons autant que nous nous laissons porter par notre instinct. Ce que nous faisons là n'est peut-être pas la façon naturelle dont devraient se faire les choses, mais nous croyons que cette action est nécessaire pour changer la face du monde Mori. Nous y croyons, parce que des Porteurs y croient et nous ont confié cette lourde tâche. Nous luttons, et à la fois nous nous faisons les plus discrètes possible pour que le changement ne soit pas trop brusque.

De sa quatorzième à sa dix-neuvième année, le jeune Mori apprend et pratique dans tous les domaines généraux, et commence à se spécialiser dans ce qui lui plaît le plus. Cela n'a pas toujours fonctionné ainsi, mais le niveau de compétence n'est pris en compte à aucun moment. Les Mori partent du principe que s'ils travaillent dans ce qui les intéresse avant tout, ils feront de leur mieux et auront moins de réticence à donner de leur temps pour progresser. Chez nous, c'est très différent : nous apprenons tout par l'Index, et savons donc tout faire en théorie... Il n'y a pas de métier, plutôt des rôles qui vont impliquer certaines tâches, mais un rôle important n'empêche aucunement l'une des nôtres de se prêter à l'entretien ou la réparation d'un vaisseau. Chez les Mori, il existe une hiérarchie dont l'influence est telle qu'il en découle une dévalorisation de certains travaux. J'essaie de l'atténuer, et c'est à Mo'na de rediriger la valorisation vers l'effort militaire. Ce que nous faisons ici, c'est exactement ce que le Conseil est censé empêcher au sein de la Flotte, par le biais du consensus.

Ainsi s'écoulent les douze premières semaines de notre importante mission. Nous aménageons l'installation pour y vivre sereinement, et passons le plus clair de notre temps à influencer doucement les flux qui circulent quelques mètres au-dessus de nos têtes.

Chaque jour, nous nous relions à notre sauvegarde de l'Index pour rester le plus cohérentes possible entre nous, et pour y enregistrer toutes les données ainsi que tous les changements qui se produisent dans le Cocon et au sein de chaque Nation. Nous recevons la visite régulière de Feü, qui s'assure avec implication que nous ne souffrons pas de notre situation. Il rapprovisionne notre chambre froide, apporte des outils lorsque nécessaire, et nous apporte des nouvelles du monde Mori. Plus rarement, c'est Nëige qui passe nous voir ; les tensions de son peuple se sont apaisées, pour son plus grand soulagement. Elle a pu réintégrer le conseil de guerre, loin du cas de la Nation de la Nuit, qui malgré la baisse notable des actions violentes, est toujours très instable. Feü estime qu'il faudra des années avant de rétablir l'équilibre de ce monde, car la confiance des habitants s'est profondément abîmée avec les récents événements. Même les Nations parmi lesquelles le chaos n'est pas visible sont touchées, et à ce jour aucun Porteur n'est plébiscité à cent pour cent. Un simple revirement dans le calcul du Monarque artificiel suffirait à provoquer un immense chamboulement du système en place, en passant par la démission d'au moins trois Porteurs : Nüit, Oceän et Läve. Si le conflit Drenn devait éclater dans ces conditions, la défaite ne serait qu'une question de temps.

*

Mo'seni est en train de nous quitter. La pièce tout entière est plongée dans un silence atroce, ponctué seulement par sa toux et les râles qui ont commencé à surgir il y a quelques jours. Peu de temps après le début de notre intervention sur le Cocon, ses secondaires se sont mis à faiblir et à l'engourdir. Elle est âgée, c'est vrai, et si l'âge ne se voit pas d'un simple coup d'œil sur une Ancienne, c'est dans nos cœurs qu'il grave une larme qui n'en finit pas de couler. Ce n'est pas vraiment de la tristesse, ni de la douleur. C'est ainsi que doit s'achever une vie, et celle de Mo'seni lui a permis de voir notre planète, contre toute attente. Cette larme est le souvenir que l'on garde de chaque être ayant parcouru du chemin à nos côtés. Malgré son état qui se dégrade de jour en jour, elle fait en sorte de nous sourire et donne le meilleur des forces qu'il lui reste. Elle est entrée tard dans ma vie, même si l'on peut dire que toutes les -Mori se connaissent vu la taille de notre vaisseau. Elle avait senti que je serais au centre d'un grand changement, et m'a demandé avec un naturel déconcertant si elle pouvait me suivre le temps d'une journée : elle sentait Yrdann à travers mes énergies. Sa demande, bien qu'hédoniste, m'a donné confiance en moi à un moment où je doutais de mon rôle de Représentante. Je n'ai pas hésité à l'appeler quand O'dae a donné son accord pour que je quitte la Flotte. Nous ne sommes pas vraiment amies, mais elle s'éteint aux côtés de quelqu'un pour qui elle compte.

Je rétracte mes secondaires, me tourne vers l'Ancienne, et m'approche de son couchage. Les médications procurées par nos hôtes n'ont pas eu d'effet sur elle, mais elle n'en tire aucun désespoir. Elle se laisse aller à ses derniers élans de vie, et considère qu'il ne sert à rien de lutter pour garder la flamme allumée quand la bougie est entièrement consumée. Elle est âgée. Moins que d'autres qui nous ont quittées auparavant, mais le moment arrive.

« Mo'seni ?

— Oui, Représentante », fait-elle avec un sourire.

Elle le sait. Mo'na m'emboîte le pas et s'approche à son tour, sans dire un mot. L'énergie faiblissante de Mo'seni nous donne une impression de lourdeur, comme si tout se déroulait au ralenti. Par le passé, je n'ai jamais été éprouvée par ce genre de passage… mais aujourd'hui, je perds la moitié des sœurs qui m'entourent. Un grand vide.

« Il est temps, reprend l'Ancienne.

— Merci d'avoir été parmi nous, Mo'seni.

— Merci à vous d'avoir… »

Elle tousse, en essayant d'étouffer le bruit avec sa main, se détend et reprend une position confortable sur son matelas.

« … Merci d'avoir donné un sens à mon existence, Représentante. J'avais besoin de ça pour me sentir vivante.

— Toute existence a un sens, murmuré-je.

— Je ne parle pas de ça, sourit-elle. En l'espace de quelques mois, j'ai revu ma Maison, vécu l'impensable, puis découvert un monde incroyable… J'ai pris une place importante pour ce monde, et si nous… si vous réussissez, la Flotte pourra un jour retrouver Yrdann avec l'aide des Mori. Je me sens complète... »

Des larmes brillantes coulent de ses yeux bleus qui peinent à rester encore ouverts, mais son sourire ne fane pas. Je ne me suis jamais sentie trop attachée à elle, du moins émotionnellement, mais nous sommes indéniablement liées. Et je sais qu'elle ressent la même chose. Nous nous sommes aidées mutuellement, et si nous en sommes là aujourd'hui c'est parce qu'elle a pu éveiller en moi la force d'écouter avec attention, pour comprendre et interpréter. Au milieu de la masse que représente la lignée Yrdiekk-Mori, Mo'seni a réussi à éveiller ce pour quoi j'étais la Représentante. Soudain, ses yeux s'ouvrent grand vers le ciel, qui pourtant nous est caché depuis des mois. Après un moment, elle nous regarde une à une, et à mesure que ses paupières tombent, elle prononce ces derniers mots :

« Ne laissez pas le temps vous séparer du Noyau. Croyez en lui, mais surtout, croyez... en vous. »

Elle rend un ultime soupir, et tombe dans le plus profond des sommeils. Ses yeux fermés, son air paisible, accompagnent son âme qui s'échappe en faisant frémir ses secondaires. Au revoir, l'Ancienne. Merci d'avoir été là.

« Nous allons sauver ce monde, Mo'seni, chuchote Mo'na. Alors volez, maintenant, volez vers une autre vie. »

Tandis qu'elle se colle à moi en attrapant mon bras, je réalise que Mo'na vit l'événement avec beaucoup plus de difficulté. Elle est ravagée de chagrin. Je lui caresse le dos en espérant la consoler, et elle se plaque encore plus. Nous passons de longues minutes, blotties l'une contre l'autre, devant le corps inanimé de Mo'seni. Je ne savais pas qu'elle représentait autant à ses yeux, et j'en viens à me poser la question de l'influence de sa déviance dans cette douleur. Je secoue doucement la tête pour me sortir ces idées mal placées, et pose ma tempe contre la sienne.

Quel malheur... C'est celui que je ressentirais si Mo'na venait à mourir, sans aucun doute.

Réveil difficile. Je repousse doucement Mo'na, qui a dormi avec moi, et me lève du couchage. Nëige, appelée par les énergies qui se sont manifestées, est venue quelques heures après la mort de notre aînée. Elle a prié pour Mo'seni, puis nous a annoncé que l'Oracle fonctionnait à nouveau. Nous sommes sur la bonne voie. La Porteuse avait aussi quelque chose à me donner : le fragment de cristal de masse spectrale qui nous a menées jusqu'à la planète Faal. Il m'a été enlevé quand on nous a mises en prison, et a été confié à Nëige qui a perçu l'existence d'un lien entre le cristal et le destin des Yrdiekk. Nous en avons déduit que nous détenions peut-être un moyen de recontacter la Flotte lorsque la guerre serait déclarée. Après cela, elle a ajouté que le cristal n'était autre qu'une manifestation de Noyau, au même titre que la déesse Harmonie. En nous racontant cela, l'air de rien, elle a mis fin à un doute persistant concernant cet objet inconnu. La succession de la mort de Mo'seni et de ces révélations soudaines nous a poussées Mo'na et moi à nous écrouler de fatigue, dans les bras l'une de l'autre. Réveil difficile, mais nuit douce et réconfortante.

Je regarde mon amie, toujours profondément endormie. Elle se replie sur elle-même, dans un geste gracieux et fluide, et je réalise qu'elle m'est attirante. Les liens qui nous unissent au gré de nos vies sont de simples instincts liés aux énergies que nous dégageons. Du moins, c'est ce qui a été admis par le consensus. Notre lignée considère que, même passagers, ils sont le fruit de la volonté du Noyau, et malgré les questionnements de mon amie, je continue à y croire ; ne sommes-nous pas la descendance de la Déesse, après tout ? Il arrive, assez rarement, que deux individus s'assemblent et demeurent attachés jusqu'à la fin de leurs jours. Je vois la façon dont tu me regardes, Mo'na. Depuis combien de temps est-ce le cas ?

J'entends Feü qui arrive par son conduit habituel. Comme il le fait toujours, il s'arrête avant de nous voir et nous lance :

« Je peux entrer ?

— Oui.

Il entre respectueusement, sans dire mot, et se dirige vers le corps de Mo'seni. Il pose une grande boîte qu'il portait dans son dos, aussi délicatement que ses bras mécaniques le permettent, puis se tourne vers moi.

— Elle a un beau sourire, dit-il.

— C'est vrai…

— Puisse-t-elle se reposer loin de tous ces tracas.

— Cette boîte, c'est… ?

Il baisse sa tête rigide, puis ses épaules. Plus nous le côtoyons, plus nous voyons les émotions qu'il exprime à travers son corps pourtant trop modifié pour les montrer de manière naturelle : son cerveau reproduit les gestuelles adaptées, mais cela reste étrange à voir.

— Je suis venu pour emporter le corps de la défunte.

— En effet, nous ne pouvons pas la laisser ici.

— Devrions-nous réveiller Mo'na ?

Avant même de me retourner, je l'entends se lever du lit.

— Mo'seni est partie, dit-elle calmement. La nuit est passée, alors faites. »

Ces derniers mois, j'ai pu apprendre que les Mori voyaient la mort différemment de nous. Le corps est sacralisé, il n'est pas juste le réceptacle de l'âme, mais aussi le symbole de toute la vie qu'il a portée. Ils enterrent leurs défunts pour les commémorer, tandis que nous les brûlons pour les laisser rejoindre les énergies qui animent l'Univers. Découle de cette différence l'étonnement manifeste de Feü, mais il le contient avec beaucoup de respect. C'est avec le même respect qu'il saisit délicatement le corps de Mo'seni, et le dépose dans sa boîte.

« Je ne vais plus passer vous voir pendant un moment, dit-il avant d'entrer dans son conduit.

— …

— Je soupçonne un autre Porteur d'avoir décelé mes habitudes, il faut que je me fasse discret.

— Faites ce qui vous semble le mieux, dis-je. Nous avons des réserves pour plusieurs mois, ça ira pour nous.

— Est-ce Läve qui pose problème ? demande Mo'na.

— Non, répond le Porteur en tournant sa tête. Et… je ne vous dirai pas qui. Cela influencerait le flux d'énergie que vous répandez dans le Cocon, n'est-il pas ? »

Il maintient son regard plongé dans notre direction, jusqu'à voir l'approbation dans les nôtres. Il a raison. Pointer du doigt un coupable ne ferait qu'imprégner notre influence d'une amertume qu'il vaut mieux éviter. Nous devons d'ailleurs faire attention, car nous sommes toujours marquées par les échanges houleux qui ont précédé notre emprisonnement. Il faut prendre du recul, ne pas juger, ne pas généraliser.

« Au revoir », conclut-il avec toute l'amicalité qu'il est capable de témoigner.

Je le regarde s'éloigner puis disparaître dans ce couloir trop étroit pour sa carrure de machine. Il m'effraie toujours autant, en dépit de toute la reconnaissance que j'éprouve à son égard. Ma compagne n'a pas l'air aussi affectée par ce rejet de tout ce qui pourrait s'apparenter à un robot, et je l'envie un peu.

*

Les jours suivants s'écoulent dans le silence. Nous progressons dans la mission démesurée qui nous a été confiée, et plus nous avançons, plus nous avons l'impression d'être loin du but. Faire en sorte que les Mori parviennent à s'entendre entre eux avant de déclencher une guerre qui sera explosive et meurtrière. Éloigner ce monde de la guerre civile qui a bien failli le briser, pour mieux le préparer à un conflit dont le résultat est au mieux imprévisible, au pire, cataclysmique. Nous faisons de notre mieux, et travaillons ensemble pour créer le mouvement tout en veillant à ne pas affoler les esprits.

Avoir accepté mon attirance pour Mo'na a changé ma perception de ce que nous accomplissons ; nos énergies semblent avoir changé de consistance, pour mieux se mélanger et influencer le Cocon de manière à la fois plus douce et plus précise. De l'autre côté, je me sens perdue. D'autant plus perdue qu'au fil des jours, le seul être avec lequel je partage cet endroit et chaque instant de vie n'a pas l'air de se décider à dormir dans un autre lit que le mien, ni à me parler. Le premier aspect, s'il est loin de me contrarier, manque cruellement de cohérence avec le second. Cela fait onze jours que nous ne nous sommes plus adressé la parole. Quand le sommeil vient, elle se plaque contre moi sans rien dire, et je plonge mes yeux dans l'éclat de cristal jusqu'à m'endormir. Le moment viendra, où tout le monde devra se rassembler pour briser les défenses Drenn et reprendre possession de nos terres. Quand nous y serons, le seul moyen de prévenir la Flotte sans passer par un message que l'ennemi puisse intercepter, ce sera d'utiliser le cristal. Le temps sera long, avant que la situation évolue assez pour permettre une victoire. Les Drenn sont nombreux, suréquipés, leur flotte est immense, et leurs armes sont puissantes.

« J'en viens à me demander si nous serons encore là pour voir ça, dis-je à voix haute alors que nous nous apprêtons à reprendre le travail.

— Je sais, moi aussi.

Mes yeux se fixent dans ceux de Mo'na, et y décèlent une crainte profonde de ce que nous réserve le futur.

— Peut-on briser le silence ? fais-je tandis que les larmes se font un chemin jusqu'à mes paupières.

Elle hésite un instant, sans dévier son beau regard. Elle ne bouge pas, mais ses lèvres s'ouvrent et libèrent un autre questionnement qui la tourmente :

— N'est-ce pas toi qui as imposé ce silence ? Est-ce que ma déviance t'effraie, Mo'ivu ?

— Je… Non, bien sûr que non. Je dirais même qu'elle me fascine.

— Est-ce que je peux m'approcher ?

— Tu ne t'en prives pas quand nous dormons.

En quelques pas, la voilà juste devant moi. Ses pupilles oscillent entre les miennes, et je ressens à présent sa volonté comme si c'était la mienne. D'aussi près, je capte chacune des pulsations de son cœur comme une petite vague d'énergie. Je comprends alors que Mo'na a décidé de franchir le pas de l'attirance qui nous tiraille, et qu'il s'agit très clairement de la raison de son silence.

— Si nous mourons avant la fin, qui prend le relais ? demande-t-elle, confirmant ainsi mon pressentiment.

— Mo'na, tu... »

J'ai chaud, tout à coup, et mon propre instinct prend le dessus. Nous nous enlaçons de tout notre être, et tandis que mon visage se perd contre sa poitrine, nos pas nous mènent dans une danse ample et gracieuse qui s'achève sur le sol frais. Nos dorsaux et nos secondaires s'emmêlent, et nos corps entiers entrent en osmose. Bien au-delà du plaisir que cela nous procure, nous connaissons en tout instant la moindre parcelle de l'enveloppe physique et de l'esprit l'une de l'autre. Une compréhension, une assimilation globale. Je m'imprègne d'elle, elle s'imprègne de moi. Les flux se croisent, s'entrechoquent et s'échangent, ils en créent de nouveaux, plus puissants encore, transforment l'osmose en une frénésie partagée. Le duel d'énergies commence. J'ai froid, j'ai chaud, tandis qu'elle a chaud, puis froid. Je m'épuise et récupère sans discontinuer, pendant de longues minutes, porteuses bienvenues de cet acte de création. La création de la vie. La force de Mo'na enfonce mes barrières, et c'est moi qui ai perdu ce duel. Son étreinte se resserre, et je me laisse envahir par le fruit de tous ces échanges qui viennent de se produire. Nos jambes glissent et s'entrecroisent, l'extase m'arrache un long soupir. Mes yeux se ferment et accueillent le calme de l'obscurité, qui se libère quand je les rouvre sur le visage de Mo'na, collé au mien. Ses iris blancs et lumineux, figés dans mes yeux encore affolés, se laissent recouvrir par ses paupières. Elle me libère de son étreinte, mais reste couchée sur moi. Je laisse aller mes mains à caresser sa peau, sous laquelle bat son sang guerrier. Elle me le rend, de plus en plus doucement, jusqu'à tomber de sommeil.

Au fil des six mois qui viennent, l'œuf va se loger dans le milieu de mon dos, entre ma colonne vertébrale et ma peau. Lentement, mais bien assez vite, mes dorsaux vont changer de forme pour épouser la sienne, puis éclater en une multitude de tentacules plus fins mais aussi plus durs, qui créeront une coque autour de l'œuf pour le protéger. Petit à petit, ils assimileront sa structure, et porteront la vie qui grandira en moi, jusqu'à éclore. La – ou les – larves Yrdiekk se nourriront de ma chair, puis grandiront totalement indépendamment de moi. J'attendrai que mon corps se régénère, et après... Que va-t-il se passer, après ?

DESTINÉE

« Mo'na, j'ai mal ! »

La voix aiguë et complètement paniquée de Mo'ivu avait tiré Mo'na de son sommeil avec une force… une force qui ne fut pas sans lui rappeler celle qui les avait soustraites à leur routine au sein de la Flotte. Mais Mo'na n'eut pas beaucoup de temps pour apprécier ce constat aigre-doux, car aussitôt bien réveillée, tout lui parut noir et insipide : la Représentante, son amie, sa fleur, la seule qu'elle put désirer, avait mal.

« Tout ce sang… ce n'est pas normal, si ? »

Elle ne sut quoi répondre. Mo'ivu venait de commencer sa mise bas et rien, absolument rien n'avait l'air normal. Elles n'étaient que toutes les deux dans l'installation souterraine, à attendre l'éclosion sans imaginer qu'un malheur pût arriver. Les six mois s'étaient passés sans obstacle, alors pourquoi…

« Mo'na…? »

Son visage déformé par la douleur, ses plaintes et ses gémissements, marquèrent la déviante plus que toutes les épreuves qu'elle avait traversées avec Mo'ivu. Ses larmes, ses tremblements, ses spasmes… Non, rien n'avait l'air *normal*. Dans une tentative désespérée de la soulager, Mo'na appliqua ses secondaires sur tout le corps de la Représentante. Elle s'évertua, penchée sur elle, à lui donner de ces énergies qui semblaient parfois détenir le pouvoir de vaincre tous les maux. L'œuf dans le dos de Mo'ivu était en train d'éclore, étirant la peau de ses dorsaux, déformant leurs fines rainures, les déchirant petit à petit et libérant un flot de sang. Un fleuve, même, s'il fallut coller au ressenti de Mo'ivu et à la panique de Mo'na : ce qui se dessinait dans le dos de Mo'ivu, au-delà d'une naissance, c'était la mort.

« Mo'na, regarde-moi, je t'en supplie. »

Les yeux rouges de la Représentante perdaient leur lueur sous le regard meurtri de Mo'na qui, depuis son réveil brutal, n'avait su quoi dire.

Le sang chaud se déversait, coulant sur sa main et ses tentacules qui enlaçaient la mourante. Elle était bien incapable d'accepter ce qui était en train de se produire.

« Je me sens partir… chuchota Mo'ivu alors qu'une petite tête commençait à se frayer un chemin entre les morceaux de chair de son dos. Je me sens partir », répéta-t-elle.

Seules dans ce souterrain, confrontées au silence et à la méditation, les deux Yrdiekk avaient pu explorer une partie de leur mémoire qui semblait leur manquer. Elles s'étaient rendu compte, notamment, qu'il y avait une étrange résonance entre leurs souvenirs ancestraux, ravivés par le monde Mori, et certaines incompréhensions qui persistaient. La veille encore, elles constataient avec effroi qu'à la mort de Mo'ivu, la lignée -Mori n'aurait aucun moyen de savoir qui serait la nouvelle Représentante. Bien pâle figure fit cet effroi quand elles réalisèrent que ce moment était arrivé.

L'influence, les recherches… rien n'était terminé. Si Mo'ivu s'éteignait, Mo'na serait seule pour accomplir cette cruelle mission. Elle se sentit aussitôt coupable d'avoir de telles pensées alors que son unique lueur était en train de disparaître, mais ne put rien exprimer d'autre que la détresse dans ses propres yeux. La mission, le cristal, le cocon…

Il n'y avait plus que des larmes dans l'installation quand Feü entra. Aussi robuste et bienveillant fut-il, il ne sut quoi dire à Mo'na en la voyant pleurer sur le corps de la Représentante, trois minuscules Yrdiekk rampant dans les restes de l'œuf éclaté dans le dos de celle-ci. Il resta d'abord près de son conduit, puis s'approcha tout doucement pour apporter un semblant de réconfort à Mo'na. Il n'avait pas la moindre idée des mots à prononcer et, quand bien même, la déviante ne les eut pas entendus.

-

Il était très rare pour une Yrdiekk de perdre la vie en donnant naissance à sa portée. Aussi Mo'na ressentit comme une puissance symbolique dans cette mort, qui au fil des jours, prit le pas sur son incompréhension mais pas sur sa profonde tristesse. Feü, mais aussi Nëige, frappés par le grand malheur qui s'était abattu sur elle, étaient presque prêts à renoncer à leur guerre pour préserver une once de vitalité chez Mo'na. Mais cette dernière avait pris sa décision : elle élèverait ses trois petites, seule dans l'installation souterraine, tout en continuant d'insuffler toute sa volonté dans le Cocon. En aucun cas elle ne devait s'arrêter, car elle voyait le chemin de la reconquête se dessiner. Elle le *sentait,* au-dessus de sa tête, mais aussi à ses pieds, dans l'énergie qui émanait de ses trois enfants.

Mo'linn, Mo'ila, Mo'faal…

L'avenir de ce monde leur serait confié tôt ou tard.

PARTIE III

KRAKEN

Alors… je ne suis toujours pas mort ?

Je me rappelle m'être posé cette question plusieurs fois dans ma vie. La première, c'était quelques mois après la mort de ma fiancée dans le typhon qui a ravagé la côte ouest des États Unis.

La seconde, lorsque j'ai embarqué sur une ville Noé après avoir échappé à une attaque de cornus. Autant se dire que je n'avais plus vraiment envie de vivre, mais ma qualification d'ingénieur en électronique m'a valu une place dans le premier cercle du Nouveau Royaume.

La troisième fois, c'est quand le NHK-Fortress a échappé aux griffes de la masse spectrale qui dévorait le monde sous nos yeux, avec moi à son bord.

J'ai l'impression de ne pas être à ma place. La sensation que je n'aurais pas dû survivre à toutes ces épreuves. J'ai parfois simplement besoin de repos.

Je ne me rappelle pas grand-chose d'autre…

CHAPITRE 1 : COMMANDANTE

L'incompréhension de O'dae quand je l'ai embrassée... Je m'en veux d'être allé aussi vite, j'ai gardé de ce baiser un goût amer. Et dire qu'elle a émis le souhait d'aborder à nouveau ce sujet avec moi. J'essaie d'éviter ça, mais depuis cinq jours qu'elle est revenue au sein de la Flotte, son air curieux n'a de cesse de me scruter avec attention. Tout serait beaucoup plus simple si ma puissante attirance pour elle n'était pas la seule chose à laquelle me raccrocher : ma vie d'Humain est terminée depuis longtemps, j'ai perdu tous mes repères et je ne sais pas comment faire pour être heureux. Ou au moins en avoir l'impression. Devrais-je simplement m'en passer ?

La vie est déprimante. La mienne, en tout cas. C'est ce à quoi je songe actuellement, en me rasant, et ce à quoi je songeais déjà au moment du réveil, et du coucher. Des souvenirs du passé ont commencé à ressurgir, et bien qu'imparfaite, ma mémoire m'offre un spectacle peu agréable. Je me rase... Mon corps a repris son fonctionnement normal depuis que je suis sorti de ma forme spectrale. J'ai à peu près 32 ans, auxquels je dois ajouter 299 ans de quasi-inconscience. J'étais californien avant le premier Cataclysme. Et un noir américain. Ça ne veut plus rien dire. J'étais Citoyen Humain avant le deuxième Cataclysme. Et maintenant, je suis un monstre. Enfin...

« Mouais », fais-je à voix haute.

La bête ne s'est plus réveillée depuis que j'ai abattu le GECKO, alors le monstre fait profil bas. Tant mieux, d'un côté, tant mieux. Mais maintenant que la Flotte s'est remise en mouvement et traîne l'épave du *Fortress* en plein démantèlement, je me sens obligé de me rendre utile pour ne pas éprouver une sensation de vide insurmontable. Les Yrdiekk sont en train de fabriquer la structure de trois nouveaux croiseurs à partir des matériaux récupérés. Ce sont mes conseils qui les ont poussées à les construire plus grands que leurs vaisseaux actuels. Chacun d'entre eux fera une longueur de plus de 300 mètres, sans compter les tentacules de navigation qui devraient y ajouter encore au moins 250 mètres. Plus grands, plus menaçants, plus puissants. Il est étonnant de voir à quel point ce peuple n'est pas fait pour la guerre ; leur manque de préparation saute aux yeux, et le fonctionnement du consensus ralentit la moindre innovation pour ne pas mettre en péril leur harmonie.

Quand je me regarde dans le miroir, je crois souvent apercevoir les spectres qui ont dévoré le monde des Hommes. Ils me toisent, de leurs yeux luisants, scintillant en haut de leurs corps à peine tangibles, à peine concrets. De la masse, organique et psychique. Noire, aussi noire que le charbon, bien plus noire que ma peau. Était-ce le fruit de notre "Noyau" ? Quelle honte… La Terre a expulsé ce mal qui la rongeait. D'abord les catastrophes, ensuite les cornus. Puis *ça*. Le haut de la chaîne alimentaire, hein. Regardez-moi bien dans les yeux, spectres. Je suis comme vous, maintenant. J'ai détruit les restes de cette race humaine de malheur, j'en suis le seul représentant désormais. Et je fais partie de vous. Merde, je me suis coupé. Me raser en apesanteur n'est pas mon activité préférée.

« Edvard, est-ce que je peux entrer ?

— Oui, Commandante.

J'ai une sorte de chambre dans le vaisseau de la Commandante, que j'occupe en alternance avec la Haute guerrière I'soe sur les temps de repos. La plupart du temps, elle est juste vide. Un petit bloc, avec de quoi faire ma toilette et dormir loin de l'agitation du bâtiment. Les Yrdiekk sont beaucoup moins pudiques que l'étaient les Humains, c'est donc avec quelques efforts que O'dae s'est disciplinée à me demander l'autorisation avant d'entrer. Au fond, qu'elle fasse ce qu'elle veut ; c'est bien elle qui mène la danse. Mais elle me témoigne beaucoup de respect et cherche toujours à s'adapter à mes coutumes, ce qui ne m'aide pas à ignorer son pouvoir d'attraction.

— J'aimerais vous montrer quelque chose que nous avons trouvé à bord du *Fortress*, vous avez un moment ? »

Je lui fais un "oui" avec la tête, et la suis en dehors de la chambre. De toute sa grâce, elle étend ses tentacules pour se hisser en avant à l'aide des accroches disposées tout le long du couloir. Son armure noire épouse parfaitement ses formes, discrètes mais si proches de la féminité humaine, en laissant le haut de son dos dénudé pour ses dorsaux. Les Yrdiekk sont ainsi, petites et minces, avec une belle peau bleue et lisse, parcourue de quelques fines rainures. Et leurs grands yeux en amandes… À mes yeux, elles sont simplement magnifiques. Nous avançons jusqu'à la zone du vaisseau située à l'arrière, au-dessus des accès aux tentacules d'abordage et d'amarrage. Il s'agit d'un espace sans fonction particulière, où sont stockées toutes sortes de choses. Contre le mur, je reconnais un gros appareil qui ne manque pas de me décrocher un sourire : un simulateur. L'une des plus grandes innovations du XXIème siècle, permettant de transposer l'intégralité d'une entité naturelle ou artificielle dans un espace virtuel, pour procéder à toutes sortes de tests sans conséquence sur l'entité réelle. Beaucoup d'outils avaient été mis à l'épreuve dans des simulateurs pendant leurs phases de développement, y compris sur le plan militaire.

« La découverte a l'air de vous plaire ?

— C'est peu dire… Cette machine permet de créer un faux monde où tout peut être essayé ! Avec vos capacités, je suis sûr que vous pouvez l'adapter aux Yrdiekk pour en tirer profit.

— Mais elle ne fonctionne pas.

— Laissez-moi regarder, je devrais pouvoir y faire quelque chose. »

J'ouvre le boîtier du simulateur pour constater les dégâts : comme la plupart des appareils du *Fortress*, ses composants se sont déboîtés à cause des différents impacts provoqués par la désactivation puis la réactivation du système Gravity. Les câblages sont complètement désolidarisés de la carte mère.

« Vous avez de quoi souder ?

— Il y a une boîte à outils fixée au mur juste à côté de vous.

— Merci.

Je me mets au travail, sous les yeux jaunes légèrement pesants de O'dae. Les possibilités que va offrir cette machine au peuple Yrdiekk sont infinies : conceptualisation d'armes, de vaisseaux… Essais de combat réel avec les données qu'elles possèdent sur les Drenn, aussi. Je ne savais même pas qu'il y avait un simulateur dans le *Fortress*, elle a bien fait de me le montrer. Il faudra en faire bon usage.

— Pourquoi êtes-vous si distant ? demande-t-elle soudain.

— …

— Je vous ai connu plus… confident.

— Désolé, c'est juste que je suis un peu dans l'embarras avec mes émotions. Pardon de vous avoir brusquée, l'autre jour.

— Je vous ai dit que ce n'était rien. Vous voulez bien me parler de toutes les choses que vous pouvez ressentir ?

Je me sens triste parce que je me suis fait jeter ? Non, je ne peux pas lui dire ça comme ça.

— Je vais vous faire peur si je vous raconte.

— Allons, vous parlez à la Commandante de la grande flotte Yrdiekk. Rien ne me fait peur.

— Ha ha. Je pense beaucoup à vous, un peu tout le temps. Et je me sens frustré que vous ne puissiez pas ressentir un attachement aussi fort que le mien. »

Je m'arrête de bricoler quelques secondes, et soupire un grand coup sans lever les yeux de la carte mère.

« En fait, dis-je, ça me fait mal au ventre quand je pense à vous.

— Ça a l'air terrible…

— Vous m'avez dit l'autre fois que cet attachement pouvait quand même arriver, très rarement ?

— Oui, mais ça ne fait pas mal au ventre quand ça arrive aux Yrdiekk. Ce sont juste deux chemins qui n'en font plus qu'un, ça se fait naturellement.

— Il n'y a jamais de refus ?

— Non. Ça vient toujours des deux côtés lorsque cela se produit. »

La vie semble tellement simple pour elles. Même unis, deux être humains ne pouvaient pas avancer sans rencontrer de situations conflictuelles. Le couple était une chose sacrée, qu'il fallait entretenir pour ne pas la voir faner avec le temps. Poésie.

« Est-ce si important pour vous ? demande-t-elle.

— Je me sens seul. Ça fait longtemps que j'ai l'impression qu'il me manque un bout. Mais laissez, ça passera avec le temps. Vous avez trouvé d'autres trucs dans le *Fortress* ?

— Des armements, un robot géant, et des… bouteilles ? Ah, et un générateur d'armure. Tout le reste sera de la récupération pour fabriquer nos propres appareils. D'ailleurs, une équipe supervisée par O'tya est en train de recréer la technologie du système Gravity.

— Des idées de ce que vous allez en faire ?

— Rétablir une gravité plus agréable à bord de nos vaisseaux, pour commencer.

— Hm. Vous avez bien dû penser à des choses plus intéressantes, non ?

Je me tourne vers elle et affronte son regard plutôt dur. J'aurais pu formuler ça de manière un peu moins brute.

— Allez au bout de votre pensée, Edvard.

— Je pense que… Hem. Désolé pour ce que je vais dire, mais vous devez dépasser vos limites si vous voulez rattraper les Drenn. Vous êtes une déviante, vous avez la capacité de canaliser dans votre imagination la haine que vous éprouvez envers eux.

— Changer le système Gravity en arme ?

— Soyez créative. Tenez, j'ai terminé. »

CHAPITRE 2 : SIMULATEUR

« *Est-ce que vous me recevez ?*

— Cinq sur cinq.

— *Vous pouvez bouger normalement ?*

— Oui, tout fonctionne.

J'avais oublié à quel point tout semblait réaliste dans un simulateur. J'arpente la copie conforme d'une rue de Londres. Ne manquent que les habitants qui faisaient l'animation si caractéristique de Camden. J'y étais venu plusieurs fois avec Mel, avant que tout s'écroule. Mel était douce, intelligente, artiste. Elle avait le goût de l'aventure et aimait voyager. Elle était tout pour moi. Et pourtant, mon souvenir de son visage n'est plus qu'une image floue. J'ai honte, Mel. Honte de ne pas avoir été près de toi quand le typhon t'a emportée. Honte d'avoir égaré le beau visage qui était le tien. Désespéré de ne pas avoir eu le temps de t'épouser. Dans cette contrefaçon de Londres, même déserte, je serais heureux si toi tu étais là.

— *Est-ce à cela que ressemblaient les villes terriennes ?*

— Pas toutes, non. Et puis, c'était avant la catastrophe. Les villes volantes qui ont vu le jour après avaient beaucoup moins de personnalité.

La mémoire de l'ordinateur s'est abîmée pendant le voyage, donc il manque des morceaux de certains bâtiments. Ils se terminent en grilles lumineuses ou en textures approximatives. Je n'aurais peut-être pas dû choisir ce terrain pour faire un essai, même si mes souvenirs sont flous ils n'en restent pas moins désagréables. Pourtant, c'étaient de bons souvenirs. Nous voulions nous marier, avoir un enfant, partir vivre en Irlande… ou en Islande ?… Mince, je ne sais plus. Je crois que…

— *Tout va bien ?*

— Euh, oui, pardon. Dites-moi, normalement vous pouvez faire apparaître des éléments dans la simulation. Vous trouvez l'interface ?

— *Oui. On dirait qu'il n'y a que des unités combattantes. Il y a même…*

— Puis-je me permettre de vous demander de finir votre phrase,

Commandante de la grande flotte Yrdiekk ?

— *La masse spectrale est enregistrée dans l'ordinateur.*

Les autorités militaires avaient créé cette variante de simulateur pour entraîner les soldats contre les nouvelles menaces, mais il fallait au moins de quoi filmer les ennemis sous plusieurs angles pour parvenir à les enregistrer. Cela ne peut vouloir dire qu'une chose.

— Alors le Nouveau Royaume avait déjà été en contact avec des spectres avant l'invasion. Bordel…

— *Je… Désolée que vous ayez à l'apprendre comme ça. Vous voulez vous arrêter là ?*

— Non, non. On continue.

— *Il y a aussi une catégorie d'unités appelée DTM, vous savez de quoi il peut s'agir ?*

— Il n'y a rien qui me vient, là. Faites voir ? »

Il ne me faut pas longtemps pour regretter d'avoir voulu satisfaire notre curiosité : une haute silhouette guerrière, en armure médiévale et un fusil à la main, autrefois bien assez médiatisée lorsqu'elle semait le chaos dans les installations du Nouveau Royaume, se matérialise à une dizaine de mètres. Cette silhouette ne tarde pas à devenir trouble, comme un reflet dans l'eau. Je suis alors pris dans un couloir de chaleur rendant l'air irrespirable, et à l'instant où je commence à suffoquer, une immense vague de flammes s'abat sur moi. Simulation terminée.

*

« Par le Noyau, murmure O'dae tandis que j'ouvre les yeux à côté d'elle.

— Ha ha ha, merde.

— Vous riez ? Je viens de vous voir vous faire carboniser, et vous trouvez ça drôle ?

Son air outré ajoute un peu de goût à mon euphorie nerveuse qu'elle peine à comprendre.

— Vous n'imaginez même pas, Commandante ! Les Démons de Terre-Mère, les ennemis jurés du Royaume ! Ha ha ha, je n'en avais jamais vu un d'aussi près ! »

Elle ne dit rien, mais je remarque l'agitation de ses dorsaux. Je reprends ma respiration en me grattant la tête.

« Plus jamais ça bordel, conclus-je non sans mal.

Elle me dévisage avec son air inquiet et curieux, et je tire un certain plaisir du fait que ce spectacle macabre ne lui ait pas plu.

— Terre-Mère, dit-elle finalement, était-ce le fameux clan mystique dont le Roi Celestial II parlait dans son journal de bord ?

— Oui. L'armée avait réussi à capturer l'un de leurs démons, mais je crois bien que ça a mal tourné. Bon débarras.

Sur l'interface, je remarque l'existence de seulement trois démons dans cet ordinateur. Ils étaient au moins six ou sept à terroriser les forces armées du Royaume… Un long frisson accompagne le souvenir des premières images diffusées à l'époque. Ces monstres étaient pires que tout, capables de massacrer un groupe de soldats en un rien de temps. Tout le monde en parlait, ils nous faisaient encore plus peur que les cornus qui peuplaient la surface terrestre. Je n'ai jamais compris pourquoi un groupe de personnes se donnait tant de mal pour condamner les villes volantes.

— Bien, souffle O'dae. Je crois que nous allons pouvoir essayer de nouvelles choses et accélérer le processus d'amélioration de la Flotte. Je vais demander une séance au Conseil, afin d'obtenir l'autorisation de faire abstraction du consensus dans le simulateur.

— Bonne idée, vous pourrez vous exprimer plus librement. Mais, pourquoi ne pas tout simplement… ne pas demander leur avis ?

— Mentir au Conseil, c'est mentir à toute la Flotte. Pour le moment, je n'estime pas que la situation soit assez critique pour me permettre de perdre ma légitimité.

— Votre harmonie en dépend, hein.

— Oui, aussi. Tout vous paraît très long à cause de ça, mais nous avons besoin de nous raccrocher à ce fonctionnement pour ne pas perdre notre identité.

— Je comprends. Enfin, je crois.

— Voyez-vous autre chose à demander au Conseil ? Si on peut faire d'une paire deux coups…

— Une pierre, ris-je.

— Pardon.

— Est-ce que vous pensez que je pourrais avoir un simulateur pour mon usage personnel ?

Elle me regarde d'un air interloqué. Je me demande simplement si je pourrais faire revenir le monstre par le biais d'une confrontation avec des robots virtuels, mais je ne préfère pas lui annoncer ça comme ça.

— Nous devrions pouvoir en créer une copie. Je leur soumettrai votre requête. »

Tout en retirant de mes tempes les électrodes du simulateur, j'adresse ma gratitude à O'dae par le biais d'un sourire. Je ne sais pas si elle a déjà commencé à s'interroger sur mon immortalité, mais c'est un sujet qui me taraude l'esprit. Je la regarde s'éloigner, songeur. A-t-elle bien dit qu'elle avait également trouvé un Goliath à bord du *Fortress* ? "Robot géant", je ne vois que ça… Je ne sais pas où on va, mais notre rencontre a pu apporter un vent de fraîcheur à cette flotte. Tout en réfléchissant, j'entreprends machinalement de me promener à bord du vaisseau, comme je le fais tous les jours. Je crois bien qu'elle a aussi parlé de bouteilles… Un peu d'alcool m'aiderait peut-être à tuer le temps.

Le fonctionnement des Yrdiekk, en raison de leur faculté à tout apprendre, est assez déconcertant : chacune d'entre elles s'occupe de tout à bord du vaisseau. Il n'y a pas vraiment de poste attitré, sauf pour celles qui y voient une part importante de leur identité. Les guerrières passent à peine plus de temps à s'entraîner qu'à gérer d'autres aspects du vaisseau, tels que l'entretien des armements, l'approvisionnement des matières entre le cargo et le chantier mobile, ou encore la gestion de la cuisine. Je ne sais pas si c'est vraiment bien, de s'occuper de tout sans jamais se spécialiser nulle part. Mais cela leur va bien. Pouvoir admirer des créatures aussi amicales et pacifistes m'aide à me sentir mieux, au moins le temps de les regarder. Je ne leur ressemblerai jamais.

Je fais le tour du vaisseau de commandement, croisant toujours les mêmes regards mais jamais au même endroit. Il n'est pas très grand, ce vaisseau, pas plus grand que les autres bâtiments militaires principaux de la Flotte. Mais je préfère m'y promener que rester dans "ma" chambre. Je peux toujours faire profiter de ma bonne condition physique aux Yrdiekk qui ont besoin d'aide pour différentes tâches. Il semble que la force développée par l'être humain sur Terre soit catégoriquement supérieure à la leur, ce qui me place en position confortable même dans mon état normal. C'est ce qui rend cette acceptation si agréable : en termes de force physique, je pourrais tuer une Yrdiekk à main nue en moins d'une minute s'il m'en prenait la folie, et pourtant elles ne me craignent pas. Elles me trouvent tout juste inquiétant, mais sont presque trop bienveillantes. Je suis partagé entre l'envie de les faire progresser vers leur vengeance, et la sensation que je devrais les laisser telles qu'elles sont. Pour préserver leur gentillesse. J'ai fait le tour, me voilà revenu devant le simulateur.

Je me dis que faire usage de cette machine devrait pouvoir me permettre de raviver certains souvenirs, égarés au fil du temps. Reconstruire mon identité, m'assurer que je n'étais pas le dernier des enfoirés… Bon, si j'ai fini par veiller Sebastian Forte à bord du *Fortress* quand il dormait, je peux déjà être à peu près sûr que j'étais du genre coriace et pas du mauvais côté. Mais je ne sais plus quel sport j'ai pu pratiquer ni comment je me suis retrouvé dans la dissidence. Après avoir installé les électrodes sur mon crâne, je mets la machine en route.

_ *Terrain*

   _ *Ville Noé ; Cercle 1*

_ *Conditions climatiques*

   _ *Ensoleillé*

_ *Unités d'entraînement*

   _ *Cornus*

      _ *Type brute*

      _ *Nombre : 1*

_ *Lancement de la simulation.*

Je n'aimais pas trop les îles volantes. La sensation de vivre sur un bloc artificiel, au-dessus de centaines de mètres de vide, était l'une des choses les plus désagréables. Les rues tracées en rayons jusqu'au centre-ville, les immenses immeubles étalés jusqu'à la bordure rocheuse... J'ai détesté ces six ans de vie, pour le peu que je m'en rappelle. Je me souviens, je travaillais depuis mon appartement sur divers projets toujours imposés par le Royaume. À chaque fin de journée, j'envoyais le fruit de mon travail au Centre de Recherches de la Couronne, d'où provenaient les ordres de mission du lendemain. Je vivais avec une femme dont j'ai complètement oublié le nom et la tête, avec qui j'avais été installé par les forces militaires dès ma récupération au milieu des ruines. Je ne suis pas certain d'avoir un jour sympathisé avec elle. La puce inhibait les instincts de sociabilisation et les pulsions sexuelles, à un degré moindre dans le premier Cercle, mais loin d'être inexistant. Non... Je me rappelle avoir un jour ressenti cette envie animale, était-ce la puce ?... Nous l'avions ressentie tous les deux, et nous avions... Eh. C'était sept mois avant le deuxième Cataclysme. Je ne sais même pas si elle a embarqué pour Mars, mais quoi qu'il en soit le bébé n'a jamais vu le jour.

Le zombie cornu marche hasardeusement à une vingtaine de mètres. Il regarde tout autour de lui, jusqu'à ce que son regard hargneux se plante dans le mien. Comme face au Démon de Terre-Mère, je suis impressionné mais je n'arrive pas à éprouver de terreur. Le monstre, de forme humaine biscornue, habillé de loques, prend un pas assuré dans ma direction. De grandes cornes sortent de tous ses membres, jusqu'à son crâne où sont fixés quelques cheveux secs et blancs. Il est hideux, bruyant, et ses yeux affolés semblent sur le point d'exploser. Ils se déplaçaient en groupe, les cornus. Tout seul, il ne paie pas de mine, et c'est avec aplomb que je le confronte, à mains nues. J'espère ainsi réveiller mon instinct combattant.

Un premier réflexe me permet d'éviter de justesse l'agression du cornu. Mais celui-ci se retourne, prend un appui, et se jette sur moi ; de toute sa masse, il me fait basculer et tomber en arrière. Ses mains serrées sur mes bras me font mal. Ma chute, mal compensée sur le sol dur, me fait mal. Je réalise déjà que je n'ai aucune chance contre cet adversaire. Merde, aucune chance ? Mon bras gauche me lance, je crois qu'il est cassé. Est-ce la chute ou la poigne du cornu ? Je n'ai pas le temps de creuser cette question : je me replie sur moi-même pour éviter un coup au visage.

Cette force… Les cornus n'avaient plus rien d'humain, ils avaient enfoncé les dernières barrières de la raison.

Je me débats et parviens à le repousser sur le côté, mais j'ai déjà un bras en moins et le visage éclaté par les coups que mon ennemi vient de m'asséner. J'ai mal, j'ai super mal. Je tente un coup de poing dans sa face répugnante, creusée et décharnée, mais il l'arrête en plein vol et en profite pour me retourner le deuxième bras. Je m'affaisse en crachant du sang, ma tête frappe le sol, rebondit une fois avant de retomber.

Ma vue se trouble.

Fin de la simulation.

CHAPITRE 3 : INNOVATION

Deux semaines plus tard ;
Flotte en stationnement dans un champ d'astéroïdes
pour extraction de ressources.

Aïe ! Quinze jours, vingt simulations, et toujours incapable de tenir plus de cinq minutes en combat singulier contre un cornu. Je dois me rendre à l'évidence : je n'ai pas la moindre capacité guerrière quand je ne suis pas transformé ni armé. Je suis au comble du bonheur en apprenant que je ne serai utile dans une bataille que si je perds complètement le contrôle de mon corps. Ravi.

« Vous pouvez entrer », fais-je à O'dae qui vient de frapper à la porte.

Elle entre et m'adresse un petit sourire, du moins pour elle : les Yrdiekk sont très, très expressives malgré leurs émotions de faible intensité. Il m'a fallu un certain temps pour apprendre à décoder leur langage non verbal, mais en soi ce n'est pas plus compliqué qu'avec les Humains. Leurs immenses pupilles prennent toute la surface de leurs yeux quand elles réfléchissent ou cherchent quelque chose du regard, et se rétractent quand elles sont surprises. Elles sont très tactiles et font passer beaucoup d'énergies positives lors de leurs contacts, qui la plupart du temps ne témoignent que de la reconnaissance. Ou à la rigueur, une tentative de réconfort. J'en aurais bien besoin, après ma vingtième raclée, mais je décèle aussi un petit bout de "tristesse" dans son attitude. Légèrement moins vive qu'à l'accoutumée, les tentacules agités telle la queue d'un chat… mais elle en a six.

« Est-ce que je peux faire quelque chose pour vous, Commandante ?

— Je crois, oui. Vous avez un moment à m'accorder au simulateur adapté ? »

Dès son retour du vaisseau-mère l'autre fois, O'dae a pu lancer la fabrication d'un nouveau simulateur pour l'usage de ses semblables. En l'équivalent d'à peine deux jours l'appareil était prêt, et j'ai pu récupérer celui du *Fortress* dans ma cabine partagée. Grâce à ça, j'ai pu développer un sens aigu de la frustration et de l'impuissance combattante. Ma forme spectrale semble avoir beaucoup plus de ressources que moi… Je réalise que je n'ai pas pris la peine d'aller voir comment ça se passe du côté des guerrières de O'dae. J'espère qu'elle ne m'en veut pas.

Nous allons jusqu'à l'Index du vaisseau, auquel a été raccordé leur simulateur. Plus gros, plus beau, plus puissant… Mes hôtes sont capables d'accomplir de grandes choses, pour peu qu'on leur donne l'impulsion nécessaire. J'ai appris récemment que la quasi-totalité de leurs technologies provenaient directement de leur première rencontre avec les Drenn, avant l'Exil. Sur Terre, il existait des courants de pensée qui redirigeaient les Hommes vers un mode de vie plus proche de la nature, et plus loin des fruits de la Civilisation. Les Yrdiekk, elles, étaient toujours dans cet état d'harmonie avec la nature malgré plusieurs dizaines de siècles de vie en communauté. Aujourd'hui, elles ont été capables de relier plus de cent guerrières à leur simulateur depuis les autres vaisseaux, en utilisant les Index comme relais. Nous arrivons devant l'appareil qui, à l'instar du modèle humain, possède un écran permettant de visualiser les simulations depuis l'extérieur.

« Pouvez-vous regarder un peu ? demande O'dae.

Plusieurs guerrières affrontent une escouade de Grands-Drenn, sur un champ de bataille simulant une immense forêt verdoyante. Plusieurs incendies se sont déjà déclarés, et l'ennemi a l'avantage. À en juger par l'affolement manifeste des guerrières, les Drenn mènent largement la danse.

— Est-ce que c'est la surface de Yrdann ?

— Oui. J'aimerais que vous me disiez ce que vous pensez du combat.

Elle me demande ça si gentiment, et pourtant la vue de ses guerrières qui tombent comme des mouches doit bien lui mettre la puce à l'oreille : c'est vraiment pas terrible. Quelques combattantes tentent parfois des manœuvres audacieuses, comme tendre des pièges en utilisant le terrain à leur avantage, ou encore prendre les commandes des Grands-Drenn grâce à leurs tentacules secondaires ; mais ce n'est pas du tout suffisant. À chaque minute qui passe, une guerrière "meurt" et arrache une crispation au corps de la Commandante.

— Je ne sais pas trop quoi vous dire…

— Dites plutôt que vous ne savez pas *comment* me le dire ?

— Je ne sais pas trop comment vous le dire…

Elle me regarde avec un léger air de reproche, mais je sais que mes taquineries la font rire. J'espère ainsi détendre l'atmosphère, avant de lui avouer que son armée n'a aucune chance. Et que je ne vaux pas mieux.

— Edvard… fait-elle en me caressant le bras.

— OK. Les tactiques Drenn sont celles que vos ancêtres ont pu observer lors de l'invasion ?

— Oui. Je me doute qu'elles ont évolué depuis, mais…

— Il faut les apprendre, et composer en fonction pour développer des parades. Regardez, ils agissent individuellement et couvrent chacun une zone sans se soucier des autres, en utilisant la force brute pour écraser toute menace dans leur champ de vision. Alors que vos guerrières sont comme une seule entité, et du coup la moindre blessure au sein du groupe provoque un déséquilibre pour tout le monde. Et ces blessures, elles arrivent vite et souvent. »

Elle approuve mon explication, mais ne semble pas disposée à faire évoluer cette philosophie de combat. Ce n'est pas étonnant. Par contre, alors qu'une autre guerrière vient de tomber, je peux mettre le doigt sur un élément qui, une fois modifié, pourrait rendre la méthode Yrdiekk plus efficace.

« Je pense que vous voyez où est le problème. Qu'auriez-vous fait à la place de cette guerrière ?

— E'foss, c'est E'foss qui vient de s'écrouler… Elle est pourtant très douée, non ? Pourquoi n'a-t-elle pas profité de l'ouverture de l'ennemi pour l'abattre ? »

Oui, elle sait se battre. Beaucoup mieux que moi, d'ailleurs. Mais ses réflexes qui sortent un peu du commun ne s'activent que lorsqu'elle est très directement menacée : l'ennemi qu'elle ciblait était loin d'elle, et tirait sur une autre guerrière. Tandis que je m'apprête à lui expliquer, O'dae reprend :

« L'agressivité. C'est cela ?

— Oui. Vos guerrières savent se défendre, mais elles ont trop d'empathie pour attaquer de manière vraiment efficace.

— Je vois… »

Devinant la fin de cet échange, je commence à pivoter pour retourner à la cabine. Quand je reste à côté d'elle, j'ai envie de la serrer dans mes bras ; cela me fait culpabiliser vis-à-vis de Mel, qui est pourtant morte bien longtemps avant l'envol du *Fortress*. Et à la fois, je me sens de plus en plus seul en me disant que O'dae ne ressentira jamais rien de tel que ce sentiment trop humain. À peine ai-je fini de me retourner, qu'elle m'arrête en attrapant mon bras avec un dorsal.

« J'avais autre chose à vous montrer. »

Elle fait défiler son écran, et ouvre ce qui m'apparaît comme un serveur parallèle : je vois alors l'un des nouveaux croiseurs Yrdiekk, développé jusqu'aux canons. À part qu'il est plus grand et mieux armé que les autres vaisseaux militaires, il ne se distingue pas particulièrement du reste. Cela fera tout de même trois bâtiments plus massifs que le vaisseau-mère pour accompagner cette flotte. C'est un bon début. O'dae me tend les seules électrodes branchées au simulateur, et je les positionne sur mes tempes en prenant un air béat. *Elle a pensé à moi ?* Elle insère alors ses secondaires à peine visibles dans les encoches de l'appareil, et nous voilà transférés dans le vaisseau virtuel. Tout y est très proche de ce que j'ai déjà pu voir, de la forme arrondie des couloirs à la blancheur des parois.

« Vous n'avez rien remarqué ? » sourit-elle.

Je regarde autour de moi, et prends une bonne dizaine de secondes pour réaliser que nous nous tenons debout sur le sol.

« Eh, vous avez donc réussi à mettre au point la gravité artificielle !

— Oui, mais j'ai été… créative.

Je m'écroule soudain sous mon propre poids, et suis plaqué au sol par une force terrifiante : presque impossible de bouger. Sa fierté, perchée en haut de son corps bien debout, s'accroche à mon regard troublé par l'impact. Elle me sourit, puis la gravité revient à la normale et me libère de son joug. O'dae n'a pas du tout été affectée par ce phénomène, et je vois là un dispositif de défense très intéressant pour l'intérieur des vaisseaux.

— Le Conseil va approuver ça ?

— C'est déjà fait », dit-elle avec aplomb.

Son aura conquérante n'a plus rien à voir avec l'impression d'abandon qui émanait d'elle devant l'échec de ses guerrières.

« Nous avons de belles choses à accomplir ensemble, ajoute-t-elle tandis que son sourire s'agrandit.

— Si vous le dites… »

Nous fermons les yeux cinq secondes et sommes déconnectés du serveur. Tandis que j'enlève les électrodes, la Commandante me dévisage d'un air bizarre. Elle a dû sentir que je n'étais pas au sommet de ma forme.

« Est-ce que vous voulez rester encore un peu ? demande-t-elle.

Oui.

— Non, je vais retourner dormir avant que I'soe prenne son repos, si ça ne vous dérange pas.

— Entendu. À plus tard, alors. Merci pour votre aide. »

Je me dirige vers la chambre, avec la ferme intention de faire une bonne sieste. Physiquement, c'est ça. Sinon, plus loin, sur le long terme, je n'en sais rien. Je ne sais pas dans combien de temps je vais mourir, et j'ignore à quoi ressemblera cette flotte quand j'y aurai laissé mon empreinte d'Humain. Pff. J'ai le cafard.

« *À toute la Flotte*, résonne la voix de O'dae. *Nous quittons le champ d'astéroïdes pour nous diriger vers le prochain point de collecte.* »

Après un petit silence, elle reprend :

« *Vaisseau de commandement : merci de vous tenir proches du sol pour première activation du système Gravity en situation réelle.* »

CHAPITRE 4 : IMMORTEL ?

J'ai lancé une nouvelle simulation, mais cette fois elle se passe dans des ruines terrestres avec pour ennemi, un androïde de l'armée du Nouveau Royaume. Il a fallu bricoler les paramètres pour le rendre hostile, vu que ces robots n'étaient pas faits pour s'en prendre aux Humains. J'ai choisi un modèle basique, que je n'ai pas pris la peine d'armer. Je ne suis pas suicidaire, du moins j'essaie de m'en persuader.

Je crois que ça va marcher. Rien qu'à la vue du robot au loin, je sens déjà mes forces se décupler et ma raison s'étouffer. Je reste concentré. Allez ! Je m'imprègne de mon environnement, et dirige chacune de mes pensées vers mon ennemi. Un seul objectif : le détruire. Cette fois, je vais être à la hauteur. Cette fois, je ne frise pas le ridicule. Cette fois, je… je suis un monstre. Non, pas encore. Je dois apprendre à maîtriser cette noirceur si je compte un jour l'utiliser pour le compte des Yrdiekk. Il faut que je surpasse la volonté de la masse spectrale, pour orienter toute sa puissance vers la protection de la Flotte. Allez !

Face à l'ennemi qu'elle était venue affronter sur Terre, la masse s'est réveillée : elle recouvre maintenant mes avant-bras, mais pas encore mon esprit. Pourtant ma vision se trouble, et seul le robot est à peu près net au milieu des ruines. Je dois le détruire, ici et maintenant. Qu'est-ce que je veux, bordel ?! Toucher l'immortalité ? À quoi cela peut bien servir si je perds le contrôle ? À quoi pourrais-je bien servir si je n'étais qu'un misérable Humain ? Merde…

Avec autant de fureur que de stupeur, j'arrête le coup de mon adversaire en pressant son poing métallique entre mes mains méconnaissables. Il se dégage, habile dans les restrictions imposées par son intelligence artificielle, puis envoie un deuxième coup de poing : cette fois, il m'envoie voler quelques mètres plus loin. Je me relève après une glissade des plus majestueuses, et me prépare à encaisser un troisième coup. Ce dernier arrive bien plus vite que je ne l'aurais imaginé, et me cloue au sol avec une violence qui n'a rien à envier aux cornus que j'ai affrontés dans mes précédentes simulations. Ma joue racle le sol sur plus d'un mètre, ce qui ne manque pas de me brûler la peau et de m'arracher quelques larmes de douleur. Je vais me relever. Laisse-moi juste quelques secondes et je suis à toi, grille-pain. Tu vas v… Aïe.

Trois côtes et un genou brisés plus tard, la masse spectrale recouvre quasiment tout mon corps qui, petit à petit, se déforme et prend du volume. La dernière fois que j'ai vu ça, je me suis réveillé fusionné à un vaisseau que je venais d'éclater contre la paroi d'un hangar… N'y a-t-il pas la moindre chance que j'arrive au moins à rester conscient pendant que… ?

Je n'ai rien vu, c'est allé trop vite. Un bras du robot vient littéralement de s'envoler au loin. Je suis debout face à lui, tout devient flou, tout devient noir.

*

J'ouvre les yeux dans la cabine, je suis encore branché au simulateur et particulièrement énervé. Je dois sentir la haine à des kilomètres à la ronde. Les électrodes volent aussi loin qu'elles le peuvent – quelques pauvres mètres autorisés par les câbles – et mes poings essaient de se desserrer. Doucement, tout doucement. Je souffle un grand coup et reprends une respiration qui se veut naturelle. Je ne sais pas si je peux me réjouir d'être encore capable d'activer le monstre. Pas dans ces conditions. Aussi, je dois réfléchir au *pourquoi* de ce succès, aussi mitigé soit-il. Le simulateur transpose l'individu avec sa conscience de ses propres capacités, alors il reste possible que je n'aie réussi à réveiller la bête qu'en raison d'un *a priori* mal fondé. Ou alors, par le simple fait que j'étais relié à une machine de technologie humaine, c'est-à-dire exactement ce que la masse spectrale cherche à corrompre. C'est peut-être un mélange des deux, ou rien de tout cela.

La colère redescend, je me sens plus ou moins normal maintenant. Je me relève en réfléchissant à ce qu'il vient de se passer dans le simulateur : quand la masse spectrale a pris le pas sur mon esprit, j'ai cru apercevoir des souvenirs de la Terre, bien avant le premier Cataclysme. Ces souvenirs n'étaient assurément pas les miens. Enfin, je crois. Bordel… Je me retrouve face à mon reflet dans le miroir, pas rasé depuis plusieurs jours. De quoi j'ai l'air quand je perds la raison ?… C'était une expérience vraiment nulle. Je vais recommencer. Mais d'abord, il faut que je me change les idées. Une petite promenade dans le vaisseau devrait faire l'affaire.

Pourtant, toutes mes promenades se ressemblent, tant le paysage est constant. J'ai la bougeotte, et un sérieux besoin de changement. Depuis la mise en service du système Gravity, qui est désormais actif dans toute la Flotte, j'ai au moins le plaisir d'utiliser mes jambes d'une façon à peu près normale. La gravité naturelle des Yrdiekk est quand même beaucoup plus faible que celle à laquelle j'étais habitué sur Terre ; O'dae dit que c'est pour cela que j'ai une force physique plus développée que son espèce. Peu importe, si je ne sais pas m'en servir, surtout que plus le temps passe et plus je me sens diminué. Je croise plusieurs guerrières, dont je commence à distinguer les traits qui les différencient les unes des autres. Leurs yeux sont en amandes, mais elles ne les ont pas toutes de la même taille : par exemple, ceux de ma chère Commandante sont absolument immenses, facilement le double des miens. Certaines ont le visage un peu plus creux que d'autres, c'est le cas de la Haute guerrière E'foss. Il y a aussi ces longues et fines rainures sur leur peau, qui ne forment pas les mêmes motifs de l'une à l'autre. Ma favorite inconditionnelle restera O'dae, même si je dois admettre qu'aucune ne me repousse physiquement. Je me surprends vraiment souvent à penser à elle, et… Pff, ça m'exaspère. Mel, si tu me vois vivre, pardonne-moi. Je suis complètement épris d'elle. Je ne saurais t'oublier, pourtant.

« Edvard, salutations. »

C'est la voix timide de la guerrière I'soe qui vient de me dire bonjour. Au-delà du partage de la chambre, la Commandante a souvent fait appel à elle pour me surveiller quand j'étais confiné, et pour me nourrir et s'occuper de mon habitat le temps que je m'habitue à la vie ici. Maintenant, je suis autonome, mais elle a gardé l'habitude de se soucier de mon bien-être et je l'apprécie. C'est donc sans étonnement que je l'entends prononcer les mots suivants :

« Avez-vous besoin de quelque chose ?

— Non, merci I'soe.

Elle est la référente des guerrières artilleuses, qui sont surtout attitrées au maniement des canons du vaisseau mais passent le plus clair de leur temps à patrouiller dans ses couloirs. Grâce au simulateur, elles peuvent désormais s'entraîner au tir dans des conditions quasi réelles.

C'est vraiment une bonne chose qu'elles se soient réapproprié cet appareil terrien. S'il n'est pas trop tard pour s'entraîner à combattre, il représente un certain espoir de reconquérir un jour leur planète. J'essaie de ne pas être trop pessimiste à ce sujet.

— D'accord, n'hésitez pas », fait-elle avec une caresse à mon bras, avant de se retourner vers un panneau de commande pour accéder aux tourelles de défense.

I'soe est un peu plus grande que O'dae, a les yeux jaune pâle et les traits fins, très doux. Son air soucieux l'accompagne partout où elle va, mais elle est avant tout l'incarnation de la douceur et de la bienveillance.

Il y a deux jours, la Commandante et les artilleuses m'ont sollicité pour une réflexion commune à propos des fameux boucliers cinétiques des vaisseaux Drenn. Il semble en effet qu'il soit impossible d'infliger des dégâts directs à leurs bâtiments, du moins tant qu'on se cantonne aux armes à feu ; il s'agirait de l'une des premières raisons de la grande défaite des Yrdiekk il y a 219 ans. Nous avons la chance qu'elles aient pu à l'époque repérer la vitesse d'approche maximale permettant de pénétrer le bouclier, mais aucun vaisseau n'a vécu assez longtemps pour exploiter cette brèche pendant la guerre. Celle-ci s'est terminée bien rapidement. Il pourrait en être autrement pour nos futurs croiseurs, mais rien n'est certain si la flotte Drenn a continué d'évoluer. C'est un problème auquel nous devons réfléchir, et réfléchir n'est pas mon fort ces derniers temps. Je n'étais pas ingénieur militaire, d'ailleurs. J'étais ingénieur en… en quoi, déjà ?

Je suis soudain pris d'un vertige en essayant de recoller les morceaux. Ça commence à faire un moment que j'ai été récupéré dans le *Fortress*, et je suis toujours incapable de me rappeler concrètement qui je suis. Ou au moins, qui j'étais. Ma seule certitude est d'avoir massacré une grande partie de l'équipage : ce sont mes souvenirs les plus clairs, et ce, malgré le flou qui règne dans les visions liées à ma forme spectrale. Je m'appuie un moment contre la paroi du couloir, le temps de me remettre les idées en place et de retrouver l'équilibre. Je ferais peut-être mieux de me concentrer sur ce que je peux faire ici, au lieu des miettes de ma mémoire d'Humain.

Je prends une grande inspiration, et je réalise que je suis en appui sur l'épaule de I'soe.

« Edvard, est-ce que vous êtes sûr que tout va bien ?

— Oui, je… Merci.

— Vous avez failli tomber, je vous emmène à la loge.

— Pas la peine, grogné-je en la lâchant.

— J'ai eu pour ordre de veiller sur vous, rétorque-t-elle en rattrapant mon bras au vol pour le remettre autour de son cou cerclé d'armure.

Je me laisse supporter jusqu'à la loge, où l'artilleuse me presse vers le lit. Elle a bien fait d'insister, je suis à bout de force et mon esprit est embrouillé. Je ne suis plus vraiment "Edvard", hein ?

— Désolé, je dois pas être léger…

— Ce n'est rien. J'aimerais vous aider à vous sentir mieux, pouvez-vous enlever le haut de votre combinaison et vous coucher sur le dos ?

— Vous n'allez rien faire de bizarre ?…

J'essaye de m'exécuter, maladroitement sous son œil inquiet, et la regarde s'approcher de moi une fois couché. Sans rien dire, elle place ses tentacules à une dizaine de centimètres au-dessus de ma peau. Je sens alors ses secondaires m'effleurer, naviguant de mes épaules et de mes flancs vers le milieu de mon torse. Je ne sais pas ce qu'elle est en train de faire, mais je me sens déjà beaucoup plus calme.

— Fermez les yeux. »

À présent, les très légères caresses remontent jusqu'à mon visage, et il me semble qu'un secondaire est venu se poser au milieu de mon front. Je sens de petites vagues de chaleur voyager dans tout mon corps, c'est agréable.

« Je rééquilibre vos énergies, chuchote-t-elle. Elles font n'importe quoi, vous savez. »

Je me laisse aller à cette attention particulière, bien qu'assez gêné par la situation. Je ne m'approche pas trop des membres de l'équipage, la dernière fois que j'ai eu droit à ça c'était de la part de O'dae quand j'étais encore attaché. Je ne me serais jamais permis de demander un tel traitement.

« Nous faisons cela naturellement en nous côtoyant, mais vous n'êtes pas du tout réceptif.

— Pardon de vous causer de l'embarras.

— Ne vous en faites pas pour moi. Je suis honorée que vous me laissiez faire.

Je sens le sommeil arriver. Honorée, hein ? Je doute que tout ça suffise à me rendre ne serait-ce qu'à peu près normal, mais j'apprécie ce moment. Il ne m'était pas venu l'idée de sympathiser avec ma colocataire par intermittence, et pourtant elle est, je crois, mon amie.

— Merci, I'soe. »

Je sens les tentacules de son bras caresser le mien en douceur, à moins qu'il s'agisse d'une hallucination. Rien de tout ce que je vis ici n'a l'air réel…

Mais, au moins, je me sens un peu mieux.

CHAPITRE 5 : DÉVIANTES

3 jours plus tard ;
une partie de la Flotte posée sur une planète inhabitable
pour prélèvement de ressources.

« Vous avez reconstitué l'intérieur d'un croiseur Drenn à partir de votre mémoire ?

— Oui », me répond O'dae sans se soucier de mon étonnement.

En quelques échanges avec l'oppresseur, la Commandante est parvenue à construire une image mentale très solide de l'intérieur de leurs vaisseaux ; c'est donc à bord d'une version virtuelle de l'un d'entre eux que nous faisons aujourd'hui une simulation un peu spéciale. Nous sommes en impesanteur dans le hangar du bâtiment, avec un groupe d'une quinzaine de guerrières. Pour la première fois, je participe à une bataille aux côtés des Yrdiekk. E'foss, Kr'aon et I'soe sont là. Je porte une armure de soldat du NHK et un fusil. Ces armures blanches rayées de bleu étaient le signe de la sécurité sur les îles volantes, mais ça date d'une époque où nous pouvions nous fier aux militaires. Pas si longtemps avant que le Roi Johnson les utilise contre les civils. Je suis officiellement déguisé en pantin d'une grosse merde totalitariste. Bien.

« Est-ce que tout le monde est prêt ? reprend-elle.

— Si vous voulez les préparer au mieux… dis-je tout bas.

— Je sais. Je ne devrais pas les prévenir. Je ne le ferai plus.

— Nous sommes prêtes, Commandante.

— Opératrice ?

— *À vos ordres.* »

L'alarme du vaisseau Drenn se déclenche, et un fracas rythmé s'empare des couloirs environnants. Deux énormes mitrailleuses s'activent au plafond et commencent à marteler notre groupe, alors les lances s'élèvent et forment un grand bouclier au-dessus de nos têtes. Le déluge qui s'abat sur nous aurait vite fait de nous rendre sourds si nous ne portions pas nos casques, mais c'est le cadet de nos soucis : les Grands-Drenn arrivent en nombre. O'dae, E'foss et Kr'aon faufilent leurs lances dans des fentes du bouclier, et tirent à plusieurs reprises sur les mitrailleuses. Au moment où ces dernières cessent de fonctionner, nos *vrais* adversaires débarquent de toutes parts dans le hangar, se déplaçant avec vitesse et précision grâce à de petits propulseurs fixés sur leurs armures.

C'est alors que la position défensive du groupe se fracture totalement, tandis qu'elle était optimale contre les mitrailleuses. Désormais, je sens comme un vent de panique. Comme je l'avais remarqué précédemment, les Yrdiekk ont tendance à former des mini-groupes pour se focaliser à plusieurs sur un ennemi à la fois. Cette tactique marcherait si les Drenn n'étaient pas aussi nombreux. Là, elles se concentrent sur ceux qui arrivent les premiers, laissant de grandes ouvertures pour ceux qui sont juste derrière. Au bout de quelques secondes, deux guerrières sont déjà supprimées de la simulation. Quant à moi, j'œuvre dos-à-dos avec O'dae, assurant ses arrières pendant qu'elle entame le couloir cylindrique principal. Nous formons un groupe de quatre avec ses guerrières. Ce groupe me paraît solide, jusqu'à ce que Kr'aon essuie un tir ennemi et entraîne sa camarade dans une espèce de perte de concentration. Elles sont capables de manipuler les machines ennemies, mais comme celles-ci ne s'approchent jamais assez, c'est comme si cette capacité était totalement inutile.

La Commandante, d'un geste vif, projette sa lance dans le corps d'un Grand-Drenn approchant, et propage une décharge d'électricité dans tout son groupe. Kr'aon et E'foss se ressaisissent tant bien que mal pendant que je tire sur les ennemis du couloir principal. Il y en a un plus gros qui approche, et qui a dû en faire pâlir plus d'une lors de l'invasion de leur planète : il s'agit d'un robot sphérique, qui encombre littéralement toute la largeur du couloir. Il s'ouvre sur une structure parcourue de lasers, et s'avance dangereusement vers nous. Le passage est complètement bloqué et plusieurs Grands-Drenn nous pressent dans l'entrée du couloir.

Démunie de sa lance, O'dae utilise son fusil kraeltien pour tirer dans le tas. Les tirs provoquent de lourds dégâts, mais nos ennemis sont beaucoup trop nombreux. Notre groupe, lui, se désépaissit à vue d'œil. Alors que E'foss reçoit un tir à la tête qui met fin à sa simulation, une guerrière sort du lot en se déplaçant miraculeusement vers nous : entourée de quatre Grands-Drenn qu'elle possède avec ses secondaires, elle va jusqu'à utiliser leurs propulseurs pour se frayer un chemin. En arrivant à notre hauteur, elle projette deux d'entre eux contre le robot qui bloque le passage, le forçant ainsi à dégager la voie.

« I'soe ! » s'écrie la Commandante.

Ma bienfaitrice est une redoutable combattante, même si j'ai l'impression qu'une artilleuse devrait rester concentrée sur son travail d'artilleuse. Pas le temps d'y réfléchir pour le moment, de toute façon, car je viens de me faire retourner le bras par un ennemi désarmé, ce qui m'arrache un cri étouffé par la douleur. O'dae explose la capsule de pilotage de mon assaillant – une sphère dont je ne distingue pas l'intérieur – mais reçoit à son tour un assaut au corps à corps. Ainsi de suite, jusqu'à ce que l'entièreté du groupe soit décimée. Il n'en reste qu'une ou deux quand je suis moi-même déconnecté.

*

J'ouvre les yeux dans la salle du simulateur, sonné par la défaite cuisante que nous venons de subir. La Commandante est assise à côté de moi, l'air pensive. Voir ses sœurs se faire massacrer, encore et encore, ne doit pas être une épreuve facile à endurer. Je remarque de discrètes larmes au coin de ses yeux qui n'acceptent pas de me regarder en face.

« Ce n'était pas très impressionnant, hein.

— Je suis mort avant vous, Commandante.

— Je parlais du groupe… Que des Hautes guerrières, c'est l'élite de l'armée Yrdiekk qui vient de se faire rid…

— Ne dites pas ça. J'ai vu deux ou trois trucs qui m'ont beaucoup plu pendant cette simulation. »

Ses grands yeux posent sur moi une interrogation qui me reproche tout de suite de ne pas être allé au bout de ma pensée. La Commandante est curieuse, et très attentive. Je suis sûr qu'elle peut faire avancer les choses.

« Vous, notamment, reprends-je. Vous vous battez avec l'agressivité qui manque à la plupart de vos guerrières.

229

Je prononce la fin de ma phrase un peu plus bas, voyant Kr'aon et E'foss se relever difficilement de leur échec. J'essaie de ne pas porter de jugement, d'autant que je ne fais guère mieux en termes de technique de combat.

— Vous parlez simplement de la déviance, me répond O'dae après un instant. La déviance permet une certaine exaltation de l'instinct guerrier, bien que parfois je n'aie pas l'impression de faire beaucoup mieux que d'autres.

— Est-ce que I'soe est une déviante ?

Son regard se porte alors sur l'intéressée, qui marche au fond de la pièce en direction de la sortie. Elle nous adresse un très léger sourire avant de disparaître.

— Oui. Elle s'était d'ailleurs proposée pour devenir Commandante, mais c'est moi qui ai été choisie par le consensus.

— D'accord.

— Elle vous intéresse aussi ?

— Hein ? Non non ! Ça me fait penser… par quel moyen vous repérez les déviantes ? Vous n'avez pas d'endroit où elles sont toutes regroupées, je me trompe ?

— Non, en effet. C'est l'Index qui compare les énergies de toutes les Yrdiekk, et nous permet de savoir si l'on est déviante ou non. Quand vient le moment de promouvoir une nouvelle Commandante, les volontaires se manifestent au vaisseau-mère.

C'est… Merde, il n'y a rien qui marche comme sur Terre, ici. Jour après jour, je tombe de haut à chaque nouvelle découverte. Mais c'est peut-être pour ça qu'elles me plaisent autant. L'Humanité, c'était pas très beau à voir. Est-ce que je dois vraiment les aider ?… Je vais les dénaturer complètement à force de les influencer. De l'autre côté, elles ne récupéreront jamais leur Maison si je ne leur donne pas cette impulsion. J'espère ne pas regretter cette décision.

— Vous devriez essayer de former un groupe de déviantes, O'dae. C'est peut-être la seule chose qui vous manque.

— Regrouper les déviantes… Pourquoi n'y ai-je pas pensé avant ?

— Pourquoi *personne* n'y a pensé, vous voulez dire. Vous avez trop de gentillesse, trop de "laissons faire la nature" en vous. Quelque part, je trouve ça magnifique, mais ça me fait peur pour votre avenir.

— L'avenir. »

Elle a l'air perdue dans ses pensées, c'est la première fois que je la vois comme ça. Ce déclic est peut-être un mal nécessaire.

« Vous savez, reprend-elle, j'ai besoin de me dire que les prochaines Commandantes auront assez de hargne pour affronter les Drenn sans faillir. Mais je ne crois pas que je serai encore en vie pour voir comment les choses vont évoluer. J'aurais aimé… »

Ses billes jaunes se fixent un instant sur moi, puis me parcourent de haut en bas, avant de se détourner.

« Non, rien.

— Commandante…

Elle a l'air désolée, à croire qu'elle ne se rend pas compte que l'aide que je peux lui apporter est le seul sens que je donne à ma vie.

— C'est égoïste, ce que je vais vous demander.

— Dites toujours ?

— J'aimerais que vous soyez là pour voir la Flotte grandir, et pour la mener jusqu'à la victoire. Je ne sais pas combien de temps cela va prendre, mais… »

Elle ne termine pas sa phrase, et c'est tant mieux. Je ne suis pas sûr qu'elle ait réalisé que je n'arrive pas à me transformer sur commande, tout comme il semble toujours acquis que je peux vivre plusieurs siècles. Et je ne me sens pas prêt à décider du sort que je réserve à mon immortalité si elle est toujours d'actualité… Si je dois vivre encore à peine cent ans, je vais voir O'dae et toutes les autres vieillir puis mourir. Cette pensée furtive me provoque dans le dos un frisson glacial, impossible de me décider. J'aimerais être là, pour aider ce peuple à regagner sa planète. Mais le simple fait de respirer me fait souffrir, par moments. J'ose à peine imaginer dans quel état mental je serai dans quelques années.

Une partie de la Flotte est toujours posée sur cette planète sans intérêt depuis hier. Les tentacules d'amarrage se sont repliés sous les vaisseaux pour servir de socles et de rampe, ce qui crée un décor plutôt divertissant. Plusieurs équipes prélèvent des échantillons dans ce sol très sec, tandis qu'un vaisseau civil équipé de grandes pelles et de foreuses ratisse plus large et plus profond. Voir les Yrdiekk se prêter à des activités d'extraction de matières est étrange, leur rapport à la vie et à leur propre planète m'a l'air trop pur pour ça.

« Les Drenn nous contraignent à ce genre d'activité, souffle la Commandante qui a deviné où se portaient mes pensées.

Nous observons tous deux ce spectacle quelque peu navrant, assis en armure juste à côté du vaisseau de commandement. Ici, pas d'air respirable ni de température correcte – à vrai dire il fait sacrément froid. Pas de gravité agréable non plus, du moins pas pour elles. Seulement un immense champ de trucs à récupérer.

— À ce compte-là, pourquoi ne restez-vous pas de sorte à *tout* prélever ?

— Nous ne voulons pas ravager l'intégralité d'une planète pour le compte des Drenn.

— Logique.

— En effet.

Il y a une espèce de distance qui règne depuis notre dernière discussion. Je ne sais pas si elle s'en veut ou si c'est à moi qu'elle en veut, mais c'est un peu gênant. La nuit ne m'a pas porté conseil vis-à-vis de l'immortalité, et O'dae ignore que je ne suis pas capable de maîtriser ma forme spectrale. En fait, elle ignore presque tout de moi.

— Comment s'est passé le dernier échange ? demandé-je histoire de relancer la conversation.

— Sans accroc. Comme exigé par l'Amiral Skoness, nous avons drastiquement augmenté la cadence. Mais il a relevé le fait qu'un seul cargo avait participé aux deux derniers échanges.

— Il va falloir se dépêcher de vider le deuxième alors.

— Oui. Les ouvrières sont en train de transférer les matières restantes dans des containers sur le chantier mobile, ce sera bientôt fait. À propos, le premier croiseur est presque terminé.

— Parfait.

— Presque, sourit-elle. J'aimerais vous le montrer, dès que nous quitterons cette planète. »

J'acquiesce silencieusement en observant le paysage : il n'y a rien d'intéressant. La surface de la planète est extrêmement lisse, et le froid sec empêche la vie de se développer. Par contre, les Yrdiekk ont trouvé de nombreux métaux qui serviront de monnaie d'échange ou de matériaux pour agrandir encore la Flotte.

La journée avance, et les quelques vaisseaux décollent finalement rejoindre le reste de la Flotte en orbite. Je suis encore en train de me promener hasardeusement dans le vaisseau, que je commence sérieusement à trouver trop petit. Je piétine. La planète que l'on vient de quitter n'était peut-être pas si mal ?

« Edvard, êtes-vous disponible ?

— C'est une vraie question ? fais-je de façon un peu trop désinvolte.

— Oui », répond-elle avec tout le sérieux du monde.

Je hausse les épaules et lui fais comprendre que je la suis. Elle marche alors vers la zone arrière, où se trouvent les tentacules-passerelles. Ou les passerelles tentaculaires. Peu importe.

« Navigatrice, arrimez-nous au chantier mobile s'il vous plaît. »

Nous avançons sans dire mot, pendant que le vaisseau se met en mouvement. Quelques vibrations nous font comprendre que la manœuvre est en cours. La Commandante grignote quelques baies de couleur bleue et en forme de pomme. Les vivres récupérés de leur planète n'ont pas l'air en très bon état, mais j'y ai pris goût depuis mon arrivée. Alors que nous passons la première porte du sas d'amarrage, elle me propose une de ces *soi'so* en me la tendant serrée dans l'un de ses tentacules du bras. Et, en voyant ça, il me vient une idée qui fait écho au problème des boucliers cinétiques Drenn :

« Commandante, je viens de penser ! Nous pourrions ajouter des tentacules à l'AVANT des nouveaux croi…

Je ne termine pas ma phrase, le sas s'ouvrant sur le grand couloir en arceau du chantier mobile, dont la baie vitrée donne sur le croiseur en question : il y a déjà des tentacules à l'avant. Je me retourne, bouche bée, vers O'dae qui affiche un sourire satisfait. Elle m'a donc devancé !

« Des tentacules pour attraper, pour serrer, pour broyer… Je ne voulais pas vous en parler tout de suite parce que je ne savais pas si cela fonctionnerait, mais les simulations ont été concluantes sur ce point-là.

— Vous voulez dire que ce vaisseau est bien capable d'endommager un bâtiment Drenn ?

— Si on s'en tient aux caractéristiques qu'ils possédaient il y a 200 ans, oui.

— Quand même, 200 ans…

— La technologie Drenn n'avait pas beaucoup évolué entre leur première visite de Yrdann et l'invasion. Comme leur industrie militaire était déjà au sommet de sa puissance, ils orientaient la recherche sur des moyens d'extraire les ressources planétaires. Et puis, leurs vaisseaux ont très peu évolué depuis.

— Hmm, fais-je pour ne pas trop montrer ma réticence.

À leur place, si je devais cacher mon avancée aux Yrdiekk, je m'appliquerais à ne procéder aux échanges commerciaux qu'avec d'anciens modèles de vaisseaux.

— Les simulations ont été faites en calibrant les boucliers sur une vitesse encore inférieure à ce qui a pu être rencontré, même s'il reste peu probable qu'ils la réduisent vraiment vu que leurs chasseurs ne pourraient plus approcher sans se mettre en danger. Notre croiseur a pu pénétrer la défense et s'accrocher assez fermement pour permettre à son équipage d'aborder le vaisseau ennemi sans subir trop de dégâts. Lors d'un autre essai, nous avons même réussi à écraser l'ennemi sous la pression des tentacules. »

Je reste songeur en scrutant le vaisseau, dont la taille est désormais très impressionnante. Comme tous les bâtiments de la Flotte, il est de forme pointue et composé de plusieurs parties articulées, emboîtées les unes dans les autres. Voir un vaisseau Yrdiekk se déplacer, c'est un peu comme regarder un animal marin manœuvrer et respirer. Une espèce de pieuvre. Les propulseurs fixés le long des tentacules de navigation émettent une faible lumière rouge pendant que la bête se meut. À l'œuvre, une seule navigatrice par vaisseau, pilotant à l'aide de ses secondaires et dorsaux. Ce vaisseau, avec ses six énormes mandibules fixés à l'avant, est une véritable vision de cauchemar. L'argumentaire de la Commandante fait son effet, et je me détends un peu : l'idée est séduisante.

« Dites, Edvard. Vous étiez sur le point de me proposer cette même idée, et maintenant vous avez l'air de vouloir me freiner…

— Ce n'est pas le cas, Commandante. Je suis même très impressionné par votre travail. J'ai juste un peu peur, c'est qu'en cas d'échec en condition réelle les conséquences pourraient être décisives pour le cours de la bataille.

— Vous en parlez comme si c'était demain, souffle-t-elle en admirant le monstre qui est accroché dans l'arceau.

— *Kraken…*

— Pardonnez-moi ? demande-t-elle en prenant une mine bizarre.

— Est-ce qu'on peut donner un nom à ces vaisseaux ?

Elle laisse un silence qui peut aussi bien tout vouloir dire, ou ne rien vouloir dire du tout. Je la suis sur quelques mètres dans l'aile gauche de l'arceau, lequel s'étend sur un diamètre immense – quelque 400 mètres. Le croiseur est vraiment terrifiant. Les tentacules qui ont été ajoutés font facilement la même longueur que le châssis principal du vaisseau, c'est-à-dire plus de 300 mètres.

— Oui, vous pourrez lui donner un nom. Puisque vous serez le Capitaine du premier.

— Euh.

Elle plante son regard dans le mien, et m'assène un sourire beaucoup trop assuré. J'ai bien entendu ?

— Ne soyez pas si surpris.

— Moi, surpris ? Ha ha ! Nooooon…

— La Flotte connaît son évolution la plus rapide de toute son existence, et c'est grâce à vous. Tout le monde vous est très reconnaissant pour l'avancée actuelle. En si peu de temps, tout semble avoir radicalement changé. Même le Conseil va plus vite qu'avant.

— Je veux bien l'entendre, mais je me vois mal à la tête d'un vaisseau spatial, encore moins militaire. Je n'en ai pas la carrure !

Son sourire s'agrandit, et révèle un visage amusé. Comme à son habitude, elle lève ses tentacules du bras et applique une douce caresse sur mon épaule. C'était effrayant, la première fois. Maintenant, c'est un contact qui me provoque des sensations agréables, proches du plaisir. Je ne suis même pas dérangé par le fait qu'elle les laisse accrochés là pour me parler.

— L'idée de vous mettre à la tête de ce vaisseau est mûrement réfléchie, mais vous n'êtes pas obligé de vous y soumettre. Cependant, je dois vous préciser que l'équipage du… *Kraken* ? Cet équipage ne sera composé que de déviantes volontaires.

— Vous avez obtenu le consensus ?

— Oui. La condition est que la Commandante soit mise au courant des progrès obtenus, et qu'elle les présente au Conseil avant toute expérimentation de nouveaux dispositifs en dehors de ce croiseur. Nous allons former de meilleures guerrières, et aussi de meilleures potentielles Commandantes. Vous avez donné l'impulsion de la reconquête, tout en effaçant les inquiétudes vis-à-vis du Noyau : en isolant les déviantes, nous prenons moins de risques tout en allant beaucoup plus vite.

— Je suis stupéfait.

— Suis-je assez créative ? demande-t-elle avec un air faussement timide.

— Vous êtes parfaite, O'dae.

Mais rien de tout ce que je vous apporte n'aurait été accepté si vous n'aviez pas omis de leur faire part du massacre que j'ai commis à bord du *Fortress.* C'est ce qui me ronge, maintenant. L'impression que ce visage que j'ai toujours envie d'embrasser pourrait, en un instant, s'écrouler sous un torrent de regrets. La certitude que, pour ça, il me suffirait juste de perdre le contrôle quelques secondes. J'ai beau être persuadé que la "bête" ne se montrera pas agressive envers les Yrdiekk, je garde une sale appréhension à ce sujet.

— Vous vouliez m'embrasser, à l'instant ?

— Oui.

Je ne peux rien lui cacher, décidément. Elle doit aussi se rendre compte de mon hésitation pour le *Kraken*. Ce nom sonne bien. Quoi de mieux pour un monstre tentaculaire voué à faire sombrer les vaisseaux ennemis ? Si mes hôtes n'ont pas pour habitude de donner un nom aux choses, je ne pourrai m'empêcher de penser à cette appellation pour cet engin en particulier.

— J'espère que nous avons assez de temps devant nous pour apprendre à nous comprendre mutuellement.

— Je l'espère aussi.

Elle laisse finalement glisser ses tentacules pendus à mon épaule, pour les faire retomber le long de son corps.

— Je vous laisse réfléchir à ma proposition pour le *Kraken*, conclut-elle. Une invitation sera envoyée aux déviantes d'ici l'heure du sommeil et l'équipage sera formé dans dix jours environ. »

CHAPITRE 7 : TENTATIONS

Elle me regarde avec insistance, ses yeux ronds plantés dans les miens. O'dae vient de m'inviter dans sa loge avec deux bouteilles de rouge. De manière assez exceptionnelle pour le relever, elle ne porte pas d'armure mais une combinaison serrée de couleur noire.

« J'ai cru comprendre que ces bouteilles étaient réservées à la fête pour votre arrivée sur Mars…

Je m'applique à ne pas trop lui montrer ma joie à la vue de ces deux vins français, promesses de quelques heures de bonheur à mes yeux. Mais je doute qu'elle ait déjà entendu parler d'alcoolisme.

— C'est bien comme ça qu'on s'en sert, entre autres.

— Que diriez-vous de fêter notre avancée ensemble ? »

Cette joie-là, par contre, je ne peux pas la dissimuler. Est-ce que je m'apprête à passer un moment d'ivresse, seul avec la Commandante de la flotte Yrdiekk ? Totalement. Est-ce que je vais le regretter demain ? J'en ai peur. Je saisis les deux bouteilles, et débouchonne la première à l'aide d'un petit couteau tendu par O'dae. Johnson serait vert s'il voyait l'utilisation qui va être faite des bouteilles qui étaient réservées à son moment de gloire. Il était devenu rare de trouver du vin, sur Terre, car les récoltes avaient été compromises par le Cataclysme puis par l'errance des cornus sur toute la surface. Ces bouteilles proviennent d'un stock qui n'a jamais été rapprovisionné.

Nous commençons à boire, à la bouteille, puisque pas de verre à l'horizon. L'apesanteur aurait été ma pire ennemie dans ce moment. O'dae a l'air de beaucoup apprécier le goût du vin, mais j'ignore complètement les effets que cela aura sur elle. Moi, je risque de ne plus être très frais d'ici quelques dizaines de minutes…

« Avez-vous pris votre décision concernant le *Kraken* ? demande-t-elle soudain.

— Je pense accepter.

— Vous pensez ?

— Oui. Vous savez, c'est une décision difficile !

Ce Bourgogne est vraiment bon. La moitié de la première bouteille s'est déjà évaporée, et j'ai l'impression que O'dae ne sera pas ivre, ou du moins pas comme moi. Ou pas aussi vite que moi. Je n'en sais rien.

— C'est très important, répond-elle. Je ne veux pas vous y obliger, mais…

— Vous ne chercheriez pas à vous débarrasser de moi, Commandante ? »

Elle me dévisage, avec un soupçon de vexation dans les yeux. Sans dire un seul mot, elle me fait comprendre que ce n'est pas le cas.

« Bon bah ça va alors.

— J'aime être près de vous, Edvard. Ça n'a pas été facile pour moi d'amener cette idée jusqu'au Conseil.

— Pe… pourquoi ?

Pourquoi elle dit des choses comme ça ? N'importe quel mec se serait emballé à force de la côtoyer. Et il a fallu que je sois le dernier connard de l'espace.

— Vous avez changé un quotidien qui semblait immuable. J'ai foi en l'avenir, et…

— Et… ?

Elle prend un air gêné, qui me laisse entrevoir un changement de sujet. Je ne m'attendais pas à ce qu'elle réponde avec tout le naturel du monde :

— J'ai même envisagé de procréer avec vous, mais c'est compliqué. »

Silence. Gloups. Le vin est délicieux, mais pas aussi bon que la tournure que prend cette discussion.

« On change de sujet ? demande-t-elle.

— Eh, si tu v… si vous voulez. Dommage. »

Merde, je l'ai dit à voix haute. Elle réagit à ce "dommage" avec un petit rire qu'elle étouffe plus ou moins. Elle a bien dû comprendre que je suis loin d'être insensible à ses charmes, de toute façon. La seule chose qu'elle ne comprend pas, c'est que je m'attache de manière aussi intense.

« Est-ce que nous pourrons toujours nous voir ? demandé-je. Une fois que je serai Capitaine, je veux dire.

— Je le souhaite. Le souhaitez-vous ?

— Ha ha, oui. »

Nous buvons en silence, et nous approchons la fin de la première bouteille. Au fil des gorgées, que nous nous enfilons assis sur le sol froid de sa loge, je me suis rapproché subtilement – enfin je crois – de la Commandante. Je me demande ce qui se passe dans sa tête, et dans la mienne c'est le chaos. Ma seule certitude, c'est que je veux l'aider du mieux que je peux. M'en éloigner va être douloureux vu le réconfort qu'elle m'apporte, mais je commence à me faire à l'idée. Avant d'être trop ivre pour prendre une décision raisonnée, je me lève soudain sous ses yeux ronds.

« Je vais prendre la commandance du *Kraken*. Le capitainisme ? Eh…

— Nous parlerons de commandement, Edvard. Êtes-vous sûr ?

— Oui. »

Elle termine la bouteille cul-sec, s'empresse d'attraper la seconde, puis se lève à son tour en me regardant droit dans les yeux. Ce faisant, elle laisse glisser l'un de ses tentacules dans mon cou puis sur mon épaule. Je le lui rends, mais encore une fois je me suis laissé emporter et voilà que ma main caresse doucement sa joue agréablement lisse. Sans relever le geste, elle lève la nouvelle bouteille avant de la débouchonner avec grâce. Si si, c'est possible.

« À la vôtre, Capitaine Edvard Ron. »

En prononçant ces mots, elle se rapproche légèrement de moi et ne manque pas de me provoquer une brusque envie de l'embrasser à nouveau. Elle a dû le sentir, elle me lit comme un livre ouvert. Je ne sais pas si ça se dit. Nous nous rasseyons.

« Que ressentez-vous ? demande-t-elle aussitôt.

— Du désir.

Pour la première fois, je lis dans ses yeux qu'elle me comprend dans cette sensation, à défaut de comprendre mes sentiments. Et si l'alcool… ?

Nooooooon. Manquerait plus que ça.

— C'est étrange, dit-elle, je me sens plus libre que d'habitude.

— Et moi, je me sens… »

Coupable. Je ne lui ai pas dit que l'alcool avait des effets parfois spectaculaires sur l'esprit humain. Je suis là, à boire et à essayer de penser. Et elle, je ne sais pas. Je commence à ne plus être très net, à me comporter comme un mec bourré, et j'ai l'impression de profiter de son innocence.

« Je suis désolé, O'dae.

— Désolé de quoi ?

— Le vin doit vous rendre bizarre, je ne vous ai pas prévenue.

— Oh, vous savez, je suis déjà bizarre par rapport à la moyenne des Yrdiekk. J'ai l'impression d'être encore plus déviante, c'est le vin ?

Hem. Elle vient de se rapprocher encore un peu plus. Ce n'est pas moi ? Je n'en sais rien. Je n'avais pas bu une goutte d'alcool depuis près de trois siècles, mon corps réagit beaucoup trop fort. Alors je n'arrive pas à savoir lequel d'entre nous vient de se rapprocher de l'autre. Je n'ai qu'à lui demander.

— Tu v… vous venez de vous rapprocher ?

— Oui. Je me demandais si… »

La deuxième bouteille se vide à vive allure, mais la phrase de O'dae reste en suspens. Je me sens frustré, excité, débile et sacrément beurré. Nous traversons une nouvelle phase de silence, plus courte que la précédente, interrompue par le bruit du cul de la bouteille contre le sol. Sans dire un mot, nous l'avons terminée plus vite que la première. J'ai la tête qui tourne, mon corps est lourd, mon visage est tout engourdi, et la Commandante n'a pas l'air aussi éméchée que moi. Pourtant, elle me regarde avec une intensité que je n'avais encore jamais vue chez elle. L'alcool n'a pas autant d'effet sur son organisme, mais il se passe quelque chose. Je ne dois. Surtout pas. En profiter. Surtout pas. Alors je me laisse tomber en arrière, sur le sol frais. Ça tourne, ce n'est pas confortable, mais c'est sûrement le mieux à faire pour me tenir tranquille.

« Vous êtes drôle », constate-t-elle.

Je ne la vois plus, seulement le plafond de la pièce, où il n'y a absolument rien à voir si ce n'est une lampe ronde. C'est vrai que je suis drôle. Et exemplaire pour un futur Capitaine de vaisseau de guerre. Si j'en avais encore la force, je me mettrais des claques. C'est sur cette réflexion que le visage de la Commandante fait soudain irruption dans mon champ de vision. Sans me laisser le temps de réagir, elle dépose un baiser saveur vin rouge sur mes lèvres surprises. Après quelques instants passés dans ce qui ressemble bien à un rêve, je la regarde se détacher de ma face mal rasée, sans comprendre. Mais c'était bien.

« C'est plutôt agréable », dit-elle en se redressant face à moi.

Je reste là, hébété, allongé sur le dos, à moitié content et à moitié QUOI ?! Oui, c'était plutôt agréable. Je fais un effort indescriptible pour relever mon torse et, muet, je l'enlace en plongeant mon visage dans son cou. L'élan l'a repoussée légèrement en arrière, et elle utilise ses dorsaux contre le sol pour rester droite. Pas très longtemps, puisqu'elle me laisse finalement m'affaisser sur elle, dans un état beaucoup trop second pour me permettre la moindre audace supplémentaire. Tant mieux, j'imagine.

C'est doux. C'est tout le réconfort dont j'avais besoin. Car je me sens triste. Toujours triste. Quand je suis près d'elle, je ne pense pas trop à ces souvenirs qui ne m'appartiennent pas. O'dae ne réalise sûrement pas à quel point j'ai besoin d'elle. Beaucoup plus que je n'ai envie d'elle.

Je ne saurais dire pourquoi, surtout maintenant. Mais elle est encore plus belle quand j'ai le droit de rêver.

CHAPITRE 8 : KRAKEN ZERO

Croiseur Yrdiekk ;
10 cycles journaliers plus tard.

Le pont principal du *Kraken*. Un long et large hall lumineux, donnant sur les accès aux autres zones du vaisseau. Vaisseau dont je suis désormais le Capitaine.

Nous nous tenons, O'dae et moi, devant l'assemblée des déviantes de la Flotte. Elles sont plus de 90 % à avoir répondu favorablement à notre appel, et à s'être présentées à bord du *Kraken* ce matin. 138 Yrdiekk se tiennent debout face à nous, attentives et silencieuses. Guerrières, Hautes, ouvrières… Je reconnais au premier rang I'soe, et je me félicite de l'avoir reconnue au milieu de tout ce monde. Je suis heureux de la savoir à bord.

« Mes sœurs, clame O'dae. Déviantes de toute la Flotte. Merci d'être ici pour débuter cette nouvelle expérience avec nous. »

Tous les yeux sont braqués sur la Commandante, qui se tient droite et fière devant celles qui auraient pu être à sa place à l'heure actuelle. L'atmosphère est étrange. Peut-être est-ce le fait de savoir qu'elles sont toutes déviante, ou alors l'impression que cela donne quand autant de semblables se rencontrent pour la première fois. Oui, il y a une sorte d'excitation dans l'air.

« Comme vous le savez déjà, ce vaisseau est à la fois un atout militaire, et le lieu où vous pourrez exprimer vos idées, parfois éloignées du Noyau, sans être entravées par le consensus. Bien sûr, tout de ce qui sera expérimenté ici ne pourra pas être appliqué dans toute la Flotte. Il arrivera aussi que la Commandante doive mettre fin à certains projets… »

Elle se détend un peu, avant de continuer :

« Nous savons toutes que cela arrivera tôt ou tard, fait-elle en roulant des yeux sous les rires discrets de certaines. Mais, pour la première fois depuis l'Exil, je vais pouvoir vous demander de travailler ensemble, et de laisser libre cours à votre esprit. Créez ! Exprimez votre sentiment d'injustice. »

C'est avec enthousiasme qu'elle parle, et je crois comprendre qu'elle aurait aimé être de la partie. La tâche qui m'incombe est de donner des orientations aux recherches et expérimentations, tout en assurant le lien avec la Commandante pour qu'elle garde un œil dessus. Nous évoluerons coupés de l'Index de la Flotte, pour ne pas être influencés et pour éviter de provoquer un déséquilibre.

« Mais je dois formuler une requête, continue O'dae. Ne perdez pas votre nature. Nous sommes déviantes, mais avant tout, nous sommes Yrdiekk. Nous ne devons jamais oublier que notre force réside dans l'harmonie qui nous unit. Soyez en colère tant que vous pouvez ! Servez-vous en pour nous rendre meilleures. Mais ne vous laissez pas consumer par la haine. Je vous le demande, car je sais que nous avons en nous cette flamme que les autres n'ont pas. Et cette flamme, c'est une souffrance. »

Je bois ses paroles en me rappelant à chaque instant que bientôt nous n'allons plus nous voir que pour des formalités militaires. Même si elle s'est un peu plus ouverte à moi lors de notre soirée, je sais qu'elle n'a et n'aura pas le même genre de sentiments que moi, et ça me frustre. Elle est intéressée, peut-être même un peu attirée. Mais attachée… Non. Ça ne me frustre pas, ça m'étouffe. Je dois prendre ma mission au sérieux, et la vivre comme un moyen de gagner la reconnaissance de toute la Flotte. Ça va m'aider à mettre ma sentimentalité de côté. Je garde un maigre espoir que notre relation évolue, mais son baiser était peut-être le dernier. Elle n'en a plus parlé, en dix jours. Pourtant, elle m'a l'air un peu différente.

« Ce programme, reprend-elle, c'est l'espoir d'inverser la tendance et de trouver un jour la force d'affronter les Drenn. Je vais maintenant laisser la parole à Edvard Ron, qui sera votre Capitaine. Je compte sur vous pour lui accorder autant de confiance que moi-même. »

Je parcours l'assemblée des yeux, décelant quelques -Mori et -Kraeltiennes dans les rangs. Je ne pense pas être fait pour diriger un vaisseau, mais je veux bien croire que mon influence a permis de bousculer les choses. Je gratte ma barbe qui a bien poussé. Je porte une armure noire façonnée par le générateur récupéré du *Fortress*, à laquelle on a ajouté une belle cape moyenne de couleur grise. J'ai à peu près une allure de pirate de l'espace, c'est cool. Je me racle la gorge, et déballe mon discours tel que je l'ai préparé :

« Yrdiekk, tout d'abord je tiens à vous remercier d'être ici. Je n'ai pas la prétention de régler tous vos ennuis, mais je ferai tout ce qui est en mon pouvoir pour vous y aider. Avec la confiance de O'dae et la vôtre, je crois sincèrement que nous pouvons accomplir de grandes choses. Vous pourrez m'appeler Capitaine, mais je suis avant tout votre ami. Vous pourrez m'appeler Edvard, mais dans mon cœur je suis de plus en plus "Ed'vard". Battons-nous côte à côte, et faisons de notre mieux. Bienvenue à bord du *Kraken Zero.* »

C'est le nom que O'dae et moi avons choisi de donner à ce vaisseau. *Kraken,* parce que cela correspondait magnifiquement à cette créature issue d'une légende… norvégienne ? Pourquoi je me souviens de ça mais toujours pas du visage de ma fiancée d'autrefois ? *Zero,* c'est parce qu'il s'agit du premier de nos croiseurs et probablement le seul à héberger ce programme d'un nouveau genre avec les déviantes. Je suis plutôt content de ce nom, et malgré ma réticence, assez fier de la place que j'occupe désormais. En très peu de temps depuis mon arrivée complètement hasardeuse, on peut dire que tout a beaucoup changé me concernant. Et la Commandante ne sait toujours pas que je ne suis pas immortel…

« Je vais vous laisser, Ed'vard, glisse-t-elle à mon oreille.

J'aime cette façon de prononcer mon nom. L'exagération sur le "va" lui donne une sorte d'élan qui pourrait correspondre au rôle que je dois jouer ici.

— Est-ce que j'ai été bien ?

— Parfait.

— Ha ha. Merci, Commandante. Vous allez me manquer, j'espère vous revoir bientôt.

— À bientôt », sourit-elle avant de prendre la direction du hangar.

Tandis qu'elle s'éloigne, et malgré la centaine de déviantes qui grouillent sur le pont principal, je ne peux m'empêcher de me sentir triste. J'ai l'impression d'avoir déjà vécu ça des milliers de fois, et ça me fait encore plus mal à chaque fois.

CHAPITRE 9 : MEDUSA

O'dae vient de quitter le vaisseau, lequel n'a pas encore démarré. Il est actuellement tracté au sein du chantier mobile par trois vaisseaux civils. En attendant son lancement officiel aux côtés des autres bâtiments de la Flotte dans environ deux heures, j'ai pris parti de rencontrer mon équipage lors d'une grande réunion informelle. Je suis donc légèrement perdu au milieu de cette masse de déviantes qui, pour la plupart, me sont totalement inconnues. Me voilà instinctivement rapproché de I'soe, qui s'est aussitôt inquiétée de mon bien-être. Les autres ne laissent pas peser leur regard trop longtemps sur moi malgré ma différence évidente, et s'affairent plutôt à manger auprès de tout ce beau monde. Malgré l'importance de cette expérimentation, l'ambiance est assez légère.

« Content que vous soyez de la partie, I'soe. Est-ce que vous avez d'autres artilleuses dans le *Kraken* ?

— Oui, il y aura vite assez de monde pour contrôler chacune des vingt tourelles du vaisseau. J'y pense, la Commandante souhaitait que je vous fasse rencontrer notre navigatrice Kr'iina, nous devrions aller la voir.

— Je vous suis. »

Il manquerait une ambiance musicale pour rendre ce moment un peu plus agréable. À voir la grâce avec laquelle les Yrdiekk se déplacent et s'articulent, les voir danser aurait été quelque chose de saisissant, à n'en pas douter. En dépit de cela, ce peuple ne connaît pas la musique. Nous pouvons parler de musicalité, mais dès lors qu'il s'agit de morceaux de musique, c'est le néant. Je crois que j'en écoutais beaucoup dans ma première vie. Si le Nouveau Royaume n'avait pas banni toute expression artistique, aussi peu engagée fût-elle, j'en aurais sûrement écouté beaucoup dans ma deuxième vie. Puis là… Bah. Tant pis.

« Kr'iina, Edvard.

— Enchanté, Kr'iina. Le vaisseau vous plaît-il ?

— Oui, Capitaine. Et l'idée de regrouper les déviantes y fera mûrir des fruits au bon goût de reconquête. »

Quand on parle de musicalité… Kr'iina est une -Kraeltienne aux yeux marron. Plus grande qu'une Pure, mais légèrement plus petite qu'une -Mori, elle est dotée d'une musculature saillante et de traits un peu plus durs que les autres lignées. À l'instar de Kr'aon, il se dégage d'elle un enthousiasme qui ne passe pas inaperçu. Je me demande si cette espèce de joie de vivre leur vient des Kraeltiens, qu'on m'a pourtant décrits comme des insectes à moitié humanoïdes hauts de plus de deux mètres ; c'est-à-dire rien de bien réjouissant.

« Kr'iina s'est beaucoup entraînée dans le simulateur, explique I'soe. Même si le *Kraken Zero* n'a pas encore pris son envol, elle maîtrise déjà totalement ses commandes.

— Vous pouvez compter sur moi, enchérit l'intéressée avec une mine fière. Sachez cependant que le poste de navigation a été conçu avec un système inspiré du simulateur terrien. Vous pourrez donc en prendre le contrôle si vous le désirez. Il vous suffira de me le demander.

Je suis stupéfait par cette nouvelle. Je ne suis pas certain d'avoir très envie de vivre le pilotage d'un vaisseau aussi massif, mais le fait qu'on ait pu penser à moi lors de la conception du système de navigation flatte mon ego instable, voire faiblard.

— Entendu, merci pour ces précisions. Nous verrons tout ça plus tard, l'heure est aux festivités.

— Oui Capitaine ! » conclut-elle en sautillant pour tourner les talons.

Je fais des efforts pour me tenir droit et digne, afin de gagner l'approbation de tout l'équipage. Je veux montrer à O'dae que je m'implique, et l'aide que je pourrai apporter à son peuple sera une preuve à la fois de mon amour pour elle, et de ma place dans l'univers. Je commence à ne plus croire au hasard, tant les événements se bousculent depuis mon arrivée. Peut-être qu'un autre survivant aurait fait l'affaire, mais il en fallait au moins un. Alors me voilà. Les déviantes que je croise me considèrent avec plus de respect qu'aucun être humain auparavant. Elles ne réalisent pas à quel point elles sont magnifiques, et je veux permettre à cette merveille de retrouver son monde natal.

En m'approchant du bord du hall pour prendre de quoi manger sur le léger rebord longeant le mur, je réalise avec stupeur qu'une toute petite

-Mori me suit du regard : un regard glaçant. Ses yeux orange sont plantés dans les miens, et manquent de me déstabiliser. Que fait une enfant à bord du *Kraken* ? J'essaie de faire abstraction, et adresse mes salutations les plus chaleureuses aux déviantes qui m'entourent. Il sera encore temps de m'inquiéter de la petite après… et je n'ai aucune idée de l'âge à partir duquel une Yrdiekk est considérée comme une adulte responsable. Vu sa taille, elle doit avoir… 12 ans ? Si je la vois avec un fusil, je fais une syncope.

« Capitaine, dit une guerrière en armure sur ma droite, Haute guerrière A'mon.

— Enchanté, A'mon. Merci d'être parmi nous.

Je m'apprête à lui serrer la main, mais me ravise aussitôt en faisant mine de me gratter la tête : ce n'est pas coutume, ici, et j'aimerais éviter d'avoir l'air bizarre dès mon premier jour.

— Quel est le rôle que vous réservez aux guerrières ? demande-t-elle.

— L'évolution de nos forces militaires est ma priorité. Nous en reparlerons bien assez tôt, profitez de ce moment pour vous détendre. »

L'impatience est palpable au milieu de tout ce monde, et c'est quelque chose de rassurant pour la suite. La mine un peu déçue de A'mon laisse rapidement place à un regard franc et assuré, bien que pas souriant pour un sous. Elle a les yeux noirs, ce qui est assez unique. Mais c'est moins perturbant que les deux soleils orange de la petite, qui ne m'ont pas quitté une seconde. Un air bizarrement humain. Toi, tu t'appelleras Medusa. Une minute de plus et je me change en pierre. À l'instant où je me fais cette réflexion, elle hoche la tête et détourne son attention. Elle n'a pas l'air décidée à se mêler à la foule… Quelle créature étrange. Je la regarde se mettre un peu plus loin, tout en grignotant un de ces fruits secs qui ont été disposés sur le comptoir.

« Et vous, comment vous sentez-vous ? demande A'mon.

— Un peu largué. Que pensent les autres ? Ça ne dérange pas que je sois…?

— Peut-être un peu. Désolée, Capitaine.

— Je m'en doutais…

— Cependant, vous pouvez compter sur notre clairvoyance et notre respect pour la Commandante. S'il est vrai que nous avons besoin de vous, nous vous accorderons une confiance infaillible.

— Merci, A'mon. Je vois un grand potentiel dans la déviance, et vous me confortez dans cette idée. »

Tandis qu'elle prend congé et retourne auprès de ses camarades, je remarque certains regards qui se sont posés sur moi avec intérêt. J'imagine que mon manque de confiance en moi n'est pas un secret pour mon équipage. J'espère être à la hauteur. Alors je prends mon souffle et un air vaillant, pour jeter à la foule :

« Le lancement est pour bientôt, profitez de cet instant ! Demain, nous changeons le destin de la Flotte ! »

Je lève mon poing au dessus de ma tête, quelque peu imposant du haut de mon mètre quatre-vingt-cinq, et suis imité par toutes les déviantes à l'unisson. Je suis un peu étonné, surtout impressionné.

Ça en fait, du monde.

J+1 depuis le lancement du Kraken Zero ;
Quartiers du Capitaine ; simulateur.

Je cours comme un dératé à bord d'un cuirassé du Nouveau Royaume. Pris en chasse par tout le système de sécurité du vaisseau, je n'ai pour me défendre que mon armure et un fusil kraeltien. Il ne m'a pas fallu longtemps pour réaliser que ces armes avaient été créées pour perforer d'épaisses carapaces, c'est-à-dire celles des géants qui peuplent Kraelt et menacent en continu les alliés du peuple Yrdiekk. Le fusil kraeltien manque un peu de précision, de maniabilité et de capacité en munitions, ce qui est compensé par une redoutable puissance de feu ; les guerrières devraient concentrer leur entraînement sur ces armes, qu'elles n'exploitent pas à leur plein potentiel d'après ce que j'ai pu voir. Entraînement après entraînement, j'ai repris du poil de la bête, mais je suis toujours loin d'être un bon combattant. Je manque un tir sur deux, mais ceux qui atteignent leur cible font tomber machines sur machines depuis dix minutes que j'ai lancé la simulation. En général, un tir un peu chanceux et bien placé peut traverser plusieurs ennemis jusqu'à finir dans un mur.

J'essaie encore de réveiller la bête, pour voir ce que je peux en faire. Pour voir si je peux me rendre utile. J'essuie quelques tirs, dont mon armure me protège pour le moment. Les ennemis arrivent moins nombreux que lors de la simulation en vaisseau Drenn, et je le dois surtout à l'étroitesse des couloirs humains. Je commence juste à m'habituer au recul brutal de mon arme et aux douleurs que ça me provoque dans l'épaule, et une grenade vole à quelques centimètres de mon casque. Elle explose juste derrière moi et me projette au sol, me faisant perdre mon arme au milieu du couloir où arrivent plusieurs automates T2. Mes bras n'attendent pas les premiers tirs pour me pousser en arrière et me relever : ils sont déjà recouverts de masse spectrale. J'essaie de rester concentré, et cette fois ça a l'air de fonctionner. Même si ma vision se trouble déjà. Je prends de plus en plus de place dans mon armure, et elle commence à me serrer de manière insupportable. J'enfonce le barrage de robots tête baissée en encaissant encore deux tirs, et me dirige droit vers le pont de commande après avoir récupéré un fusil sur un ennemi.

J'y arrive ! Je suis presque maître de mes mouvements, bien qu'habité par un désir de destruction qui devient oppressant. Mon corps entier émet une fumée noire et dense qui s'échappe par les articulations de mes protections. Ces dernières finissent par m'empêcher de bouger, si bien que je dois les enlever pour retrouver ma mobilité. Un robot fait irruption, mais mes jambes m'élancent sur lui pour le renverser : le voilà projeté contre le mur derrière lui, puis étalé au sol. Je l'achève d'un tir à bout portant, quand une vision d'horreur me saute au visage : mes doigts sont en train de fusionner avec mon arme. Je reçois un tir dans le dos, mon corps pivote, et je me vois faire feu de manière répétée et exagérée sur le groupe d'ennemis.

Il faudrait que j'apprenne à maîtriser ces capacités, mais *ça* ne fait qu'empirer : mon corps se déforme et commence à pénétrer les appareils alentours. Je me sens perdre conscience. Ma vue se brouille, puis se voile, puis s'évanouit. Terminé.

*

Je me réveille à côté du simulateur, dans ma pièce que j'avais laissée déverrouillée. Cette sensation de puissance n'a d'égale que ma frustration. Je me frotte les yeux, retire mes électrodes, et réalise que la petite Medusa est plantée là, à me fixer. Elle ne dit rien, et garde un air particulièrement neutre tandis que je reprends mes esprits. J'ai bien fait d'enlever l'écran de visualisation de cet appareil, je ne tiens pas à ce que la Flotte découvre que je suis un danger mortel.

« Est-ce que je peux faire quelque chose pour vous ? demandé-je.

— Je voudrais juste discuter avec le Capitaine, répond-elle.

— Très bien. Je me posais justement des questions vis-à-vis de…

— Mon âge. J'ai 13 ans. J'ai décidé de venir parce que j'ai beaucoup d'idées, tout le temps. Ça vous intéresse, Capitaine ?

— Bien sûr. C'est pour ça que le programme Déviantes existe. Quel genre d'idées ?

— Faire venir les enfants déviantes pour en faire de meilleures guerrières.

« — Rejeté.

Elle écarquille les yeux et affiche une nette surprise face à ma réponse immédiate et catégorique.

— Je veux participer aux pistes d'amélioration des guerrières, dit-elle.

— Tu ne te laisses pas démonter, hein. Pourquoi t…

— Je ne veux pas faire partie des groupes de travail basés sur ce qui existe déjà. L'amélioration des armes, ce n'est pas ce qui m'intéresse. J'ai des idées qui nécessitent de poser de nouvelles fondations. Et j'aimerais que vous me parliez de manière moins familière, sauf votre respect.

Hier, après la fête, j'ai fait former les groupes de travail en fonction des affinités de chaque Yrdiekk. Les combattantes se sont naturellement regroupées, et j'ai confié à quelques Hautes guerrières l'exploration de pistes concernant le poste de Commandante. En effet, celle qui succédera à O'dae se trouve certainement à bord du *Kraken Zero* ; réfléchir à l'évolution de cette importante mission est donc de mise. Je compte sur la déviance pour donner lieu à des idées qui, d'habitude, sont réfrénées par le consensus. Mon premier ordre a été de mettre fin à la polyvalence exacerbée des Yrdiekk sur un échantillon des effectifs. Je veux voir ce que la spécialisation peut donner, en optimisant leurs énormes capacités d'apprentissage. Mais Medusa ne s'est greffée à aucun groupe.

— Pardonnez-moi, dis-je. Pouvez-vous m'en dire plus ? Et… votre nom ?

— Mo'dise. »

Quel nom. Et quelle ressemblance avec le nom de code que je lui avais donné. Elle a beaucoup d'aplomb, ce qui m'amène à réitérer mon questionnement concernant l'âge adulte des Yrdiekk.

« Je veux essayer de créer une nouvelle division guerrière, spécialement formée pour combattre les Drenn dans des conditions d'abordage.

— C'est une bonne idée, fais-je. Mais n'est-ce pas déjà le rôle des Hautes guerrières, à peu de chose près ?

— Je parle de cultiver la colère pour la canaliser dans de nouvelles pratiques de combat, plus agressives et plus destructrices. Je ne parle pas d'évolution, mais de révolution.

Ses yeux ardents menacent de me cuire sur place, alors je cherche à paraître froid et pragmatique. Je crois que je suis en train de me laisser intimider par une enfant, et ce n'est pas bon du tout pour mon charisme de leader déjà inexistant. Le pire, dans tout ça, c'est qu'elle a sûrement raison : ses idées sont typiquement sur la voie recherchée par ce projet, celle qui se détache du consensus.

— Alors faisons une révolution, Medu… Mo'dise. Vous avez mon accord pour créer votre propre groupe de recherche. Dès que vous en ressentez le besoin, appelez-moi et travaillons ensemble. Avez-vous déjà quelques pistes, à part la colère ?

— Je veux expérimenter avec un équipement terrien. Vos armes sont meilleures que les lances Yrdiekk, même si moins polyvalentes, et leurs recharges d'énergie sont plus économiques et moins encombrantes que les munitions kraeltiennes… Je veux aussi développer des techniques de combat au bouclier, comme ceux que portaient les automates du *Fortress*.

— Vous trouverez tout le matériel nécessaire dans la soute. Faites de votre mieux.

Elle s'incline légèrement en faisant un cercle avec ses tentacules du bras, puis tourne les talons.

— Au fait, vous alliez m'appeler Medu…?

— Medusa. C'était une créature mythologique dont le regard avait le pouvoir de pétrifier les gens qui le croisaient. Désolé pour ça.

— Je vois, fait-elle avec un micro-sourire. Ce n'est rien, merci Capitaine. »

Elle sort de mes quartiers sans rien ajouter. Quelle étrange petite… J'avais presque l'impression de parler à un être humain. Réactive, vindicative, sûre d'elle. Un sale caractère, en somme. À n'en point douter, elle est la plus déviante à bord en plus d'être quasiment la seule -Mori. Avant de prendre mon poste à bord du *Kraken,* je n'aurais jamais imaginé qu'il puisse exister plusieurs degrés de déviance. Je ne suis peut-être pas au bout de mes surprises, j'ai intérêt à me montrer fort et digne. Quoi qu'il en soit, j'ai hâte de voir les résultats que ce programme va atteindre.

« Une drôle d'équipière, n'est-ce pas ?

— Oh, vous étiez là, A'mon.

— Je n'aime pas trop l'idée de Mo'dise, la façon dont elle parle de cultiver la colère… mais je ne suis pas là pour vous porter des critiques mais une requête, Capitaine.

De ses yeux noirs, elle attend ma réponse sans être pressante. Sa franchise est suffisante pour me décider à lui prêter toute mon attention.

— Je vous écoute ?

— C'est à propos de votre forme sombre, je voudrais m'assurer que votre présence ne nous met pas en danger.

— Ah. Qu'avez-vous entendu à son propos ?

— La même chose que tout le monde. Vous l'avez utilisée pour écraser les forces de sécurité du *Fortress*. Mais il y a aussi… un incident qui a eu lieu dans le vaisseau de commandement lorsqu'il y était encore amarré.

— Ça…

Elle m'a pris au dépourvu. Je ne sais déjà pas ce que je vais bien pouvoir dire à O'dae à ce propos, alors là…

— On ne vous a jamais vu l'utiliser depuis. Vous ne la maîtrisez pas du tout, c'est ça ? »

Pas besoin de lui répondre, la grimace qui s'est incrustée sur ma face a fait le travail à ma place. Je m'apprête tout de même à bafouiller quelque chose pour la rassurer. Que je m'entraîne beaucoup, que *ça* ne s'est jamais manifesté à leur encontre. La vérité. Au moment où j'ouvre la bouche pour le lui dire, elle m'interrompt :

« Quels sont les risques, concrètement ?

— Si je perds le contrôle… la masse spectrale est capable de prendre possession du vaisseau tout entier. Je ne sais pas si elle irait jusqu'à vous faire du mal, je dirais même que j'en doute.

— Nous vous faisons confiance, je suppose que vous imaginez la déception que cela représenterait s'il arrivait malheur à l'une d'entre nous.

— Oui, évidemment. »

Je me sens un peu mieux. Un peu moins vide, tout du moins. Les jours passent sans jamais se ressembler, j'apprends à connaître les déviantes et comprends l'ampleur de leur potentiel.

Concentré sur ma tâche, j'arrive à omettre de temps en temps que je ne suis plus, et que je ne serai plus jamais le Edvard d'avant. Ma nouvelle vie prend le pas sur mes précédentes, dont je n'arrive à me rappeler que de bribes, çà et là, sans précision. Et encore, si tous mes souvenirs m'appartenaient vraiment…

Je vais sûrement me laisser user par cette mission, et plus le temps passe plus je suis certain que je mourrai avant la reconquête. Mais j'y trouve une consistance et une certaine forme de bonheur.

Medusa est naturellement devenue le fruit de ma curiosité et une certaine source d'ambition. A'mon est devenue une sorte de conseillère, un œil critique qui m'est nécessaire pour garder la tête sur les épaules.

I'soe est, quant à elle, un véritable rayon de soleil. Je ne sais pas qui remercier pour sa présence dans les effectifs du Zero, mais heureusement qu'elle est là.

Je vais faire de mon mieux pour être à la hauteur.

CHAPITRE 11 : ACCEPTATION

1 mois après le lancement du Kraken Zero *;*
Navette en direction du vaisseau-mère.

« Le sas est fermé, Capitaine. Nos salutations au Conseil.

— Merci, Kr'iina. Bon travail. »

Je me rends à une séance du Conseil pour faire le point sur l'avancement actuel du programme. C'est la première fois depuis son lancement que je quitte le *Kraken Zero,* et je ne peux m'empêcher de trépigner d'impatience : aujourd'hui, je revois O'dae. J'attends en silence mon arrivée au sas d'amarrage du vaisseau-mère, tandis que A'mon s'occupe de la navigation de la navette.

« Que pense l'équipage de son Capitaine, A'mon ?

— Personne ne remet en question votre autorité. Vous vous y prenez bien.

— Qu'en pensez-vous, en particulier ?

Elle laisse un silence, trop concentrée sur le fait de manœuvrer la navette pour se permettre une discussion fluide. Puis elle répond :

— Hormis ce dont on a déjà parlé l'autre fois… je vous trouve un peu distant. Cela ne nuit pas du tout au travail que je fournis avec mon groupe, mais je vous trouve souvent absent.

— Comment être plus présent ?

— Je sais que vous ne pouvez pas participer à tous les groupes, ils sont déjà trop nombreux. Mais je crois que des paroles d'encouragement comme vous le faites avec Kr'iina seraient bienvenues.

Il est vrai que j'ai pris l'habitude de remercier et d'encourager la navigatrice du Kraken, ce qui m'a été largement inspiré par son engouement naturel et la place importante qu'elle occupe. Je n'ai pas réalisé qu'elle était la seule à bénéficier de cette attention.

— Je vois.

— Et aussi, mais ça n'engage que moi, nous sommes très tactiles par rapport à vous, on dirait que vous nous craignez.

— Là, c'est plus compliqué, ris-je en faisant craquer mes doigts, ce qui arrache une petite grimace à A'mon. Là d'où je viens, si j'avais fait des caresses à tous mes pairs sans distinction, j'aurais fini dans un asile…

— … Un quoi ?

— Un endroit où on enfermait les fous.

— Comme le *Zero*, vous voulez dire ? ricane-t-elle avec un cynisme rare.

— C'est un peu ça ! »

C'est agréable de l'entendre rire. J'apprécie sa franchise et son scepticisme pour l'aide que cela m'apporte, mais une relation plus détendue ne serait pas de refus.

« Amarrage en cours, Capitaine.

— Beau travail, A'mon », dis-je avec un sourire qu'elle me rend en double sans même voir mon visage.

La manœuvre se déroule sans accroc, et l'arrière de la navette s'ouvre sur le sas d'amarrage du vaisseau-mère. Comme ce dernier est voué à recevoir toutes les Représentantes de manière régulière, son hangar donne sur l'extérieur *via* une multitude de petits sas destinés aux autres engins. Je déboule donc à bord, sur une grande passerelle qui surplombe ce hangar plutôt rudimentaire. La gravité artificielle a été installée à bord de tous les bâtiments de la Flotte, seules les navettes et chasseurs ne sont pas encore équipés. A'mon m'emboîte le pas tandis que le sas se referme. Sur la passerelle et sous celle-ci, quelques guerrières patrouillent. Nous avançons vers le couloir transversal sans trop nous presser.

« C'est la deuxième Commandante de la Flotte qui a mis en place l'obligation de patrouilles guerrières dans chaque vaisseau militaire en s'inspirant des Kraeltiens, glisse A'mon. Cela n'existait pas avant.

— C'est une bonne chose, même si les Drenn ne vous ont jamais attaquées depuis l'Exil.

— Oui. La quatrième Commandante a ensuite étendu le dispositif à tous les vaisseaux.

— Vous êtes vraiment un peuple trop pacifique… Enfin, "trop".

— Ne soyez pas si jaloux.

Le programme est à peine lancé et je m'apprête à demander de plus gros moyens au Conseil. Et je ne vivrai pas assez longtemps pour m'assurer que je n'ai pas fait de connerie.

— Que pensez-vous de votre Commandante actuelle ? demandé-je pour changer de sujet.

— O'dae est très appréciée, répond A'mon. Elle n'a pas hésité une seconde à changer le cap qu'avait choisi la sixième Commandante, un peu critiquée pour son manque d'initiative.

— Pas assez déviante ?

— Certainement. O'dae a de la violence en elle, mais aussi énormément de bienveillance envers nous toutes. Et envers vous. Je ne suis pas sûre que sa prédécesseure aurait choisi de travailler avec vous.

— Eh. Je vois. Bon, nous arrivons à la salle du Conseil.

— Oui, répond A'mon en saluant de loin la Représentante A'vini en pleine discussion avec O'dae. Je vous attendrai à la navette, Capitaine.

— Merci. »

Bien que ma gorge se soit soudainement nouée à la vue de la Commandante, je presse le pas pour saluer les deux Yrdiekk. A'vini, droite et digne, m'adresse un regard respectueux et un salut des dorsaux. O'dae est plus familière et caresse mon bras sans rien dire, un léger sourire sur ses fines lèvres. J'entre un peu timidement dans l'immense salle, où la plupart des estrades sont déjà occupées par les Représentantes de toute la Flotte. Il doit en manquer deux ou trois, tout au plus. O'dae m'invite à prendre place sur une estrade placée au centre au bout d'un bras télescopique, et sur laquelle j'arrive à décrypter les caractères correspondant à "Kraken Zero".

« Je vous laisse inaugurer la première estrade qui n'a pas besoin de secondaires pour être manœuvrée, chuchote la Commandante.

— On n'arrête pas le progrès, ris-je. Je suis heureux de vous revoir, O'dae.

— Moi de même, prenons un temps pour discuter après la séance. Installez-vous, ça va bientôt commencer. »

Je prends place sur mon estrade, devant le pupitre où je trouve rapidement quelques boutons de commande. Ça me fait bizarre de me retrouver tout seul sur un de ces appareils. Toutes les nacelles se rétractent, et se disposent le long de la paroi circulaire de la salle. Il n'y a que celles de la Représentante A'vini et de O'dae qui restent face à la mienne. Tous ces regards braqués sur moi manquent de me déstabiliser, mais je suis ici pour rendre compte de l'avancée du programme Déviantes : les hésitations ne sont pas une option.

« Capitaine Edvard Ron, dit A'vini après avoir obtenu le silence, nous vous souhaitons la bienvenue.

— Merci, Représentante A'vini. Je suis heureux d'être parmi vous toutes.

— Comme vous le savez, les expérimentations du *Kraken Zero* sont isolées de l'Index par prudence. À partir d'aujourd'hui, vous maintiendrez un contact avec la Commandante pour lui présenter vos projets en phase expérimentale. Si elle les valide, ce sera à elle de les porter au consensus. Cette séance a pour but d'officialiser le programme, et de faire un premier point sur votre progression. »

Dans leurs robes moulantes, les Représentantes paraissent bien fragiles par rapport à la Commandante, à laquelle l'armure noire sied à ravir. Plus je passe de temps avec elles, et plus j'ai du mal à me remémorer l'apparence d'une femme humaine. Je ne sais pas si c'est mieux ainsi.

« Nous vous écoutons, Capitaine », dit doucement O'dae.

Je m'éclaircis la gorge tout en parcourant des yeux l'assemblée. J'ai préparé mes mots pour ne pas donner l'impression de dénigrer tout le travail qui a été fait depuis deux siècles.

« Le programme Déviantes est un succès inespéré, dis-je. Les déviantes ont trouvé le lieu idéal pour laisser parler leurs idées, et ont formé de nombreux groupes de travail sur plusieurs grands thèmes principalement militaires. Un département stratégique a d'ailleurs été mis en place, et ne conçoit pas la moindre tentative sans inclure vos alliés Kraeltiens, qui ont donc été ajoutés aux données de simulation. Souhaitez-vous que je développe les autres axes ?

— Dites-nous tout ce qu'il y a d'intéressant à savoir, répond A'vini.

— Bien. L'axe guerrier est divisé en plusieurs groupes de Hautes guerrières et de guerrières, qui créent des tactiques de combat et des méthodes d'approche dans différents environnements, notamment les vaisseaux Drenn. Chaque simulation est analysée puis tous les paramètres sont réajustés en fonction des résultats ; pour le moment, un groupe de dix combattantes obtient en moyenne un temps de survie de 23 minutes face à une déferlante constante de Grands-Drenn.

— C'est presque le double des résultats obtenus dans l'armée régulière, constate O'dae avec grand intérêt.

— Vos guerrières ont de la ressource, et la déviance permet d'exploiter certaines possibilités offertes par vos capacités physiques et mentales. Enfin, elle permet d'en avoir l'idée. Je crois sincèrement que la force militaire Yrdiekk sera décuplée si vous standardisez votre armée sur les progrès du *Zero*.

— Tout dépendra du risque qu'ils auront d'influencer notre lien au Noyau, répond-elle. Je m'engage à avoir un regard ouvert mais critique sur les innovations qui seront proposées. »

J'acquiesce d'un hochement de tête, n'ayant aucun argument légitime contre cette démonstration de prudence. O'dae me regarde avec insistance, puis finit par ajouter :

« Vous avez autre chose sur le cœur, Edvard.

— Oui. Cela concerne Mo'dise, une jeune déviante qui a pris l'initiative d'un groupe de travail assez… radical.

— Mo'dise est très mature pour son âge, dit la Représentante -Mori depuis son estrade.

— Représentante Mo'dari, fait A'vini. Je vous en prie.

La nacelle de la Représentante -Mori se place vers le centre de la salle, puis elle reprend la parole :

— Nous sommes conscientes des réticences que les idées de Mo'dise pourraient amener. Son esprit encore jeune n'a pas beaucoup été influencé par le consensus, ce qui laisse la voie libre à des pensées tabou.

— Dois-je m'en méfier ? demandé-je. Je crois personnellement qu'elle a du cran et un véritable potentiel pour faire avancer les choses.

— Nous les -Mori sommes guidées par une force qui va au-delà du consensus. Un instinct qui nous relie intimement au passé lointain d'Yrdann et au Noyau. Nous ne savons pas où cela nous mène, mais…

— Mais cet instinct a poussé Mo'ivu à lancer une mission suicidaire dont nous ne connaissons toujours pas le résultat, dit O'dae. Objectivement, sans parler du cœur de la lignée -Mori, le Capitaine Edvard Ron doit-il se méfier de la jeune Mo'dise ?

— Non. Elle est certainement plus déviante que quiconque, mais elle n'est pas dangereuse ni trop téméraire. Définissez un cadre, et vous n'en tirerez que le meilleur.

— Merci, Mo'dari.

— Merci », ajouté-je.

La nacelle de Mo'dari se replie contre le mur, tandis que la Représentante A'vini lève légèrement les bras dans ma direction.

« Capitaine Edvard Ron, le Conseil est unanimement positif vis-à-vis du *Zero*. Nous vous félicitons pour cette avancée majeure, et attendons avec bienveillance les innovations que vous pourrez porter à la Flotte. Merci à vous.

— Je… Merci.

— La séance est terminée », conclut-elle.

« Félicitations, dit O'dae en me rejoignant à la sortie de la grande salle.

— Je ne pensais pas que le programme serait aussi bien reçu par le Conseil, je suis un peu sous le choc.

— De Commandante en Commandante, nous avons réussi à faire comprendre à la Flotte que la voie guerrière était inévitable pour notre avenir. Nous vous avons ouvert la route mais nous n'étions pas capables de nous y engager seules.

— La voie guerrière, hein.

— Vous avez l'air un peu sombre, Edvard.

— Vous dites ça parce que je suis noir ? ris-je. Ne vous inquiétez pas, Commandante. Ça me fait du bien de vous voir. »

Nous prenons la direction de l'observatoire, une salle un peu moins grande que celle du consensus qui a la particularité de proposer de petites capsules pour observer l'extérieur du bâtiment. Seuls les plus grands vaisseaux civils de la Flotte disposent de ce genre d'espace réservé à la méditation et à la détente. Les vaisseaux militaires, eux, ont à peine quelques hublots dans une optique de ne pas avoir trop de zones fragiles… et bon sang, que ces vaisseaux sont fragiles.

« Est-ce que votre peuple me fait plus confiance qu'il y a un mois ?

— Oui. Votre taux d'acceptation est beaucoup plus stable qu'à vos débuts, et il grimpe avec assurance.

— Un… taux ?

— Oui. L'Index parvient à chiffrer ce genre de données. Un taux à 60 % signifie qu'en moyenne, les Yrdiekk vous acceptent à 60 %.

— Eh. D'accord. Ça ne veut pas dire que 40 % d'entre vous me rejettent, hein ?

— Non non.

— … d'accord. C'est plutôt bien, 60 % ?

— Le seuil pour la procréation est à 70 %, dit-elle avec un naturel déconcertant.

Je me sens rougir, et je préfère ne rien dire que bégayer un truc inaudible. Je me contente de la regarder s'installer par terre dans la première capsule de l'observatoire. Je fais de même, et profite de la vue : la moitié de la Flotte se trouve sous nos yeux, naviguant vers un prochain point de collecte. C'est plutôt impressionnant. Une bonne soixantaine de vaisseaux, ça aurait de quoi inquiéter s'ils étaient tous armés.

— Si ça continue de grimper, je vais avoir droit à une proposition…?

— Oui, dit-elle un peu gênée.

— Et vous…

— Changeons de sujet », lâche-t-elle en posant sa main sur mon avant-bras.

J'acquiesce, bien que l'éventualité d'un tel acte avec la Commandante soit beaucoup plus excitante que les discussions qui gravitent autour de la guerre.

« Je réfléchissais à des méthodes d'approche avec les vaisseaux *Kraken* pour la bataille qui se profile à l'horizon lointain, dit-elle. Nous pouvons construire des appareils plus gros et plus résistants, mais la flotte Drenn est quand même largement supérieure…

— C'est vrai. Et qu'avez-vous trouvé ?

— Il faudrait améliorer les *Kraken* pour qu'ils soient plus rapides.

— Les faire aller plus vite pour qu'ils puissent attraper les vaisseaux Drenn par surprise ?

— Oui. S'ils les voient arriver, ce sera peine perdue.

— On peut commencer par les peindre avec une matière non réfléchissante couleur vide spatial. Voulez-vous que j'attribue les recherches à un groupe de déviantes ?

— Non, je pense qu'on peut gérer ce genre de choses, merci Edvard. Par contre, il y a quelque chose qui m'interroge. Je vois en vous une force guerrière qui peut être un atout face aux Drenn, mais j'ai l'impression que vous ne participez pas aux simulations avec vos guerrières ?… »

Merde, c'est le moment. Mon attention se porte sur le chantier mobile, où la construction du deuxième *Kraken* est déjà bien avancée. J'aurais voulu reculer encore un peu la situation dans laquelle je me trouve désormais, car j'ai peur de la décevoir. Mais c'est le moment. Merci A'mon de m'y avoir préparé, un peu.

« … Edvard ?

— O'dae… je ne maîtrise pas ce pouvoir, et… je ne suis pas immortel. »

Sa bouche se ferme et ses yeux jaunes s'agrandissent un petit peu. Sa main se crispe sur mon avant-bras, avant de l'attraper.

« Mon temps ne s'écoule pas, uniquement lorsque la masse spectrale prend le dessus sur moi. Quand je perds complètement le contrôle. Quand j'ai peur de tout détruire.

— …

— La raison pour laquelle je ne m'entraîne pas avec les guerrières, c'est que je m'entraîne seul de mon côté, à essayer d'éveiller la bête sans la laisser m'écraser. Mais je n'y arrive pas.

— Je suis désolée je… je comptais dessus mais nous n'en avons jamais vraiment parlé.

— C'est moi qui suis désolé. Je suis égoïste, rien ne m'empêcherait de laisser le monstre vous protéger jusqu'à la fin des temps… Mais je veux vivre. J'ai tout perdu, deux fois dans ma vie. J'ai souffert, une partie de moi est morte sur Terre quand tout s'est écroulé. Ici, on donne un sens à mon existence. Je veux continuer à vivre auprès de vous, et à vous aider du mieux que je peux. Et pourtant, c'est le meilleur moyen pour que je ne puisse jamais prendre les armes, quand le moment sera venu d'en finir avec les Drenn.

Elle n'est pas déçue. Triste, par contre… Je viens de lui lâcher tout ce que j'avais sur le cœur, et ça pesait si lourd que j'en suis essoufflé. Elle me regarde, serre encore un peu mon bras, suit du regard la larme qui vient de s'échapper de mon œil droit.

— Il n'a jamais été question de vous sacrifier pour nous, dit-elle finalement. Vous avez fait plus en quelques mois que toutes les Commandantes depuis 200 ans, je ne peux décemment pas vous demander d'arrêter de vivre.

— Merci, Commandante.

— Vous êtes important à mes yeux, Edvard. Domptez la bête si vous le pouvez, mais c'est de *vous* que nous avons besoin avant tout.

— Je ferai de mon mieux », dis-je tandis qu'elle essuie mes larmes avec un tentacule.

Son geste se termine en caresse qui glisse dans mon cou et me fait frissonner longuement.

« Revoyons-nous bientôt, fait-elle en se relevant gracieusement. Regagnez votre vaisseau, Capitaine. »

CHAPITRE 13 : FURIES

5 jours plus tard ;
Kraken Zero.

Je me réveille d'une simulation contre des forces du Nouveau Royaume, qui a – encore – mal tourné. Réveil difficile, pourtant pas aussi dur que la réalité : je commence à savoir me défendre, mais sans la bête je ne vaux pas grand-chose. Et avec la bête, c'est comme si j'étais mort. Je me suis laissé dévorer, et le seul changement que j'observe, c'est justement que je peux "observer" plus longtemps. Je suis désormais capable de réaliser à quel point je deviens monstrueux, avant de perdre conscience. Je me tiens devant mon miroir, l'esprit encore embrumé. Je jurerais que mes yeux sont encore violets, mais j'ose espérer que c'est impossible. Et pourtant, c'est tout mon reflet qui semble n'être plus qu'une forme humanoïde noire, juste apte à détruire. Quelle horreur... Bah, du vent. Tu me fais de moins en moins peur, tu sais ? Un jour, tu devras sûrement te démerder sans moi. Je m'en irai, et tu auras intérêt à rester amie avec elles. Si je ne t'emporte pas avec moi.

« Capitaine, la Flotte est à l'arrêt pour collecte sur une planète gazeuse.

—Merci, Kr'iina. Prends du temps pour toi, on va être là pour un moment. »

Je sors de mes quartiers pour faire le tour du vaisseau ; je vais mettre en application le conseil de A'mon et donner des encouragements aux nombreux groupes de travail qui œuvrent ici.

Je passe d'abord auprès du groupe dédié à l'armement du vaisseau, qui suggère d'installer un tentacule d'abordage à l'avant pour percer les bâtiments accrochés. C'est un dispositif qu'il faudra d'abord tester en simulation, mais l'idée me plaît. I'soe fait partie de ce groupe et travaille en parallèle sur les tourelles déjà installées, cherchant à voir si quelques variations de calibrage permettraient d'obtenir de meilleures performances.

« Il faudrait aussi envisager de créer un accès tourelles pour la navigatrice du vaisseau, complète-t-elle.

—La navigatrice gère déjà beaucoup de choses, d'autant plus sur le

Kraken…

— Oui, mais centraliser les tourelles permettrait de concentrer les tirs sur une seule cible à la fois, avec plus d'efficacité qu'en transmettant un ordre à plusieurs artilleuses. Nous avons pensé que cela pourrait être utile dans certaines circonstances.

— Il faudra trouver une solution pour faire ça sans surcharger Kr'iina. Vous pensez qu'il serait possible d'avoir deux navigatrices ? Une qui gérerait le pilotage et les systèmes généraux, et une qui serait focalisée sur l'armement ?

— Deux navigatrices… Il faut essayer ! Merci Capitaine, nous allons nous mettre sur les plans.

— Parfait. Faites de votre mieux !

Ça fuse dans tous les sens, j'adore ça. Les déviantes ont vraiment beaucoup plus tendance à réfléchir *autrement* que les Yrdiekk normales, ce qui permet de voir les choses en plus grand. Je commence à me dire que l'on pourrait bien combler l'écart que les Drenn ont creusé ces deux derniers siècles, même si je compte beaucoup sur l'hypothèse qu'ils n'aient pas sur-développé leur flotte depuis l'Exil. Alors que je m'apprête tout juste à partir, un tentacule m'attrape le bras et m'arrête dans mon élan.

— Edvard.

— Y a-t-il autre chose, I'soe ?

— Vous savez que je ne suis pas seulement artilleuse, et que vous pouvez compter sur moi si vous vous sentez mal.

— Je sais, oui, fais-je en me retournant vers elle. Merci, I'soe.

Ses yeux jaune pâle ne décrochent pas des miens, pas plus que son tentacule qui serre mon avant bras. Elle a l'air soucieuse, j'en conclus que je porte sur mon visage la frustration infligée par ma dernière simulation. Je ne serais pas contre une intervention de sa part, comme l'autre fois. Je n'ose pas lui demander.

— Appelez-moi quand vous serez de retour dans vos quartiers », conclut-elle en retournant auprès des autres.

Oui, heureusement qu'elle est là. Elle ne me sauvera pas de ce merdier, mais je lui dois une certaine reconnaissance. Je reprends ma visite, un peu plus détendu, et suis vite intercepté par un petit groupe non guerrier :

« Capitaine, nous venions justement vous chercher. Avez-vous un instant ?

— Je suis là pour ça.

Les quatre Yrdiekk, dont une -Kraeltienne, me font signe de les suivre jusqu'à une petite pièce qu'elles ont pu réserver pour leurs recherches.

— Nous voulons créer des machines autonomes, dit l'une d'elles.

— Des machines ? Vous n'y êtes pas réfractaires ?…

— Peu de déviantes sont sensibles au tabou des automates, Capitaine. Mais nous souhaitions d'abord vous en parler.

— La Commandante serait plutôt partante pour ce type d'expérimentation, dis-je. Mais le Conseil risque de voir ça d'un autre œil.

— Nous le savons. Est-ce qu'il est possible de lancer les recherches quand même, au risque de devoir cantonner les automates à un usage interne au *Zero* ?

— Oui, faites. C'est une bonne piste à explorer, mais veillez à ne pas les rendre trop intelligentes ou ça pourrait vite dégénérer.

— Entendu, merci Capitaine. Nous nous mettons au travail.

— Je suis fier d'être votre Capitaine. »

Ces mots d'encouragement sortent plus naturellement que je l'aurais cru. Avant la remarque de A'mon, je ne me pensais pas légitime pour motiver les troupes de cette manière. Au final, à en voir les mines réjouies de mes équipières, c'est une habitude à prendre. C'est avec entrain que je prends la direction du prochain groupe de travail, mais cette fois c'est Medusa qui me coupe la route avec son air si sérieux.

« Ah. Quelque chose à me montrer ? »

Avec un tout petit sourire, elle m'invite à la suivre vers l'arrière du vaisseau. Nous prenons un embranchement permettant d'aller au niveau inférieur, et arrivons assez rapidement dans le hangar où plusieurs autres groupes sont au travail. Nous passons par une porte, pour enfin entrer dans une salle qui longe le hangar. 12 guerrières nous y attendent, droites dans leur armure noire aux formes inhabituellement pointues. Elles portent toutes un casque qui ne laisse de visibles que leurs yeux luisant dans l'obscurité. Elles portent un fusil du Nouveau Royaume, et un bouclier énergétique est fixé à leur bras tentaculaire. Au-delà de cette vision martiale surprenante venant des Yrdiekk, il se dégage de ce groupe une impression de menace directe, qui pèse lourdement dans l'air.

« Capitaine, je vous présente ma division test. Elle est composée de Hautes guerrières ayant accepté de se prêter à une expérience douloureuse.

— Expliquez-moi, dis-je en passant entre les deux rangées de guerrières qui ne bougent pas d'un cil.

— Elles se confrontent deux fois par jour à une simulation accélérée de l'invasion Drenn survenue il y a 219 ans. Elles sont bloquées en mode spectateur et ne peuvent intervenir d'aucune manière, jusqu'à la fin des trois journées d'impuissance qui ont forcé notre peuple à s'exiler. Nous avons fait le choix de cultiver le sentiment d'injustice et la colère qui lui est inhérente, afin de renforcer leur agressivité envers les Drenn.

— Avez-vous pu observer des résultats concluants ? fais-je en grimaçant à l'idée de la souffrance que cette expérience leur provoque.

— En deux semaines depuis le début de l'entraînement, elles ont atteint un niveau suffisant pour improviser des ripostes violentes et immédiates à toute attaque. La technique de combat consiste en une approche individuelle et imprévisible, basée sur une attaque totale ne laissant pas de répit à l'ennemi. Guerrières, quelle a été la durée de votre dernière simulation d'attaque sur un transporteur de troupes Drenn ?

— 34 minutes, répond la première de la rangée de gauche.

— C'est impressionnant, dis-je. Est-ce que votre moral arrive à suivre ?

— Nous sommes soudées et déterminées, Capitaine.

Je suis vraiment impressionné. Sans même les voir au combat, je sais déjà qu'elles sont en phase d'être reconnues comme l'élite de l'armée. En faisant le tour du groupe, je réalise que de petits propulseurs sont incrustés dans leurs armures.

— Nous nous sommes inspirées de certains modèles d'armures terriennes, explique Mo'dise. Contrairement à celles des Grands-Drenn, elles étaient dotées de propulseurs à des emplacements stratégiques permettant des mouvements de combat. Pas seulement pour se déplacer rapidement, mais aussi pour se retourner, pour donner des coups…

— Je vois. C'est vraiment fort, ce que vous avez fait.

— Merci, répondent-elles toutes à l'unisson.

— Les Hautes guerrières ont déjà la particularité d'être les plus vives parmi les combattantes, reprend la petite -Mori. C'est pour cela que mon choix s'est porté sur elles.

— Mo'dise, vous faites preuve d'un discernement remarquable. Et vous dégagez toutes une aura guerrière palpable, je suis stupéfait.

— Est-ce qu'il y a quelque chose qui pourrait les améliorer, Capitaine ?

Tout en continuant de faire le tour des guerrières, je porte ma main à ma barbe et me plonge dans une réflexion qui se veut des plus pragmatiques : de quoi disposent ces combattantes, et qu'est-ce qui peut être optimisé pour les rendre parfaites ? Je passe derrière les deux dernières de la rangée sans qu'aucune n'ait bronché, et me replace auprès de Mo'dise.

— De combien de dorsaux vous servez-vous pour vous déplacer en apesanteur ?

— Tous, répond la petite. Mais un bon entraînement pourrait réduire ce besoin à deux tentacules.

— Bien. Je vais confier au groupe de recherches en armements la création d'un fusil adapté aux tentacules. »

Leurs yeux écarquillés me laissent deviner qu'elles voudraient que je précise la vision que je viens d'avoir, ce que je m'empresse de faire :

« Vous avez six tentacules dorsaux. Je veux que vous puissiez porter et manier deux fusils dans votre dos, ce qui triplerait votre force offensive. En observant Kr'iina sur son poste de navigatrice, je me suis rendu compte que vous êtes capables de parfaitement gérer plusieurs tâches en même temps grâce à vos secondaires.

— Chaque guerrière porterait donc trois fusils sur elle… murmure Mo'dise.

— Est-ce que ça vous plaît ?

— Je ne sais pas pourquoi personne n'y a jamais pensé, dit-elle. Qu'en pensez-vous, mes sœurs ?

— C'est une piste à explorer, répond l'une d'elles. Deux fusils dans le dos seraient la limite à ne pas dépasser, cependant.

Je les contemple quelques instants avec un sourire provoqué par l'image de ces 12 guerrières suréquipées. J'espère que cela portera ses fruits. Je suis encore quelque peu abasourdi par la découverte de cette nouvelle division. Leur rigueur et leur prestance les différencient totalement des guerrières régulières.

— Souhaitez-vous donner un nom à la division ? ajoute Mo'dise.

— Furies. C'est tout ce qui me vient à l'esprit.

— Cela vous convient-il ?

— Oui, répondent-elles en chœur.

— Accordez-vous pleine légitimité à Mo'dise pour diriger votre groupe ? demandé-je.

— Oui, répètent-elles.

Je me tourne vers la créature aux yeux orange qui n'a de cesse de me dévisager de toute sa particularité.

— Lieutenant Mo'dise, je compte sur vous. »

CHAPITRE 14 : ASSIMILATION

Quartiers du Capitaine.

« Désolé si je vous ai fait peur tout à l'heure, I'soe.

— Ce n'est pas une question de peur, même si je dois avouer ne pas être rassurée quand je vous vois avec un air aussi…

— … perturbé ?

— Oui. Allez, je vous laisse vous déshabiller et vous installer.

J'applique la consigne, comme cette autre fois. Je ne peux pas m'empêcher de trouver cette situation bizarre, mais je sais que passé le malaise, je me sentirai beaucoup mieux.

— Est-ce que vous sentez la présence de la bête, quand je suis dans cet état ?

— En quelque sorte, oui. Mais je sais qu'elle ne nous veut pas de mal, alors ça va. Ce qui est perturbant, c'est l'instabilité de votre aura. On croirait que vous êtes sur le point d'exploser.

— Je vois. C'est peut-être le cas ?

— Vérifions. »

Après avoir dit ça, I'soe appuie au milieu de mon front avec un secondaire, et mes yeux se ferment en un instant. Je flotte désormais dans un espace blanc, lumineux et vide, où règne un silence reposant. Je crois que c'est reposant. I'soe se trouve juste devant moi, flottant également, à une trentaine de centimètres à peine. Je suis son regard, et réalise assez vite que mon corps vibre : son apparence alterne de manière irrégulière avec celle de la bête. En regardant mieux, je remarque également des fibres de masse spectrale, qui apparaissent puis s'éclipsent, semblant tenter de me tirer en arrière, dans le vide…

« Qu'est-ce que c'est que cet endroit ?

— Ce n'est qu'une projection de votre propre esprit. Si vous êtes capable de la voir ainsi, c'est que vous vous êtes un peu plus ouvert à moi. »

Elle ne porte pas son armure, mais une fine et ample robe bleu ciel. Sa main ouverte à quelques centimètres de mon visage, ses tentacules déployés et frôlant mon torse, elle laisse aller ces vagues d'énergie qui m'ont tant apaisé la dernière fois. Ma tête se vide du tourment causé par la masse spectrale, ce qui laisse la place à celui que me cause mon attachement à O'dae. En effet, la vibration de mon corps s'estompe mais voilà que la silhouette de la Commandante semble rôder autour de nous. Pourquoi m'obsède-t-elle autant, bon sang ? Son baiser n'a rien arrangé, évidemment.

« Faites le vide », chuchote I'soe.

Vide. L'artilleuse se rapproche doucement, tout doucement, et finit par se plaquer contre moi. Je ressens des picotements, et la bête et la masse spectrale s'en vont pour de bon. Vide. Le souffle de I'soe contre ma peau. Ses dorsaux qui m'entourent et me tiennent contre elle. Vide. Apaisé.

J'ouvre doucement les yeux, à nouveau sur mon lit. I'soe est assise sur le bord, sa main posée sur mon ventre. Est-ce qu'un jour j'arriverai à m'habituer à ces contacts sans nourrir de pensées interdites ?…

« C'est étrange. Je vous sens tendu en permanence. Complexé, tiraillé, en colère, obsessionnel, alors que ce n'est pas l'image que vous renvoyez.

— Je cache bien mon jeu, soupiré-je.

— Vous souffrez, Capitaine.

Aïe.

— Non, je vais même de mieux en mieux…

Ou bien je ne fais que m'habituer à la douleur. Alors on ne peut rien leur cacher, hein. Merde…

— Désolée. Je ne voulais pas vous lancer ça comme ça, mais c'est que j'ai tout le temps la sensation que vous vous préparez à…

— Vous avez raison. Je me prépare à mourir. Pourtant, j'apprécie cette vie auprès de votre peuple, et je vous suis infiniment reconnaissant pour la place que vous m'avez faite.

— Ce n'est pas seulement votre attirance pour la Commandante O'dae qui vous rend aussi triste, j'imagine ?

— Non, c'est plus profond que ça. C'est comme une blessure qui n'en finit pas de saigner, et quand on la panse, il y en a d'autres qui s'ouvrent. Sans arrêt. »

Elle ne répond rien, mais insiste du regard pour que je développe ma pensée. J'ai de la chance d'être tombé sur l'espèce la plus ouverte et compréhensive de l'univers.

« J'ai perdu mon identité, et celle que j'essaie de me construire avec vous ne parvient pas à me réparer. Je me souviens de personnes que je doute avoir réellement croisées par le passé, ma mémoire se mélange avec des visions qui doivent dater de plusieurs centaines d'années... Par moments, j'ai l'impression que je suis davantage un fragment de masse spectrale qu'un être humain.

— C'est cela alors, le tiraillement que je perçois.

— Je ne suis pas moi-même.

Elle a l'air attristée par ce que je subis, j'oublie trop souvent que je ne suis pas seul pour surmonter tout ça. J'oublie même que mon état d'esprit pourrait nuire à celui de l'équipage.

— Pourriez-vous essayer quelque chose pour moi, Edvard ?

— Essayer quoi ?

— Embrassez notre chaleur. Acceptez nos contacts. Assimilez l'affection que nous, Yrdiekk, nous donnons les unes aux autres.

— Vous pensez que ça m'aidera ?

Tout en continuant à caresser mes énergies du bout de ses secondaires, elle se penche légèrement sur moi à mesure qu'elle laisse remonter sa main de mon ventre à ma poitrine.

— Il faut essayer, répond-elle alors. Nous avons besoin de vous pour faire la guerre, vous avez besoin de nous pour faire la paix. »

Cette phrase m'a arraché un énorme sourire, et je ne saurais dire pourquoi. Elle a raison sur toute la ligne, je devrais me fier à elle. Cela rejoint ce que m'avait dit A'mon concernant leur besoin de contacts physiques. J'imagine que c'est un pli à prendre, au moins pour essayer.

« Ça fait du bien de vous voir sourire, Capitaine.

— Merci, I'soe. Je vais faire de mon mieux pour briser la distance.

Satisfaite de ma réponse à en croire son visage éclairci, elle marque une petite hésitation avant de laisser glisser sa main jusqu'à mon cou.

— Vous y arrivez plutôt bien avec la Commandante, et avec moi aussi.

— Vous avez toujours pris soin de moi depuis mon arrivée.

— Je sais ce qui vous gêne. Ces gestes témoignent d'une affection particulière chez les humains, alors que nous les accordons à quiconque nous les inspire, sans distinction… »

Elle parle tout en faisant de petits allers-retours du bout de ses doigts entre mon cou et ma poitrine.

« … Il en va de même pour ces sentiments que vous éprouvez. Je suis certaine que nous avons toutes autant d'amour à revendre que vous. Simplement, il est plus diffus la plupart du temps.

— J'essaie de m'habituer. C'est pas simple. »

Elle déploie soudain tous ses tentacules et menace d'abattre sur moi une tempête de caresses. Je me crispe automatiquement, comme pour éviter des chatouilles, et elle se relâche aussitôt avec un petit rire. La peur de ma vie ? Pas vraiment. Ce n'est pas désagréable… C'est juste *bizarre*, en partie parce que ça a tendance à réveiller mes instincts primaires. Je devrais peut-être le lui dire.

« Il y a aussi… ça me provoque des…

— Je sais, dit-elle.

— Eh.

— Nous sentons ces choses-là.

— Et… ça ne vous gêne pas ?

— Rien d'insurmontable. Nous avons une grande capacité d'assimilation, vous savez.

Je reste muet, rougi et perplexe. Je vais faire de mon mieux, mais j'ai du mal à les comprendre. Ses caresses se sont arrêtées, mais sa main est toujours posée à la base de mon cou et ses yeux percent les miens sans leur laisser de répit.

— … Est-ce qu'on a terminé pour ce soir ?

— Non, répond-elle. Si vous le permettez, j'aimerais dormir avec vous.

— Je vois, vous aimez me mettre mal à l'aise.

Sans attendre mon accord, elle se défait de son armure qu'elle pousse contre le mur de ma loge, pièce par pièce. Après la discussion qu'on vient d'avoir…

— Je vais vous aider, réplique-t-elle. Si cela doit passer par un malaise, j'espère que vous me pardonnerez plus tard.

La voilà en simple combinaison, révélant ses formes très légères bien qu'harmonieuses. Ce corps n'est pas tout à fait celui d'une femme humaine, mais les ressemblances sont frappantes. Juste assez pour que je les trouve attirantes. Les tentacules, je m'y suis vite habitué, et il faut dire que O'dae ne m'a pas vraiment laissé le choix dès le début. Ce sont comme des serpents, mais j'aime mieux les comparer à des queues de chat. Ou de singe. Elle se retourne vers moi, et sa mine amusée me laisse comprendre que je n'ai pas du tout l'air de refuser qu'elle reste.

— Bon bah installez-vous, hein, soufflé-je.

Je lui tourne le dos en lui faisant de la place, et ne tarde pas à la sentir s'installer en toute délicatesse.

— Si je vous gêne au point que vous préfériez rester collé ainsi au mur, je ne vous oblige à rien…

J'hésite un instant, puis soupire :

— Non, restez avec moi. Votre présence m'apaise. »

Je me décolle un peu du mur, son visage vient se poser contre ma nuque, puis le sommeil vient me chercher.

J'ai appris beaucoup de choses en acceptant la compagnie de I'soe. Elle a réchauffé plusieurs de mes nuits depuis quelques semaines, sur ce qui m'a paru n'être qu'un coup de tête ou une taquinerie. J'ai appris que les Yrdiekk ne font jamais l'amour par plaisir mais uniquement pour procréer. Cependant, elles peuvent volontiers susciter des rêves érotiques par pur altruisme, pour assouvir les envies charnelles. J'ai appris, contre toute attente, que dormir dans leurs bras n'était pas voué à rester trop excitant en le répétant plusieurs fois. J'ai appris à apprécier leur façon d'aimer, au travers de sa présence d'abord, puis dans mes relations avec tout l'équipage. Cela reste perturbant de se réveiller parfois le visage enfoui dans ce qu'on pourrait prendre pour des seins, qui chez elles n'a jamais été construit comme un objet de désir. Je la désire pourtant et elle le sait, mais je vois ceci de plus en plus comme un conditionnement typiquement humain. Elle m'aide, jour après jour, à vivre mes émotions comme une Yrdiekk. Elle m'aide aussi à ne pas avoir l'impression de tromper O'dae, alors que ça y ressemblerait bien.

« Je crois que j'y arrive.

— Oui, répond-elle en s'étirant sur le bord du lit, tu te débrouilles de mieux en mieux. »

Nous avons commencé naturellement à nous tutoyer, dès que j'ai achevé d'assimiler la sincère amitié dont elle fait preuve, au-delà de la mission qui lui a été confiée par O'dae.

« Mais tu penses encore beaucoup à elle.

— Oui, tout le temps. La différence, c'est que ça ne me fait plus mal. Parce que je ne me sens plus seul grâce à toi.

— C'est un travail d'équipe, sourit-elle.

— En parlant de ça… c'est aujourd'hui que tu prends ton poste de deuxième navigatrice ?

— Opératrice, pour être plus exacte, et j'ai hâte d'y être. Les simulations ont été très convaincantes, et maintenant que l'adaptation du vaisseau est terminée, c'est comme un nouveau souffle pour moi.

— J'en suis ravi. Allons-y ensemble, tu veux bien ?

Elle acquiesce silencieusement tout en se recouchant sur mon torse, la joue au niveau de mon cœur. Elle dit que le cœur d'une Yrdiekk ne bat pas aussi vite, ni ne fait autant de bruit. Elle laisse glisser sa main dans mon cou puis sur ma joue, avant de se relever d'un bond :

— Dépêchez-vous, Capitaine, je vous attends ! »

Dans le rire, nous enfilons nos combinaisons et nos armures pour prendre la sortie de mes quartiers. Ces quelques nuits auront suffi à opérer en moi un changement qui m'a donné autant de confiance en moi que de joie de vivre.

« Attention devant ! »

À peine avons-nous franchi la porte, qu'une guerrière fait irruption à l'autre bout du couloir et se cogne contre le mur.

« Ihh ! »

Elle s'agite dans tous les sens, et je réalise avec stupéfaction qu'elle est en apesanteur. I'soe lui porte secours en la stoppant, puis en désactivant l'appareil qu'elle porte en ceinture, et qui semble à l'origine de sa détresse.

« Merci I'soe ! Y'riss, tu aurais pu me prévenir que tu n'avais pas encore réussi à faire correctement fonctionner la commande d'annulation ! J'ai complètement paniqué !

— Désolée ! s'écrie l'intéressée qui déboule à toute vitesse.

— Pourquoi ne faites-vous pas vos expérimentations en simulateur plutôt que dans les couloirs ? demandé-je en m'approchant de la victime.

— Justement, ce n'était pas censé être une expérimentation mais un prototype FONCTIONNEL.

— J'ai dit que j'étais désolée !

Il est assez rare d'être confronté à ce genre de scène, et le rire l'emporte sur l'indignation qu'elle devrait susciter. Je suis d'affreusement bonne humeur aujourd'hui.

« — C'est la fameuse ceinture anti-G ? demandé-je en saluant la cobaye d'une petite tape sur l'épaule.

— Oui, répond Y'riss. Elle fonctionne avec le système interne du *Zero*, et ne fait qu'isoler sa porteuse de la gravité artificielle.

— Elle, *fonctionne*, répond l'autre en retirant l'appareil.

— Ce sera un net avantage tactique contre les abordages ennemis, fais-je en riant encore, j'espère pouvoir le présenter lors de la prochaine visite de la Commandante.

— Deux ou trois ajustements, et il sera prêt !

— C'est parfait. »

Je reprends le chemin du poste de navigation avec I'soe, dont l'entrain est plus que communicatif. Je suis confiant à l'idée de lui confier la responsabilité des défenses du vaisseau, même si je doute qu'elles serviront de notre vivant. Elle occupera ce poste en complémentarité de Kr'iina la plupart du temps, mais restera active auprès du groupe d'artilleuses.

Sur le trajet, nous croisons le premier modèle d'automate de défense Yrdiekk : on dirait une petite méduse verte, qui a pour principale fonction de rôder dans les couloirs et d'attaquer les cibles définies comme ennemies à l'aide de ses dards électrisés. Il y en a déjà une petite dizaine en fonction, mais ils ne sont pas encore en réseau. Nous les avons nommés veilleurs, ce qui me paraît tout à fait évocateur, mais peu de chances de les voir sortir de ce vaisseau… L'équipe qui en est à l'origine est en train de plancher sur un modèle spécialisé dans la maintenance et les petites tâches de soutien.

I'soe et moi arrivons au poste de navigation, dont Kr'iina est absente. La première fois que j'ai vu un vaisseau naviguer de lui-même, j'ai cru à une incohérence des Yrdiekk sur leur rapport à la machine intelligente ; en réalité, le lien énergétique entre les vaisseaux de la Flotte leur permet de se repérer et de se diriger les uns par rapport aux autres sans risquer ni dérive ni incident quelconque. L'intervention de la navigatrice devient nécessaire dès qu'une opération est lancée, qu'il s'agisse d'une approche planétaire ou d'un simple amarrage. Je n'ai essayé de prendre le poste qu'une fois jusqu'à présent, et c'est beaucoup de tâches pour une seule personne. La navigatrice fait littéralement corps avec le bâtiment.

« Kr'iina, tu dors ? chantonne I'soe en débarquant dans la loge située derrière le poste de navigation.

— Raté, rit la -Kraeltienne, je viens de me réveiller.

— Bonjour Kr'iina, fais-je en avançant dans l'entrée de la loge.

— Heureuse de te voir, Capitaine. On se parle souvent, mais nous ne nous sommes pas aperçus depuis…

— … depuis l'inauguration? demande I'soe en lui donnant une caresse.

— Eh, n'exagère pas ! protesté-je en riant.

— C'est un nouvel horizon qui s'ouvre à toi, I'soe, sourit Kr'iina. Tu te sens prête ?

— Comme en simulation !

I'soe est pleine d'énergie, il est assez rare de la voir aussi pétillante. Les deux s'entendent déjà parfaitement : en tant qu'Yrdiekk, et surtout en tant que binôme. Leur symbiose est telle que les simulations de combat spatial ont affiché des résultats surprenants et ouvert la Flotte à de nouvelles perspectives de tactiques. Ce modèle sera vite agréé par le Conseil, et certainement appliqué aux prochains vaisseaux *Kraken*, si ce n'est à tous les vaisseaux capitaux. Je donne une accolade à Kr'iina qui vient de se lever, avant de me retourner pour observer le nouveau poste de navigation. L'appareil où prendra place I'soe se situe derrière celui de Kr'iina, dans son axe et à peine surélevé. De mon œil d'homme, je ne vois aucune différence entre les deux postes, mais leurs fonctions sont bien complémentaires. Comme de nouveaux prototypes de tourelles sont en cours de développement, il était largement préférable d'opter pour cette composition pour optimiser les défenses du vaisseau. Dans le cas contraire, cela aurait été beaucoup trop à gérer pour la navigatrice, et nous avons ainsi ouvert la voie pour ajouter de nouvelles tâches à l'opératrice.

— Où vogue ton esprit, Edvard ? demande Kr'iina en prenant place.

— Oh, juste-là.

— Tu as le droit d'être fier, Capitaine, souffle I'soe en me caressant le cou.

— Ai-je besoin de vous le dire ?

Elle s'installe délicatement en m'adressant un regard attendri, yeux mi-clos et menton un peu relevé. C'est sa manière de me féliciter pour mes progrès, je crois.

Mes deux amies insèrent leurs secondaires dans les systèmes du vaisseau, et saisissent les leviers de commandes avec leurs autres tentacules. D'un vague coup d'œil, on pourrait croire qu'elles sont retenues par de multiples tuyaux qui traversent leur peau. Il m'arrive parfois de les voir de cette vision humaine, comme si je les redécouvrais. Un peu fasciné, un peu effrayé.

— Regarde, il est encore perdu dans ses pensées, chuchote I'soe.

Je lui lance un regard faussement accusateur, puis me redresse face à elles. Elles me contemplent avec attention et gentillesse, prêtes à effectuer leur premier "vrai" calibrage.

— Navigatrice, opératrice, je compte sur vous pour protéger l'équipage. Entre vos mains, que ce bâtiment soit notre vaisseau et notre épée. Qu'il accompagne votre peuple jusqu'à chez lui, et qu'il pourfende l'ennemi qui s'est emparé de votre maison. Je suis fier de vous. »

CHAPITRE 16 : AVENIR

5 mois plus tard.

Le temps s'écoule et laisse de côté les fragments de mes anciennes vies. Je me rappelle vaguement ces bribes de souvenirs, car elles m'apparaissent parfois en rêve, parfois en réminiscences, parfois sans que j'arrive à leur donner un sens. Mais j'ai arrêté d'essayer de retrouver ma mémoire d'homme terrien. La Flotte a fait de moi quelqu'un de nouveau, même si le combat que je mène pour elle me paraît souvent désespéré. Je me suis attaché à ce peuple dont l'Humanité aurait tant eu à apprendre. L'humilité, le respect. L'harmonie… Je ne peux m'empêcher d'avoir l'impression de lutter contre cette nature à chaque fois que je visse un peu plus les écrous du programme Déviantes. Mais une nouvelle voie se dessine depuis son lancement : celle d'une hypothèse de victoire.

Les mois passent, et je noue des liens puissants avec mon équipage. La poétique et optimiste Kr'iina, la sceptique et franche A'mon, mon amie des premières heures I'soe, et puis… Medusa. La petite n'arrête pas de me surprendre, tant par son implication que par les idées qui fleurissent dans son esprit. Les Furies sont désormais 17, et les travaux d'autres groupes ont un peu ralenti au profit de cette division si prometteuse. Je me suis attaché à cette situation, et je me suis débarrassé de ma tristesse. Mais depuis mon arrivée, il n'y a que la Commandante qui a réussi à me donner un véritable sentiment de complétude. Et chaque échange avec les Drenn me fait de plus en plus peur, et savoir O'dae aussi loin de la Flotte me rend systématiquement malade. Ces cinq derniers mois, je ne l'ai que trop peu vue du fait du lancement du deuxième *Kraken*. À peine une heure par mois, le temps de lui faire un point sur les projets en cours et les performances des guerrières déviantes. La plupart des projets ont été validés par le Conseil et commencent doucement à se standardiser, mais les Furies n'ont toujours pas été inspectées. C'est aujourd'hui que O'dae va enfin les rencontrer.

*

« Capitaine, la navette de la Commandante sera dans le hangar dans quelques instants.

— Merci, Kr'iina. Je suis en route.

— *Est-ce de l'anxiété à l'idée de la voir que je devine ?*

— C'est une question indiscrète, ça.

— *Ta voix est plus grave lorsque tu es gêné,* rit-elle. *Si tu te sens seul, n'oublie pas notre étreinte.*

— Je n'oublie pas », souris-je en arrivant devant le sas d'accès au hangar.

J'attends que celui-ci se déverrouille, quand la voie d'appontage sera fermée. Comme l'a bien remarqué Kr'iina, je suis inhabituellement nerveux à l'idée de retrouver O'dae. L'espacement ainsi que la brièveté de nos rencontres n'y sont pas pour rien. Mon attirance pour elle n'est plus un secret pour personne, et j'ai maintenant l'impression d'avoir un rôle à assumer quand je la retrouve. Ça y est, le sas est ouvert. Je presse le pas jusqu'à l'emplacement où s'installe la navette, puis me place droit comme un piquet derrière celle-ci. Sa porte s'ouvre sur la silhouette gracieuse de la Commandante, qui me salue d'un cercle des dorsaux. E'foss est avec elle, comme souvent, et s'installe à côté de la navette pour attendre son retour.

« Bienvenue à bord.

— Merci, Edvard. Comment se porte l'équipage du *Zero* ?

— Très bien. Les Furies attendent votre visite avec impatience.

— C'est un sentiment partagé. Il était temps, je n'arrive pas à vous accorder beaucoup d'attention en ce moment…

— Vous me manquez, O'dae. »

Elle ne répond pas, sûrement toujours parce qu'elle ne peut pas ressentir ça. Je devrais arrêter de le lui dire, je dois être tout juste bon à la mettre mal à l'aise.

« Pardon, fais-je dans un soupir.

— Allons, Capitaine », répond-elle en laissant ramper un tentacule autour de mon bras jusque dans le creux de mon cou.

Par moments, je me demande si elle ne le fait pas un peu exprès. Je n'aurais jamais pensé pouvoir être un jour éméché par des tentacules, c'était même tout l'inverse au début. Mais ces caresses commencent à me rendre fou, d'autant plus qu'elles sont devenues rares. Et ce, malgré le travail sur moi que j'ai pu réaliser grâce à I'soe. J'arrive à me remettre les idées en place quand nous passons la porte de la zone dédiée aux Furies : Mo'dise et ses 17 guerrières nous attendent, stoïques.

« Commandante, la salue Mo'dise.

O'dae semble impressionnée par ce qu'elle voit. Il faut dire que les Furies sont encore plus dangereuses maintenant que lorsque je les ai vues pour la première fois. Elles portent désormais deux fusils chacune dans leur dos, articulés sur deux dorsaux chacun. Ces armes ont été développées au sein même du *Zero*, et décuplent les capacités offensives des Furies.

— Je n'y aurais jamais pensé… souffle O'dae.

— Les Furies sacrifient au quotidien leur bonheur au profit d'un esprit guerrier hors normes, explique Mo'dise.

— Je vous sens si éloignées du Noyau d'harmonie…

Aucune ne sourcille en voyant passer la Commandante à quelques centimètres de son visage. Nous avons aussi fait le choix de maquiller les Furies avec d'épais traits noirs, qui visent à exagérer les expressions liées à la colère. Elles sont terrifiantes, à un tel point qu'on peut avoir du mal à les considérer encore comme des Yrdiekk. Nous avons même mis en place un entraînement physique en situation de gravité poussée, ce qui développe leur musculature de manière assez spectaculaire. O'dae est très perturbée, je n'ai pas l'habitude de l'entendre tenir des propos mystiques.

— Elles ont créé leur propre harmonie, dit Mo'dise.

— Et c'est plutôt efficace, ajouté-je. Nous avons dû créer des scénarios de défense Drenn car elles ont atteint un niveau suffisant pour abattre les premières lignes et entamer les couloirs menant au pont principal.

— C'est incroyable… Et pourtant, je suis désolée. Le Conseil n'acceptera jamais que cette division sorte du *Kraken Zero*. À cause de l'harmonie. Si moi qui suis déviante arrive à percevoir un tel déséquilibre, je n'ose pas imaginer ce que pourraient ressentir des Yrdiekk normales.

— Nous ne comptions pas argumenter dans l'autre sens, répond Mo'dise.

Nous avons pris assez rapidement conscience que cette division reposait sur l'exploitation brutale d'une faille dans l'harmonie. Le seul moyen de se détacher du Noyau pour aboutir à cette force était de les rendre *trop* dangereuses.

— Je vois. Je ne m'oppose cependant pas au fait que la division Furies soit pleinement intégrée à l'équipage du *Zero*. Une telle escouade de choc peut s'avérer très utile en situation d'abordage, hm ?

— C'est notre raison d'être, répondent-elles en chœur.

— Souhaitez-vous les voir en action ? demande Mo'dise.

— La prochaine fois. J'aimerais les voir prendre le contrôle d'un croiseur Drenn, pensez-vous qu'elles pourront le faire rapidement ?

— Sans aucun doute.

— Je viens d'avoir une idée, dis-je. Il faudrait un moyen de transmettre la vidéo de la simulation aux index des autres vaisseaux. Cela donnera de l'élan à tout le monde, je n'en doute pas. En limitant ça à des images, personne ne devrait avoir à sentir une rupture de l'harmonie.

Initions-les à la propagande, c'est sûrement la meilleure idée du monde. Allez, ça part d'une bonne intention, je suis sûr que ça aura de bons effets sur le moral des troupes.

— Nous pourrons mettre cela en place dès qu'elles sauront être victorieuses.

— Ce n'est qu'une question de temps, réplique Mo'dise. Nous allons nous remettre au travail, si vous le voulez bien.

— Entendu. »

Je lui emboîte le pas et nous sortons de la zone d'expérimentation. Il ne me faut pas longtemps pour réaliser que O'dae a l'air tendue et triste.

« Est-ce que vous êtes pressée ?

— Je le suis toujours… Depuis le lancement du programme, mon rôle auprès du Conseil a pris de l'importance. Avec le nouveau *Kraken* et le troisième qui est en cours de production, je dois être partout à la fois.

— Je suis désolé.

— Désolé de quoi ?

— D'apprendre que votre vie est devenue plus difficile ces derniers temps. Je suppose que vous ne pouvez pas rester un peu ?

Elle me regarde un peu froidement, peinant à dissimuler son état mental. Au bout de quelques secondes, elle sourit et enroule son bras tentaculaire autour de mon avant-bras.

— Un peu, alors. Je dois avouer que j'ai besoin de m'aérer la tête. »

Elle fait un signe à E'foss qui est restée près de la navette, et nous nous dirigeons vers le pont principal du *Zero*.

« Commandante, bienvenue à bord.

— I'soe. Tout se passe bien depuis votre prise de poste ?

— Oui, répond mon amie en me donnant un petit coup de tête. J'y vais de ce pas, d'ailleurs, nous devons vérifier la manœuvrabilité du nouveau canon à impulsions.

— L'arme conçue pour plier le blindage des croiseurs ennemis si jamais les tentacules accrocheurs ne sont pas assez puissants ?

— Celle-là même, réplique-t-elle fièrement.

— Vous êtes l'avenir de la Flotte, continuez ainsi. »

I'soe prend congé après une caresse, et nous continuons notre marche. Je surprends O'dae à me tirer un peu plus à elle, et je me laisse faire bien volontiers. Ce geste si humain…

« O'dae, est-ce que vous faites ça pour me faire plaisir ou…?

— Il y a un peu de ça. Mais tout comme vous avez fait de nets progrès de votre côté, plus le temps passe et plus cela me vient naturellement. Vous appréciez beaucoup que je marche ainsi à vos côtés, alors pourquoi s'en priver ?

— L'alcool est redescendu, rassurez-moi ?

Elle s'arrête de marcher et laisse échapper un rire cristallin et absolument touchant. Me voilà rassuré, jusqu'à ce qu'elle prenne un air grave en me regardant droit dans les yeux.

« Je voulais vous demander… concernant la bête.

L'art de changer de sujet. Elle le maîtrise à la perfection.

— Je ne suis pas sûr d'avoir évolué. Tout ce que je sais, c'est que je reste conscient de plus en plus longtemps à chaque transformation, mais je n'ai aucun contrôle sur ce que je fais.

— Je vois. Désolée de toujours revenir à ce sujet…

— Vous êtes obsédée par la bataille finale.

— Alors que je ne serai pas là pour la voir. Je sais.

— Ce n'est pas un reproche. C'est un signe de dévotion à votre mission. Cela fait partie de ce qui vous rend aussi impressionnante, et de ce qui vous vaut le respect de toute la Flotte.

— Merci de me réconforter.

— Je fais de mon mieux. »

Elle me répond avec un air amusé. Son bras n'a pas lâché le mien. Elle a raison, j'apprécie beaucoup.

« Je ferai tout mon possible pour vous protéger, ajouté-je.

— … *Me* protéger ?

— Oui. Je ne sais pas qui de nous deux partira avant l'autre, mais je serais détruit s'il vous arrivait quelque chose. Tout ce que je fais, même si toute la Flotte en bénéficie, et même si je suis très attaché à mon équipage, c'est avant tout pour vous que je le fais. »

Sa main libre se lève alors jusqu'à l'arrière de ma joue, et elle tire mon visage jusqu'au sien pour déposer un long baiser sur mes lèvres. Il dure, mais pas aussi longtemps que celui qu'elle ajoute juste après m'avoir regardé furtivement dans les yeux. Je me sens si apaisé, c'est tout mon corps qui frissonne. Je sens ses secondaires parcourir ma peau en douceur. Nos armures plaquées l'une contre l'autre peinent à rester un mur de frustration, tant il est ébréché par le contact indescriptible de son visage contre le mien. Je n'arrive plus à réfléchir.

« Alors protégez-moi. »

« Go, go ! »

Machine sur machine, soldat sur soldat, le fracas des armes et des pas de course s'entrecoupe de brefs silences. Explosion. Six Furies m'escortent à travers les lignes ennemies.

« Les voilà ! »

Je me plaque contre le mur, derrière deux Furies qui retiennent leur respiration et s'immobilisent. Un automate T3 fait irruption et s'écroule aussitôt : une seule guerrière a suffi, s'est jetée sur lui sans aucune autre aide que celle de sa lance et de ses propulseurs d'armure. Un coup, vif, précis. L'instant qui suit, une autre saisit la carcasse grésillante et la soulève, puis fait passer ses dorsales – mitrailleuses légères de première génération – sur les côtés de son bouclier improvisé. Deux combattantes se jettent derrière elle, et lancent une salve synchrone sur le groupe d'ennemis qui arrive en face. Ils tombent d'un bloc.

Le champ de bataille d'aujourd'hui, c'est moi-même qui l'ai conçu. J'y ai disposé des ruines, des vaisseaux et des paysages terriens, qui s'enchaînent sans cohérence, et sont parsemés d'unités du Nouveau Royaume. Ces ennemis, ce terrain, les Furies ne les connaissent pas. Et pourtant, elles les affrontent avec une assurance destructrice. Je cours au milieu du groupe, pour la première fois depuis sa création. Mon rôle ? Objectif à défendre. Je les suis de près avec un fusil, mais je ne me risque pas à combattre. Nous voulons pousser les Furies à composer avec la présence d'un allié fermé à leur symbiose, et pour le moment c'est une réussite. En effet, malgré leur hargne, elles n'ont aucun mal à se répartir les rôles et à improviser des tactiques sans même avoir à parler. Cela fait seize minutes que la simulation a commencé, et aucun d'entre nous n'a essuyé le moindre tir ennemi. Mon souffle commence à se faire court, mais pas le leur. Sous l'œil attentif et fier de Medusa, elles ravagent et protègent avec une efficacité jamais vue.

« Elles ont calé leur rythme sur le vôtre, Capitaine.

— Ouais. Combien de tableaux reste-t-il ?

— *Deux quand vous aurez terminé celui-ci. Vous êtes sur le quatrième.*

— Bien reçu. »

Nous filons dans les restes d'un bâtiment en feu pour contourner deux aérochars qui bloquent la route principale. Leurs tirs menacent de faire s'écrouler les semblants de murs qui maintiennent encore la structure, mais les éclats de gravats et les armatures s'écrasent chaque fois à plusieurs mètres de notre groupe. Je suis alors moi-même surpris par des ennemis d'un autre type que j'avais disposés dans cette zone : une dizaine de cornus font leur entrée de toutes parts de la salle. Mes protectrices ne se laissent pas impressionner, mais la première blessure est subie par celle qui s'est interposée pour arrêter le plus proche. Renversée, elle se relève sans délai en prenant appui sur ses dorsaux, puis assène un grand coup de bouclier énergétique à mon assaillant, pendant que les tirs dégagent un chemin vers la sortie. Elles m'encerclent jusqu'à mettre – prudemment – le nez dehors. Les deux qui ferment le groupe descendent les derniers cornus, tandis que l'éclaireuse s'élève jusqu'à un toit, d'où tombent vite deux snipers. Celle qui m'a protégé est encore vaillante, sa blessure au bras n'a pas l'air de trop l'affecter.

Je me laisse porter par les élans du groupe. Sans rien me dire, elles parviennent à m'indiquer avec précision ce que je dois faire, comme si j'étais moi aussi en symbiose. C'est leur volonté écrasante et leur pouvoir d'influence qui prennent le pas sur ma réceptivité réduite. Nous franchissons les deux aérochars tout en éliminant une autre patrouille de robots. Apparaît ensuite, à une trentaine de mètres, un passage de lumière bleue.

« C'est l'accès à la cinquième zone ! »

Deux autres snipers se pointent soudain sur le toit du bâtiment où se situe le passage. Les Furies forment sans délai un grand bouclier au-dessus du groupe. Toutes, sauf une dont la tête a été transpercée par un tir : je n'ai plus que cinq gardiennes, lesquelles me mènent jusqu'au passage sous une carapace d'énergie faiblissante. Plusieurs tirs frappent les boucliers qui ont fusionné en un seul, mais nous arrivons enfin à franchir le passage. La lumière bleue nous enveloppe, nos sensations s'altèrent pendant quelques secondes, et nous voilà transférés dans le cinquième tableau.

Nous sommes désormais à bord d'un Cuirassé du Nouveau Royaume. Normalement, nous ne devrions pas être en mesure de franchir cette étape, que j'ai paramétrée pour être beaucoup trop difficile. Nous voulons voir combien de temps elles peuvent protéger leur objectif ou survivre dans une situation désespérée : l'accès à la zone 6 se trouve dans le ciel virtuel, et le seul moyen de le franchir est de prendre le contrôle du Cuirassé. Si nous parvenons jusqu'au pont de commande, nous devrons survivre à un assaut constant de forces ennemies jusqu'au passage.

La première difficulté se présente : nous sommes un groupe de six dans un couloir étroit, ce qui nous oblige à former un bloc avec les boucliers pour avancer sans encaisser de dégâts. En variant la hauteur de leurs dorsales, les Furies parviennent pourtant à utiliser toute leur puissance de feu pour dégager le couloir en continu. Nous arrivons jusqu'à une petite salle, où nous nous engouffrons. Je n'aurais pas fait ça car il n'y a qu'une issue et nous allons vite être assaillis par de nombreux ennemis, mais cette dérobade laisse le temps nécessaire à une guerrière pour infiltrer les système du vaisseau. Elle connaît désormais le chemin pour atteindre le pont de commande.

« Vous tenez le coup, Capitaine ?

— Ça ira », fais-je en reprenant mon souffle.

Mon cœur n'es plus très loin de l'explosion, mais comme j'ai le droit de mourir ici je tiens à me pousser à bout pour mener à bien cette nouvelle expérimentation. Les champs de bataille, la concentration d'ennemis, le facteur "nouveauté", tout ceci aurait été très difficilement surmontable par une escouade de l'armée régulière. Nous avons su exploiter l'avantage physique dont disposent les Yrdiekk, et le mettre en adéquation avec un état d'esprit qui manque à la grande majorité d'entre elles.

Une guerrière est restée dans l'entrée de la salle pour retenir l'ennemi avec un feu nourri, mais elle vient de recevoir un projectile à plasma dans la poitrine. Elle se replie sans un cri, mais nous adresse un regard qui frôle l'inquiétude : beaucoup d'ennemis arrivent, il faut vite se remettre en route ou nous allons être piégés ici. Elle laisse ses dorsaux dépasser de la porte et tirer à l'aveugle, mais cela ne sera pas suffisant. La tension monte dans le groupe qui se remet en position, et à mesure que les pas se rapprochent, je me sens légèrement *trop* impliqué dans cette simulation. Je n'aime pas cette sensation. Non, je ne l'aime pas du tout.

Sans crier gare, trois Furies se ruent dehors. La première fonce bouclier en avant, en mode étalé pour couvrir ses arrières. Les deux autres saisissent leur lance, et l'envoient se loger dans des robots arrivant à quelque vingt mètres. Elles activent aussitôt le mécanisme de décharge électrique, ce qui relie les deux lances dans une zone à haute tension qui stoppe l'avancée ennemie. L'Yrdiekk blessée vient fermer le groupe avec la cinquième, puis nous reprenons notre percée en direction du pont de commande. Notre pas est sûr, les tirs fusent, les lignes de défense tombent une à une. En échange, quelques autres coups sont encaissés jusqu'à l'arrivée à l'angle du grand couloir menant à notre objectif. Mais les Furies sont solides, et si nous avons indéniablement ralenti, nous n'en sommes pas moins sur un élan victorieux. Alors pourquoi je me sens aussi…?

Arrivés à l'angle, nous sommes pris d'assaut par deux T2 de sécurité en procédure d'interception. Le premier renverse une Furie, tandis qu'une autre esquive la bourrade tout en accrochant le deuxième avec un dorsal libre. Elle effectue un tour complet sur elle-même, le projette contre le mur, ouvre le feu sur le premier pendant que nous achevons l'autre. Ce dernier n'a pas eu le temps de se relever, mais je n'arrive pas à me satisfaire de cette riposte. Il y a ces pas qui se rapprochent dangereusement, et qui me mettent soudain en difficulté. Je crois que j'ai commis une erreur en programmant cette zone.

Le GECKO arrive toutes mitrailleuses dehors sous le feu des Furies. Les boucliers menacent de lâcher, et une bête audace de guerrière précipite la fin de l'une d'entre elles, transpercée par une dizaine de balles. Repli. Nous tirons en reculant, et le quadrupède métallique gagne du terrain malgré tout ce qu'il reçoit. La mitrailleuse située sur son dos finit par éclater, mais le voilà sur nous. La plus proche saute pour s'y accrocher, mais d'un seul bond, la machine l'écrase contre le mur de droite. Non, je n'aurais pas dû le mettre dans cette simulation. Je voulais confronter les guerrières à un ennemi surpuissant pour les pousser à dépasser leurs limites, mais j'ai oublié de considérer la façon dont *je* réagirais à sa présence. Et je ne suis pas resté tremblotant bien longtemps. Et j'aurais préféré être assez terrorisé pour que la paralysie m'expose à une mort directe.

Non, je… Je dois m'arrêter là, je n'aurais pas dû. Mais alors que je veux fermer les yeux cinq secondes pour mettre fin à ma simulation, je vois dans ceux de la Furie blessée qu'il est trop tard. La bête a déjà pris le relais. Je me vois me jeter sur notre ennemi, m'y accrocher en hurlant de toutes mes forces. J'entends le sifflement.

« *Edvard !* » crie Medusa dans mon oreillette.

Mais je n'arrive pas à lui répondre, tout devient sombre et incrontrôlable comme à chaque échec. Tout va tellement plus vite que d'habitude… Je ne peux rien y faire ?

Dans le fracas de mes poings sur le blindage léger du monstre, je commence à deviner des fibres de masse spectrale qui s'échappent de mes bras. Entre les filaments, je distingue un, puis deux, peut-être trois regards de Furies que l'entraînement n'a pas rendues insensibles à la terreur.

CHAPITRE 18 : LUMIÈRE

« Edvard… pourquoi ? »

Le regard de O'dae, planté dans mes yeux embrumés, m'implore de m'arrêter. Je n'arrive pas à lui répondre.

« Non ! »

Pourquoi ? Je n'en sais rien. J'ai cru que ça irait, sûrement. Je me suis senti pousser des ailes. Mais c'étaient des cornes. Bah. Une simulation ratée, avec témoins. J'aurais préféré éviter ça.

« Edvard ! »

Avant, tout était bien différent. J'avais une famille, des amis… On prenait la voiture avec Salomon et on allait rejoindre les autres en ville. Je me demande combien sont encore vivants. Attends… Je n'ai jamais connu ce Salomon, si ?

« Je t'en supplie ! » rugit O'dae.

J'ai perdu le contrôle. La masse spectrale a dévoré le GECKO, puis a commencé à s'étendre au Cuirassé sous les yeux des guerrières. Je suis resté conscient presque tout le long. J'ai vu ce qui s'est passé. Je l'ai vue les prendre pour cibles, je crois. Quelle horreur… Mais ce n'est qu'une simulation, hein ? Non, je ne dois plus jamais, plus jamais. Je suis un danger pour tout le monde, ici. Quand es-tu entrée dans la simulation, O'dae ?

« Je vais essayer de te ramener ! La navigatrice prépare l'évacuation. Tout le monde s'apprête à décoller du hangar… »

Non, ne me dis pas que…

« Pourvu qu'on n'en arrive pas là. Edvard, reste avec moi. »

Je la vois prendre une expression crispée mais pleine d'une volonté à en faire fléchir un Goliath. Son visage se ferme, concentré. Ses secondaires me parcourent tout entier, ou du moins assez loin pour que je réalise que je suis toujours sous ma forme spectrale dévorante. Et que nous ne sommes plus dans une simulation.

293

« Accroche-toi, Capitaine.

— O… »

Je suis perdu entre la pression qui est montée d'un coup et la capacité apaisante de la Commandante. Elle est focalisée sur moi, et j'arrive doucement à me focaliser sur elle.

« Edvard, tu as assimilé le simulateur et la masse a commencé à s'étendre autour de nous. Il y en a un peu sur moi, ça grimpe doucement. »

Elle prononce ces mots calmement, pour me ramener à la raison. Je crois que ça fonctionne. Il est hors de question que je te dévore. J'espère que tu n'es pas trop déçue en voyant ça, toi qui t'es encore un peu plus ouverte à moi il y a à peine six jours. Je commençais à croire à notre histoire, dis-toi. Au final, mon équipage t'appelle parce que je suis en train de fusionner avec le vaisseau. Du beau travail.

« Capitaine ?

— O'dae ?

— La masse spectrale agit par nature.
C'est son instinct de destruction qui a pris le dessus,
mais tu es presque pleinement conscient.

— Je le sais bien…

— Je peux vous aider à joindre vos flux énergétiques.
Cela devrait te permettre de rappeler son pouvoir en toi,
qu'il cesse de s'étendre…

— Que dois-je faire ? J'ai tellement peur…

— Pense à… nous deux.
Ça m'aidera à me rapprocher de ton esprit
afin de l'influencer. Je vais nous harmoniser.

— Mais penser à toi, je le fais tout le temps…

— Concentre-toi sur les sensations que tu as
lorsque tu essayes sans arrêt de me charmer.

Je laisse alors libre cours à tout ce qui me passe par l'esprit quand je suis près d'elle : l'aveu de mes sentiments, le besoin d'être plus près, de plus en plus près. Le réconfort, mais aussi l'excitation que je ne saurais réfréner. Je me sens déjà

un peu mieux.

— Encore, ne t'arrête pas !

O'dae est mon lien à la Flotte. C'est elle qui m'a intégré. C'est même elle la première que j'ai attaquée dans l'épave. Elle incarne un idéal de courage et de dévotion auquel je ne saurais prétendre. Et pourtant, je la veux pour moi. Je veux la serrer dans mes bras, encore et encore. J'ai peur que tout s'effondre du jour au lendemain, car je ne la connais pas si bien. Et parce qu'elle ne peut pas ressentir le même amour que moi. Mais je m'y accroche, et je continuerai de m'accrocher au moindre regard qu'elle m'accordera. Je t'en supplie, ne m'abandonne pas.

Je ne t'abandonne pas, Edvard.

Regarde.

*

Je reviens à moi, encore tout engourdi mais enfin humain. Je suis soulagé de voir que la masse n'a pas englouti O'dae, qui se tient penchée sur moi. Elle est complètement essoufflée, et ses secondaires ont pris une teinte noirâtre dont la provenance ne fait aucun doute. Bon sang…

« À tout l'équipage, dit-elle. L'évacuation est annulée, tout est rentré dans l'ordre. »

Désormais assise sur mes jambes tendues devant moi, elle s'est un peu redressée et me regarde d'un air indéchiffrable. Je ne sais même pas quoi lui dire, à part m'excuser d'avoir complètement merdé.

« Capitaine, vous allez bien ? »

C'est Mo'dise qui vient d'entrer dans la salle, suivie de dizaines de paires d'yeux agglutinées dans le hangar. Avoir fait cette simulation dans le local des Furies aurait pu mener l'intégralité de l'équipage au désastre. C'est la dernière fois que j'utilise ce simulateur. Peut-être même la dernière fois que j'utilise quelque simulateur que ce soit. Quelle honte.

« Je suis désolé pour ça, tout le monde… »

Mais les regards des Furies ne témoignent pas du reproche qu'elles pourraient légitimement me faire. Aucun de ces regards ne semble réaliser que ce vaisseau était sur le point d'être condamné. Que O'dae a accompli un miracle en stoppant *ça*. Pourtant, les Furies étaient toutes là quand elle a sonné l'évacuation. La Commandante se relève avec peine, puis se tourne vers mes guerrières :

« Je suis au regret de devoir démettre Edvard Ron de ses fonctions de Capitaine.

— Je comprends, dis-je. Je ne comptais pas le rester.

— Je sais bien que vous comprenez… C'est pour la sécurité de toutes. Je ne peux pas vous laisser officier dans un vaisseau aussi dangereux que celui-ci.

— Commandante, intervient Medusa avec son air grave. Puis-je vous parler seule à seule ? »

Les deux s'éclipsent dans le petit local situé au fond de la salle des Furies. Elles y restent un moment, tandis que les guerrières et moi attendons sans rien dire. Je ne peux même pas les regarder dans les yeux. Je ne peux décemment pas rester Capitaine après un tel fiasco. Je ne peux pas assumer ça. O'dae et Mo'dise reviennent finalement, et O'dae a l'air encore plus étrange.

« Venez avec moi, Edvard. Vous toutes, j'aimerais que vous n'ébruitiez pas cet incident. Je ferai bientôt une déclaration officielle, est-ce que je peux compter sur vous ?…

— Entendu, Commandante. »

Elle s'engage vers le hangar, où je la suis sans parvenir à poser de question. Les déviantes sont encore là, un peu perturbées par l'alerte qui vient d'avoir lieu sans que personne ne semble comprendre pourquoi. J'adresse des signes de tête respectueux à mon équipage que mon départ précipité n'a pas l'air de laisser indifférent. Comme le veut la procédure d'évacuation pour danger interne, seule la navigatrice était restée à son poste : tout le monde est là à part Kr'iina. A'mon nous regarde passer, l'air d'avoir compris que j'en ai fini ici. I'soe, quant à elle, est inquiète. Très inquiète. La prochaine fois qu'elles me verront, c'est certain, je ne serai plus leur Capitaine. Est-ce qu'il y aura une prochaine fois, c'est moins certain.

Nous entrons dans la navette où nous attend déjà E'foss, visiblement étonnée de me voir à bord. C'est à croire que l'accident n'a pas duré si longtemps. Je crois qu'il n'y a que les Furies et Mo'dise qui sont au courant de ce qui s'est produit là-dedans… mais ça ne change rien à ce qui va se passer ensuite, je suppose.

« J'ai pris une décision très grave », dit O'dae.

Nous venons d'arriver dans les quartiers de O'dae. Elle a verrouillé la porte et réglé la luminosité sur une faible intensité. Je ne sais pas trop où me mettre.

« Edvard, pour être très claire… je suis vraiment soulagée d'avoir réussi à vous ramener à la raison. Pas seulement pour l'équipage du *Zero* et pour toutes les vies qui auraient été menacées si vous en étiez venu à corrompre le vaisseau. Je suis aussi soulagée pour vous.

— Je ne vis pas cet arrêt comme une punition, Commandante. Je pense que c'était la meilleure chose à faire pour tout le monde.

— Merci d'être compréhensif.

— Merci de m'avoir sauvé la vie. »

Son expression n'a pas changé depuis qu'elle a parlé avec Mo'dise. Je ne sais pas ce que la petite lui a dit, mais ça l'a chamboulée. Elle évite de me regarder dans les yeux, elle qui me dévisageait de manière inédite il y a à peine quelques dizaines de minutes.

« Pourquoi m'avez-vous amené ici ?

— Vous ne vous en êtes pas rendu compte car vous étiez inconscient, mais je suis arrivée très vite quand Mo'dise m'a appelée à l'aide. Et c'est parce que j'étais déjà en chemin pour le *Zero*…

— …?

— … Je revenais d'une séance du Conseil, qui à vos 70 % de taux d'acceptation, a validé ma demande de procréation.

Mon cœur se met soudain à battre atrocement vite. Elle était en route pour m'annoncer la nouvelle et me faire sa proposition. Et moi, j'étais sûrement en train de dévorer mes guerrières dans un fiasco de simulation.

— Eh. J'imagine que c'est fichu…

— Non. Du moins, pas encore.

— Vous ne devriez pas…

— J'ai toutes les raisons de m'inquiéter, je le sais. Mais j'ai décidé d'accomplir l'acte de procréation avant que toute la Flotte ne soit au courant pour l'incident.

— Pourquoi y tenez-vous tant ?

Elle commence à desserrer les liens de son armure et à enlever ses épaulières, ce qui a pour effet d'augmenter encore mon rythme cardiaque. Je commence à sortir de ma torpeur.

— J'y pense depuis le début. Quand j'ai vu la protection que vous pouviez nous donner, j'ai tout de suite songé qu'il *fallait* créer une lignée avec votre espèce.

— Mais c'est dangereux.

— Oui. Si ça ne l'était pas, je ne me sentirais pas forcée de révéler au Conseil l'accident qui a eu lieu. Cependant, je mentirai concernant le moment des faits pour éviter que le consensus ne rejette notre descendance.

— Vous pourriez aussi renoncer…

Elle fait non en hochant la tête, puis détache les pièces d'armure qui recouvrent ses jambes. Elles tombent au sol dans un bruit léger, près des épaulières et des canons de bras. En enlevant son gantelet, elle me répond :

— C'est la deuxième fois qu'une -Mori me fait prendre une décision qui pourrait faire basculer le destin de la Flotte.

— Vous parlez de Mo'dise ?

— Oui. Comme je me rendais à bord du *Zero* dans l'intention d'accomplir la procréation, mes énergies lui sont parvenues et lui ont fait avoir une vision avant l'incident.

— Vous croyez en ces choses-là ?

— Je sais que ça paraît improbable… Mais ses mots m'ont décidée à franchir le pas malgré ce que j'ai vu tout à l'heure. Il y a des guerrières Yrdiekk-Terriennes dans les rangs de celles qui reprendront Yrdann. »

Je ne sais pas ce qui est arrivé aux trois -Mori qui ont quitté la Flotte il y a plusieurs mois, mais les prédictions de cette lignée semblent prises de plus en plus au sérieux. La décision de la Commandante est ferme, quoi qu'il en soit. J'aurais préféré que ça se fasse dans des circonstances un peu moins dramatiques, que ce soit juste un acte d'amour, ne serait-ce qu'un peu. Mais je ne suis pas en position de me plaindre.

« Votre taux d'acceptation va redescendre dès que le Conseil saura que vous êtes encore dangereux… Je ne sais pas ce que nous allons pouvoir devenir, alors essayons de profiter de ce moment.

— …

Son regard de feu s'est à nouveau fixé sur moi, et un beau sourire s'est dessiné sur son visage quelque peu tourmenté. Elle se rapproche doucement, vêtue uniquement de sa combinaison épousant parfaitement ses formes discrètes.

— Est-ce que tu es d'accord, Edvard ?

— Oui. »

Tout en laissant glisser un tentacule dans mon cou, elle presse les boutons détachant mon armure. Je me retrouve rapidement moi aussi en combinaison spatiale. Lorsque je me décide à lui retirer la sienne, je remarque qu'elle n'est pas aussi émoustillée que moi. Fidèle à sa prestance, elle est droite et fière. Ses yeux ne quittent pas les miens, qui eux s'agitent sur son corps de plus en plus dénudé. Cette magnifique peau bleue, aux fines lignes qui se croisent et longent son corps… Ai-je vraiment le droit de la toucher ? Lorsque sa combinaison se retrouve au sol, et elle, complètement nue, mes mains se lèvent d'elles-mêmes pour embrasser son visage. Après un minuscule baiser, elle me pousse doucement vers le lit. Je m'y laisse tomber en achevant d'enlever ma tenue. Penchée sur moi, elle presse ses lèvres contre les miennes, beaucoup plus langoureusement cette fois. Je sens ses tentacules parcourir tout mon corps, renforçant seconde après seconde mon excitation devenue intenable.

« Normalement, nous utilisons nos secondaires pour faire halluciner notre partenaire, afin qu'il puisse se donner à nous malgré nos différences…

— Non, reste avec moi, O'dae.

— Je vois bien qu'il n'y a pas besoin de ça avec toi, rit-elle doucement avant de m'embrasser à nouveau.

C'est elle qui mène la danse, et ça ne me dérange pas du tout. Vu son anatomie qui est loin d'être celle d'une femme humaine, je ne saurais pas quoi faire de toute façon. Alors je la laisse m'enlacer avec tous ses tentacules, se presser contre moi et glisser de haut en bas. Ses mouvements doux et allongés me sont presque familiers. Jusque dans cet acte, O'dae puise dans les manières humaines pour rendre ce moment le plus agréable possible. Ça marche. Nous nous embrassons fougueusement, mes mains se promenant désormais sur son corps étonnamment froid et doux. Ses yeux restent plongés dans les miens, et son sourire à aucun moment ne s'éclipse. De tous les tracas qui viennent de s'abattre sur nous, je ne distingue plus qu'une inquiétude étouffée sous les caresses. Quand nos entrejambes finissent par se toucher, je m'attarde malgré moi sur le fait qu'elle modèle ses secondaires pour leur donner la forme d'un organe reproducteur humain, ce qui m'arrache un petit rire.

— Qu'y a-t-il ?

— Rien, fais-je en grimaçant de plaisir. Je vous trouve… créative.

— Merci », dit-elle tandis que son sourire s'agrandit.

Nos ébats durent de longues minutes, jusqu'à atteindre une jouissance puissante et partagée. Je suis complètement vidé de toute mon énergie, mais je me sens au sommet du bien-être. O'dae s'est laissée tomber sur moi, et sa tête repose dans mon cou.

Voici la fin de mon rêve, dans la félicité après un aperçu du cauchemar qui m'attend. Je sais qu'à partir de demain, rien ne sera plus jamais pareil. Je laisse aujourd'hui un héritage à ce peuple qui se prépare à la guerre.

« Ça me fait mal de devoir révéler l'incident.

— Tu n'as pas le choix, hein ?

— Ce serait trahir la confiance de la Flotte. Je suis désolée, ce que nous venons de faire est le plus grave que je pouvais me permettre. Merci pour tout, Edvard. »

Ainsi s'achève le rêve.

CHAPITRE 20 : CAUCHEMAR

Journal de bord.

J+10 depuis la séance du Conseil de crise.

J'ai été condamné à vivre à bord du vaisseau de commandement, sous surveillance rapprochée. L'annonce de la grossesse de O'dae, bien qu'attendue, n'a pas été très bien reçue, et je n'ai donc pas vraiment le droit de m'approcher d'elle. Le danger que je représente a, comme prédit par la Commandante, fait chuter mon taux d'acceptation. Mais de manière drastique : je suis désormais à un 37 % stable, pas mieux que les jours qui ont suivi mon arrivée au sein de la Flotte. Je cherche le peu d'espoir et de bonheur qu'il me reste dans le regard de mon aimée quand je parviens à la croiser, au détour d'un couloir, et désormais ce vaisseau me paraît si grand. Ma sentence aurait pu être bien pire. Elle aurait *dû* l'être. Par amour pour ce peuple, je ne protesterai pas, et je me plierai aux règles qui me seront imposées, comme je l'ai toujours fait.

Les effectifs de guerrières à bord du vaisseau de commandement ont été revus à la hausse, et je porte une armure équipée de capteurs prêts à me clouer au sol si jamais je venais à me transformer. Ce n'est pas plus mal, autant limiter les risques. Quant au *Kraken Zero*, il est désormais dirigé par I'soe qui a tout de même gardé son poste d'opératrice. C'est à peu près tout ce que j'ai pu obtenir comme nouvelles.

Après avoir touché au bonheur dans les bras de O'dae, je dois avouer que la chute est encore difficile à encaisser.

J+17

Je m'en veux tellement de ne pas avoir su maîtriser la bête… Comme s'il ne m'avait jamais suffi de la voir dans le miroir, maintenant elle réside dans les yeux de chaque Yrdiekk que je croise. Je me sens désolé, impuissant, ridicule, et atrocement dangereux. Ça part d'une stupide erreur. Je voulais être à leurs côtés pour les voir se battre. Je voulais être légitime.

1 mois depuis la séance.

Est-ce que je m'habituerai ? La bosse dans le dos de O'dae commence à se faire plus visible, et ses dorsaux semblent s'aplatir. Je suis un peu curieux, un peu frustré de ne pas pouvoir l'approcher. Non, je suis *très* frustré. J'erre sans but dans ce vaisseau parfois trop petit, parfois trop grand, toujours accompagné de 4 guerrières prêtes à me réduire en poussière au moindre soupçon de menace… et elles ont raison.

Je me suis mis à tenir ce journal quand j'ai réalisé que ma vie allait devenir plus triste qu'elle ne l'a jamais été. Je ne me pensais pas capable d'enregistrer mes réflexions débiles où que ce soit.

2 mois.

La Flotte est en orbite, autour d'une planète dont deux gros vaisseaux civils extraient des minerais au sol depuis hier.

O'dae, elle, vient de quitter son poste de Commandante pour aller au terme de sa grossesse à bord du vaisseau-mère. Un processus a été mis en place à bord du *Kraken Zero* pour nommer une nouvelle Commandante. Comme attendu, leur regroupement a permis d'en motiver certaines pour ce poste de haute importance ; c'est donc sur la base de son degré de déviance, de son intégrité et de ses projets lancés à bord du *Zero*, que la Haute guerrière qui a été choisie n'est autre que A'mon.

Elle m'a proposé de l'accompagner à la surface de cette planète pour son tour des équipes situées au sol. J'ai accepté, ça va sûrement me faire du bien de discuter avec elle. A'mon était d'une compagnie des plus appréciables dans le *Zero*.

*

Il règne un froid glacial à la surface, largement assez mordant pour être senti à travers mon armure. Nous venons juste de quitter la navette, et nous dirigeons vers les deux vaisseaux extracteurs, posés sur leurs tentacules, le nez vers le ciel. C'est une vision impressionnante qui s'offre à moi, mais pas aussi impressionnante que le silence de A'mon qui s'éternise. Elle ne m'a rien dit depuis notre départ du vaisseau de commandement.

« Est-ce que l'équipage du *Zero* se porte bien ?... »

Elle me répond avec un regard en coin, à peine discernable derrière sa visière. La condensation englobe périodiquement nos têtes avec de petits nuages blancs. Un nuage est donc mon seul retour sur cette question jetée un peu au hasard.

« Je vois, vous m'en voulez pour ce qui s'est passé...

— Oui. »

Nos pas – et ceux des quatre guerrières qui nous suivent – résonnent contre les immenses parois rocheuses bordant notre marche jusqu'aux vaisseaux. A'mon, dont la confidence m'aidait à garder le cap, ne m'accorde plus sa confiance. Et c'est plus difficile à supporter que ce que j'imaginais. Est-ce que O'dae aussi se méfie de moi ? Elle aurait raison.

« Mais l'équipage va bien, ajoute-t-elle froidement.

— Merci. Je suis désolé pour...

— Oui, oui. »

Nous nous arrêtons devant le premier vaisseau, dont l'un des tentacules est ouvert en une trappe donnant sur une échelle : c'est par cet endroit que la nouvelle Commandante se faufile à l'intérieur. Alors que je m'avance pour faire de même, elle m'arrête d'un geste :

« Vous restez dehors, Edvard. »

Je me retourne, et tombe sur les quatre guerrières qui me dévisagent sans laisser paraître la moindre émotion. Elles tiennent leur lance d'une façon qui m'est familière : c'est une position qui a été développée dans mon ancien vaisseau, entremêlée dans les tentacules du bras, légèrement enroulés et tendus pour permettre une riposte rapide en cas d'attaque surprise. C'est A'mon elle-même qui l'a mise au point.

« Est-ce que vous venez du *Kraken Zero* ?

— Il nous a été demandé de ne pas rétablir de lien avec vous.

— Désolée, ajoute une autre.

— Eh. Je vois. J'espère que vous me pardonnerez, un jour. J'ai failli toutes vous tuer alors... »

Aucun de nous n'ajoute quoi que ce soit, et seul le son des lasers de forage occupe l'espace sonore jusqu'au retour de A'mon. Elle échange un regard bizarre avec ses guerrières, et nous prenons la direction de l'autre vaisseau extracteur.

« Le changement de paysage vous aide-t-il à faire passer votre état mental vis-à-vis du départ de O'dae ?

— Pas vraiment. Mais je ne risque pas de me transformer pour ça, si ça peut vous rassurer.

— En êtes-vous sûr ?

L'inquiétude de A'mon se montre un peu, encore bien dissimulée par sa rancune et son scepticisme éternel. Mais ce n'est pas pour moi qu'elle est inquiète, c'est plutôt pour elle-même et ses sœurs. Si je devais lui répondre, j'avouerais sûrement que je ne suis pas sûr que ma tristesse soit incapable de me pousser à la transformation. Je préfère ne rien répondre, j'ai un peu honte. Je n'ai plus la moindre idée de ce qui peut provoquer la bête, mais les dégâts qu'elle pourrait produire sont certains. Je me terre dans le silence, et soudain je suis pressé de retourner au vaisseau de commandement, pour ne plus être obligé de soutenir ce ton plein de reproches.

— Merci de m'avoir fait sortir un peu, finis-je par lâcher par souci d'installer une relation moins glaciale.

— Je suis contente que vous n'ayez pas succombé, nous vous aurions abandonné ici.

— J'apprécie.

— Je suis sérieuse, Edvard. »

*

Journal de bord.

Trois mois depuis la séance.

Cela fait un mois que O'dae a quitté le vaisseau de commandement pour le vaisseau-mère. Je n'ai eu aucune nouvelle depuis.

J'étais content quand A'mon a été nommée Commandante, mais plus le temps passe et plus je pense devoir renoncer à toute sensation de liberté.

Elle a daigné m'expliquer qu'il ne s'agissait pas seulement d'elle, mais du Conseil. Mais elle me refuse toute familiarité. On me refuse d'ailleurs toute familiarité avec qui que ce soit, et ça devient pesant. Je ne suis plus qu'un poids mort, errant à bord de ce vaisseau et monopolisant en continu plusieurs guerrières pour éviter le moindre incident.

Je dois bien avouer qu'avec la masse spectrale, il n'y a pas d'incident : c'est tout de suite la catastrophe.

4 mois.

Rien n'a beaucoup changé. Ma situation est toujours pitoyable, et je ne peux blâmer personne à part moi. On a recommencé à me confier quelques petites tâches pour aider çà et là, mais ça reste rare et peu gratifiant. Je suis une sorte d'homme à tout faire qu'on traite un peu comme un chien d'attaque mal dressé.

O'tya, la sœur de O'dae, est venue me voir de sa part hier. Elle m'a dit que tout allait bien pour elle, c'est déjà ça. Mais ce n'est pas assez pour faire de la lumière.

Parfois, je songe à me mordre la langue et à me laisser crever au milieu d'un couloir. Puis je me rappelle que j'ai promis à O'dae que je protégerais son peuple jusqu'au bout.

Par ces lignes, je renonce au bonheur et jure de me consacrer entièrement à la Flotte.

Fermeture du journal.

CHAPITRE 21 : BASCULE

« À toute la Flotte ! »

Je suis réveillé d'un coup par la voix de la Commandante A'mon qui rugit dans les hauts-parleurs du vaisseau. La panique est palpable. La porte s'ouvre sur les quatre guerrières surveillant la minuscule loge qui m'a été attribuée, et l'une d'entre elles s'avance d'un pas décidé.

« Le relieur longue portée vient de se mettre en route de lui-même ! Tout le monde aux postes de défense ! »

Merde. Le relieur est censé permettre aux Yrdiekk de rejoindre la bordure de leur système d'origine pour procéder aux échanges avec les Drenn : s'il s'active tout seul, ça ne peut vouloir dire qu'une chose, et ce n'est pas quelque chose d'agréable.

« Les Drenn nous rendent visite ! Suivez-nous, Edvard.

— Est-ce que je peux savoir ce que…

— Procédure de sécurité, ajoute la garde en me détachant du lit. Allons, dépêchez-vous.

Je saute du lit et enfile ~~ma camisole~~ mon armure en regrettant de ne pas pouvoir me laver d'abord. Sous une lance menaçante, je me dépêche et manque de trébucher à deux reprises, pour enfin lui faire comprendre que je suis prêt. Nous nous ruons dans le couloir, où la voix de A'mon continue de se faire entendre :

— Un transporteur léger et deux chasseurs viennent de passer l'anneau, mais ils ne sont pas menaçants ! Restez sur vos gardes mais ne tirez surtout pas.

— Où est-ce que vous m'emmenez ?

— Nous allons vous cacher à bord d'une navette. Les Drenn ignorent toujours que nous vous avons recueilli, s'ils venaient à vous découvrir…

— … ce serait la catastrophe, c'est ça ?

— Oui.

Bordel, même attaché je suis un danger pour la Flotte. C'est toujours un plaisir. Il doit en être de même pour…

— Et le cristal, vous le cachez aussi j'espère ?

— Évidemment.

Aux dernières nouvelles, il avait été déplacé dans un vaisseau civil faisant office de laboratoire. Mais les expérimentations n'avaient rien donné, ce qui me rassure un peu vu les dégâts qu'il a provoqués à bord du *Fortress.* Quoi qu'il en soit, il y a bien d'autres choses que la Flotte ne peut pas dissimuler, à commencer par les nouvelles armures gravitationnelles et les trois *Kraken.* J'ignore ce que font les Drenn ici, mais ça n'annonce rien de bon.

— *Le transporteur Drenn vient d'être autorisé à accoster le vaisseau de commandement, désactivation du système Gravity !*

Nous pressons encore un peu le pas avant de perdre la gravité artificielle, afin d'arriver avant les Drenn aux tentacules d'amarrage. Les quatre gardes et moi nous réfugions à l'intérieur d'une navette, avant de refermer le sas pour attendre. Un tout petit hublot nous permet de voir le transporteur s'amarrer à un autre tentacule, tandis que les deux chasseurs patrouillent entre les vaisseaux de la Flotte. Les vaisseaux Drenn sont étonnamment plats compte tenu de leur longueur, et luisent d'un blanc immaculé. À les voir, il semble que les tentacules des *Kraken* seront largement assez puissants pour les briser… si on arrive jusque-là. J'entends leur vaisseau se fixer au tentacule d'amarrage voisin, et une petite secousse accompagne le bruit mécanique puis la dépressurisation.

— Est-ce qu'il y a un plan pour me livrer aux Drenn afin d'obtenir une prime ou je ne sais quoi ?

— Nous avons changé grâce à vous, répond une guerrière, mais nous ne sommes pas encore aussi vicieuses que les êtres humains.

— Vous avez pourtant bien failli m'abandonner sur une planète glaciale il y a deux mois…

— Nous prenons des précautions. La procédure visant à vous cacher en cas de visite d'un Drenn en est une, tout comme le fait de couper la gravité artificielle pour ne pas leur révéler cette technologie.

— De l'anticipation, hein. »

Il y a peu de choses qui me rongent autant que le sentiment d'impuissance. Je devrais pourtant m'estimer heureux d'être tombé sur un peuple aussi conciliant, au point de me laisser en semi-liberté malgré la menace que je représente. J'ai beau avoir renoncé à mon bonheur personnel, je me sens particulièrement inutile. Et ce, de plus en plus au fil des jours.

« Mais merde, à la fin…

— Edvard, un peu de patience s'il vous plaît.

— Ouais. Mais pourquoi les Drenn sont ici ?

— Nous n'en savons pas plus que vous. Nous avons peur, alors je vous en prie, n'en rajoutez pas. »

Je me tais. L'attente se fait longue, mais je dois me rendre à l'évidence : si je pointe le bout de mon nez devant les Drenn, c'en est fini de tout. J'aurais aimé être croyant, avoir ne serait-ce qu'un dieu à prier en ce moment grave et froid. Les vaisseaux de l'oppresseur patrouillent pendant ce qui ressemble à une éternité, passant et repassant devant le minuscule hublot duquel j'évite de me tenir trop près. Les regards craintifs des Yrdiekk, pour une fois, ne me sont pas adressés. Malheureusement, ils sont passés de la crainte à la terreur. Une peur panique, provoquée par la proximité d'un ennemi assez puissant pour les asservir. Un monstre sans sentiments, qui a remis leur survie entre les mains d'un calcul froid : si elles leur apportent quelque chose, ils les laissent vivre. Si elles sont rentables en attendant d'explorer les confins de l'espace, ils les laissent explorer pour eux et mourir à petit feu. Trop pacifistes, trop gentilles, elles se sont abandonnées à ce sort ignoble. Pendant ce temps, leur Maison brûle.

J'entends finalement le sas voisin s'actionner, et une autre secousse me confirme le départ de notre visiteur. Le transporteur se détache sans accroc, et se positionne devant le relieur longue portée. Les deux chasseurs font de même.

« Quelque chose ne va pas… murmure l'une des deux gardes.

— Par le Noyau, non !… »

Mes yeux ne peuvent pas me dire ce qu'elles sont en train de percevoir. Reliées entre elles, elles sont capables de se transmettre des émotions à distance ; à travers le sas, par exemple. Leurs yeux écarquillés ne me laissent rien présager de bon à propos de la visite qui vient de se dérouler. Ils sont fixés au hublot, donnant sur l'anneau du relieur qui se désactive après le passage des trois vaisseaux.

L'instant d'après, dans un cri de détresse de mes gardiennes, l'appareil se sépare en deux, puis se disloque complètement dans le silence.

*

« Ils ont rompu le contrat… »

En sortant de la navette, je me heurte au visage complètement éteint de A'mon. Il règne une ambiance atroce, étouffée et désespérée. Les mots de la Commandante m'ont percuté comme une balle anti-émeute. Si le contrat n'est plus, quelles sont les perspectives de survie de la Flotte ?…

« Ne me regardez pas comme ça, Edvard, fait-elle en tournant les talons.

— Désolé…

— Je dois avertir la Flotte, même si… à mon avis, tout le monde a déjà compris en voyant le relieur partir en morceaux.

— Nous sommes avec vous Commandante, dit tristement une guerrière.

Mes gardiennes ont, semble-t-il, perdu jusqu'à l'intention de me surveiller de près. Elles restent à portée, mais tout sonne comme si c'était peine perdue.

— Vous avez une solution de repli pour ça ?…

— Oui, mais…

— … c'est une solution que le consensus n'approuve pas. Attendez juste que la Commandante fasse son annonce.

— D'accord… »

Il y a comme un arrière-goût du temps où la rage cornue emportait tous les êtres vivants sur son passage, après la catastrophe. Comme une impuissance générale, face à une fatalité beaucoup trop grande pour être

310

affrontée. J'aurais préféré pouvoir rester un être humain normal, dans une société normale. Je n'en peux plus de toute cette souffr… peu importe. Tant pis pour ce que je peux bien ressentir. Je suis un outil, désormais. Je rencontrerai la mort, certainement avant ce peuple qui a fait de son mieux pour m'accepter. J'attends ton annonce, A'mon. Et quel que soit le rôle qui me sera donné, je l'accepterai.

*

« Yrdiekk de toute la Flotte. »

Le ton quelque peu vacillant, A'mon a enfin pris la parole après un long moment d'attente. L'ambiance est toujours aussi morose.

« Comme vous l'avez toutes ressenti, quelque chose de très grave vient de se produire. Un représentant de la République Drenn est venu ici, nous annoncer que le contrat était rompu. »

Chaque mot enfonce un peu plus mon moral, et pourtant jusqu'ici rien de neuf. C'est la suite qui m'inquiète.

« La puissance de leurs télescopes leur aurait récemment permis de constater le développement militaire de notre flotte. Nous avons tenté de leur faire croire à de simples précautions pour l'exploration à laquelle nous nous consacrons depuis toutes ces années, en vain. »

Elle se tient droite devant l'équipage du vaisseau de commandement, seule sa voix tremble.

« Il semble que nous allions soudain trop vite à leur goût, et j'ai pu y réfléchir… »

Marquant une pause, elle scrute l'assemblée tandis que se dessine sur ses lèvres un léger sourire, quelque peu rassurant.

« … Soit ils ne voient plus d'utilité dans notre contrat, soit nous avons enfin été reconnues comme une **menace**. »

Ce dernier mot est une véritable détonation. Un souffle guerrier, si irréel, s'insinue au milieu de l'équipage et vient me parcourir l'échine. Les yeux désormais animés d'un feu que je n'ai vu vivre que dans ceux des Furies, A'mon semble grandir devant nous et déployer une énergie considérable. Une *menace*.

« Si les Drenn se sont laissés impressionner, il y a fort à parier qu'il se soit produit quelque chose qui mobilise leurs efforts au sein de notre système d'origine. Si le cœur des -Mori voit juste, il est possible que la mission de l'ancienne Représentante Mo'ivu ait été un succès. »

Bien qu'elle ne base désormais son discours que sur des suppositions, je m'applique à m'accrocher au moindre de ses mots. Car ils donnent du courage à ce peuple qui a, plus que jamais, besoin d'espoir.

« Dans cette perspective, il est hors de question de laisser la rupture du contrat nous anéantir. Nous attendrons le signal des -Mori autant qu'il faudra, et nous mettront tout en œuvre pour continuer à nous développer jusque-là. Faisons-leur regretter de nous avoir laissées en vie ! »

Soudain, elle prend une posture plus hésitante et balaye la foule d'un regard compatissant. La partie la plus importante de son annonce arrive.

« Maintenant, et c'est quelque chose qui n'est jamais passé au consensus, nous devons appliquer la procédure de rapprochement du peuple kraeltien. Nos réserves pouvant tenir deux mois, nous nous servirons de ce délai pour rejoindre Kraelt et envisager la vie en communauté avec nos alliés. Comme vous le savez toutes, Kraelt est une planète inhospitalière dont le climat n'est pas le plus adapté à notre organisme, mais sur laquelle poussent des fruits pouvant assurer la longévité de la Flotte. Cette solution implique de très lourds sacrifices à venir, mais elle est aujourd'hui notre seule chance de survie. »

L'ambiance est redevenue froide. J'apprends par ces mots qu'il existe un accord avec les Kraeltiens pouvant permettre aux Yrdiekk de continuer à survivre, mais la nouvelle n'a pas l'air d'en réjouir beaucoup. Il est temps pour moi de rencontrer ces insectes géants.

CHAPITRE 22 : KRAELT

Un mois et demi plus tard.

Kraelt. Planète titanesque si je devais la comparer à toutes celles que j'ai pu croiser depuis mon arrivée dans la Flotte. Titanesque, et orange pâle.

Les vaisseaux arrivent enfin à hauteur d'une immense station orbitale où vient de se fixer un bâtiment kraeltien, particulièrement rectangulaire et massif. La station ressemble un peu à ce qui pouvait se faire en orbite terrestre, mais jamais l'être humain n'était parvenu à assembler d'aussi grandes installations. Les plus importantes auraient pu servir de plateformes pour faire décoller de meilleurs vaisseaux, mais le *Fortress* n'en a pas eu l'utilité puisqu'il était caché à l'intérieur même de la Couronne, île volante principale du Nouveau Royaume. On avait sûrement fini par trouver un moyen moins coûteux et dix fois plus polluant.

La Flotte s'est immobilisée à proximité de la station kraeltienne, qui n'a été accostée que par la navette de la Commandante A'mon. Encore une occasion d'attendre, que j'utilise pour observer la planète dont l'inquiétante lumière occupe presque tout mon champ de vision. Je devine déjà des canyons et des montagnes à la pelle, presque pas d'eau en surface mais une activité volcanique à en faire pâlir la Terre dans ses heures les plus dévastées. Je peine à croire qu'une société ait pu s'établir ici, mais les vaisseaux alignés les uns derrière les autres pour sillonner le ciel ne me laissent pas douter très longtemps. Ils sont longs, rouges, et formés d'une structure principale rectangulaire. Celle-ci est longée de deux grands panneaux articulés en hexagone autour de la structure ; sur les battants inférieurs sont disposées cinq tourelles lourdes, et les battants centraux présentent un long rail sur lequel peut se mouvoir un énorme canon. Ils appartiennent tous au même modèle.

En tout cas, cette planète n'est pas très accueillante. Je commence à comprendre la réticence des Yrdiekk.

« J'espère que nous trouverons vite une autre solution, glisse une guerrière sur ma gauche.

— Oui, répond une autre. J'apprécie l'hospitalité manifestée par les Kraeltiens lors de la rencontre de nos deux peuples, mais leur planète… »

C'est pire que de la réticence, c'est de l'horreur. Je me demande comment réagissent les -Kraeltiennes dont la lignée a été fondée ici, mais ça ne changera pas grand-chose au rôle qui me sera confié : dans un environnement aussi hostile, j'ai peur de servir de bras armé pendant les récoltes. En fait, c'est même ce que A'mon m'a largement fait comprendre. Je porterai une armure réglée pour me laisser me transformer en cas de grand danger, mais qui me clouera au sol si ma forme dévoreuse pointe le bout de son nez. Après quoi elle m'électrocutera en continu jusqu'à ce que mort s'en suive. Ça me va. En monstre je suis capable de les aider sans les attaquer, mais j'ai complètement perdu le contrôle de la masse spectrale au-delà de ce stade. Plus je pense à mon affrontement final avec le GECKO dans le *Fortress*, puis à l'accident du simulateur, et plus je me rends à l'hypothèse que seule la présence de O'dae puisse me sauver. Pourvu que je me trompe.

La navette Yrdiekk se détache enfin de la station orbitale, imitée peu après par le vaisseau kraeltien. Ils se préparent à rejoindre la surface de Kraelt, et un signal lumineux nous parvient : la Flotte au complet commence alors à se rapprocher de la station, calibrant sa vitesse pour rester dans le sillage de la station.

« *À toute la Flotte,* fait la voix de A'mon. *Les vaisseaux civils ont pour ordre de former la grande toile autour du vaisseau-mère. Les vaisseaux militaires capitaux, exceptés les trois* Kraken *et le vaisseau de commandement, devront suivre la grande toile en orbite.* »

Un silence religieux règne dans le couloir, et toutes les oreilles sont accrochées à la voix sèche et précise de la Commandante.

« *Les guerrières se relaieront entre l'escorte et la surface, où nous participerons activement à toutes les récoltes visant à nourrir la Flotte.* »

Sa voix tremble et s'étouffe, puis reprend :

« *Comme vous le savez, cette planète est habitée par des créatures dont la taille et l'agressivité vont rendre la récolte difficile, voire meurtrière.*

Aussi dois-je vous demander d'être fortes, car cette période ne sera pas sans rappeler la terreur vécue lors de l'invasion Drenn. Merci à toutes, et surtout, courage. »

Une autre chose que j'avais bien comprise : il va y avoir des morts sur les récoltes. Beaucoup de morts. Les Yrdiekk ne sont pas du tout habituées à une vie dangereuse, c'est à peine si l'équipage du *Kraken Zero* a été entraîné dans des conditions similaires. Mais c'est ça ou mourir de faim, à la dérive dans l'espace infini.

Les bâtiments concernés s'assemblent par les tentacules d'amarrage et forment en effet une gigantesque toile autour du vaisseau-mère, pendant que les vaisseaux militaires se placent autour pour escorter cette installation surprenante. Les *Kraken* et le vaisseau dans lequel je me trouve se lancent à la suite du vaisseau kraeltien et de la navette de A'mon, puis amorcent l'entrée dans l'atmosphère de la géante orange. J'imite les guerrières et me plaque au sol à l'aide de discrètes sangles disposées le long du couloir, puis je patiente quelques minutes pendant la descente. Quand je me relève, c'est pour découvrir un monde où tout est disproportionné : les montagnes et les volcans sont immensément plus grands que tout ce que j'ai pu voir jusqu'ici. Nous passons juste à côté d'une ligne d'engins locaux, et je ne tarde pas à réaliser qu'ils sont toutes tourelles dehors en train de bombarder la surface. D'où je suis, impossible de voir ce qu'ils ciblent, mais ça a l'air normal. Notre groupe de vaisseaux bifurque et se dirige vers une montagne à la forme assez particulière, puisqu'elle a été creusée en une forteresse taillée en pointes menaçantes. D'innombrables plateformes d'atterrissage l'entourent, prêtes à recevoir tous ces vaisseaux.

Lorsque je pose finalement pied à terre avec l'équipage du vaisseau de commandement, la première chose qui me frappe est l'ambiance sonore : des canons hurlent sans discontinuer. Je tourne sur moi-même, et me heurte à la vision au loin de deux créatures gargantuesques, semblables à des serpents couverts d'épines ; elles sont prises dans une lutte chaotique contre des vaisseaux kraeltiens, et je crois deviner des soldats au sol. Des monstres de cette taille… Bon sang, c'est terrifiant. Il n'y a rien ici qui pourrait correspondre à une maison pour les Yrdiekk. Leur foyer restera la Flotte, pendant que les guerrières se sacrifieront pour apporter à manger. Je tremble de terreur à la vue de ces créatures contre lesquelles je n'aurais pas la moindre chance de survie. Moi qui suis supposé protéger… merde.

Le groupe avance sur la passerelle, laquelle fait le lien entre deux morceaux de montagne creusés. Il souffle un vent chaud et sec, et le sable en abondance forme déjà de petites traces rouges sur mon armure. Un fin nuage traverse même la vingtaine de guerrières qui se trouvent devant moi et entrent dans la première tour. Nous ne tardons pas à rejoindre une autre plateforme, où nous attendent les équipages des *Kraken* encadrés par un grand nombre de soldats kraeltiens. Perchés sur leurs quatre pattes, recouverts d'une armure naturelle rougeâtre et d'un habit noir, ils sont comme des minotaures insectoïdes ; leur torse presque humain est surmonté d'une tête semblable à celle d'une mante religieuse, et culminant à au moins deux mètres de haut. Leurs mandibules s'articulent autour d'une mâchoire puissante, et leurs deux bras sont d'une longueur laissant presque croire qu'ils sont fins. Mais c'est faux. Ces soldats ont l'air inébranlables, et peu commodes. Des sangles maintiennent le réceptacle d'un fusil kraeltien sur chaque patte arrière, et ils portent tous dans le dos une grande et massive lance.

Je lève le nez au ciel, espérant déceler la grande toile, et ce n'est pas possible. Un épais voile jaune et blanc semble être ce qui donne cette teinte orangée à la planète vue de l'espace, tandis que tout est résolument rouge à la surface. J'aimerais être près de O'dae. C'est tout ce qui me vient à l'esprit en constatant la cruauté de la vie qui nous attend ici. Nous ne voyons pas le même sol, et nous n'allons pas souffrir les mêmes douleurs. Elle n'est plus qu'à quelques semaines de donner naissance à notre progéniture, et je n'ai jamais eu le droit de la revoir depuis l'aveu du danger que je représente encore. Elle me manque, et peu de risque qu'elle ressente la même chose. Tant mieux pour elle. Si elle savait la douleur qui est la mienne, elle souhaiterait certainement ne jamais connaître l'amour. Elle qui a réussi à m'en donner quand même…

« Regardez où vous marchez, Edvard.

— Désolé. »

Je viens de foncer dans une Haute guerrière qui officie à bord du vaisseau de commandement. Une non déviante, et j'ai pu remarquer que celles-ci sont presque unanimement dérangées par ma présence. Les déviantes, elles, peuvent tantôt être hostiles, ou amicales comme les quelques visages familiers du *Zero* qui se sont posés sur moi en me voyant arriver.

« I'soe, Kr'iina ! m'écrie-je.

— Capi… Edvard ! se ravise Kr'iina.

— Est-ce que tout se passe bien pour vous ?… »

J'en ai les larmes aux yeux, ça fait un bien fou de les voir. La navigatrice et la Capitaine opératrice sont côte à côte, unies par le lien suscité par leur poste. À voir leur sourire triste et leur réticence à me témoigner autant d'affection qu'il y a quelques mois, je retombe vite sur terre : je ne devrais pas être aussi enthousiaste, je vais me faire rappeler à l'ordre dans les secondes qui suivent.

Je suis contredit par une assemblée d'yeux rivés sur deux créatures qui s'avancent depuis une autre passerelle. Comme je suis plus grand que toutes les Yrdiekk, c'est sans peine que je distingue celles qui doivent être les Reines kraeltiennes. L'une d'elles, la Dirigeante, fait bien trois mètres de haut. Elle est toute en longueur, et son buste est enveloppé dans une grande cape qui recouvre toute la partie arrière de son corps. Je réalise en l'observant qu'elle a également une queue de scorpion, ce qui la distingue de tous les autres. La seconde Reine, la Grande pondeuse, est légèrement plus petite mais beaucoup plus massive que la Dirigeante. Cette dernière, d'un geste de la queue, amène tous les soldats kraeltiens à se mettre dans une espèce de garde-à-vous frémissant de toutes parts. Je suis crispé.

« Edvard ? »

Avec une toute petite voix, Mo'dise m'interpelle du haut de son mètre trente et nous rejoint. La petite a l'air assez troublée, mais elle m'arrache un sourire. J'avais presque oublié que je tenais autant à l'équipage du *Zero*. Tout en s'accrochant à mon bras pour se hisser un peu et apercevoir les Reines, elle me met un petit coup de casque dans l'épaule. I'soe et Kr'iina ont l'air de se détendre un peu : personne ne fait attention à nous.

« Que fais-tu là, Medusa ?

— Tout l'équipage est ici, souffle I'soe.

— Les *Kraken* vont servir de support aérien pour la récolte, explique Kr'iina, leur capacité d'attrapage doit permettre de contrer les géants.

— Soit… Mais je croyais que seules les combattantes seraient à la surface pour effectuer les récoltes ?

— Les Reines ont souhaité que l'expérimentation des déviantes soit continuée ici plutôt qu'en orbite, dit Mo'dise. Elles sont intéressées par les résultats déjà observés. Des laboratoires fonctionnels vont être mis à disposition, et seul l'équipage militaire du *Kraken* restera à bord, à part les Furies… Ça représente la moitié.

— Je vois. Je comprends mieux. »

La Dirigeante émet plusieurs longs frétillements aigus, que je suis incapable d'interpréter. On dirait des hurlements mêlés à un sifflement à peine plus grave que celui de la masse spectrale. Toute l'attention est portée sur elle, désormais.

« Elle nous souhaite la bienvenue, et compatit pour notre malheur. Elle dit qu'elle aurait souhaité avoir les moyens d'assurer notre prospérité sans nous engager dans la lutte contre les géants, mais que c'est impossible.

— Merci, I'soe.

— Elle dit que plusieurs soldats accompagneront tout de même nos équipes de récolte, pour nous apprendre à gérer les difficultés liées au terrain et aux monstres. Ce sont également leur matériel et leurs appareils qui serviront aux opérations. »

La Reine continue son monologue sifflant, sans que I'soe ne prenne la peine de tout traduire. Medusa finit par reposer ses talons au sol mais ne lâche pas mon bras pour autant.

« Edvard, il va bientôt arriver quelque chose de terrible. Je tenais à te remercier pour tout ce que tu as fait.

— Je…?

— Je sais que tu vis une période difficile, mais sache que l'équipage ne t'en veut pas. A'mon a été choisie au consensus par sécurité parce qu'elle est devenue très méfiante vis-à-vis de toi, mais la plupart des déviantes te sont restées largement favorables. Y compris les Furies. Nous sommes heureuses d'avoir œuvré à tes côtés, malgré l'accident. Et me concernant, je te fais confiance.

Elle me laisse pantois, un quart à peu près concentré sur l'accueil que nous font les Kraeltiens, le reste complètement tourmenté par toutes sortes de choses, et surtout par ce que Mo'dise vient de dire. La navigatrice et la Capitaine acquiescent sans rien dire.

— Quelque chose de terrible, tu dis ?

— C'est encore vague… sois prudent. »

Elle me force à me baisser pour me donner un minuscule coup de tête qui m'arrache une larme supplémentaire. Elle m'enlace pour me retenir et me regarder dans les yeux.

« Et aussi… écoute bien ce que je vais te dire. Les choix qui ont été faits ont été dictés par la peur générée par la masse spectrale, mais concernant la simulation où tout a basculé…

— J'essaie de ne pas trop y penser…

— Edvard. Tu n'as fait de mal à personne lors de cette simulation. À personne. »

CHAPITRE 23 : RÉCOLTE(S)

2 semaines plus tard.

Comme prévu, c'est compliqué. Et périlleux. Escorté par deux soldats kraeltiens, chaque groupe de récolte est composé d'une dizaine de guerrières – il faut au moins ça – et survolé par un *Kraken*. Le groupe se déplace à bord d'un chariot volant, pas très spacieux car adapté au terrain convoité : les plantes et fruits comestibles pour les Yrdiekk poussent seulement aux abords de lacs formés dans le cratère de certains volcans. Ils présentent des accès très difficiles à aborder avec de gros appareils, à cause de multiples pointes rocheuses biscornues et de la hauteur de la bordure – en général une dizaine de mètres. Sur cette planète particulièrement hostile, il est nécessaire de charger rapidement le chariot et donc de pouvoir le poser à même le sol, afin de pouvoir évacuer sans délai en cas de problème. D'après ce que j'ai compris, ce type de volcan ne manque pas sur Kraelt, et les fruits qui y poussent ne sont que des gourmandises non vitales pour les autochtones. Dès lors, nous sommes libres d'en récolter autant que nous le souhaitons, à condition que l'on se débrouille plus ou moins seuls.

Le chariot est largué par un vaisseau kraeltien, et file à vive allure quasi tout droit vers le lac volcanique. J'ai le grand plaisir de travailler avec la Commandante A'mon en personne sur cette mission, qui est déjà ma douzième en deux semaines. Les seules créatures volantes peuplant le ciel de Kraelt sont les vaisseaux, et pourtant l'altitude n'isole pas des pires dangers : en si peu de temps, j'ai déjà été confronté de très près à trois géants d'espèces différentes. Pas de mort dans mes expéditions, bien qu'une d'entre elles ait dû être abandonnée pour une question de survie, mais d'autres groupes ont malheureusement essuyé des pertes en raison d'attaques de monstres mal anticipées. Le vent et le sable empêchent de les repérer efficacement. Les *Kraken* font un travail extraordinaire en attrapant les assaillants et en les jetant du haut des volcans, à la merci de l'armée kraeltienne, mais ce n'est pas toujours suffisant. Surtout que les géants se déplacent à une vitesse terrible. Dès la première mort, il s'est installé une ambiance sombre dans les rangs, et même les Yrdiekk-

Kraeltiennes ont perdu toute once de jovialité.

Le volcan est, comme presque tout ce qui se trouve sur cette planète, grand et épineux. Le chariot piloté par un soldat kraeltien se faufile entre plusieurs pointes rocheuses, et se jette au sol au point de glisser sur trois mètres. Nous nous ruons en dehors, en quête de fruits nommés "rummis" qui poussent sur de très fines branches grises. C'est la seule végétation qui puisse pousser sur Kraelt, à part quelques plantes dans les crevasses. Nos fruits, rouges sur fond rouge, ne sont pas si difficiles à voir grâce à leur taille proche de celle d'un melon. Une expédition volcanique permet en moyenne d'en ramener plus de deux-cents, sauf pas de chance. Les stalagmites en nombre et les diverses pierres qui jonchent le sol rendent le moindre déplacement pénible, ce qui ne s'arrange pas avec des rummis plein les bras. Quel boulot de merde.

« Kraken Zero *à équipe de collecte, il y a un mouvement massif au pied du volcan, nous n'arrivons pas à voir ce que c'est mais soyez prudents.*

— *On continue,* réplique A'mon. *Resserrez la collecte vers le chariot pour préparer l'évacuation.* »

Les réserves de nourriture, quasi épuisées quand nous sommes arrivés sur Kraelt, demandent de gros efforts de collecte pour espérer nourrir toute la Flotte avant que la saison (encore plus) chaude ne vienne tarir les zones exploitables. Les expéditions s'enchaînent donc, équipe après équipe, dans l'espoir d'un meilleur confort pour les mois à venir. Si nous étions arrivés un mois plus tard, il y aurait sûrement aussi des expéditions la nuit, qui est actuellement le seul répit autorisé par cette organisation agro-guerrière. Les Kraeltiens ne sont pas les compagnons les plus agréables, n'ayant pas la moindre personnalité, mais leur présence est assez rassurante. Les Yrdiekk disent qu'ils sont d'une neutralité affligeante, ni chaotiques ni harmonieux ; comme si toute l'harmonie avait été donnée aux Reines et à leur peuple, et tout le chaos aux géants. Mais rien qu'elles soient tentées d'appeler un Noyau. Leur guerre ne s'est ainsi jamais arrêtée, et c'est comme si aucun des deux "camps" n'avait vraiment cherché à prendre le dessus définitivement. C'est un point d'équilibre que je peine à envier.

Entre deux voyages au chariot et un nuage de sable, je croise le regard de A'mon qui m'épie de manière toujours aussi suspicieuse. Même à travers sa visière, je sais quelle tête elle fait. Je ne peux m'empêcher de croire qu'elle m'implique dans la récolte en quête d'une occasion de m'y laisser mourir. Je suis pourtant assez efficace, et ce que m'a révélé Mo'dise l'autre jour m'a redonné un peu d'énergie. Si aujourd'hui A'mon est encore plus froide que d'habitude, c'est parce que O'dae arrive au terme de sa grossesse et que je ne peux pas passer cinq minutes sans y penser. J'ai demandé à monter la voir, à bord du vaisseau-mère, mais la Commandante n'a rien voulu entendre. Je ne sais même pas si O'dae est au courant. Ses semblables ne conçoivent pas ce besoin viscéral que j'ai de la voir. Elles ne réalisent pas à quel point l'affection qu'elle a su me donner est importante pour moi. Elles ne réaliseront jamais.

« Edvard, faites plus attention, vous en avez perdu un en route.

— Oui Commandante. »

Écrase, écrase. Quand ai-je accepté d'être traité comme un moins que rien, déjà ? Ah, oui, quand j'ai failli tuer tout l'équipage du…

« Remontez immédiatement ! s'écrie I'soe. *C'est un géant, il vient de se relever !*

— Entendu,* répond A'mon. *Abandonnez tout et remontez vite à bord du chariot !*

—Approche rapide ! »*

Je ne me fais pas prier, et dépose mes rummis contre une stalagmite. Cette procédure permet d'éviter que quelqu'un trébuche dessus en fuyant. Ceci fait, je m'élance vers le petit vaisseau dont les turbines disposées en ses quatre coins commencent déjà à projeter des nuages de poussière tout autour. Le sol tremble de plus en plus fort, accompagné par un fracas rapide et régulier qui se rapproche, coupé par une pluie de balles tirées par le *Zero.*

« Contact dans 20 secondes ! Zero *en approche pour interception ! Dépêchez-vous ! »*

Alors que j'arrive à hauteur du chariot, une guerrière trébuche et tombe juste derrière moi, dans un cri déchirant. Je ne réfléchis pas et fais demi-tour pour l'aider à se relever, quand une patte titanesque fait irruption au-dessus de la bordure du volcan. Tout en remettant ma collègue debout, je me laisse envahir par un atroce sentiment de détresse : ce monstre est deux fois plus gros que tous ceux que j'ai pu voir depuis notre arrivée sur Kraelt. Son énorme tête jaune orangée, celle d'un scarabée si on omet les lames acérées qui lui font une sorte de dentition, contemple la scène de panique. Ignorant dans un premier temps les balles qui le mitraillent depuis le ciel, il prend son élan pour bondir sur nous.

« Non !! hurle la guerrière accrochée à mon bras.

Mais alors que la créature s'apprête à tout détruire, elle se tourne soudain vers le ciel avec une lucidité effarante. Le *Kraken* se rue vers le géant, tous tentacules devant et accompagné d'une volée de tirs de tourelles. L'instant d'après, c'est un chaos sans nom qui s'empare du cratère.

— *Vite !* crie A'mon. *Profitez de la diversion !* »

J'aide la guerrière à se hisser à bord du chariot qui a déjà pris un peu de hauteur, mais au moment où je fléchis les jambes pour sauter à mon tour, une puissante vibration me fait chuter. Conscient que cette situation met en péril la survie de toute l'équipe, je me dépêche de me relever et constate avec surprise que le petit vaisseau redescend et s'incline un peu pour me faciliter la tâche.

« *Aaaaahhh !!* »

C'était la voix de I'soe. Incrédule, je me retourne vers l'affrontement et constate avec effroi non seulement que le monstre fait presque la moitié de la taille du *Kraken,* mais qu'il est accompagné de trois semblables de taille relativement moindre. Pire encore : le *Zero* est pris au piège dans les pinces de deux d'entre eux, qui le maintiennent au sol en l'empêchant de manœuvrer ses tentacules d'accroche. Les tourelles hurlent sans relâche, mais ne parviennent pas à repousser les assaillants dont l'épaisse carapace dévie quasiment tous les tirs.

« *Edvard ! Dépêchez !! Elles ne peuvent pas utiliser le canon à impulsion tant que nous sommes dans les parages !*

À l'instant où elle prononce ces mots, une pince fait voler en éclat le canon en question.

— Non, je… »

C'est la condamnation d'une grande partie de l'équipage du *Zero* qui se profile, sous mes yeux affolés par les explosions poussiéreuses et les éclats de stalagmites. Je ne peux pas laisser faire…

« Zero *demande renforts !* gémit Kr'iina. *Je répète,* Zero *demande renforts!*

— *Les canons ne sont pas assez puissants,* enchérit I'soe, *nous allons y passer !*

— *Arrivée des renforts dans douze minutes,* répond faiblement la voix de A'mon après un instant.

Silence macabre. Je regarde la Commandante, crispée au bord du chariot, puis à nouveau le *Zero.*

— *Il sera trop tard, nous sommes perd… »*

Le plus gros des quatre géants s'est saisi d'une immense stalagmite et vient de la fracasser contre le blindage, y laissant un trou béant. Le vacarme, ce déchirement, c'est la pire chose qu'il m'ait été donné d'entendre.

« *Évacuez, Commandante.*

— *Nous n'avons pas le choix, I'soe. Je suis désolée. »*

Sous le regard accusateur de A'mon, je persiste et reste au sol. Je n'arrive décidément pas à prendre la décision de fuir, et je crois qu'elle l'a compris. Le chariot s'élève à nouveau, cette fois beaucoup plus vif, dégageant une vague d'énergie qui manque de me faire tomber à nouveau. Je prends une grande inspiration et me mets à courir. De l'autre côté du cratère, le *Zero* se démène pour se dégager des quatre monstres qui ne montrent aucun signe de faiblesse. D'un mouvement ample des tentacules de navigation, le vaisseau arrive soudain à se dégager mais se retrouve couché dans le cratère à présent ravagé. Les réacteurs crachent, il s'agite dans la mêlée. Des débris de stalagmite volent dans tous les sens, je manque d'ailleurs de m'en prendre un de plein fouet. Mais pour rien au monde je ne ralentirais. Le vaisseau active soudain ses propulseurs directionnels et effectue un balayage qui projette miraculeusement l'un des plus petits par-dessus la bordure, quand le plus gros s'empresse de saisir trois des tentacules de navigation dans ses énormes pinces. La pluie de balles ne s'arrête pas, mais la créature est inébranlable. Et voilà que les deux autres commencent à s'acharner sur le blindage.

Les renforts ne seront jamais là à temps. Jamais. Je maudis A'mon de ne pas avoir sonné la retraite plus tôt, bien trop sûre d'elle et de ses habitudes. Merde, merde ! Les yeux rivés sur mon objectif cloué au sol, j'avance sans réfléchir au danger auquel je m'expose. J'évite les débris à l'aide des propulseurs intégrés à mon armure, malheureusement bien incapables de me faire voler.

Je m'apprête à faire quelque chose de vraiment stupide.

J'y suis. Épuisé, remué de gauche à droite toutes les deux secondes, mais j'ai réussi à entrer dans le *Kraken* par une brèche en profitant du fait qu'il soit au sol. Chaque impact des pinces des géants résonne dans tout l'intérieur, et l'éclairage clignote de manière affolante. N'importe lequel des autres vaisseaux capitaux de la Flotte aurait déjà rendu l'âme sous un assaut pareil…

Comme indiqué par Mo'dise l'autre fois, seul l'équipage militaire du *Zero* est resté à bord excepté les Furies. Il s'en dégage une certaine sensation de vide, bientôt accentuée par le visage dévasté d'une guerrière que je viens de croiser. Elle m'a reconnu mais n'a pas réagi à ma présence à bord. Un état de choc. Elle tient son bras ensanglanté et peine à marcher, son armure est brisée sur tout le flanc gauche. Je presse le pas en direction de la salle de navigation. Kr'iina et I'soe doivent être en train de redoubler d'efforts pour sauver tout le monde… et pour certaines, il est déjà trop tard : une partie du pont principal s'est écroulée, piégeant plusieurs guerrières sous des débris massifs et coupants. Je croirais revoir des scènes du Cataclysme qui a ravagé la Terre.

« Capi… taine…? »

La guerrière qui vient de prononcer ces mots s'est évanouie l'instant d'après, et j'en viens à douter qu'elle se réveille un jour vu la quantité de sang qui est répandue sous son corps. Une pince de géant a dû traverser le blindage, et toutes ces guerrières étaient au mauvais endroit à ce moment. J'entends des gémissements, des râles et des cris de douleur. Tout est déconstruit et beaucoup trop insoutenable. Je dois me dépêcher d'atteindre le poste de navigation. C'est à contre-cœur et l'estomac retourné que j'enjambe les débris et les corps de celles qui furent un jour sous ma direction. Je croise des regards suppliants, d'autres complètement vidés de toute énergie vitale. Vous ne méritiez pas *ça*… Arrivant à peine à les regarder dans les yeux, je déploie des efforts surhumains pour dégager le passage. Débris après débris, je hurle en me frayant un chemin. Ma vision commence à s'obscurcir. La bête est déjà là.

Très bien. Viens. C'est ton heure.

Je finis par atteindre la porte de la salle de navigation. Tout me paraît si irréel tant la destruction a fait son chemin dans les entrailles du *Kraken*. Mes épais poings frappent plusieurs fois sans que j'arrive à ressentir les impacts, jusqu'à forcer l'entrée sous les yeux inondés de mes deux amies installées sur leur double-poste. À ma vue, ni joie, ni peur. Peut-être un soupçon d'incompréhension. Je n'ai pas les épaules pour assumer ça tout seul, ni aucune nouvelle pouvant leur apporter du soulagement. Je m'efforce d'articuler une requête, freiné par la transformation qui a pris ma gorge.

« Je vais, avoir be… »

Une énorme secousse me renverse contre le mur droit, et le bruit du blindage qui se froisse devient de plus en plus oppressant.

« … besoin d'aide. Enlevez-moi mon… armure. »

C'est Kr'iina qui se dévoue et se détache partiellement de son poste, situé légèrement en dessous de celui de I'soe. Sans me poser de question, elle utilise ses secondaires pour déverrouiller mon armure. Celle-ci était prévue pour me détruire précisément dans le cas de figure qui pointe à l'horizon. Je ne sais pas si c'est par confiance ou par désespoir, mais grâce à elle me voilà désormais libre de laisser la bête se transformer encore plus. Un tremblement d'une grande violence ébranle tout le vaisseau, mais je reste debout et puise toutes mes forces dans ma volonté de protéger l'équipage. C'est le moment. Allez.

« I'soe, Kr'iina, fais-je d'une voix à peine reconnaissable tant elle est grave. Nous allons les… sauver.

— …

(le vaisseau tremble)

— Mais je ne pourrai… pas y arriver si, vous, ne restez pas ici… avec moi. »

Les yeux des deux Yrdiekk pénètrent les miens avec une intensité qui manque de me couper le souffle. Je ne peux pas compter sur la masse spectrale pour sauver l'équipage. Il me faut *leur* pouvoir. Sans avoir à formuler d'instructions, je prends la place de Kr'iina et enclenche le mode "humain" du module de commande. Les tentacules de mes amies viennent s'enrouler autour de mes bras, y compris leurs secondaires : elles ont saisi pourquoi j'ai besoin d'elles. À vrai dire, je ne suis même pas sûr d'y arriver. Je sais quel carnage je pourrais faire en prenant possession du *Kraken*, mais je m'en remets presque entièrement à elles pour éviter de perdre complètement le contrôle.

Juste avant de mettre fin à mes jours, j'active la commande vocale pour transmettre un dernier message à la Flotte :

« Yrdiekk. Vous êtes ma famille, vous êtes… mon monde. Je prie pour que mon, sacrifice… ne soit pas vain. Merci pour tout. Que… le Noyau vous guide. O'dae, si tu m'entends… »

Je n'arrive pas à prononcer la suite. En quelques misérables secondes, la bête prend le dessus et mon corps se sépare en plusieurs fibres noires, organiques et insidieuses. Pour la première fois, ce n'est pas une rage destructrice qui libère ce maudit pouvoir, mais un besoin viscéral de *protéger*.

Alors protège. Détruis autant qu'il le faudra, mais *protège-les*.

Je ressens bien assez vite I'soe et Kr'iina comme si elles faisaient partie de moi, tout comme je ressens le *Zero* comme s'il était une extension de mon propre corps. La navigation, les armes, les accrocheurs, tout est désormais sous "mon" contrôle. La masse spectrale s'infiltre et s'étend à travers les circuits de tout le vaisseau, et pourtant j'arrive à me sentir quelque peu apaisé. Je suis avec mes amies. Je ne suis pas seul.

Je propulse le tentacule d'abordage situé à l'avant du vaisseau, et c'est comme un dard qui traverse aussitôt notre assaillant principal. La matière spectrale recouvre et envahit les accrocheurs, qui commencent à s'agiter et à porter de violents coups aux monstres qui me semblent désormais bien plus petits. Je ressens aussi chacune de leurs attaques comme si c'était ma propre peau qui était transpercée. La douleur est atroce, mais ce n'est pas comme si j'avais prévu de survivre. Non, je vais mourir ici. J'espère qu'elles me pardonneront de les avoir entraînées avec moi.

À mesure que ma vue se trouble, je suis assailli par des visions de la Terre. Je vois les cornes percer la chair des vivants, matérialisation du chaos dans lequel l'espèce humaine a piégé le monde. Je vois les catastrophes qui ont mené à la grande guerre. D'où me viennent ces visions ? Je n'ai pas *vu* ces choses-là… Je vois le ciel se déchirer, je sens la souffrance du peuple cornu, les flammes, la mort. Tout s'est écroulé. Et dans la Conscience naissante, dans cette toile infinie qui reliait tous les cornus entre eux, il y a eu la faille. Puis la masse spectrale. À travers le sang et les cornes, un avenir radieux a été compromis. La Guerre Céleste. Je suis en train de la revivre comme si… comme si j'avais pris part à chacune des batailles qui ont fait tomber le Royaume. Je revois la terreur et le chaos. Alors j'ai tout dévoré. Chaque île volante, chaque vaisseau que j'ai pu toucher. Le cœur des hommes, le corps des guerriers qui m'ont tenu tête. J'ai tout corrompu. Tout détruit. Funeste. Une immense toile noire a pris la place de tout l'espoir qui pouvait subsister, là-bas, sur Terre.

Entre les visions d'horreur, un visage familier me revient. Je crois que la mémoire spectrale a tout gardé. Alors, c'était bien *ça*, le Noyau terrien ? C'était bien *ça*, le monstre que nous avons créé en faisant évoluer le monde humain, toujours plus loin ? Entre les lignes, entre les guerres, entre les corps inanimés, oui, je revois ce visage. Ces cheveux blonds, longs et ondulés. Ces yeux verts, ce long nez, ces lèvres aussi douces que le sourire qu'elles dessinent.

Mel. Je ne t'avais pas oubliée, finalement. Tu étais là, tout le long.

Soudain, son visage se confond avec celui de Kr'iina, puis je sens I'soe m'enlacer et plaquer sa tête contre mon dos. Une grande toile, tissée d'un fil lumineux, nous relie et s'étend au loin. Bien au-delà de ce que je peux voir.

Je pars. Dans l'obscurité, cette pâle lumière grandit. J'aime croire que j'ai fait de mon mieux, que je mérite d'enfin me reposer.

Dans leurs bras, dans leur lueur, au cœur des ténèbres.

Il n'y a plus aucun bruit.

ÉPILOGUE

-

LES LARMES

« C'est bon, vous pouvez me laisser entrer seule.

— Êtes-vous sûre d'y aller sans protection, O'dae ?

— Je n'en ai pas pour longtemps, allons. »

Il faudra bien se rendre à l'évidence que ce vaisseau ne présente plus aucun risque. Foyer des déviantes, corrompu par la masse spectrale, puis maintenant, deux semaines après…

Le *Zero* est semblable à un monstre revêtant cette matière obscure à l'extérieur comme à l'intérieur. C'est noir, mat, sifflant, et on dirait un être vivant. Il semble même parfois respirer, mais ce n'est peut-être que mon imagination. Par contre, il n'y a aucun doute quant au fait qu'il soit *vivant*. Les guerrières qui sont mortes à l'intérieur lors de l'accident ont été… assimilées par la masse spectrale. Leurs corps sans âme sont emprisonnés dans les parois, il en dépasse quelques bustes, quelques membres, quelques têtes. M'accoutumer à une telle vision d'horreur m'est très difficile, mais j'ai été prévenue avant d'entrer dans le ventre de la bête. Qui plus est, je n'ai pas le choix pour aller rencontrer Edvard. Toutes celles qui sont venues avant sont unanimes : ce qui s'est produit ici est aussi atroce que miraculeux.

J'entre dans la salle de navigation, dont l'entrée est restée ouverte, formant une arche avec les débris corrompus et les restes du mécanisme. À l'intérieur de ce petit espace circulaire se situe le cœur du *Zero*. C'est un amalgame de trois corps imbriqués les uns dans les autres : celui d'Edvard, et ceux des deux Yrdiekk qui se sont sacrifiées. Kr'iina, et I'soe. Leurs deux visages étrangement intacts sont figés chacun contre un côté de celui d'Edvard, et les trois corps sont pris dans une sorte d'étreinte immortelle. Ils sont entièrement reliés au vaisseau par ces branches noires et souples. D'après la Représentante -Mori, c'est bien leur esprit qui dirige à présent le vaisseau, ce qui explique qu'il continue indéfiniment à veiller sur les équipes de collecte depuis le ciel kraeltien.

« Edvard ? »

Pas de réponse, évidemment. J'ai pris la responsabilité d'essayer d'entrer en contact avec les trois sauveurs, par respect pour leur acte héroïque. Aucune d'entre nous, pas même A'mon qui est en train de renoncer à sa fonction à cause de l'accident, n'a voulu venir jusqu'au poste de navigation. Je crois que l'effroi glacial qui se dégage des entrailles du *Zero* repousse assez facilement toute Yrdiekk normalement constituée. Seules certaines déviantes comme moi s'aventurent ici, souvent poussées par la curiosité, parfois par une sensation étrange que tous ceux qui sont morts ici sont encore parmi nous. Et puis, la plupart des déviantes faisaient partie de cet équipage… Nous avons toujours cru en une vie après la mort, ce pourquoi nous laissons vite partir nos proches lors de leur décès, la plupart du temps sans deuil ni profonde tristesse. Choses que je ne comprends personnellement pas en tant que déviante, car je sens comme un pieu dans mon ventre à chaque fois qu'une amie s'en va…

Ici, on dirait que personne n'est vraiment parti.

« Tout va bien, O'dae ?

— Oui, ne t'inquiète pas. »

O'tya a fait preuve d'un grand courage et a finalement décidé de m'accompagner. Elle fait partie des très rares non déviantes à avoir continué à croire en Edvard malgré le danger qu'il représentait. Elle a entretenu le lien entre lui et moi, quand tout nous empêchait de nous revoir depuis l'acte de procréation. Je me sens toujours attachée à lui, bien loin de ce que j'avais pu lui laisser entendre quand il m'avait embrassée pour la première fois. Ce jour-là, il a planté une graine, et maintenant je crois savoir ce qu'il ressentait pour moi. Ou ce qu'il ressent toujours, s'il est encore vraiment là…

« Je tenais à vous remercier tous les trois, au nom de toute la Flotte. Edvard, après que tu as prononcé tes derniers mots, le *Zero* s'est vite transformé et s'est mis à combattre les quatre géants avec une férocité jamais vue. Vous avez encaissé des attaques qui auraient pu mille fois vous détruire, mais vous avez tenu bon et, lorsque votre ennemi le plus puissant est tombé du haut du volcan, les autres se sont enfuis. »

Ce que je leur raconte, c'est un mélange des témoignages des déviantes survivantes avec ceux des guerrières qui ont pu observer le combat à distance.

« Les renforts ne seraient jamais arrivés à temps vu l'état du vaisseau, et contre toute attente vous êtes sortis vainqueurs de cet affrontement. Et surtout… vous avez sauvé une cinquantaine de guerrières qui étaient à bord. La corruption a pris tout le vaisseau et toutes nos sœurs décédées, mais a miraculeusement épargné toutes celles qui étaient encore en vie. Quand le combat s'est achevé, le *Zero* s'est élevé dans le ciel dans une position d'accueil, manœuvre spécifique à la Flotte. Les équipes qui n'étaient pas loin ont vite reçu des appels à l'aide de l'équipage, qui attendait dans le hangar. Paniqué, à bout de souffle, mais en vie. »

Les yeux vides d'Edvard me glacent le sang. Je parle, je raconte, mais je ne saurais me détacher de cette sensation de parler à un cadavre. Trois cadavres, plus exactement. Je leur raconte ce qu'ils ont achevé ensemble. Car ce sauvetage, ce sacrifice, c'est bien leur œuvre.

« Alors merci pour tout. Et merci d'avoir continué à protéger les équipes après ça. Je ne sais pas si vous m'entendez, mais sachez que tout le monde vous est profondément reconnaissant. »

En disant cela, je réalise que des larmes ont commencé à couler de mes yeux. Depuis ma portée, je suis plus sensible et j'ai tendance à me laisser envahir par les émotions. Mes dorsaux ont tout juste commencé à reprendre forme après leur éclatement à la naissance de mes trois filles, je suis à peine reconnaissable.

« Edvard, je suis fière d'avoir fondé celle lignée avec vous. Nos filles auront certainement du mal à se faire une place et à la faire prospérer, mais si elles ont hérité de votre courage et de votre force, rien ne pourra les arrêter. »

Une tige de masse spectrale sort doucement de l'amalgame de corps, et j'entends ma sœur se brusquer derrière moi.

« Laisse, O'tya. »

La tige s'étend, sans à-coup, et vient essuyer mes larmes, qui sont aussitôt aspirées dans son infinie noirceur.